MW01228902

[2007]

Die besten Bücher schreibt immer noch das Leben

Die besten Bücher schreibt immer noch das Leben

Als Lotte an diesem Tag nach Hause kommt, sind ihr Mann weg, ihr Job und ihre Wohnung.

Doch wo Verlust ist, ist auch Gewinn.

In Lottes Fall sind das ein Findelhund, ein eigenes Haus, wundervolle Nachbarn, ein alter Freund, eine schwangere Tochter und Verfolgungswahn. Oder wie sonst ist zu erklären, dass der geheimnisvolle Jogger nicht nur in ihren Träumen, sondern auch beim Frisör, im Yogakurs und sogar in ihrem Urlaub auftaucht?

Plötzlich überschlagen sich in Lottes ehemals so langweiligem Leben die Ereignisse...

Das Manuskript aus dem Jahr 2007 wurde 2022 ohne bedeutende Änderungen überarbeitet.

Frieda Roth

VOLLE LOTTE

Liebesroman

VOLLE LOTTE
von Frieda Roth

© 2007 Frieda Roth
Alle Rechte vorbehalten.

2. Auflage 2022

Autorin: Frieda Roth

twitter.com/dietantefrieda
instagram.com/diefriedaroth
friedaroth.blogspot.com
etsy.com/de/shop/dietantefrieda
frieda.roth@mail.de

Buchcover © Frieda Roth

Alle Personen und Gegebenheiten in diesem Buch sind fiktiv. Ähnlichkeiten mit noch lebenden oder bereits verstorbenen Personen sind rein zufällig und nicht beabsichtigt.

Bibliografische Information der Deutschen Nationalbibliothek:
Die Deutsche Nationalbibliothek verzeichnet diese Publikation in der Deutschen Nationalbibliografie; detaillierte bibliografische Daten sind im Internet über http://dnb.dnb.de abrufbar.

© 2022 Frieda Roth

Herstellung und Verlag: BoD – Books on Demand, Norderstedt

ISBN: 978-3-7568-0809-0

Frieda Roth. 1969 geboren, geschieden, in Vollzeit berufstätig und zweifache Mutter bereits erwachsener Söhne.

Das Schreiben begleitet die tätowierte Indie-Autorin seit ihrer frühen Jugend, beginnend mit kurzen, später längeren Texten auf einer uralten *Triumph Adler*.

In ihren Romanen verarbeitet sie Hoffnungen und Ängste auf eine ganz eigene, sehr persönliche Weise. Wichtig ist ihr, dass alle Geschichten mit einer satten Portion Humor versehen sind. Das Leben ist nämlich bunt.

Mit ihren Heiligen Birmas Emil und Paul lebt sie in Südhessen und twittert täglich unter dem Account @dietantefrieda.

Weitere Veröffentlichungen:

ZIMTZICKE (2004)
FUNKENMARIE (2005)
DORNRESCHEN (2005)
MAMA MIA (2006)

Mitwirkende

Charlotte (Lotte) Freund abgebrochene Ausbildung zur Polizeikommissaranwärterin, Aushilfe im Frisörsalon, ungelernte Kraft in einer Drogerie, Hobbyautorin
Tillmann Bübchen Hausmann | Lebensgefährte von Lotte
Lilli und **Paul Freund** Kinder von Lotte und Tillmann
Miro Stahl Manager

Tim Schreiner | in einer Beziehung mit Lilli
Marleen (Leni) Schuster-Kapoor Tagesmutter | Nachbarin
Yash Kapoor Softwareentwickler | Nachbar
Anjuli (Juli) Kapoor Tochter von Leni und Yash
Vivian Freundin und ehemalige Nachbarin von Lotte
Leo Freund Frisör | Lottes Bruder
Carla Designerin im Bereich Mode | Lottes beste Freundin
Sam *[Mama Mia]* Sozialpädagoge und Tätowierer | Lottes erste große Liebe
Aron Sommer Stellvertretender Geschäftsführer von *MISTA-Book* | Bruder von Marleen
Aisha Stahl Tochter von Miro
Helena Freund Lottes Mutter
Papa Polizeibeamter | Lottes Vater

Anne Wanne Filialleiterin | Lottes Vorgesetzte in der Drogerie
Herr Treudl Hausmeister und Vermieter
Amitabh Tankstellenpächter
Georg Schreiner | Vater von Tim
Sören Frisör | Angestellter bei Leo
Mara *[Mama Mia]* Tätowiererin | in einer Beziehung mit Sam
Frau Hugenbeck Kundin in der Drogerie
Doktor Helge Schnieder Lottes behandelnder Arzt
Ludwig von Bloomenthal Verleger
Charlotte von Bloomenthal verheiratet mit Ludwig
Ben Yogi

Außerdem dabei:

Otto Labrador
Princess Königspudel

Ü b e r s e t z u n g e n

- am Ende der Geschichte -

Für Alex.

Mein ganz besonderer Dank geht an

Barbara [twitter.com/Seelenauftrag] und Heike
für ihre Unterstützung bei der Überarbeitung

sowie

Andreas Schwarzrock [twitter.com/anaurath, schwarzrock.media]
für die Übersetzung der Texte von Herrn Treudl ins Berlinerische

KAPITEL eins

Kalle ist weg.

Diese elende Mistratte!

Ich könnte heulen vor Wut. Zornig presse ich die Kiefer aufeinander, spanne die Bauchmuskeln an und balle meine Hände zu Fäusten, bis die Fingernägel tief ins Fleisch schneiden. Das hat mir gerade noch gefehlt. Ich ziehe feuchte Luft durch die Nase und wische mit dem Handrücken nach. Nicht gerade ladylike. Aber ich bin keine Lady und habe auch nicht den Ehrgeiz, eine zu werden. Also: Warum muss mir das passieren? War der Tag nicht schon beschissen genug?

Jetzt halte mal den Ball flach, Charlotte, fordert meine innere Stimme, *sooo schlimm ist das nun auch wieder nicht – hässlich wie der ist!* Pfff... die hat gut reden! Ich weiß ja selbst, dass Kalle keine Schönheit ist. Mit Piercing im Ohr und Tattoo auf dem Arsch. Zugegeben, schon irgendwie bescheuert... aber eben das, was ihn ausmacht. Meinen Kalle, dessen Existenz ich zwar für möglich, aber nicht sehr wahrscheinlich gehalten habe. Es war Liebe auf den ersten Blick. Vor genau einem Jahr. Ausgerechnet in einem Buchfachhandel. Wie geil ist das denn? Meine innere Stimme schüttelt seufzend den Kopf.

Mein Gott, was tu ich nur ohne Kalle? Resigniert lasse ich mich auf den Drehstuhl sinken. Mein Blick schweift zunächst ins Leere. Doch dann... unter Tausenden würde ich ihn wiedererkennen. Sein dünner rosa Schwanz ragt zwischen zwei Kosmetikdisplays hervor, die ich erst am Nachmittag im Büro zwischengelagert habe. „Du elende, stinkende Mistratte", stoße ich fluchend aus und greife nach dem Lümmel. Mir fällt ein Stein vom Herzen. Seufzend presse ich Kalle an mich.

„Wird's dann bald mal?", tönt es unfreundlich vom Verkaufsraum zu mir herüber und Anne wuchtet ihren dicken Hintern ins Büro. Sie war auf dem Klo und zieht eine unverkennbare Duftnote hinter sich her. Anne macht gerade Kohlsuppendiät. Bäh! Wie ein Schwertransporter nimmt sie Fahrt auf. „Mein, Gott! So ein Gedöns um... um...?" Anne grabscht nach Kalle und beäugt ihn kritisch. „Igitt, ist der hässlich."

Das musst du gerade sagen, denke ich und runzele verärgert die Stirn.

Anne fällt weder unter die Kategorie Wuchtbrumme noch Walküre. Damit hätte sie sich nämlich glücklich schätzen können. Anne ist dermaßen unförmig, dass man meinen könnte, der Schöpfer hätte Knete gespielt und sich nicht zwischen Giraffe und Walross entscheiden können. Dazu kommt ein Gesichtsausdruck, der unweigerlich an Zahnschmerzen erinnert. Mit ihrer chronisch schlechten Laune kontaminiert sie die Luft und ich frage mich allmorgendlich, warum, um alles in der Welt, ich mir das hier antue.

„So", sagt Anne und presst Kalle unwirsch an meine Brust, „und jetzt sieh zu, dass du endlich Land gewinnst. Ich will auch mal Feierabend machen."

Ich nicke erleichtert und husche durch den Personaleingang nach draußen.

„Und morgen werden die Displays aufgestellt. Aber ordentlich!"

„Geht klar", verspreche ich und füge leise hinzu: „Olle Sklaventreiberin."

„WAS?", plärrt Anne und hält sich die Hand hinters Ohr.

„Daaa sind tolle Faaarben driiin!" Ich öffne hastig die Tür meines neunundsechziger VW Käfers. Wir haben dasselbe Baujahr. Der Käfer und ich. Er tuckert allerdings wesentlich munterer durch die Welt. Zumindest heute.

„Jaja", plärrt Anne, was so viel heißt wie *mir doch scheißegal, ich muss den Mist ja nicht machen* und pfriemelt weiter am Sicherheitsschloss des Drogeriemarkts. „Und du besorgst dir mal 'nen Neuen. Der da ist ja echt abartig." Damit meint sie Kalle.

Stimmt. Ich betrachte Kalle, der jetzt noch schmuddeliger ausschaut als zuvor. Aber mir gefällt er. So wie er ist. Die graue

Plüschratte mit Ring im Ohr und eingesticktem Arschgeweih. Der schönste Schlüsselanhänger, den ich je gesehen habe. So einfach ist das.

Ich drehe mich noch einmal um. Eine blöde Eigenschaft. Eine saublöde Eigenschaft, obgleich auch nur in Zusammenhang mit Anne. „Sag mal, brauchst du vielleicht Hilfe?"

Meine Chefin gibt undefinierbare Laute von sich.

Wider besseren Wissens schließe ich die Wagentür und gehe zurück zum Drogerieeingang. „Klemmt es wieder?"

Annes Gesicht ist inzwischen rot und die Anstrengung treibt ihr Schweißperlen auf die Stirn. „Was denn sonst?", knurrt sie und zerrt am Schlüssel.

„Du solltest nicht einfach nur nach hinten ziehen", rate ich ungefragt und bereue es schon, während ich es sage, „sondern ein klein wenig dabei ruckeln. Das kenn ich von Fri... meinem Käfer."

Anne hält einen Moment inne und dreht dann langsam ihren Kopf in meine Richtung. „Hat deine Schrottkarre etwa auch einen Namen?"

Mir steigt das Blut in den Kopf. Er heißt Fritzi. Aber das werde ich Anne jetzt ganz bestimmt nicht auf die Nase binden. „Ähm... ich wollte nur behilflich sein."

„Na", sagt Anne und schiebt ihren Hintern beiseite. „Dann mach mal, du Besserwisserin."

Ich seufze leise. Anne ist nicht gerade das, was man umgänglich nennen würde. Sie ist unzufrieden und launisch. Sie ist ungerecht, herrschsüchtig und liebt es, mich vor den Kunden bloßzustellen. Ich bin überzeugt, selbst der Dalai Lama wäre ihr schon an die Gurgel gesprungen. Seit fünf Jahren arbeite ich in der kleinen Drogerie, die Anne von ihrem Vater übernommen hat. Und in diesen fünf Jahren hat sie keinen Tag ausgelassen, um mich zu schikanieren.

Ich gehe in die Hocke und sondiere zunächst die Lage. Dann justiere ich den Schlüssel.

„Wird das noch was?", raunt Anne ungeduldig.

„Immer mit der Ruhe", erkläre ich und rüttele unter vorsichtigen Ziehbewegungen am Schlüssel. „Sonst bricht..."

„Red nicht und lass mich mal!"

Aus dem Augenwinkel sehe ich Annes breiten Hintern in rasanter Geschwindigkeit auf mich zukommen und fürchte fast, zwischen ihren Arschbacken zu verschwinden. Beinahe zeitgleich spüre ich den Aufprall. Mein Fuß knickt um, ich strauchle zur Seite und lande mit Wucht auf meiner Handtasche, in der es verdächtig knackt. „Oh!"

Annes Blick fällt zunächst aufs Schloss, dann auf das Metallstück in meiner Hand. „Der ist abgebrochen", schlussfolgert sie.

„Jepp", schlucke ich und erwarte ein Donnerwetter.

Doch Anne räuspert sich nur und kramt in ihrer Tasche nach dem Handy. Mit speckigen Fingern wählt sie die Nummer des Schlüsseldienstes. „Wanne hiiieeer", flötet sie ins Telefon, das fast vollständig unter ihrem Doppelkinn verschwindet. „Friiiedje, mein Bester, wir haben einen kleinen Notfall..." Sie fährt sich immer wieder durchs Haar und sieht versonnen in den dunklen Januarhimmel. „Charlotte, meine Angestellte... ... Hat man immer Ärger mit. ... Jaaa. ... Hat den Schlüssel vom Haupteingang abgebrochen. ... Ach, ungeschickt. ... Wie sie eben so ist. ... Hmhm."

Ich erhebe mich langsam. Die schmutzigen Hände wische ich an meiner Hose ab und lausche dem Telefonat, das sich wie der letzte Versuch einer notgeilen Mitvierzigerin anhört – und wahrscheinlich auch ist.

„So, meine Liebe." Anne verzieht das Gesicht zu einer Fratze und lässt das Handy wieder in ihrer Tasche verschwinden. „Mach dir keine Sorgen", säuselt sie schmallippig. „Wendelin Junior schaut gleich noch vorbei und richtet das Malheur. Du kannst nach Hause gehen."

„Ähm, soll ich nicht... ich meine...?" Das stinkt. Das stinkt gewaltig. Ganz gewaltig!

Annes Gesicht leuchtet wie eine überreife Tomate. Ich tippe der Einfachheit halber auf eine hormonelle Ausfallerscheinung. Aber angelächelt – und das soll es wohl sein, was sie da mit ihren Gesichtsmuskeln veranstaltet – hat sie mich noch nie.

Anne winkt mit erhobenen Händen ab. „Nein, nein. Geh du nur. Die Rechnung werfe ich dir dann in den Briefkasten."

Hab ich's nicht gesagt? Nickend wende ich mich zum Gehen.

„Ach, Charlotte?"

Ich bleibe stehen. Was denn noch?

„Du bist zum ersten April gekündigt."

KAPITEL zwei

Als ich Fritzi zehn Minuten später am Straßenrand parke, habe ich Annes Worte noch immer nicht verinnerlicht. Gekündigt? Das kann doch nicht sein! Schließlich bin ich Alleinverdienerin. Nur aus diesem Grund schufte ich für einen Hungerlohn fünf Tage in der Woche von acht bis sieben in Annes inzwischen schon schwer heruntergewirtschafteten Drogerie. Und gerade jetzt, wo im nahegelegenen Industriepark Drogerien, Supermärkte und Boutiquen wie Pilze aus dem Boden schießen, ist noch mehr Einsatz gefordert – den ich ohne Zögern ableiste. Ich bin ein Arbeitstier.

Tillmann, mein langjähriger Lebensgefährte und Vater meiner beiden Kinder, widmet sich seit Abschluss seines Soziologiestudiums voll und ganz der Erziehung unserer Sprösslinge. Ich bin stolz auf seine Leistung. Was den Haushalt betrifft, hat er zwar ein weniger gutes Händchen. Aber auch das nehme ich gelassen hin. Wussten Sie eigentlich, wie entspannend Mitternachtsbügeln sein kann? Oder wie viel Kalorien man beim Fensterputzen verbraucht? Und dass das richtige Spülmittel tatsächlich zarte Hände macht? Verheiratet sind Tillmann und ich nicht. Wieso auch? Die Einzige, die Anstoß daran nimmt, ist meine Mutter. Und selbst sie hat sich nach achtzehn Jahren wohl daran gewöhnt. Nur dass Tillmann weder behördlich noch notariell die Vaterschaft von Lilli und Paul anerkannt hat, ist ihr nach wie vor ein Dorn im Auge. Mir macht das nichts aus. Ich liebe Tillmann und Tillmann liebt mich.

Zu meiner Verwunderung ist gerade jetzt kein einziges Mitglied meiner heißgeliebten Familie zugegen. Auch gut. Ich benötige dringend und vorrangig eine bewusstseinserweiternde Droge. Diese gönne ich mir in Form eines selbst aufgebrühten Mokkas und einer Kippe in der Küche. Dazu reiße ich die beiden mickrigen Flügelfenster über Spüle und Arbeitsplatte auf, damit nicht zu viel Qualm in der Wohnung steht, wenn meine Familie nach Hause kommt. Sie wird mich formvollendet bedauern, weil Anne heute eindeutig den Bogen überspannt hat. Das werde ich ihnen kläglich berichten.

Gefeuert. Anne hat mich gefeuert. Langsam brennt sich diese Tatsache in mein Bewusstsein ein und mir wird klar, welche Konsequenzen das auf unsere Zukunft hat. Ich sehe mich schon beim Arbeitsamt sitzen und Stunden in den Fluren des Sozialamts verbringen. Meine Kinder muss ich in die Suppenküche schicken, damit sie wenigstens *eine* warme Mahlzeit am Tag bekommen, Tillmann werden die Haare vor Kummer ausgehen und irgendwann sterben wir alle an Magersucht oder verfallen dem Suff. Wobei wir uns Letzteres gar nicht leisten können.

Schnell schüttele ich diese Gedanken ab. *Jetzt übertreibst du aber*, schimpft mich meine innere Stimme. Und sie hat Recht. Ich rufe Tillmann an, um unseren Familienrat einzuberufen. In meiner Tasche krame ich nach dem Handy. „Autsch!" Irgendwas hat mich gestochen. Ich schütte den kompletten Inhalt auf den Küchentisch und mein Handy kommt zum Vorschein. Oder das, was davon noch übrig ist. Das Display hat's zerlegt. Mit voller Wucht. Die kleinen Splitter zerstreuen sich über die ganze Fläche. Zwei Teile stecken in meinem Zeigefinger. Na, klasse. Aber noch ein Grund mehr, mich ausgiebig bedauern zu lassen.

Dann eben übers Festnetz. „Der gewünschte Teilnehmer ist zurzeit nicht erreichbar", klärt mich eine freundliche Stimme auf und wiederholt selbiges in Englisch. Mensch, Tillmann, wo treibst du dich nur rum? Nicht einmal das Abendessen hat er mir vorbereitet. Gähnende Leere im Kühlschrank. Ich schmolle mit meinem durch Abwesenheit glänzenden Liebsten und beschließe, zunächst unter die Dusche zu springen und mir dann eine Tiefkühlpizza in den Ofen zu schieben.

Ich habe mich gerade aus meinen Klamotten geschält, als unsere Wohnungsklingel hektisch kreischt. Sicher hat Lilli ihren Haustürschlüssel vergessen. Rasch wickle ich mich in ein Badetuch und eile zur Tür.

14

„Tachin, Frau Freund", begrüßt mich der olle Herr Treudl, unser Vermieter, und bekommt angesichts meiner freizügigen Erscheinung Stielaugen. „Ick hab hier Ihre Kisten."

„Kisten?", frage ich nach einem kurzen Moment der Verwirrung. „Welche Kisten denn?" Die Verwirrung hält immer noch an. Aha.

„Sum Umsien", nuschelt er und stiert ungeniert auf meine nackten Schenkel. „Zwanzeh Dingers."

Ich kann diesen Typen nicht leiden. Und jetzt, nachdem ihm vor vier Wochen seine blutjunge und zugegeben über die Maßen attraktive Ehefrau völlig überraschend weggelaufen ist, schon gar nicht mehr. Völlig testosterongesteuert stiert er jedem Wesen nach, das auch nur ansatzweise weiblich ist oder sein könnte.

„Herr Treudl, ich verstehe Sie nicht. Tut mir leid."

„Uuum-siiieeen!", wiederholt er, als sei ich geistig minderbemittelt. „Sach-chen rein-tun."

Ich kapiere immer noch nicht. „Welche Sachen denn?"

Treudl schüttelt mitleidig den Kopf. „Hier", reicht er mir einen zerknitterten Brief, „ick hab's ooch noch mal schriftleh. Für die janz Doofen. Tschüss denn." Damit lässt er mich, nicht ohne noch einen letzten, lüsternen Blick auf meinen Busen zu werfen, stehen.

Unverschämter Pappsack! Ich ignoriere die zwanzig gefalteten Kartons, die den halben Flur blockieren, und ziehe mich mit dem von Kaffee- und Fettflecken übersäten Brief in die Küche zurück. Sehr geehrter Herr Bübchen, lese ich, wie Ihnen bereits mündlich mitgeteilt, kündigen wir das bestehende Mietverhältnis der Wohnung wegen Eigenbedarfs zum einunddreißigsten Januar. Hä? Ich stutze. Nee, so einfach geht das nicht! Da gibt es Fristen! Ich werfe einen erneuten Blick auf das Schreiben. Datiert vom Mai letzten Jahres. Ich lese den Brief ein zweites und ein drittes Mal. Doch auch beim vierten Lesen ändert sich nichts am Inhalt – und der Tatsache, dass Tillmann, mein geliebter Partner und Vater meiner Kinder, von der Wohnungskündigung gewusst haben muss. Na, der kann heute Abend was erleben!

Verdammt, wo bleibt er nur? Wo steckt er überhaupt? Und wo sind meine Kinder? Erneut wähle ich Tillmanns Nummer. Und erneut erklärt mir die nette Dame am anderen Ende der Leitung gleich zweisprachig, dass mein gewünschter Teilnehmer, zum Teufel noch mal, gerade nicht zu erreichen ist! Wäre es jetzt nicht an der Zeit, nervös zu werden? Ich schiele zur Uhr. Gleich halb acht. Ja, es ist an der Zeit, nervös zu werden.

Ich schlüpfe ungeduscht in meinen Hausanzug, setze mich wieder in die Küche und trommle mit den Fingern auf die Tischplatte. Aber bringt ja auch nichts. Definitiv. Also werfe ich einen Blick in meine Mokkatasse, die umgestülpt auf dem Unterteller dümpelt. Von meiner Oma habe ich das Lesen im Kaffeesatz gelernt. Ich kneife die Augen zusammen und betrachte konzentriert die verrotzte, braune Masse, die sich malerisch über das Tasseninnere ergießt. Ich sehe einen Mann mit Koffer oder ähnlichem, und noch eine weitere Person, dicht daneben. Sind das der schmierige Treudl mit seinen blöden Umzugskartons und sein bescheuerter Neffe, der sich zurzeit ständig hier rumtreibt? Auf der gegenüberliegenden Seite zwei Häuser. Unverkennbar. Mittig vier Menschen, gefolgt von zwei undefinierbaren Pünktchen, die im Entenmarsch von einem zum anderen wandern. Was soll das denn sein?

Ich wähle ein letztes Mal Tillmanns Nummer. Wie erwartet, erfolglos. Hilft nix. Jetzt rufe ich Mama an. Doch auch hier nimmt niemand ab und allmählich macht sich Panik in mir breit. Als es klingelt, schrecke ich hoch. Dabei fällt die Mokkatasse zu Boden und zerspringt in zwei Teile. Zu meinen Füßen landet das Teil mit den beiden Wanderern. Jetzt klingelt es Sturm und ich haste in den Flur. Kein Kunststück, wenn man in einer Wohnung lebt, die die Größe eines Schuhkartons hat. Meine Wangen glühen, als ich die Tür aufreiße.

„Mama?"

Meine Mutter nickt und schiebt sich mit einem rotbäckigen, rotznasigen Paul in die Wohnung. „Na, Kind?"

„Hallo, mein Schatz", gehe ich vor Paul in die Hocke und betrachte ihn besorgt. „Was ist denn mit dir los?" Ich streichle über sein warmes Gesicht. „Dir geht's nicht gut?"

Paul nickt und ich presse ihn sanft an mich.

„Er hat sich erkältet, Charlotte. Mehr nicht." Mama tätschelt mir beruhigend die Schulter. „Ich war heute früh mit ihm beim Doktor, und etwas gegen sein Fieber hat er auch schon bekommen. Ach, und hier", sie kramt in ihrer Tasche, „ist seine Krankenkassenkarte."

Ich nehme ihr das Chipkärtchen ab und bin leicht irritiert. „Wieso war Tillmann nicht mit ihm beim Arzt?"

Mama seufzt und zieht die Schultern nach oben. „Er brachte mir Paul heute Morgen vorbei und sagte, er habe noch etwas zu erledigen. Ich möchte ihn um halb acht nach Hause bringen."

„Was hatte er denn so Wichtiges zu erledigen?", frage ich gereizt. Einerseits, weil ich von nichts weiß und andererseits, weil er mein krankes Kind bei der Oma geparkt und mich nicht darüber informiert hat.

Wieder antwortet meine Mutter mit einem Schulterzucken. „Kann ich dir nicht sagen, Lottchen. Tillmann war ziemlich in Eile. Ist er denn nicht schon wieder zu Hause?"

„Nee", knurre ich.

„Alles in Ordnung zwischen euch?" Sie legt mir fürsorglich die Hand auf die Wange.

Eigentlich dachte ich, ja. Aber nachdem ich das Kündigungsschreiben für unsere Wohnung gelesen habe, kommen mir gerade berechtigte Zweifel. Sollte ich meiner Mutter...?

„Gehst du bitte schon mal ins Bad und machst dich bettfertig, Paul?"

Mein Sohn nickt schwächlich. Er ist jetzt zehn Jahre und außerordentlich selbständig. Doch wenn sie kränkeln, sind alle Männer gleich.

„Ruf mich, wenn du Hilfe brauchst. Ich bin mit Oma in der Küche."

Meine Mutter versteht und geht voran.

„Guck mal", sage ich und schiebe Treudls Brief über den Tisch.

Sie liest den Wisch, runzelt die Stirn und sieht zu mir auf. Dann liest sie ihn ein zweites Mal und schüttelt den Kopf. Nach dem dritten Lesen grübelt sie. „Vielleicht... vielleicht hat er ja einen Termin mit einem Makler und... und..."

„Und hat ein idyllisches Häuschen im Grünen gefunden?" Ich zünde mir eine Zigarette an. „Das glaubst du doch nicht wirklich, oder?"

Mama hustet gekünstelt. „Bäh, das stinkt."

Ich weiß, das stinkt gewaltig. Genauso wie Annes Lächeln vor ein paar Stunden. Mir läuft ein Schauer über den Rücken.

„Deine Zigarette! Muss das sein?" Mutter fuchtelt wild vor ihrem Gesicht herum.

„Mama", ignoriere ich ihre wilden Gesten, „Anne hat mir zum ersten April gekündigt."

Ich sehe, wie meiner Mutter mit einem Schlag die Farbe aus dem Gesicht weicht. „Mit so etwas macht man keine Scherze, Charlotte."

Ich schlucke den Klos in meinem Hals hinunter und nehme einen kräftigen Zug aus meiner Zigarette. „Sieht Anne wie ein Witzbold aus?"

Sie schlägt die Hand vor den Mund. „Oh, nein..."

Ich höre einen Schlüssel knacken. Tillmann!

„Wo warst du, verdammt noch mal?", raune ich, noch bevor die Tür zurück ins Schloss gefallen ist, und springe auf.

„Bei Lea." Lillis Stimme klingt belegt. Ihre Augen sind rot und verquollen.

Ich erschrecke. „Schatz", streiche ich eine Haarsträhne aus ihrem Gesicht. „Was ist los?"

Meine siebzehnjährige Tochter schüttelt den Kopf, während sich ihre Augen mit Tränen füllen.

Sanft fahre ich mit der Hand über ihre Wange. „Tim?"

Sie wirft ihre Arme um mich und bricht in erbärmliches Schluchzen aus. Ihre Fingernägel krallen sich tief in meinen Rücken. Sie zuckt am ganzen Leib.

Auch das noch! Ist heute ein sprichwörtlicher Verlierertag? Ich verliere meinen Job, unsere Familie verliert die Wohnung, Lilli verliert ihren Freund... verliere ich jetzt vielleicht auch bald meinen Verstand?

„Ich glaube, ich lasse euch jetzt lieber mal allein." Meine Mutter streichelt ihrer Enkelin übers Haar und gibt mir einen Kuss auf die Stirn. „Wegen... wegen allem anderen reden wir morgen." An der Tür wirft sie noch einmal einen sorgenvollen Blick auf das Häufchen Elend, das Lilli und ich gerade darstellen. „Kannst mir Paul morgen früh gerne vorbeischicken, wenn er noch krank ist. Nur falls Tillmann... also... du weißt Bescheid."

Ich nicke dankbar. Aber Bescheid weiß ich keineswegs. Mir schwirrt der Kopf.

KAPITEL drei

Ich wische meiner Tochter die Tränen vom Gesicht und biete ihr einen Mokka an. Situationsbedingt ist das das Synonym für Willst du mit mir darüber reden?
Lilli nickt.
„Ich komme gleich nach", verspreche ich, „schau nur schnell noch nach Paul."

Mein kleiner Patient hat es sich zwischenzeitlich auf dem Sofa im Wohnzimmer bequem gemacht. Seine großen, grünen Augen sind konzentriert auf den Fernseher gerichtet.
„Paulchen?"
„Pscht!", legt er den Zeigefinger auf die Lippen, ohne seinen Blick abzuwenden. Michael Naseband steht unter Beschuss. Wir halten beide die Luft an. Naseband wurde getroffen! Er sackt an einer Mauer zusammen und hält sich mit schmerzverzerrtem Gesicht den Oberarm. Ein muskelbepackter Kerl, Typ Zuhälter, tritt mit verächtlichem Grinsen auf ihn zu. Der Lauf seiner Pistole presst sich an Nasebands Stirn. Mein Herz schlägt schneller und beruhigt sich erst wieder, als Michaels Kollegen, Alexandra Rietz und Gerrit Krass, die aufgeblasene Lederjacke stellen und überwältigen. Rettung in letzter Sekunde. Ist ja grad noch mal gut gegangen!
„Die vom K11 sind die allercoolsten überhaupt", näselt Paul und sagt dann bestimmt: „Mama, ich werde auch mal Kriminalober-kommissar!"
„Klar, mein Sohn." Ich tätschele seine Schulter. „Aber nur unter der Voraussetzung, dass du deine Fälle im Fernsehen löst und dabei Platzpatronen benutzt."
Paul verdreht genervt die Augen.

„Na los, du Superbulle", ziehe ich ihm das Sofakissen unterm Hintern weg, „ab ins Bett jetzt."

Murrend trottet Paul in sein Zimmer, nachdem er sich seinen Gutenachtkuss bei mir abgeholt hat. Darauf bin ich mächtig stolz. Viele seiner Freunde wehren sich inzwischen mit Händen und Füßen gegen jedwede Form elterlicher Zuwendung.

Lilli hat uns Mokka aufgebrüht und in zwei kleine Tassen geschenkt. Sie hat ein Händchen dafür. Er ist nie zu süß und nie zu stark. Einfach perfekt. Wie meine Tochter selbst. Sie gleicht ihrem Vater aufs Haar. Die markanten Merkmale, wie das energische Kinn und die aristokratische Nase, wirken durch die feinen Konturen ihres Gesichts unglaublich weiblich. Wohlgeschwungene Augenbrauen und dichte, lange Wimpern runden das Bild ab. Auch sie hat die grasgrünen Augen ihres Vaters, mit denen sie mich jetzt anfunkelt.

„Er geht fremd."

„Soso", erwidere ich skeptisch und zünde mir eine Zigarette an. „Und was bringt dich zu dieser Vermutung?"

Lillis Hand schlägt krachend auf dem Küchentisch auf. „Das ist keine Vermutung, Mama. Das ist eine Tatsache", herrscht sie mich an. „Ich weiß es einfach."

„Och", bleibe ich dennoch gelassen. Ich glaube kaum, dass mich heute noch irgendetwas von den Socken hauen kann. „Hattest du die Hand dazwischen?"

Lilli schnaubt. „Mamaaa...", knurrt sie und nippt beleidigt an ihrem Mokka. „Mach es mir doch nicht so verdammt schwer..."

Nachdenklich ziehe ich an meiner Zigarette und schaue meine Tochter besorgt an. „Was ist denn mit dir los, Lilli? So kenne ich dich gar nicht. Du explodierst doch sonst nicht so leicht?"

Ihr Handy klingelt. Sie wirft einen angewiderten Blick auf das Display und verpasst dann dem ahnungslosen Mobilfunkgerät einen groben Schubs. „Der kann mich mal!"

„Lilli!" Meine Stimme hat nun einen leicht mahnenden Unterton. „Er hat es verdient, wenigstens angehört zu werden."

„Hat er nicht!"

„Hat er doch!"

„Hat er nicht!"

„Hat er wohl! Lilli, verdammt noch mal!" Ich bin lauter geworden, um das anhaltende Kreischen des Handys zu übertönen.

Zu laut. Paul steht in der Küche und reibt sich verschlafen die Augen. „Mamaaa..."

Schuldbewusst zucke ich zusammen. „Tut mir leid, mein Schatz. Ich wollte dich nicht wecken."

Paul wischt sich mit seinem Schlafanzugärmel die Triefnase ab. „Papa schon da?", nuschelt er und rückt damit Tillmanns Abwesenheit wieder in mein Bewusstsein.

„Noch nicht."

Bevor ich zu weiteren Erklärungen ansetzen kann, gähnt er ausgiebig. Er reißt dabei sein Mäulchen auf wie ein Spatz vor der Mahlzeit. „Kann ich dann bei dir schlafen? Büddeee!"

Das Handy verstummt.

„Dann geh schon", sage ich und nippe noch einmal an meinem inzwischen kalten Mokka, bevor ich die Tasse auf den Unterteller stülpe.

Paul drückt mir einen verrotzten Kuss auf Wange und flitzt ins Schlafzimmer.

„Und du?", frage ich Lilli und deute mit einer Kopfbewegung auf ihre Mokkatasse.

„Mag nicht", erwidert sie knapp.

„Du hast doch keine Angst vor der Wahrheit, oder?"

„Welche Wahrheit denn?" Es klingt ungewohnt schnippisch.

Ich seufze. „Dass du dich täuschst und ihn zu Unrecht beschuldigt hast?"

Lilli holt tief Luft. Sie hat schon wieder Pippi in den Augen. „Ich hab's gesehen, Mama."

„Mamaaa", kreischt Paul und steht Sekunden später erneut in der Küche. Er wedelt mit einem Umschlag. „Da steht dein Name drauf. Von wem ist der?"

Ich nehme ihm den Brief aus der Hand. Das ist Tillmanns Schrift. Mein Herz schlägt schneller und unerklärliches Unbehagen macht sich in mir breit. „Ich schau später. Und du gehst jetzt ins Bett, Paul. Du bist krank."

„Aber..."

„Kein Aber", unterbreche ich ihn mit erhobenem Zeigefinger. „Ab ins Bett."

Widerwillig schlappt er zurück ins Elternschlafzimmer.

Ich schiebe den Brief zur Seite und versuche, den Faden wieder zu finden. „Also, was genau hast du gesehen, Lilli?"

Lilli hat die Hände ineinander gefaltet und sieht mich wortlos an.

„Was genau du gesehen hast, würde ich gerne wissen", setze ich erneut an. Aber es scheint, als sei meine Tochter in eine tiefe Starre gefallen. „Lilli?"

Ihr Kinn vibriert. So aufgelöst habe ich meine Tochter noch nie gesehen. Sie steht ja völlig neben sich. „Lilli?" Ich nehme das Handy und halte es ihr vor die Nase. „Du rufst Tim jetzt an und sagst ihm, dass ihr morgen wie zwei erwachsene Menschen über alles redet."

Das ist diplomatisch, das ist gut. Ich bin zufrieden mit mir.

Doch meine Tochter reißt mir das Telefon aus der Hand und lässt es zurück auf den Tisch fallen. „Mama, es geht nicht um Tim", schleudert sie mir ins Gesicht. „Es geht um Papa!"

„Was?"

„Papa! Mama..."

Mir ist schwindelig. Meine Gedanken sind plötzlich völlig desorientiert.

„Lese halt den Brief."

Man kann regelrecht sehen, wie Lilli den dicken Klos in ihrem Hals herunterschluckt. Zögernd greife ich nach dem Umschlag, um ihn weiter von mir zu schieben. „Was weißt du, Lilli?", frage ich mit belegter Stimme.

Meine Tochter schüttelt den Kopf. Sie sieht verzweifelt aus, verletzt. In ihren Augen spiegelt sich ein Weltbild wider, das in Trümmern liegt. Sie kann nicht. Selbst wenn sie wollte. Und so ziehe ich den Brief wieder herbei und öffne ihn mit zittrigen Fingern.

Meine liebstes Lottchen! Angesichts des in mir aufkeimenden Verdachts kommt mir diese Anrede wie blanker Hohn vor. *Es fällt mir nicht leicht, dir diesen Brief zu schreiben.* Ich ahne die Worte, die nun kommen werden. Ich habe schon zu viele Romane gelesen und fühle mich, als sei ich nun die Hauptfigur in einem dieser. Doch wenn es so wäre, würde ich keinen Cent dafür zahlen. Denn das, was meine Augen verschwommen wahrnehmen und an die kleinen grauen Zellen in meinem Hirn weitergeben, ist nichts als gequirlte Scheiße. *Du und die Kinder seid ein Teil von mir*, schreibt er, *doch ich spüre tief in meinem Inneren, wie das Alter unaufhaltsam nach mir greift und daran muss ich etwas ändern, indem ich meinem Herzen folge und meinen inneren Frieden finde.* Ich schüttele den Kopf, erst zaghaft, dann immer energischer. Seinen inneren Frieden? Haben wir Krieg und ich hab's verpasst? Tillmann ist vierzig! Wovon redet er da nur? Und weshalb, wenn wir doch ein Teil von ihm sind, amputiert er uns dann? Ich versuche auf die Schnelle, dieses Paradoxon zu lösen und komme zu einem ernüchternden Schluss: „Euer Vater hat uns sitzen lassen."

Lilli holt tief Luft. „Papa", sagt sie dann, nicht ohne eine Spur schlechten Gewissens, „hat seit drei Jahren ein Verhältnis mit der Frau des Hausmeisters."

„Soso", bemerke ich trocken und so weit von der schmerzlichen Bewusstwerdung entfernt wie von einem Diplom in Quantenphysik. „Dann hört er wohl eher auf seinen Schwanz als auf sein Herz. Und seinen inneren Frieden findet er in Mexiko."

„Norwegen", hustet Lilli, „irgendwo."

„Aha." Ich stecke mir eine Zigarette an und beobachte den aufsteigenden Rauch.

Als ob sie meine Gedanken lesen könnte, sprudelt plötzlich alles aus ihr heraus. „Ich... also, ich hab Reiseführer und so'n Zeugs in der Küche gefunden. Vor einigen Wochen. Und dann hab ich Papa und die Treudl ein paar Mal im Wald gesehen, wenn ich mit Lea Joggen war. Und neulich... da waren sie... da haben sie... ich wollte es dir da schon sagen. Aber ich dachte, das war nur eine einmalige Sache, bis ich erfahren habe..." Sie schluchzt.

Obwohl mir selbst zum Heulen ist, nehme ich meine Tochter in den Arm und streichle ihr tröstend über den Rücken. „Pscht, schon gut, meine Kleine. Schon gut."

KAPITEL vier

Tillmann ist also weg.
Diese elende Mistratte!

Ich heule vor Wut. Wut, Enttäuschung und Unverständnis. Aber erst, nachdem Lilli sich müde und ziemlich angeschlagen in ihr Zimmer zurückgezogen hat. Es nagt an ihr. Sie wirft sich vor, mir gegenüber nicht loyal gewesen zu sein und ihren Vater viel zu lange gedeckt zu haben. Wir haben sehr ausgiebig darüber gesprochen. Aber solche Zweifel lassen sich nicht mit einer Handbewegung oder guten Worten wegwischen.

Was, zum Teufel, ist hier schiefgelaufen? Ich greife nach dem Zigarettenpäckchen. Leer. War ja klar. Kurzentschlossen schlüpfe ich in Jacke und Sneakers, schnappe mein Portemonnaie und schleiche mich aus der Wohnung. Nach nur fünf Minuten Fußweg bin ich an der nächstgelegenen Tankstelle. Vorausgesetzt, ich komme dort an. Im Flur stolpere ich über die Umzugskartons und schlage unsanft mit dem Knie auf. Verdammte Scheiße! Was ist das heute bloß für ein Tag?

Der scharfe Januarwind bläst mir um die Nase und kühlt mein erhitztes Gemüt etwas ab. Die Gedanken werden klarer. Tillmanns Erklärungen, warum er uns verlassen hat, ergießen sich über drei Seiten. Nachdem er in den ersten Absätzen noch auf der Suche nach seinem inneren Frieden ist, räumt er auf Seite zwei ein, diesen in Gestalt einer anderen Frau gefunden zu haben. Dass eben jene Frau zehn Jahre jünger ist als ich, schlank und faltenfrei, hat er jedoch völlig unerwähnt gelassen.

Wie kann Tillmann behaupten, er liebe uns? Klar, mit Lilli und Paul verbinden ihn die Gene. Sie sind sein Fleisch und Blut. Aber was verbindet ihn mit mir? Was hat ihn jemals mit mir verbunden – außer unseren Kindern? Achtzehn gemeinsame Jahre wohl nicht. Und – wie mir jetzt umso bewusster wird – weder meine äußere noch meine innere Schönheit. Stirbt Liebe schneller als sie wächst? Oder ist es über all die Zeit doch nur Freundschaft gewesen? Definiere

Liebe... Eva, die attraktive Hausmeistergattin, ist alles, was ich nicht bin. Sie kann Nächte durchfeiern und sieht nach achtundvierzig Stunden Schlafentzug immer noch frisch und atemberaubend aus, während ich nach nur drei Feierabendbierchen morgens um halb sechs wie ein Zombie durch die Wohnung schleiche. Ein Anblick, der sogar die Fliegen an der Wand erschrecken und Reißaus nehmen lässt. Evas Haut ist rein und ebenmäßig. Wenn ich eine grüne Feuchtigkeitsmaske auflege, könnte ich damit sogar einkaufen gehen, ohne dass das jemandem auffallen würde. Jedenfalls nicht gleich. Evas Titten sehen aus wie Mandarinen in Tennissocken und sie hat so viel Silikon im Mund, damit könnte man die Fenster eines zwölfstöckigen Hauses abdichten. Angeblich sind das jedoch alles nur wohlgeformte Moleküle. Dennoch: die Frage, was sie wohl hat, das ich nicht habe, stellt sich gar nicht.

Als ich vor der Glastür der neondurchfluteten Tankstelle stehe, wird mir die Aussichtslosigkeit eines Kampfes umso bewusster. Mal vorausgesetzt, ich wolle den Kampf aufnehmen. *Schau dich doch mal an*, gähnt meine innere Stimme. *So wie du aussiehst, ziehst du keine Wurst mehr vom Brot.* Danke, weiß ich schon selbst.

Es ist nicht so, als hätte ich mich in den letzten Jahren gehen lassen. Aber zwei Schwangerschaften und der Zahn der Zeit hinterlassen ihre Spuren. Ist das eine angemessene Entschuldigung? Nein? Dann sage ich es mal so: Die meisten Menschen nehmen zwischen Weihnachten und Silvester zu. Bei mir ist das umgekehrt. Ich nehme zwischen Silvester und Weihnachten zu. Und leider gehöre ich auch zu der Sorte Mensch, die der festen Überzeugung ist, bei Sport handele es sich um eine Krankheit. Das war nicht immer so. Während meiner Ausbildung im Polizeidienst war ich beinahe süchtig nach körperlicher Ertüchtigung. Doch nun grinsen mich die Speckrollen auf meiner Hüfte hämisch an und über die Ausrede, ich sei einfach nur zu klein für mein Gewicht, kann ich schon lange nicht mehr lachen.

„Guten Abend, Lotte. Was treibt dich denn so spät noch hier her? Keine Kippen mehr?" Amitabh grinst wissend und bleckt seine beigefarbenen Zähne.

Keine Kippen, keinen Mann, keinen Job und keine Wohnung mehr, will ich sagen. Aber ich verkneife es mir. Denn Bock auf Konversation habe ich auch keinen mehr. „Jepp", antworte ich deshalb knapp und fühle mich unbehaglich. Nachts um halb zwölf sind mir Tankstellen nicht geheuer. Amitabh ist ein schmächtiger Inder, der sich schon am Tresen festhalten muss, wenn man ihn anhustet, nur um nicht umzufallen. Er vermittelt nicht das Gefühl von Sicherheit. Und auch die unzähligen Überwachungskameras zeichnen schließlich nur auf, wie grauenvoll wir zu Tode gekommen sind, falls denn irgendjemand beabsichtigt, die Tanke zu überfallen und jeden Zeugen aus dem Weg zu räumen.

Vorm Eingang bremst ein klappriger Kastenwagen. Mit laufendem Motor wird die Beifahrertür aufgerissen. Das ist jetzt nicht sehr vertrauenserweckend. Ich schließe die Augen. Gleich stürmt ein Maskierter mit gezückter Pistole herein und fordert den Inhalt der Kasse, dazu ein Dutzend Flaschen Schnaps und fünf Stangen Zigaretten. Mir dreht sich der Magen um. Gleich kotze ich übern Tresen. *Heute ist einfach nicht mein Tag*, ergibt sich mein Bewusstsein. Ich höre einen dumpfen Schlag, ein lautes Aufjaulen und spüre kalte Tropfen auf meiner Hand. Oh, mein Gott! Sie haben Amitabh erschossen! Schallgedämpft.

„Lotte! Lotte!", rüttelt es an meinem Arm. „Hier ist ein Glas Wasser. Ist dir nicht gut?"
Ich öffne die Augen und schaue in Amitabhs besorgtes Gesicht. „Du bist ja ganz blass! Bist du krank?"
Es dauert einige Sekunden, bis ich mich wieder gefangen habe. Amitabh wurde nicht erschossen. Aber ein Blick zur Eingangstür zeigt, dass dort ein Bündel hinterlegt wurde. Eine Bombe?

Ich bin inzwischen nervlich völlig derangiert. Das bedeutet wieder jede Menge Falten und Dutzende graue Haare mehr. Außerdem vermute ich sowieso schon lange, dass sich mein Stoffwechselsystem in Stresssituationen intuitiv abschaltet und ich nach jeder Panikattacke gleich zwei Pfund mehr auf der Waage habe. Na, danke. Und das alles nur wegen ein paar Kippen...

„Lotte?" Noch einmal rüttelt Amitabh an meinem Arm, um sich zu vergewissern, dass ich auch geistig anwesend bin. „Alles klar?"

„Jaja, geht schon", mache ich mich los. Für einen so kleinen Kerl hat er einen ganz schön festen Händedruck. Ich reibe mir den Oberarm.

„Bist du sicher?", fragt er und setzt dabei eine Miene auf, als hätte er es mit einem verschreckten Kleinkind zu tun.

„Sicher bin ich sicher", meldet sich mein lang verschollenes Ego, „bin doch keine Heulsuse." Von Letzterem nach den vergangenen Stunden zwar nicht mehr ganz so überzeugt, stemme ich dennoch die Hände in die Hüften und stampfe nachdrücklich mit dem rechten Fuß auf.

„Gut", packt Amitabh mich unterm Arm, „dann kannste mit mir jetzt auch mal nachschauen, was das für ein Päckchen da draußen ist."

„Was? Ich? Wieso?" Ich starre auf das verschnürte Bündel. Es bewegt sich. „Ruf doch die Polizei!"

„Bin ich Heulsuse, oder was?", erwidert er brüsk und schleift mich mit sich.

Unschlüssig stehen wir im Eingang.

„Und jetzt?", fragt Amitabh.

Ich zucke mit den Schultern. „Ja, mach halt auf."

„Mach du doch auf!"

„Wieso ich?"

„Wieso nicht?"

Ich schnaube. Das wird mir jetzt alles zu doof. Ich gehe in die Hocke und öffne vorsichtig den Knoten. Es sieht aus wie ein baumwollener Kleidersack, den man mit zum Camping oder in den Urlaub nimmt.

„Und? Was ist drin?"

Ich äuge zu Amitabh. „Kann ich noch nicht sehen. Hab doch erst den Knoten..."

„Ja, dann zieh halt auf."

Der ist gut! Wenn mich jetzt ein Alien anspringt und mit grüner, radioaktiver Säure anrotzt? Oder eine Klapperschlange, die mich beißt, bis ich selbst nicht mehr klappern kann? Mein Gott! Vielleicht ist aber auch ein Säugling drin? Hektisch zerre ich an der Schnur und öffne den Sack.

Amitabh tritt einen Schritt zurück und ich kippe auf mein Hinterteil.

„Das... das ist ja... ist das ein Hund?", fragt Amitabh erschrocken.

Stirnrunzelnd schaue ich zu ihm auf. „Na, nach 'ner heiligen Kuh sieht das jetzt nicht aus." Dafür ernte ich einen bösen Blick.

Das kleine Fellbündel schaut uns mit großen, braunen Augen ängstlich an. Als ich meine Hand nach ihm ausstrecke, zieht er das Genick ein. „Schschsch", flüstere ich, „brauchst keine Angst haben. Wir tun dir nichts."

„Pah!", kreischt Amitabh und gestikuliert wild. „Und wenn der uns was tut?"

Ich sehe ihn ungläubig an. „Was soll der kleine Kerl denn schon tun? Uns etwa totlutschen?"

Inzwischen wagt sich der Welpe ein Stück näher heran und schnuppert an meinen Schuhen. Er humpelt.

„Du, die haben den Kleinen hier ausgesetzt", schlussfolgere ich entsetzt, „oder besser abgeworfen. Diese Mistbacken, diese elenden." Sofort ist mein mütterlicher Instinkt aktiviert und mein Herz bäumt sich auf, als das Hundebaby meine Hand ableckt. Vorsichtig nehme ich ihn auf den Arm. Als ich seinen rechten Hinterlauf berühre, fiept er leise. „Oje, und verletzt bist du auch noch, du armer Wurm."

„Das ist kein Wurm, das ist ein Hund", protestiert Amitabh lautstark, als ich Anstalten mache, ihn in den Verkaufsraum zu tragen. „Ich habe eine Allergie!"

Der Kleine zuckt angesichts der hohen Tonlage zusammen und ich werde stinkig. „Mir doch egal jetzt!", blaffe ich Amitabh an. „Das arme Kerlchen braucht erst mal Wasser und etwas zu essen!"

Mein indischer Tankwart gibt Fersengas, hechtet zu einem der hinteren Regale, dann zurück zur Theke und schließlich auf mich zu. „Hier", sagt er atemlos und hält mir mit ausgestrecktem Arm eine Plastiktüte vor die Nase. „Da sind fünf Packungen Hundefutter drin. Das kannst du ihm geben. ZU HAUSE!"

Ich starre ihn entgeistert an. „Aber..."

„Zigaretten habe ich dir auch reingetan. Zwei Päckchen sogar! Und jetzt verschwinde mit dem..." Er schaut auf den Hund in meinem Arm und verzieht angewidert das Gesicht. „Bäh! Tschüss!"

Unwirsch drückt er mir die Plastiktüte in die Hand und schiebt uns zum Ausgang.

„Aber was soll ich denn...?" Bevor ich ausreden kann, hat er die Tür hinter uns verschlossen und winkt mir noch einmal zu.

KAPITEL fünf

„Und nun?" Das Kerlchen in meinem Arm zittert wie ein dieselbetriebener Vibrator. Ich öffne den Reißverschluss und verstaue den Welpen unter meiner Jacke. Er sieht mich dankbar an, gähnt und kuschelt sich an meine Brust.

Ich seufze. Es ist unglaublich. An einem Tag verliere ich Mann, Job und Wohnung – und da geh ich nur mal Kippen holen und finde einen Hund. Dass ich es nicht übers Herz bringen werde, ihn in ein Tierheim zu schaffen, ist mir jetzt schon klar. Wie ich das alles allerdings bewerkstelligen will, nicht.

Inzwischen ist es ein Uhr. Ich schleiche durch den Hausflur, ohne erneut über die Kartons zu stolpern, und öffne leise die Wohnungstür. *Alles ruhig*, atme ich auf. Immerhin hat diese Aktion länger gedauert als erwartet. Aber es ist ja schon so manch einer vom Kippenholen überhaupt nicht mehr zurückgekommen.

„Na, dann wollen wir mal", sage ich zu meinem tierischen Jackenfutter und setze es vorsichtig auf dem Küchenboden ab. Aus dem Schrank krame ich eine Emailleschüssel, fülle sie mit frischem Wasser und stelle sie unserem neuen Familienmitglied einladend vor die Nase. Gierig schlabbert er daraus. Auf einem Teller matsche ich eine halbe Dose Hundefutter klein und platziere ihn daneben. Er schnüffelt kurz daran und lässt sich dann tollpatschig auf sein Hinterteil plumpsen. Immer wieder fallen ihm die Augen zu.

„Hm", mache ich und krame dann im Dielenschrank einen alten Schlafsack hervor. „Was meinst du? Kannst du darauf nächtigen?"

Er kann. Kaum habe ich dieses Überbleibsel aus Tillmanns Bundeswehrzeiten ausgebreitet und zu einem Nestchen geformt, bettet er sich in die Mitte und döst beinahe umgehend weg.

Ich beobachte den Kleinen eine Weile, dann fische ich die Zigaretten aus der Tüte, hole mir Stift und Papier und setze mich wieder an den Küchentisch.

Ich brauche eine Liste mit allen Punkten, die jetzt erledigt werden müssen. Gleich morgen früh gehe ich mit dem Welpen zum Tierarzt und das Nötigste für ihn einkaufen. Nicht verkehrt wäre es, wenn er einen Namen hätte. Doch das ist das geringste Problem. Auch die Rasse kann ich nur erraten, es deutet aber alles auf einen Labrador hin. Was das allgemeine Haustierverbot angeht, schere ich mich einen Dreck darum. In drei Wochen müssen wir hier sowieso raus. Und genau bis dahin muss ich einen adäquaten Ersatz gefunden haben. Das allerdings ist ein Problem. Und leider nicht das einzige. Ich muss mein, unser, Leben allein finanzieren. Unterhalt ist nicht zu erwarten. Meine Mutter wird den Kopf schütteln. „Hab ich es dir nicht immer gesagt?", wird sie mich fragen. Und ich muss nicken und mir selbst dafür in den Arsch beißen, dass ich in meinem jugendlichen Leichtsinn nicht darauf bestanden habe, zu heiraten. Oder Tillmann zumindest die Vaterschaft anerkennen zu lassen. Das nenne ich mal Pech. Wie ich neben des fehlenden Unterhalts auch noch ohne Lohn auskommen soll, bleibt mir ein Rätsel. Also muss neben einer Wohnung ebenfalls ein neuer Job her. Bei der heutigen Arbeitsmarktlage wohl das schwierigste Unterfangen. Und was ist mit Pauls Betreuung? Lilli kann ich diese Verantwortung nicht aufbürden, sie hat gerade genug mit ihrem Abitur – und dem heutigen Gefühlsausbruch nach zu urteilen – ihrem eigenen Leben zu tun.

Scheiße! Das schaffe ich alles nicht!

Die Verzweiflung schickt Gott uns nicht, um uns zu töten, er schickt sie uns, um ein neues Leben in uns zu wecken. Hermann Hesse

Ich nehme noch einmal Tillmanns Brief in die Hand. Inzwischen ist er so abgegriffen, dass man meinen könnte, es handelt sich um ein Schriftstück aus der Jahrhundertwende. Ungefähr so liest es sich auch. *Du bist wie eine Dogge: unglaublich stark, aber weißt es nicht*, lese ich. Ist mir vorher gar nicht aufgefallen. Nun jedoch finde ich es auch unglaublich. Vergleicht er mich mit einem Hund! War ich zuvor noch das Objekt seiner sexuellen Begierde, die Erfüllung seines Lebens, bin ich inzwischen zum Haustier mutiert. Danke, Herr Bübchen, das baut mich jetzt richtig auf.

„Wuff!", mache ich leise Richtung Schlafsack. Vielleicht versteht der Kleine mich ja?

Dogge. Wie kann er mich mit einer Dogge vergleichen? Seine neue Liebe sieht doch schließlich aus, als hätte sie mit einem Storch gepokert und die Beine gewonnen – nicht ich. Aber mein diplomierter Sozialpädagoge meint damit ja auch nur die inneren Werte! Die nützen mir allerdings nichts, wenn die äußeren Werte fehlen. Sofort setze ich auf die Liste: Kontostand überprüfen!

Aus dem Wohnzimmer hole ich den Laptop und checke via Onlinebanking die finanzielle Lage. Tillmann hat von seinem Sparbuch fünftausend Euro auf unser Konto überwiesen. Das war mal für ganz schlechte Zeiten gedacht. Die scheinen nun angebrochen. Aber immerhin. Das rettet mich vielleicht über die ersten Monate. Eine neue Wohnung hat er mir jedoch nicht dagelassen. Drecksack! Ich bin so wütend, so enttäuscht und zutiefst verletzt. Je länger ich über Tillmann, unsere Beziehung und seinen klanglosen, feigen Abgang nachdenke, desto größer wird mein Zorn. Ich muss mich zusammenreißen, damit ich nicht entmensche. Immer wieder frage ich mich: Warum? Was habe ich falsch gemacht? Was habe ich übersehen? Wann wurde aus unserer Liebe nur Freundschaft? Oder war es selbst das nicht mehr? Nur noch eine Zweckgemeinschaft?

Mir bleibt keine Zeit, darüber nachzudenken. Die Prioritäten in meinem Leben haben sich verschoben. Ein kalter Schauer läuft mir über den Rücken, als ich darüber nachdenke, wie ich Paul die Situation erkläre. Ich hoffe auf Lillis Hilfe. Und die des Kleinen. Der stupst mich just in diesem Augenblick an. „Pippi machen?", frage ich und werfe einen Blick auf die Uhr. Kurz nach halb fünf. Ich werfe meine Strickjacke über, schlüpfe in meine Sneakers und eile mit dem Welpen auf dem Arm nach draußen in den Hof. Es ist keine Menschenseele zu sehen. Mein Vierbeiner tapst ungeschickt durch die wild wuchernden Grasbüschel an der gepflegten Hausmauer und findet rasch Erleichterung. „Fein gemacht", lobe ich ihn und ernte ein freudiges Schwanzwedeln.

„Watt issn dit?", raunt mir Treudls durchdringendes Organ in den Ohren.

Ich zucke erschrocken zusammen. „Wonach sieht es denn aus?", erwidere ich ergrimmt. „Guten Morgen, Herr Treudl."

„Watt heißt hier *Juten Morjen*? Schaffen Se die Töle hier wech!"

Ich versuche es auf freundlicher Ebene. „Guten Morgen ist eine Begrüßungsfloskel, Herr Treudl. Sagt man so, wenn man eine gute Erziehung genossen hat."

Er schaut mich an, als hätte er die Bedienungsanleitung eines koreanischen Videorekorders vor sich. „Watt ist los? Die Töle pinkelt hier allet voll!"

Tja, Leuten mit Vorschulabschluss ist halt einfach nicht zu helfen. „Herr Treudl", ziehe ich die rechte Augenbraue nach oben und trete einen Schritt auf ihn zu, „wenn *Sie* nachts von Ihren Sauftouren heimkommen, pissen Sie doch auch regelmäßig gegen diese Hausmauer. Hab ich nicht recht?"

Allerdings! Treudl wird fahl. „Dit... dit...", stottert er und tritt ebenfalls einen Schritt näher, „dit wissen aba doch die andern Nachbarn nich?"

„Noch nicht, nö", bleibe ich völlig unbeeindruckt. „Herr Treudl", füge ich dann versöhnlich an, „in drei Wochen sind wir hier sowieso draußen."

Er räuspert sich und bietet mir eine Zigarette an. „Wissen Se, Frau Freund... wenn ick Ihnen mal watt unter uns Pfarrerstöchtern sajen darf, wa?" Er zieht seinen Stiernacken ein und schaut sich vorsichtig um. Dann tritt er noch ein bisschen näher, igitt. „Ick hab ja so dit Jefühl, det meene Alte und Ihr Oller... also... dat da watt jelaufen iss."

Ich nehme einen tiefen Zug aus der geschenkten Zigarette und schaue ihn bedauernd an. „Wie wahr, wie wahr. Da ist was gelaufen. Nämlich weg."

„Hä? Watt?"

So blöd kann doch nicht mal der sein, oder? Eigentlich möchte ich ihn jetzt stehen lassen. Aber mein Welpe schnuppert sich gerade so begierig durch seine neu gewonnene Freiheit, dass ich Treudl über den Sachverhalt aufkläre.

„Und von die Kündigung hamm Se wirklej nüscht jewusst?", fragt er, nachdem ich mit meinen Ausführungen abgeschlossen habe.

Ich schüttele den Kopf.

Er bietet mir eine weitere Zigarette an. „Wissen Se, watt?"

„Nee."

„Na ja, die Wohnung kann ick Ihnen leida nich überlassen. Die hat sich meen Neffe jesichert jehabt. Und denn bekomm ick mächtich Ärjer, wenn ick... na ja... da iss nix zu löten."

Was habe ich auch erwartet?

„Schon klar", bemühe ich mich um einen gelassenen Tonfall.

Treudl schiebt sich den Zeigefinger ins rechte Nasenloch. Nachdem er gefunden, wonach er gesucht hat, rollt er den Popel zu einer Kugel und schnippt ihn über seine Schulter. „Ick jlobe, ick hätte da villeicht watt für Ihnen."

„Bitte?"

Seine Mundwinkel zucken und zum ersten Mal sehe ich ihn lächeln. „Ne schöne Datsche im Jrünen. Müssn Se allerdings koofen. Aber ick könnte Ihnen 'nen juten Preis machen, wa?"

„Ähm..."

Treudl winkt mit einer gönnerhaften Geste ab. „Überlegen Se erst ma. Ick kann Se ooch jerne später de Anschrift uffschreiben und die Schlüssl jeben, denn könnse ma kieken." Er verpasst mir einen freundschaftlichen Schubs mit dem Ellenbogen und deutet dann auf das tapsige schwarze Fellknäuel. „Wie heeßt denn der Kleene überhaupt?"

Ich bin völlig baff und muss erst mal meine grauen Zellen zur Arbeit auffordern. „Ähm, er hat noch keinen Namen. Ich habe ihn gestern Abend gefunden. Er ist an der Tankstelle ausgesetzt worden."

„Ach, kiek mal an!" Treudl geht keuchend in die Hocke. Bei seiner enormen Plauze sicher nicht einfach. „Da isser ooch so allene und unjeliebt wie wir zwee Hübsche, wa?"

Aha. Daher also die Freundlichkeit. Leidensgenossen wie wir müssen zusammenhalten, wa?

KAPITEL sechs

Zu meiner Überraschung klopft es gegen sechs an der Wohnungstür. Treudl überreicht mir Adresse und Preisvorstellung des angebotenen Anwesens. „Denn könne vielleicht schon ma kieken...", fügt er hinzu und tritt verlegen von einem auf den anderen Fuß.

Ich hadere einen Moment, dann siegt meine Höflichkeit und ich frage: „Möchten Sie vielleicht eine Tasse Kaffee, Herr Treudl?"

Sein Gesicht hellt sich schlagartig auf. „Jerne!" Mit diesen Worten stapft er in die Küche.

„Oder lieber einen Mokka?"

„Mokka? Jerne, danke."

Ich werfe den Wasserkocher an, was den Brühvorgang beschleunigt, und nehme schon wenige Minuten später ihm gegenüber Platz.

Treudl blickt verunsichert auf die kleine Tasse.

Ich beobachte ihn amüsiert. „Vorsicht, heiß", warne ich. „Und nicht in großen Schlucken trinken, weil der Satz in der Tasse bleiben sollte. Knirscht sonst zwischen den Zähnen."

Er grinst gequält. „Dit Haus wa einglich für meene Olle jedacht.", presst er schließlich weinerlich heraus. „Sollte 'n Jeschenk sum Dreißigsten sein."

Ich räuspere mich und stiere wortlos in das Innere meiner Mokkatasse, als ob darin die Lösung all meiner Probleme liegt.

Unaufgefordert schüttet mir Treudl sein Herz aus. Danach kann ich zwar nicht behaupten, dass ich es als angenehm empfinde, die vielen intimen Details seines Lebens und seiner Beziehung zu kennen. Aber unter diesem Aspekt tut er mir nun leid. Unendlich leid. Tag für Tag hat er sich den Arsch aufgerissen, um dann ebenso überraschend sitzen gelassen zu werden wie ich.

„Wissen Se", meint er abschließend, „ick bin jetz durch damit und will die Hütte nur so schnell wie möglich ann Mann bringen. Verstehn Se dit?"

„Aber unbedingt", schlucke ich und sehe auf, als sich die Schlafzimmertür öffnet.

Zerknautscht schlurft Paul in die Küche. „Morgen", nuschelt er und lässt sich auf den nächstbesten Küchenstuhl sinken. Er stützt die Ellenbogen auf den Tisch, legt den Kopf in seine Hände und gähnt ausgiebig. Er realisiert weder Herrn Treudl noch den kleinen Hund, der langsam auf ihn zu tänzelt.

Ich stehe auf und küsse Pauls Stirn. „Mensch, Paul. Wieso bist du denn schon wach? Sind doch noch Ferien. Magst du Frühstück haben?" Ohne auf eine Antwort zu warten, hole ich Butter und Aufschnitt aus dem Kühlschrank. „Sie auch, Herr Treudl?", frage ich wohlerzogen, aber dennoch hoffend, dass er ablehnt. Irgendwann ist ja mal gut.

Ich habe Glück. Treudl lehnt zu meiner Erleichterung ab und verabschiedet sich schnell. Den Kaffeesatz hat er allerdings doch mitgetrunken.

„War das eben der Treudl?" Lilli blinzelt irritiert zur Wohnungstür. Sie sieht aus wie Betty Ford, bevor ihre Klinik errichtet wurde.

„Morgen, Kleine", küsse ich auch ihre Stirn und mache mich wieder ans Frühstück. „Soll ich dir gleich etwas herrichten?"

Sie schüttelt schwach den Kopf und lässt sich erschöpft auf den Küchenstuhl neben Paul fallen. „Was wollte der denn?", fragt sie mit neugierigem Blick auf die Unterlagen. „Was ist das denn?"

Mit einem Kopfnicken Richtung Paul bitte ich um Vertagung. „Können wir nach dem Frühstück darüber reden?"

„Nach dem Frühstück? Bist du denn zu Hause?"

Ach, du meine Güte! Ich muss Anne anrufen! Hastig greife ich zum Telefon und wähle ihre Privatnummer.

„Ja?", krächzt es aus dem Hörer.

O weh, ich hab sie geweckt. Das sollte man bei Anne nicht tun. Lieber einer Katze auf den Schwanz treten. Ich bin auf wüste Beschimpfungen gefasst. „Anne? Entschuldige die frühe Störung", setze ich zittrig an. „Hier ist Charlotte."

„Ach, Charlotte."

Ich harre der Dinge, die da kommen. Doch Anne scheint gleiches zu tun.

„Äh, Anne. Ich... ich muss heute einen Tag Urlaub nehmen. Paul ist krank und... und Tillmann ist nicht da..."

Im Hintergrund höre ich Gegrunze und Wortfetzen, die klingen wie *Speckmäuschen* und *Liebestörtchen*. Urgh! Das ist ja widerlich.

„Heute?"

„Ja, heute." Wäre es jetzt von Nöten, mich nochmals zu entschuldigen und die Sachlage zu schildern? Nein. Sehe ich gar nicht ein. Meine Kündigung habe ich ja bereits.

Anne kichert schrill auf. Und jetzt kann ich auch die Stimme im Hintergrund zuordnen. Eindeutig Wendelin Junior. Da hat der Junge vom Schlüsseldienst wohl noch ein ganz anderes Schloss geknackt.

„Jaja", reißt sie sich zusammen. „Ist ja nur ein halber Tag."

Mein perplexes ‚Danke' hört sie schon nicht mehr. *Nur ein halber Tag.* Gerade samstags ist in der Drogerie – im Verhältnis zum Rest der Woche – die Hölle los. Aber gut, mir soll's recht sein.

„Igitt", kreischt es derweil aus der Küche. „Maaa-maaa!"

Was? Haben wir jetzt vielleicht noch Kakerlaken in der Bude?

„Ich bin in Scheiße getreten!"

Ups! Hatte ich ja ganz vergessen. Ich laufe suchend in die Küche und finde den Übeltäter unter dem kleinen Eckschrank.

Lillis Ekelgrenze war schon von je her sehr niedrig und so hüpft sie einbeinig und immer noch angewidert jaulend ins Badezimmer. Wenigstens ist Paul jetzt richtig wach. Interessiert beobachtet er, wie ich auf dem Fußboden entlang robbe und versuche, das Fellbündel aus seinem Versteck zu locken, nachdem ich die miefigen Ausscheidungen unseres neuen Familienmitgliedes entsorgt habe.

„Mama, da ist ein Hund", stellt Paul richtig fest und wirft sich augenblicklich neben mir zu Boden.

Mit Engelszungen reden wir auf den Kleinen ein.

„Sagt mal, geht's euch noch gut?" Lilli hat die Hände in die Hüften gestemmt und schüttelt den Kopf. „Was macht ihr da?"

Als der kleine Schisser Lillis nackte Füße erblickt, kriecht er unterm Schrank hervor, direkt auf sie zu, und beginnt zu schlecken.

„Hunde sind Aasfresser", bemerkt Paul trocken.

„Blödmann", murrt Lilli, geht aber dennoch in die Hocke, um das schleckende Etwas näher in Augenschein zu nehmen. „Himmel, bist du süß!"

„Wem gehört der, Mama?"

Ich ziehe die Augenbrauen nach oben. „Tja, Paulchen. Der gehört wohl uns."

„Echt?"

Lilli hat den Kleinen auf den Arm genommen und wiegt ihn nun wie einen Säugling in ihrem Arm. Ein rührendes Bild. Eigentlich.

Ich stehe auf und schalte die Senseo ein. „Als ich gestern Abend noch mal rasch bei Amitabh war, ist der Kleine in einem Sack aus 'nem Auto geworfen worden", setze ich meine Kinder in Kenntnis. „Ich fürchte, dabei hat er sich auch ein bisschen am Bein verletzt. Muss nachher mit ihm zum Tierarzt. Auch wegen der Impfungen. Und Leine und so'n Kram muss ich auch noch kaufen."

„Das kann ich doch machen!", bietet Lilli sofort an. „Wie heißt er überhaupt?"

Ich grinse. „Das könnt ihr ebenfalls machen. Er hat nämlich noch keinen Namen."

Nachdem Lilli und Paul im Internet alle einschlägig existierenden Homepages gegoogelt, durchforstet, sowie Vor- und Nachteile ausdiskutiert haben, steht der Name fest.

„Otto?", frage ich skeptisch.

Ausnahmsweise sind sich meine Kinder mal einig. Otto also.

„Nachdem wir ab heute ein Familienmitglied mehr haben..." Ich lege nachdenklich die Stirn in Falten. Gerne hätte ich dieses Thema so lange wie möglich hinausgezögert. Aber Paul ist zehn und muss wissen, was Sache ist. „Papa", starte ich einen erneuten Anlauf, „ist wahrscheinlich für längere Zeit weg."

„Sitzt er im Knast?", will Paul wissen und ich blase die Wangen auf.

„Öh, nö." Ich suche nach Worten.

Lilli greift mir vor. „Papa ist mit einer anderen Frau durchgebrannt und kommt mit Sicherheit nie mehr wieder."

„Lilli!" Ich bin entrüstet. „Das kannst du doch nicht sagen!"

„Wieso nicht? Wenn's doch stimmt."

Ich verdrehe die Augen. „Man könnte das... anders formulieren."

„Wird es deshalb auch anders?"

Ich winke erbost ab und wende mich wieder an Paul. Vorsichtig greife ich nach seiner Hand.

„Ist schon gut, Mama", sagt er leise. „Das packen wir schon."

Der Kloß in meinem Hals wird spürbar dicker, in meinen Augen brennen Tränen. „Paul..."

„Lass nur", winkt er ab. „Ich finde nur... er hätte sich wenigstens verabschieden können."

„Tja..." Lilli krault mit Hingabe Ottos Bauch.

Seufzend lehne ich mich zurück. „Wie viel Wahrheit vertragt ihr noch?" Ich weiß nicht, ob ich sie jetzt mit alledem überfordere. Ich weiß nur, dass sie ein Recht darauf haben, zu wissen, was bei uns los ist und was noch alles auf sie zukommen kann. Schließlich müssen wir drei, 'tschuldigung, vier, nun zusammenhalten und zusammenarbeiten.

„Ziehen wir aus?" Lilli deutet auf Treudls Unterlagen.

„Paul?" Ich schaue ihn fragend an.

Er schlägt die Arme vor der Brust übereinander. „Ich bin ja jetzt wohl der Mann im Haus. Also, was ist los?"

Wäre es nicht so traurig, könnte ich beinahe lachen. „Na ja", beginne ich, „wir müssen in drei Wochen aus der Wohnung. Ich wusste nichts von der Kündigung. Doch Treudl hat mir heute früh ein interessantes Angebot gemacht."

„Das Haus da?"

Ich nicke. „Allerdings zum Kauf" und lege eine Kunstpause ein. „Das Problem ist, dass mir Anne zum ersten April gekündigt hat."

„Das weiß der Treudl aber nicht. Und die Bank weiß das auch nicht."

Ich runzle die Stirn. „Was... was willst du mir damit sagen, Lilli?"

„Kauf das Haus", sagt sie in geschäftigem Ton, „damit wir wenigstens ein Dach überm Kopf haben."

„Kind, wenn ich die Hypothek nicht mehr zahlen kann, dann..."

Meine Tochter bleibt unbeeindruckt. „Mama, du wirst schon bald wieder einen Job finden. Da bin ich mir ganz sicher."

Ich stoße einen hämischen Lacher aus. „Klar, Lilli. Der Arbeitsmarkt wartet ja auch nur darauf, dass eine wie ich endlich zugreift."

„Mama", sagt sie nun in beruhigendem Ton, „sei doch nicht so pessimistisch. Ich denke, alles sollte so kommen, wie es nun kommt. Es ist deine Chance, noch mal ganz von vorne anzufangen."

Ich schiele zu Paul. Der atmet einmal tief durch. „Mama, kauf das Haus!"

KAPITEL sieben

„Guten Morgen, Lolo. Frohes neues Jahr! Hab gestern dich vermisst." Vivi kickt, ohne ihre dicht bewimperten, hellblauen Augen von mir abzuwenden, das sich in rasanter Geschwindigkeit nähernde, knallrote Bobbycar zurück in die Wohnung. Emil, ihr jüngster Sprössling, quäkt verstimmt auf. „Ist etwas passiert?"

Ich seufze und lasse die Schultern hängen.

Vivi versteht. Sie legt eine Hand auf meine Schulter und deutet mit ihrem weißblonden Schopf auf die erste Treppenstufe. Sie ist acht Jahre älter als ich und seit sechzehn Jahren sitzen wir hier jeden verdammten Abend um zehn mit einer Flasche Bier. Nicht mehr, nicht weniger. Wir tauschen Tratsch aus, reden oder schweigen. Exakt dreißig Minuten. Das ist eine jener Konstanten in meinem Leben, auf die ich mich verlassen kann. Meine Beziehung zu Vivi ist genauso besonders wie ungewöhnlich. Punkt halb elf verabschieden wir uns mit freundschaftlichen Küsschen und jede verschwindet hinter ihrer eigenen Haustür. Gemeinsame Unternehmungen außerhalb dieser Zeit gibt es nicht. Von zehn bis halb elf gibt es nur Vivi und mich, zwei Flaschen Bier und diese Stufe.

Vivian. Das sind zweiundfünfzig Kilo geballte Erotik, zehn davon nehmen schon ihre Brüste in Anspruch. Vivis Taillenumfang misst kaum mehr als mein linker Oberschenkel und ihre Lippen sind sinnlich wie die von Angelina Jolie. Durch fünf gescheiterte Ehen und ebenso viele Kinder geläutert, hat Vivi sich vor zwei Jahren dem weiblichen Geschlecht zugewandt. „Dann muss ich wenigstens nicht mehr mit dem denken, was mir fehlt", erklärte sie ihre Neuorientierung.

„Siehst ganz schön scheiße aus." Damit trifft Vivi es auf den Punkt.

„Fühl mich auch so."

Vivi schnippt zweimal mit den Fingern. „Anton", ruft sie über meine Schulter hinweg, „bring uns bitte zwei Bier und wechsele Emil die Windeln. Ach, und Berta soll die Wäsche in den Trockner packen, Claus das Geschirr spülen und Dörte dem Müll rausbringen, klar?" Sie hat ihre Sprösslinge voll im Griff.

Ich warte, bis ich das kühle Pils in meinen Händen halte und überlege kurz, wie weit unten ich inzwischen bin, bereits um zehn Uhr morgens Bier zu trinken. „Wir haben jetzt einen Hund", starte ich ganz pragmatisch. „Paul und Lilli sind gerade beim Tierarzt mit ihm. Er wurde gestern an Amithabs Tankstelle ausgesetzt."

„Hmhm." Vivi weiß sehr wohl, dass Otto nicht der Anlass für meine Niedergeschlagenheit ist. Erwartungsvoll sieht sie mich an. „Schön."

Ich nehme einen großen Schluck aus meiner Flasche und atme tief ein. Danach schleudere ich die Fakten verbal in meine Umwelt. „Anne hat mir gekündigt, Tillmann ist mit Eva durchgebrannt und in drei Wochen müssen wir aus der Wohnung."

Vivi schnappt nach Luft, beißt die Zähne zusammen und lässt dann zischend ihre Atemluft entweichen. „Das ist ganz schön starker Tobak."

Ich nicke nur.

Vivi nimmt ebenfalls einen Schluck. Kosmische Gelassenheit liegt in ihrem Charakter. Doch jetzt hadert sie mit sich selbst. Sie geht mein Desaster systematisch durch. „Wie kommt diese Giftnudel dazu, dich rauszuwerfen? Außer dir würde doch niemand mit ihr arbeiten?"

„Keine Ahnung", antworte ich resigniert. „Ich habe das Gefühl, als würde der Laden sowieso bald dichtmachen müssen."

„Und Tillmann ist mit der Hausmeistergattin durchgebrannt? Wohin?"

Ich zucke mit den Schultern. „Norwegen?"

„So richtig... weg?" Vivi reibt sich mit kreisenden Bewegungen die Schläfe. „Wann?"

„Als ich gestern von der Arbeit kam, war er weg." Während ich Tillmanns Abschiedsworte zitiere und dabei immer wieder unsere achtzehnjährige Beziehung zu analysieren versuche, kann ich die Empörung förmlich spüren, die in Vivi hochsteigt. „... hat mir Treudl heute Morgen das Haus zum Kauf angeboten", schließe ich meine Schilderung.

Vivi nimmt den letzten Schluck aus ihrer Flasche und sieht mich ernst an. „Lolo, aus Freundschaft kann Liebe werden, aber niemals umgekehrt. Ich weiß, wovon ich spreche." Sie lächelt schwach. „Du wirst mir fehlen." Sanft berühren ihre Lippen meinen Mund. „Bis morgen Abend, Lolo." Sie steht auf und geht.

„Hör mal, Lottchen", erklärt mein Vater zwei Stunden später bestimmt, „lass uns nachher dort hinfahren und das Haus anschauen. Wenn es dir gefällt, werde ich das mit der Bank regeln."
Ich nicke ergeben und lade ihm noch eine Portion Fleisch und Kartoffelbrei nach.

Wie erwartet, ist meine Mutter heute Vormittag hereingeschneit, um den Sachstand zu überprüfen. Wie erwartet, hat sie mir Vorwürfe wegen des aufgrund meiner Dummheit verlorenen Unterhalts gemacht, aber ich habe mir nicht in den Arsch gebissen. Jedenfalls nicht physisch. Wie erwartet, sicherte sie mir ihre volle Unterstützung zu und machte sich, ebenfalls wie erwartet, sodann auf den Weg, Papa mit ins Boot zu ziehen. Als Beamter auf Lebenszeit würde er entsprechenden Eindruck auf den Kreditgeber machen.

Jetzt sitze ich also mit meinem Papa am Mittagstisch und gehe die Sache ganz strategisch an. Kartoffelbrei in die Mitte des Tellers, mit der Gabel ein Loch reingebohrt und dieses mit ordentlich Soße aufgefüllt. Habe ich alles von ihm gelernt.
„Wo sind eigentlich die Kinder?" Herrlich. Es fällt ihm jetzt erst auf.
Ich blicke zur Uhr. „Sie sind mit Otto beim Tierarzt und wollen dann noch in den Zooladen. Lilli hat angerufen, dass sie später kommen."

Ich vergleiche meinen Vater gerne mit Clint Eastwood. Er ist ein hochgewachsener Mann und für mich der Inbegriff an Männlichkeit. Er ist mein Held. Gerne wäre ich in seine Fußstapfen getreten. Für meine Ausbildung im Polizeidienst habe ich sogar auf meine große Liebe verzichtet. Meine erste, ganz große Liebe. Zurückgelassen in Hamburg. Dann kam Tillmann. In seinen Armen habe ich mich ausgeheult, in seinen Armen habe ich mich verloren. Neun Monate später kündigte sich Lilli an. Tillmanns Studium und unsere chronisch angespannte finanzielle Lage zwangen mich zu diversen

Gelegenheitsjobs. An eine Ausbildung war nicht mehr zu denken. Erst recht nicht, als ich erneut schwanger wurde.

Ich seufze.

„Ach, Lottchen", tätschelt Papa meine Hand, als könne er Gedanken lesen. „Einen Job finden wir auch noch für dich."

„Wenn's doch so einfach wäre..."

Er schüttelt den Kopf. „Ich strecke mal meine Fühler aus."

„Klar, Papa. Die nehmen bei der Polizei sicher gerne alleinerziehende, vierzigjährige Mütter mit abgebrochener Ausbildung." Eigentlich tut es mir leid, ihm so wenig Vertrauen entgegenzubringen. Aber wenn ich mich schon so hoch verschulden werde, dass ich es in diesem Leben nicht mehr zurückzahlen kann, muss ich wenigstens allem anderen gegenüber realistisch bleiben.

Er runzelt die Stirn und schabt den Rest Brei von seinem Teller. „Na ja", brummt er dann wie ein zahmer Bär, „Was einen Job angeht, ist dein Bruder ja auch noch da."

Leo. Mein großer Bruder. Nur zehn Monate älter als ich und stolzer Besitzer eines kleinen, aber sehr gut besuchten Frisörsalons.

„Du könntest ja zumindest übergangsweise bei ihm..."

„Klar", lenke ich ein und räume die Teller in die Spülmaschine. Ich helfe Leo regelmäßig im Salon aus. Zwar bin ich keine gelernte Frisörin – so gesehen bin ich eigentlich überhaupt keine gelernte Irgendwas – aber bemüht, nicht ganz unbegabt und mit einem eigenen, kleinen Kundenstamm. Waschen, Föhnen, Strähnen. Für eine qualifizierte Beschäftigung reicht das meines Erachtens jedoch nicht. „Kann ihn ja mal fragen."

„Wir sind doch auch noch da." Damit spielt Papa auf die finanzielle Unterstützung an. Also habe ich weder Suppenküche, Suff und Magersucht zu befürchten. Papa lehnt sich im Stuhl zurück, nippt an seinem Bier und beobachtet mein geschäftiges Werkeln. „Sag mal, Lottchen. Du hast auch keine Ruhe im Hintern, was?"

Ich ignoriere seine Bemerkung und wische den Tisch ab.

„Na, hattest du ja noch nie."

Wohl wahr...

KAPITEL acht

Gegen zwei machen wir uns mit Papas Geländewagen auf den Weg zur angegebenen Adresse. Sie führt uns an den Ortsrand in ein neu erschlossenes Baugebiet in ländlicher Umgebung. Neben mehreren schlüsselfertigen, freistehenden Einfamilienhäusern haben sich hier auch viele kleinere Firmen mit ihren Bürogebäuden angesiedelt.

„Da vorne links", lenke ich Papa mit einem Fingerzeig in die richtige Richtung, „die Nummer zwei." Wir biegen in eine Straße ab, zu deren rechter und linker Seite jeweils vier identische Häuser stehen. Das entspricht zwar nicht gerade meiner Vorstellung von Idylle, aber bei genauerer Betrachtung und Überlegung könnte das durchaus noch werden. Ein kleiner Zaun, Büsche und Pflanzen. Es ließe sich was daraus machen – wie die junge Frau auf dem gepflegten und liebevoll bepflanzten Nachbargrundstück beweist. In Daunenjacke und Moonboots schichtet sie gerade die Weihnachtsdeko in Kisten. Interessiert blickt sie zu uns herüber, als wir in der Einfahrt den Wagen abstellen.

„Hm", macht Papa und verschränkt die Arme hinter dem Rücken. „Hmhmmm..." Er läuft einige Schritte auf und ab. „Das sind locker vierhundert bis vierhundertfünfzig Quadratmeter allein an Grundstück", kratzt er sich am Kopf.

„Jede Menge Platz für Otto!" Paul läuft mit Otto voraus, einmal ums Haus und kommt atemlos wieder auf uns zu. „Mama das ist geil!"

„Ja, klar", erwidere ich unsicher.

Papa spürt meine Furcht und legt schützend seinen Arm um meine Schulter. „Lass uns erst mal reingehen, Lottchen."

Das Haus hat drei Schlafzimmer sowie ein Badezimmer mit Wanne und Dusche im Dachgeschoss, zu dem man über eine moderne Wendeltreppe gelangt. Das Erdgeschoss verfügt über einen großzügigen Wohn- und Essbereich und einer Küche mit anschließendem Hauswirtschaftsraum. In der Diele befindet sich des Weiteren ein Gäste-WC mit Fenster. Vom Wohnbereich aus betritt man die mediterran gefliese Terrasse. Ich bin überwältigt. Das sind locker über hundert Quadratmeter Wohnfläche. Nicht wirklich übermäßig viel, dennoch mehr als uns bisher zur Verfügung stand. Da es sich um einen Neubau handelt, fallen keine Renovierungsarbeiten an. Die Wände sind spanisch verputzt. Küche und Bad gefliest. Der Rest der Wohnung ist mit Schiffsplankenparkett ausgestattet. Das Haus ist ein Traum.

„Das hier wird mein Zimmer", johlt Paul von irgendwoher aus dem obersten Stock.

Ich höre Lilli eine Tür aufreißen. „Einverstanden. Dann nehme ich das hier. Boah, Mama, schau doch mal! Diese Aussicht!"

Eine Welle der Angst überrennt mich und ich laufe nach draußen. Mit zittrigen Fingern ziehe ich eine Zigarette aus der Schachtel. „Verdammte Scheiße", heule ich und wische mit dem Handrücken über Wangen und Nase. In der Jackentasche suche ich nach meinem Feuerzeug.

„Grüß Gott", meldet sich eine Stimme hinter mir. „Kann i helfa?" Die junge Nachbarin hält mir ein Feuerzeug unter die Nase.

„Oh", schniefe ich unfein, aber zweckmäßig. „Danke." Immer noch zitternd zünde ich die Zigarette an und gebe ihr das Feuerzeug zurück. „Guten Tag auch."

„Zieha Sie dahana oi?" Schwäbisch klingt ja putzig. Sie schenkt mir ein einnehmendes Lächeln.

„Ich, äh..."

„Die Nachbarschafd dahana isch vorbildlich", versichert sie mir überzeugend, „mir han sogar oi Bürgerwehr."

„Bürgerwehr?" Was zum Teufel ist das denn?

Sie weist mit dem Finger auf ein Schild am Straßenrand hin. „Vorsicht! Wachsame Nachbarn!", lese ich leise vor.

„Genau", grinst sie und streckt mir die Hand entgegen. „Übrigens, i bin Marleen." Gott, die Arme ist mit ihrem Namen ja nicht weniger gestraft als ich. „Die meischda saga abr Leni zu mir."

„Charlotte", nehme ich ihre Hand. „Die meisten sagen aber Lotte zu mir."

Leni gibt einen witzigen Grunzlaut von sich und wir brechen in Gelächter aus. „Na, des basschd ja!"

„Lottchen?"

„Lottchen?", wiederholt Leni amüsiert.

Ich nehme einen tiefen Zug aus der Zigarette und wische nochmals über meine Wangen. Papa muss nicht sehen, dass ich schon wieder geheult habe. „So auch noch."

Er kommt geradewegs auf uns zu. „Guten Tag", nickt Papa Leni höflich zu und reicht ihr die Hand. „Freund."

„Leni Schuschdr-Gaboor", strahlt sie und hat damit ganz offensichtlich sein Herz gewonnen, denn Papa grinst breit.

„Wohnen Sie auch hier in der Gegend, Frau Schuschdr-Gaboor?"

Ich verpasse ihm einen Schubs mit dem Ellenbogen. „Ich glaube, sie heißt Schuster-Kapoor, nicht..."

„Hach", meint Leni seufzend, „scho guad. I bin hald a Schwob ond wird's äwwl bleiba."

Papa nickt mir zu. „Na, das nenne ich mal sympathische Nachbarschaft."

„Ähhh, Papa..."

„Lottchen", unterbricht er mich sofort, „das ist definitiv Neubau. Es gibt kein Indiz dafür, dass hier in absehbarer Zeit weitere Kosten anfallen könnten. Augenscheinlich ist das eine seriöse Gegend, und dazu noch in bester Lage."

„Papa, aber ich..."

„Lottchen", sagt er verschwörerisch, „zu diesem Preis kannst du das wirklich nicht abschlagen."

„Es ist aber..."

„Einfach geil! Das ist sooo geil!" Kreischend rennt Paul auf uns zu, Otto im Schlepptau.

„Jetzt macht mal..."

„Mama!" Lilli strahlt über das ganze Gesicht. Ihre Wangen glühen vor Aufregung. „Tim wird uns beim Einrichten helfen. Wir haben gerade eben telefoniert. Das wird so schön!"

„Aber..." Komme ich heute auch noch mal zu Wort? Scheinbar nicht.

„Sind des älle dai?" Leni schüttelt Paul und Lilli die Hand und kniet sich zu Otto. „Na, du bisch mir ja oi ganz Süßr!"

„Was sagst du denn zu dem Haus?" Papa nimmt meinen Kopf in seine Hände und sieht mir tief in die Augen. „Hm?"

Ich gehe mit ihm ein Stück zur Seite. „Papa", beginne ich nun zum x-ten Mal. „Das Haus ist ein Traum. Es ist genau das, was ich mir immer vorgestellt habe. Endlich Platz und einen großen Garten, in dem ich werkeln kann." Mit jedem Wort wird der Kloß in meinem Hals fester. „Aber wie soll ich es finanzieren und halten können, wenn ich nicht mal weiß, ob ich in zwei Monaten wieder einen Job habe?"

„Du wirst einen Job haben", versichert er mir. „Mama hat schon mit Leo gesprochen."

„Papa!" Ich stampfe mit dem Fuß auf wie ein trotziges Kind. „Leo kann mich nicht ewig bei sich arbeiten lassen. Ich bin doch überhaupt nicht qualifiziert."

„Man kann alles lernen."

Langsam werde ich zornig. Will mich denn hier niemand verstehen? „Selbst wenn ich bei Leo arbeite, wer kümmert sich um Paul? Wenn er von der Schule kommt? Wer kocht sein Mittagessen? Wer schaut nach seinen Hausaufgaben? Ich muss ganztags arbeiten, um das finanzieren zu können. Aber wenn ich den ganzen Tag arbeite, kann ich mich nicht um Paul kümmern. Es passt einfach nicht. Gar nichts passt!", schluchze ich. Einmal mehr an diesem Tag. Ich kann nicht mehr. Seit gut sechsunddreißig Stunden habe ich nicht geschlafen.

Papa nimmt mich wortlos in den Arm und streichelt mir immer wieder über den Rücken.

„Endschuldigung..." Leni tritt vorsichtig näher. „I... i wollde ned lausche."

Bei meiner Lautstärke dürfte das Mithören kein Problem gewesen sein. „Macht nichts", schniefe ich. „Meine Schuld. Tut mir leid."

„Noi, ha noi", wehrt Leni mit erhobenen Händen ab. „I mai nur... I arbeide als Dagesmuadr. I könnde anbieda, mi um Baul zu kümmern, wenn er aus der Schule kommd. Mai Dochdr isch gnauso ald wie Baul, die Hausaufgaba könnda sie sogar gmeinsam macha."

„Oh", meint Papa gleich verzückt, „das passt ja hervorragend! Siehst du, Lottchen, das wäre schon mal geklärt."

„Äh..." Ich finde es etwas voreilig von meinem Vater. Dennoch möchte ich Leni nicht vor den Kopf stoßen. Und immerhin... sie war mir auf Anhieb sympathisch. Also warum sollte ich ihr nicht meinen Sohn anvertrauen? Vielleicht, weil ich sie erst seit zwanzig Minuten kenne?

„Hier." Sie bietet mir eine Zigarette an. „In der Wohnung rauche i selbsdverschdändlich ned."

Ich muss unweigerlich lachen. Na, des basschd ja.

KAPITEL neun

Leni und ich haben Telefonnummern ausgetauscht und uns für morgen Nachmittag zum Kaffee verabredet. Papa lächelt selbstzufrieden und bietet an, alles weitere mit Treudl zu klären, damit ich zu meinem wohlverdienten Schlaf komme. Und tatsächlich fallen mir, kaum dass ich mich zu Hause in die Horizontale begebe, die Augen zu.

Als ich am nächsten Morgen aus süßen Träumen erwache, rückt die Realität ungebremst zurück in mein Bewusstsein. Das Dumme an Träumen ist, dass man sich in der Vielzahl der Fälle schon nach wenigen Minuten nicht mehr an sie erinnern und deshalb auch nicht von ihnen zehren kann. Bei mir ist es so ein Fall.

Die Frucht meines Leibes, sprich meine Kinder, scheinen den Tiefschlaf ihrer Mutter ausgiebig genutzt zu haben. Im Wohnzimmer finden sich halbleere Tüten Chips, Flips und Salzstangen, und auf dem Boden sind Dutzende DVDs verteilt. Meine Sprösslinge liegen noch immer schnarchend im Bett. Otto nicht. Er wurde ganz offensichtlich von einem sowohl menschlich als auch tierisch äußerst dringenden Bedürfnis geweckt und hat daraufhin zwei Pfützen im Flur und einen stinkenden Haufen in der Küche hinterlassen. Seinen großen, braunen Augen sehen mich um Nachsicht bittend an, während ich die Sauerei beseitige. Gut, dass ich zwei Kinder habe. Ist zwar schon eine ganze Weile her, aber dennoch ist mir diese Arbeit nicht fremd. Was nicht heißen soll, dass Lilli und Paul regelmäßig in die Küche gekackt haben.

Da nun eh schon alles zu spät ist, beschließe ich rasch unter die Dusche zu springen, bevor ich mit Otto einen Rundgang mache. Während die Tropfen warm und weich über meinen Körper rinnen, versuche ich, nachzudenken. Die ganze Zeit tue ich nichts anderes. Doch jetzt ist mein Kopf völlig leer. Es ist mir nicht möglich, auch nur *einen* klaren Gedanken zu fassen. Alles dreht und vermischt sich in meinem Hirn – wäre es greifbar, könnte ich damit die Dokumenta bereichern.

Ich komme zu dem Schluss, dass zu viel Grübeln die Stirn zerfurcht und beschließe, gar nicht mehr nachzudenken, ziehe mich an und hinterlasse den Kindern einen Zettel, bevor ich aus dem Haus gehe. Draußen zünde ich mir eine Zigarette an. Ich schließe die Augen und atme tief ein.

„Morjen. Ooch schon wieder so früh aus de Kiste, wa?" Wieder einmal ist es Treudls Organ, das mich zusammenzucken lässt.

„Guten Morgen, ja."

„Super, dass dit so jut jeklappt jehabt hat und Sie die Hütte jefällt."

Ich nicke.

Treudl legt mir freundschaftlich eine Pranke auf die Schulter. „Iss ja allet jeklärt mit Ihrm Herrn Papa, wa?"

Wenn er es sagt. Ich nicke erneut.

„Watt machensin einglich jetze schon hier draußen?", will er wissen und sieht sich geschäftig um.

„Otto muss..." Ach, herrje! Ich habe Otto in der Wohnung vergessen! Augenrollend schlage ich mir gegen die Stirn und hechte nach oben, um den eigentlichen Anlass meines Ausfluges zu holen. Treudls Angebot, mich beim Gassigehen zu begleiten, lehne ich höflich, aber bestimmt ab. Zwar bin ich ihm äußert dankbar, aber dennoch nichts schuldig. Immerhin kann er froh sein, das Objekt so schnell und unkonventionell wieder losgeworden zu sein. Und ausgerechnet an mich – dürfte ihm ebenfalls Genugtuung sein.

Ich spaziere mit Otto zu dem kleinen See in der Nähe des Ortsrandes. Ausgestattet mit Kacktüten und Papiertüchern kann ich ihn dort laufen lassen und mir selbst noch ein bisschen Erholung auf einer der zahlreichen Bänke gönnen. Otto beißt beim Laufen immer wieder in die Leine, zieht nach vorne und schnellt wieder zurück, dass ein Spaß ist, ihn dabei zu beobachten. Nachdem ich mir am See ein Plätzchen gesucht habe und so langsam meinen wieder gefundenen Gedanken nachhänge, überkommt mich ein weiteres Mal das Gefühl der Verzweiflung. Immer wieder stellt sich mir die Frage nach dem Wie und Warum. Wie soll ich das alles schaffen? Und wie wird es weitergehen?

Am besten beginne ich damit, dem Druck meiner Tränen nachzugeben. Ich heule also ein weiteres Mal völlig hemmungslos und bemerke den Jogger, der kurz innehält und mir einen verstohlenen Blick zuwirft, zunächst gar nicht.

„Ist alles in Ordnung?", fragt er und tritt einen Schritt näher. Er hat die Hände in die Hüften gestemmt und atmet fest. Sein Brustkorb hebt und senkt sich rhythmisch. „Kann ich Ihnen helfen?"

„Alles... alles klar", japse ich. Die Heulerei nimmt mir noch den letzten Rest Luft. „Danke."

Gar nix ist klar, will ich schreien. *Und wenn Sie mir helfen wollen, dann geben Sie mir einen gut bezahlten Job. Sofort!*

„Wirklich?", hakt der Jogger nach.

Durch meinen Tränenschleier erkenne ich einen großen Mann in dunkler Trainingskleidung und einem dieser doofen, gestrickten Kondome auf dem Kopf. Ich glaube, diese Hip-Hopper haben so was auch immer auf der Birne. Der Kragen seiner Jacke bedeckt das Gesicht bis übers Kinn. Er kommt langsam näher.

Ich mag es nicht, Leuten nicht direkt ins Gesicht schauen zu können. Zwar ist das nicht allein darin begründet, dass von eben jenem kaum etwas zu erkennen ist. Ich sehe durch meine verheulten Gucker sowieso kaum etwas – und das ist ja nun nicht seine Schuld. Sowieso ist es in dieser Jahreszeit morgens um acht noch ziemlich dämmrig. Aber ich werde trotzdem pampig. „Nein, nicht wirklich. Aber das ist ja nun nicht Ihr Problem", blaffe ich ihn ganz entgegen meiner Art an.

„Verstehe", gibt er trocken zurück, „wenn das da hinten in der Schlammgrube Ihr Hund ist, dann sollte es tatsächlich nicht mein Problem sein." Er hebt zum Abschied eine Hand und joggt von dannen.

Otto hat sich eingesaut bis hinter die Ohren. Zu meinem Pech freut er sich riesig, mich zu sehen und fordert mich umgehend zum Mitspielen auf. Das erschwert ein Einfangen ungemein. Letzten Endes bin auch ich von Kopf bis Fuß mit Schlamm bespritzt und mache mich deprimiert auf den Heimweg.

„Du bist ein richtiges Dreckferkel", meckere ich seit zehn Minuten ohne Unterlass. „Und du hörst kein bisschen. Von Manieren gar nicht zu reden. Du kackst mir die Bude voll und pinkelst auf den Teppich. Was soll ich nur mit dir machen?"

„Ihn nehmen, wie er ist, wäre ein Anfang."

Erschrocken drehe ich mich um. Der Jogger lehnt vornüber gebeugt an einem Baum. Sein Gesicht, oder wenigstens das, was davon zu erkennen ist, glüht hitzig rot. Er funkelt mich aus eisblauen Augen an.

„Danke für den ungebetenen Ratschlag", knurre ich und gehe weiter.

Er folgt mir ein paar Schritte.

Mir wird mulmig. Da ich mir aber nichts anmerken lassen will, bleibe ich stehen, drehe mich um und schaue ihm direkt in die Augen. „Hören Sie, der ist bissig!", deute ich auf Otto.

Um seine Augen bilden sich kleine Fältchen. „Klar. Der lutscht mich glatt tot", lacht er und joggt unbeeindruckt an mir vorbei.

KAPITEL zehn

Wieder zu Hause, steuere ich ohne Umschweife das Bad an. Nach Otto brause auch ich mich noch einmal ab. Die Dusche kann ich jedoch nicht genießen. Sobald ich die Augen schließe, sehe ich den Jogger vor mir. Sein Anblick hat sich in mein Gehirn gebrannt und will nicht mehr verschwinden. Lasse ich sie offen, läuft Shampoo rein und brennt wie Bolle. Verärgert knalle ich den Brausekopf in die Halterung, der sogleich seinen Dienst versagt. Bevor ich vor Wut heulen kann, tröste ich mich mit dem Gedanken an unsere neue Wohnung. Unser neues Haus. Unser eigenes, kleines Heim. Hach, ist das schön.

„Na, Mama? Gut geschlafen?" Lilli schenkt mir ein strahlendes Guten-Morgen-Lächeln und ich kann nicht umhin, über die gestrige Fernseheskapade hinwegzusehen.

Ich küsse ihre Stirn. „Gut nicht unbedingt, dafür aber lange." Ich kuschele mich in meinen Bademantel. „Sag mal", frage ich dann und strecke die Nase in die Luft, „was riecht denn hier so lecker?"

Lilli bläst stolz ihre Brust auf. „Ich habe einen Kuchen gebacken. Für heute Nachmittag. Du bist doch eingeladen."

„*Wir* sind eingeladen, Lilli."

Sie räuspert sich, blickt zu Boden und reibt ihre große Fußzehe auf dem abgenutzten Linoleum, als wolle sie Twist tanzen. „Also, ich... Tim wollte vorbeikommen...", rückt sie endlich mit der Sprache raus.

Ich seufze. „Schon klar. Wir werden bis sechs Uhr weg sein. Ihr habt also sturmfreie Bude." Bin ich nicht eine gute Mutter?

Bevor sie freudig aus meinem Blickfeld verschwinden kann, rufe ich: „Aber, Lilli? Dafür bleibt Otto bei euch. Ich will nämlich nicht, dass er mir gleich Lenis Bude auseinandernimmt."

„Geht klar", spricht's in jugendlichem Leichtsinn.

„Und, Lilli?" So leicht kommt sie mir nicht davon. „Ich will nicht erleben, dass mir hier wieder die Wohnung zugekackt und vollgepinkelt ist."

„Mann", nölt Paul. „Warum darf die zu Hause bleiben und ich muss mit?"

„*Die* ist deine Schwester und hat einen Namen", geht mir ein bisschen seine gute Erziehung ab. „Und sie ist fast volljährig. Es geht schließlich um *dich*. Du sollst Leni kennenlernen, falls sie sich künftig um dich kümmern wird, wenn ich arbeiten gehe, um das tolle, neue Haus zu bezahlen, in dem du ein schönes, großes Zimmer hast." War jetzt wohl nicht besonders pädagogisch?

„Ja, aber die hat 'ne Tochter, Mama! Das ist ein Mädchen! Verstehst du?"

Da lang läuft also der Hase? Ich verkneife mir ein Grinsen. „Auch *die* hat einen Namen, nämlich Leni. Und sie ist wirklich, wirklich nett. Und ihre Tochter ist das ganz bestimmt auch."

„Aber, Mama! Ein Määäd-cheeen!" Paul verzieht das Gesicht zu seiner Fratze.

„Das, mein lieber Paul, haben Töchter so an sich. Es sind meistens Mädchen."

Völlig entnervt lässt sich mein Sohn im Stuhl zurückfallen. „Pfui Teufel!"

„Hm..." Ich kratze mich am Kopf. „Das wird sich auch noch ändern. In ein paar Jahren."

„In ein paar Jahren?", wiederholt Paul ungläubig. „Dann ist sie immer noch *das.*"

„Was?"

„Ein Määäd-cheeen!", blökt er. „Du bist aber auch echt sowas von schwer von Begriff."

„Hey, junger Mann!" Meine flache Hand schnellt auf den Tisch. „Einen anderen Ton, bitte. Ist das klar?" Das Grinsen ist mir inzwischen vergangen.

„Jajaaa", murrt Paul, was so viel heißt wie Leck mich am Arsch.

„Paul!", werde ich lauter. „Ich dulde so ein Benehmen nicht! Haben wir uns verstanden?"

Er schmollt.

„Ob wir uns verstanden haben? Paul!"

„Was?"

Ich muss mich schwer zusammenreißen. „Ich will", spreche ich nun betont langsam, „dass du mir antwortest, wie es sich gehört."

Paul schweigt.

„Paul?" Meine Stimme wird sanfter, seine Augen glasig.

„Und ich will, dass Papa wiederkommt." Er springt auf und rennt in sein Zimmer.

Ich bleibe zurück und werde erneut von der Welle überrannt, die mir inzwischen schon so vertraut ist wie ein alter Weggefährte: die der Verzweiflung.

„Lass ihn, Mama." Ich spüre Lillis Hand auf meiner Schulter. „Er hat eine Stinkwut."

Mein Herz krampft. „Auf mich?"

Sie schüttelt den Kopf. „Nein, auf Papa. Und damit kann er nicht umgehen."

„Deshalb gehe ich ihm jetzt nach, Lilli. Ich muss mit Paul reden."

Wieder schüttelt meine große Tochter ihren hübschen Kopf. „Mama, er hat gestern bestimmt eine Stunde an deinem Bett gesessen und dir beim Schlafen zugeschaut."

„Er hat *was*?"

Jetzt nickt sie zur Abwechslung. „Es ist schlimmer für Paul, dass Papa dir so wehgetan hat, als die Tatsache, dass er auch uns im Stich gelassen hat. Das macht ihn richtig fertig."

Und jetzt weiß mein Kind nicht damit umzugehen. Klar. Er wird von Emotionen überwältigt und ich kann nichts tun. Ich dachte, diese Phase kommt erst viel später? Dann, wenn auch die letzte Faser des Bewusstseins begriffen hat?

„Wir packen das, Mama!"

Ich falte die Hände, lasse meinen Kopf hinein sinken und schließe die Augen. „Und du, Lilli? Wie geht es dir?"

„Ist okay", sagt sie im Brustton der Überzeugung, „absolut okay. Mir geht's gut."

Ich runzele die Stirn. „Lilli, Schatz, ich möchte auf keinen Fall, dass du glaubst, eine Mutterrolle übernehmen zu müssen. Papa ist weg. Das kommt für uns alle sehr überraschend. Aber ich denke, auch mit Omas und Opas Unterstützung, wir schaffen das. Alles, was zählt und wichtig ist, ist, dass wir zusammenhalten. Dass jeder seine Aufgabe übernimmt, wir füreinander da sind. Und dass wir uns einig sind. Du und ich und Paul."

„Und Otto!" Zwei Arme schlingen sich um meinen Hals.

„Und Otto", bestätige ich.

„Tut mir leid, Mama, dass ich vorhin so doof war."

Ich streichle Paul über den Kopf und presse ihn fest an mich. „Warst doch gar nicht doof, Paul. Warst einfach nur... hm... unleidlich eben."

„Ich mach schon", ruft Lilli und springt auf, als es an der Tür klingelt. Im Flur höre ich wildes Geschmatze.

„Hallo, Lotte." Tim strahlt mich an und gibt mir zur Begrüßung einen Kuss auf die Wange.

„Hi, Tim", sage ich und schaue an ihm hinab. „Was hast du denn mit dem ganzen Zeug hier vor?"

Er stellt zwei große Edeka-Tüten auf dem Küchentisch ab.

„Mama", erklärt Lilli mit nach oben gestreckten Handflächen, „jeder hat seine Aufgaben, hast du gesagt. Und deshalb werden Tim und ich heute Mittag für uns alle kochen."

„Aha, na schön." Ich bin begeistert. „Dann... werde ich einfach mal die freie Zeit nutzen, schon ein bisschen Kram in die Umzugskartons zu räumen."

Aus dem Augenwinkel kann ich beobachten, wie Lilli Tim einen Schubs mit dem Ellenbogen verpasst und dieser sofort reagiert.

„Sind das die im Flur? Ich bringe sie gleich mal rein und baue sie auf."

Ich mag Tim. Er ist zweiundzwanzig, sieht verdammt gut aus, arbeitet in der Schreinerei seines Vaters und ist ein durch und durch anständiger Kerl. Eben schwiegermuttertauglich. Doch so weit sind wir noch lange nicht!

Das Theater, das die beiden heute veranstalten, macht mich allerdings stutzig. Es ist einfach zu viel des Guten. Und dass man mich nicht mit Samthandschuhen anfassen braucht, weiß meine Tochter.

„Hat übrigens gestern mal jemand nach der Post geschaut?", frage ich in die Runde.

„Ich geh schon holen", ruft Lilli und schnappt sich den Postkastenschlüssel.

Tim hat derweil die Kisten im Wohnzimmer deponiert. „Brauchst du noch was, Lotte?"

„Ähäh...", schüttele ich skeptisch den Kopf. „Tim?"

„Ja", steht er parat.

„Ist irgendwas? Irgendwas ist doch?"

„Och... du... nee... wieso?"

Hm, das glaube ich ihm nicht. Aber will ich's denn wirklich wissen?

Lilli hat mir die Post auf den Küchentisch gelegt und ich sortiere kurz durch. Werbung, Werbung, Handyrechnung und lauter sinnloses Zeug. Lilli hat aus dem Rest Kuchenteig kleine Muffins gebacken und die gönne ich mir jetzt mit einer Tasse frischem Kaffee. Dabei beobachte ich meine Tochter. Kochen hat ihr schon immer Spaß

54

gemacht. Das hat sie von ihrem Vater. Während sie Gemüse schnippelt, steht Tim hinter ihr, seine Arme um ihre Taille geschlungen und streichelt zärtlich ihren Bauch. Immer wieder haucht er ihr Küsse in den Nacken.

Wehmut überkommt mich und ich flüchte geradezu ins Wohnzimmer, um nach und nach die vielen Kisten mit meinem Leben zu füllen. Und mit Tillmanns. Viel mehr als sein Handy, seine Kreditkarte, ein paar Klamotten und dem Personalausweis scheint er nicht mitgenommen zu haben. Bevor ich gleich wieder zu heulen beginne, breche ich alle Umzugsvorbereitungen ab und schnappe mir Ottos Leine. „Ich geh noch mal 'ne Runde mit dem Kleinen", rufe ich in die Küche und haste zur Tür hinaus.

KAPITEL elf

Während ich mit Otto die Straße entlang schlendere, zermartere ich mir das Hirn, was mit meiner Tochter los ist. Sie wirkt plötzlich so erwachsen. Als sie mir von Pauls Gefühlschaos berichtet hat, fühlte ich mich nicht wie eine Mutter, sondern wie ein Kind, das auf die guten Ratschläge ihrer großen Schwester hört. Ich schüttele den Kopf. Und Tim? Er gehört schon zur Familie. Er ist für mich beinahe wie ein Sohn. Wie viele Abende haben wir gemeinsam verbracht, wenn Tillmann beim Sport oder mit seinen Freunden unterwegs war? Oder gar schon mit Eva? Tim und ich haben geredet, gemeinsam gekocht und sogar gespielt. Es gefällt mir, wenn er Paul beim Mensch ärgere dich nicht immer ganz knapp gewinnen lässt. Es imponiert mir und gibt mir ein beruhigendes Gefühl, wie viel Respekt er meiner Tochter entgegenbringt, wie er sich um sie kümmert, immer versucht, Ärger von ihr fernzuhalten. Tim ist ein guter Junge.

Doch was, zum Teufel, spielt sich gerade in meiner Wohnung ab? Irgendetwas hecken die beiden aus. Ich bin kein hypersensibler Mensch. Doch auf meinen Bauch kann ich mich meistens verlassen. Und der sagt mir, dass da irgendwas im Busch ist. Haben sie sich etwa heimlich verlobt?

Plötzlich stehe ich wieder am See. Automatisch haben mich meine Füße hierhergetragen. Und ganz automatisch schaue ich mich um. Vom Jogger jedoch keine Spur. Ich schüttele den Kopf. *Was soll das, Lotte?*, fragt mich meine innere Stimme. *Gehen die Hormone mit dir durch? Tillmanns Kopfkissen ist noch nicht mal kalt und du schleichst einem Unbekannten hinterher?*

„Komm, Otto", rufe ich und gebe Fersengas.

„So", sage ich, kaum dass ich die Tür geöffnet habe. „Lilli? Tim?"

Sie recken die Köpfe aus der Küche.

Ich nehme am Tisch Platz und atme einmal durch. „Setzen."

Brav gehorchen sie.

„Ich will jetzt wissen, was hier los ist."

„Was... was soll los sein, Lotte?"

Ich senke den Kopf ein wenig und runzele die Stirn. Meine Augen verengen sich. „Tim?"

Seine Ohren glühen. „J-j-jaaa?"

„Was? Ist? Los?"

„Ähm... ähm... wieso?", stottert Tim. Er konnte mich noch nie anlügen. Verzweifelt schielt er zu Lilli.

Meine Tochter räuspert sich und rutscht nervös auf ihrem Stuhl hin und her. „Mama..."

„Ich höre."

„Mama..."

„Jaaa?"

„Also, Mama..."

Boah! Ich sammele Luft in meinen Wangen und lasse die flache Hand auf den Tisch klatschen. „Sag doch endlich!"

„Also, Mama, wir..."

Wenn das so weitergeht, drehe ich durch. Ich will jetzt endlich wissen, was los ist. Außerdem habe ich Hunger. Diese beiden Komponenten ergeben eine hochexplosive Mischung.

„Wir bekommen ein Baby", platzt es aus Tim heraus. Und er sieht ganz so aus, als wolle er sich im selben Moment die Zunge abbeißen.

Mir wird schwindelig. Ich halte mich an der Tischkante fest und spüre, wie mein Atem schneller wird. Meine Sinne tanzen Samba. Es braucht eine Weile, bis ich mich gefasst habe. „Ihr", versichere ich mich ganz langsam, „bekommt ein Baby?"

Lilli und Tim nicken vorsichtig.

„Du... du bist schwanger?" Blöde Frage, ist ja nicht so, als ob das eine das andere ausschließt.

Wieder nicken sie. Dabei starren sie mich an, als sei ich ein zweiköpfiger Hund.

„Ich... ich werde Oma?"

Lilli nickt (was auch sonst?) und Tim verkneift sich krampfhaft ein Grinsen.

„So", presse ich heraus und kratze mich im Nacken. „Das ist ja... also... ich dachte, ihr habt euch heimlich verlobt?"

„Verlobt?" Das traute Paar sieht sich fragend an. „Wäre aber auch eine Idee, jetzt, wo... Mama?"

Ich hebe abwehrend die Hände. „Schon gut, alles klar. Ich ruf jetzt nur noch Paul, der mir beichtet, dass er eine Bank ausgeraubt hat, und dann haben wir aber alles, oder? Keine Überraschungen mehr, versprochen?"

„Paul hat doch nicht wirklich...?"

Lilli verpasst Tim einen Schubs. „Quatsch!"

Erwartungsvoll sehen sie mich an. Ich kann nichts sagen. Ich kann mich ja nicht mal bewegen. Ich sitze am Tisch, die Hände übereinandergelegt, und starre ein Loch in die Platte. Nach einigen schweigsamen Minuten steht Lilli auf und holt meine Zigaretten und einen Aschenbecher. Tim brüht mir einen Senseo auf. „Mokka wäre besser", höre ich Lilli flüstern.

„Schon gut", nehme ich die Tasse dankend entgegen. „Ich glaube, jetzt würden sowieso nur noch ein Joint und eine Flasche Wodka etwas nützen."

„Soll ich...?"

„Tim", bremse ich ihn in seiner Euphorie, „wo willst du jetzt einen Joint herkriegen?" Bevor er antworten kann, unterbreche ich ihn mit erhobenem Zeigefinger: „Wage nicht, mir zu sagen, dass du irgendwelche Quellen hast. Immerhin bist du der Vater meines Enkelkindes!"

Ein Lächeln huscht über sein Gesicht.

Ich atme durch, stehe auf und nehme ihn in den Arm. „Was macht ihr nur mit mir?"

„Mama..."

„Ach, Kind. Ich... ich freu mich ja. Ich freue mich ganz wahnsinnig. Aber... habt ihr mal", stelle ich die ultimativ typische Frage, „an eure Zukunft gedacht?"

„Bis das Baby kommt, habe ich mein Abi. Und ich kann in der Schreinerei von Tims Vater arbeiten, die Buchhaltung machen." Lilli scheint alles genau durchdacht zu haben.

„Buchhaltung", wiederhole ich. „Dazu braucht man aber kein Abi." Wünscht sich nicht jede Mutter das höchste Ziel für ihre Kinder?

„Aber, Mama..."

Tim legt seine Hand auf meinen Arm. „Lotte, wir haben es wirklich nicht darauf angelegt. Lilli hat die Pille genommen. Es war uns selbst unverständlich. Aber eine Abtreibung..."

„Wäre gar nicht in Frage gekommen", ergänze ich verständnisvoll. „Es ist okay. Wenn es so sein soll, dann soll es wohl so sein."

Ändert es denn etwas, wenn ich jetzt austicke? Ihnen Vorwürfe mache? Nichts. Nichts wird es ändern. Auch für mich käme eine Abtreibung nie in Frage. Gewiss, der Zeitpunkt ist nicht gerade gut gewählt. Aber die beiden hatten ja auch keine Wahl. Und mal ehrlich: gibt es denn für irgendetwas im Leben den wirklich richtigen Moment?

Plötzlich erinnere ich mich an die zerbrochene Mokkatasse. Ich habe zwei Menschen mit einem Koffer gesehen. Das war Tillmann, der uns verlässt, und Eva. Zwei Häuser. Dieses hier und unser neues Heim. Und vier Menschen. Lilli, Paul, Tim und ich. Und die beiden Pünktchen? Das sind dann wohl Otto – und mein Enkelkind. Ach, herrjeh! Ich werde Oma!

„Hört zu", sage ich dann gefasst. „Schön, dass ihr euch Gedanken gemacht habt. Aber jetzt wäre ich gerne darin involviert. Wie soll es weitergehen? Vor allem, wenn das Baby da ist?" Ich warte erst gar nicht auf Antwort. „Da wir nun das große Haus haben, schlage ich vor, der künftige Papa wohnt ebenfalls bei uns. Eine eigene Wohnung könnt ihr immer noch suchen, falls es euch zu eng wird. Ich biete es euch an und ich tue es gerne. Das solltet ihr schon mal wissen."

„Ähm, das ist... Lotte, wäre das auch wirklich okay für dich?"

Ich kann nicht anders, ich muss lachen. „Hey, ich bin siebenunddreißig und werde Oma", lautet meine Erklärung.

In Lillis Gesicht spiegelt sich geballte Erleichterung wider. „Und du wirst die coolste Oma der Welt!"

KAPITEL zwölf

Was? Was kann jetzt eigentlich noch passieren, das mich umhauen würde? Ich denke, ich habe das gesamte Repertoire ausgeschöpft. Ich werde von nun an nur noch nach vorne blicken. Vergangenes ist vergangen. Was zählt, ist das Jetzt. Und was kommen wird, nehme ich an und mache das Beste daraus. Es kann sowieso nur noch besser werden.

Warum irrst du öfter vergeben umher?
So ruhe doch irgendwo aus!
Des Vergangenen sollst du nicht gedenken
und über die Zukunft dir keine Gedanken machen:
Genieße hier die Freuden, die unerwartet kommen und gehen.

Das kommt aus Indien. Kluge Menschen sind das...

Mit dieser Einstellung treffe ich am Nachmittag bei Leni ein. Sie begrüßt mich so herzlich, als seien wir Freundinnen seit Kindertagen. Ihre Umarmung ist wie ein warmer Regenschauer an einem heißen Sommertag.

„Kommd roi, kommd roi", schiebt Leni uns sanft durch den Flur ins Wohnzimmer. „I freie mi ja so, dess ihr komma seid."

Ich reiche ihr den Kuchen. „Nee, Leni. Wir freuen uns wahnsinnig, dass du uns eingeladen hast."

„Dann freia mir uns hald älle", zwinkert sie Paul zu. Der hat sich, was sein Outfit angeht, nicht erweichen lassen und gammelt mürrisch in Trainingsanzug und zerzauster Frisur vor sich hin. „Na, Baul? Schauschd mir abr ned wirklich glügglich aus?"

Er senkt trotzig den Kopf. Oder eher schüchtern? Verstohlen schielt er zur Treppe.

„Du, Baul", Leni geht vor ihm in die Knie, „die da drüba hedd no niemanda gfressa."

„Sicher?", murrt er.

Ich verpasse ihm einen kleinen Schubs für diese Unhöflichkeit. Doch noch bevor er sich darüber beschweren kann, steht das Mädchen vor ihm. Ein Bild von einem Kind. Wenn ich mich schon gerne damit brüste, die schönste Tochter der Welt geboren zu haben, so steht Leni mir in nichts nach. Die Kleine hat rabenschwarzes, langes Haar und aufgeweckte, braune Augen. Man könnte meinen, die hätte sie Bambi höchstpersönlich geklaut. Ihr dunkler Teint und die feingliedrige Gesamterscheinung machen aus ihr eine Prinzessin.

„Des isch mai Dochdr." Leni legt die Hände auf ihre Schultern. „Anjuli. Abr mir saga nur Juli zu ihr. Wega der Wilda Fußball-Kerlee", fügt sie erklärend hinzu.

„Hi, Juli. Ich bin Lotte", begrüße ich sie lächelnd und reiche ihr die Hand. „Und der kleine Muffel da ist Paul."

Paul verpasst nun mir einen verärgerten Seitenhieb. „Ich bin kein Muffel", mault er. Und nach einer Kunstpause: „Hi, Juli."

Nachdem die Begrüßung abgeschlossen ist, taut Paul langsam auf und wird regelrecht handzahm. Er und Juli verziehen sich zum Spielen nach oben.

Leni hat im Wohnbereich einladend gedeckt. „Der Kucha wär wirklich ned nödich gwesa", beteuert sie ein weiteres Mal. „Abr i frei mi dierisch druff. Bin do so oi Leggerschnude."

„Ist von Lilli. Extra für euch. Liebe Grüße soll ich übrigens bestellen."

„Wollde sie noh ned midkomma?"

Ich schmunzele. „Sie ist siebzehn und ihr Freund ist da."

„Na", grinst auch Leni, „noh ischd ja älles klar. Bin mol gschbannd", seufzt sie dann, „was mi mid Juli no älles erwarded."

„Och...", mache ich nur und hänge kurz meinen Gedanken nach.

„Woher kommschd du eigendlich, Lodde? Und was machschd du bruflich? Geschdern des war ja dai Baba, gell? Wo ischd noh dai Mo?"

Wow! Das sind jede Menge Fragen. Aber ich empfinde es keinesfalls als zu neugierig oder gar aufdringlich. Ich freue mich, dass Leni so reges Interesse zeigt.

„Wo fange ich am besten an? Ich wohne in der Stadt. Eigentlich keine schlechte Gegend. Aber natürlich nicht zu vergleichen mit dieser hier."

„Wohl wahr", stimmt sie mir zu. „I war zwar erschd mol schkebdisch wega... na ja, a Häusle schaud hald aus wie des andere. Abr die Lag ischd oifach idyllisch ond man kann sich ja kreadiv auschdoba, gell?" Sie zwinkert mir vielsagend zu.

„Hab schon gesehen." Ich schaue mich demonstrativ um. „Du bist ja ein wahres Naturtalent. Und die ganzen Ideen. Wo nimmst du die bloß her?"

„Hm", meint sie. „I war Erzieherin im Kindergarda. Und i han nebenbei Kindergeburdschdag organisierd. Dahr die Idea. Und vielleichd au kloi bissle Dalend."

„Na, das ist wohl die Untertreibung des Jahres!" Ihre Wohnung ist herrlich. Hell und einladend und überall bunte, leuchtende Farbkleckse in Form von Deko oder Selbstgebasteltem. Vorwiegend orientalisch. Einfach ein Platz zum Wohlfühlen.

„Magschd mol raus?"

Gute Idee. Mein Nikotinspiegel ist drastisch gesunken. „Klar!"

„Du haschd also jedschd die Schnauze voll vom Schdaddleba?" Leni gibt mir Feuer.

Ich stoße einen verächtlichen Lacher aus. „Nein, der Vermieter hat uns gekündigt. Sein Neffe soll in die Wohnung."

„Oh! Da hadded ihr abr Glügg, dess ihr dahana überhaubd no ebbes bkomma habd. Soweid i woiß, wara breids älle Häusr verkaufd."

„Der Vermieter", räuspere ich mich, „hat mir auch eben jenes Haus angeboten. Es war ursprünglich für seine Frau gedacht."

„Ach, sag bloß! Ischd die ihm weggelaufa, odr was?", scherzt Leni.

Ich nicke. „Jepp. Mit meinem Mann."

Leni stutzt. „Nee, ne? Ned wahr?"

„Oh, doch."

Sie holt tief Luft. „Dai Mo ischd mid der Frau eires Hausmeischders durchgebrannd?" Vorsichtig legt sie ihren Arm um meine Schulter. „Mensch, Lodde..."

Und dann überkommt sie mich wieder, die Welle, und die Worte purzeln mir nur so aus dem Mund. „Mein Mann hat mich sitzenlassen, ich habe meinen Job verloren, Otto habe ich halbverhungert an der Tankstelle gefunden, ich muss ein Haus finanzieren und meine siebzehnjährige Tochter ist schwanger."

„Mai Godd!" Leni lässt sich auf einen der Blumenkübel sinken. „Lodde... da haschd ja ganz schee was midgemachd in den ledzda Monada?"

„Leni, das war eine Kurzfassung der letzten drei Tage."

Fassungslos starrt sie mich an. „Das baggschd ned."

„Wie?"

Sie schüttelt den Kopf. „Nee, du baggschd des scho. Sowas schbür i. I sag nur, i bagg's ned, weil... des muss man erschd mol kabiera."

„Lass nur", beruhige ich sie. „Ich kapier's auch nicht. Aber ändert ja nix."

„Da haschd Rechd."

„Übrigens", frage ich, nachdem wir es uns wieder auf dem Sofa bequem gemacht haben, „Anjuli ist ein ziemlich ungewöhnlicher Name. Indisch?"

Sie nickt. „Genau. Mai Mo ischd Indr."

„Ach!", mache ich und stelle mir vor, wie bescheuert ich Leni jetzt sicher anstarre. Ich denke an Amitabh. Seinen grauen Teint, der immer irgendwie schmutzig ausschaut, seine gelb unterlaufenen Augen und die dunklen Ringe darunter. „Ich kenne auch einen Inder", sage ich und bereue es sofort. Wie dämlich ist diese Aussage denn?

Doch Leni lacht. „Du meinschd Amidabh? Da vo der Danke?"

„Leni, Leni", hebe ich sofort abwehrend die Hände. „Es tut mir ja so leid. Manchmal bin ich echt so verhaltensblond, dass es schon weh tut."

Sie lacht immer noch. Sie lacht sich schief und krumm, hält sich den Bauch und wischt sich nach einer Weile die Tränen von den Wangen. „Mai Güde, Lodde", japst sie schließlich, „dai Gesichd... des vergesse i mai Leba nemme! Klasse!"

Meine Unsicherheit legt sich und ich schmunzele. „Nur gut, dass wir beide uns so gut verstehen."

„Ja", sagt Leni, legt ihre Hand auf meinen Oberschenkel und sieht mich liebevoll an. „Des wussde i vom erschde Augebligg, als i di gseha han."

Ich lege meine Hand auf ihre. „Und ich weiß es jetzt auch, Leni."

Ein wahrer Freund ist der, der deine Hand nimmt, aber dein Herz berührt...

KAPITEL dreizehn

Verdammt! Das war klar! Das war wohl, was noch fehlte. Wir stehen mitten auf der Kreuzung, nur ein paar hundert Meter von der Wohnung entfernt, und Fritzi singt *Time to say goodbye*.

„Fritzi, Fritzi, tu mir das bitte nicht an", heule ich und lasse meine Stirn auf den steuerradgroßen Lenker meines Käfers sinken. Immer wieder versuche ich, meinen beinahe dreißig Jahre alten VW zum Laufen zu bringen. Doch er bleibt stumm.

„Paul", seufze ich verzweifelt, „du setzt dich jetzt hinters Lenkrad und ich schiebe. Wir müssen runter von der Kreuzung."

Mein Sohn wirft einen Blick aus dem Seitenfenster und findet die Idee gut. Er hinter dem Lenkrad eines Wagens – und draußen der gerade einsetzende Schneefall.

Ich schalte in den Leerlauf, steige aus und stemme mich mit meinem ganzen Gewicht gegen die Motorhaube. Für alle, die weit über meinem Jahrgang liegen: das Herz eines Käfers sitzt in seinem Hinterteil. Immerhin schaffe ich es, den Wagen von der Straße auf den Seitenstreifen zu rollen.

Ich bibbere vor Kälte. Inzwischen sind es bestimmt hundert Grad unter Null. Brrr... Aber irgendwie muss ich Fritzi nach Hause schaffen. Ich öffne die Fahrertür und weise meinen Sohn an: „Bleib bloß drin, Paul. Es ist arschkalt."

Er nickt und hat, bevor ich noch mehr sagen kann, die Tür schon wieder zugezogen. Der denkt gar nicht dran, bei diesem Mistwetter auszusteigen.

Es ist nach acht und bereits stockfinster. Die Schneeflocken sammeln sich auf meinem Kopf. Sie sind nass und kalt und ich bin es auch bald. In meiner Jackentasche krame ich nach dem Handy. „Mist!" Das Teil liegt ja kaputt auf der Kommode. Wenigstens Kippen habe ich noch bei mir.

„Kann ich helfen?"

Den herannahenden Wagen habe ich überhaupt nicht bemerkt. Ich bin viel zu sehr damit beschäftigt, aus dem letzten Rest Gas eine Flamme zu zaubern und erschrecke jetzt fast zu Tode. Vor mir steht ein breitschultriger Typ mit heiserer Stimme. Sein Baseballcap ist tief ins Gesicht gezogen und er sondiert offensichtlich die Lage. Paul drückt sich derweil am Fenster die Nase platt.

Mein Herz pocht wie wild. Es ist dunkel, die Straße leer und mein kleiner Sohn sitzt im Wagen. Mir wird mulmig, als dieser Kerl nun auch noch in seiner Jackentasche kramt. Gleich setzt er mir das Messer an den Hals und vergewaltigt mich vor den Augen meines völlig verstörten Kindes.

Seine Hand schnellt nach vorne. „Wäre hiermit erst einmal geholfen?" Er gibt mir Feuer.

Ich atme auf und fasse mir vor Erleichterung an die Stirn.

„Sie haben doch jetzt nicht gedacht, ich setze Ihnen ein Messer an den Hals und vergewaltige Sie vor den Augen Ihres völlig verstörten Kindes?", fragt er und legt den Kopf zur Seite, um mich genauer zu betrachten.

„Öh, nö. Wie kommen Sie denn darauf?", gebe ich gespielt selbstbewusst zurück.

Er kommt näher und schiebt mit dem Zeigefinger das Cap ein wenig aus dem Gesicht. Seine Stirn legt sich in Falten. Dabei formt sich seine rechte Augenbraue zu einem schlafenden S. „Lotte?"

„Hä?" Langsam wird mir der Typ suspekt.

„Freund, nicht Feind?"

„J-j-jaaa?", stottere ich.

Er präsentiert sich mit ausgestreckten Armen. „Kennst du mich wirklich nicht mehr? Sommerlager fünfundachtzig, sechsundachtzig. Hamburg", versucht er mir auf die Sprünge zu helfen.

Das kann doch nicht sein?

„Baumhaus am See?"

Es kann! „Sam?"

Er nickt und grinst zufrieden. „Klar doch." Dann streckt er seine Arme aus und ich falle regelrecht hinein.

„Sam! Mensch, Sam", johle ich, „ist das schön, dich wiederzusehen. Ich hab dich echt nicht wiedererkannt."

„Na?"

Ich trete einen Schritt zurück, halte mich aber an seinen Oberarmen fest. Mein Herz macht einen Hüpfer, als ich in seine warmen, braunen Augen schaue.

Gott, waren wir damals verknallt! Verboten verknallt. Zwei ganze Sommer lang...

Das Sommercamp in Hamburg. Voller pubertierender, gackernder Weiber und kindischer Jungs, die gerade erst bemerkt haben, dass da was zwischen ihren Beinen baumelt. Sam war ehrenamtlicher Betreuer. Vom ersten Augenblick an konnten wir die Augen nicht voneinander lassen – und wenig später auch nicht mehr die Hände. Das Risiko, das vor allem Sam bei jedem unserer heimlichen Treffen im Baumhaus am See einging, nahmen wir billigend in Kauf. Immerhin war Sam damals schon einundzwanzig. Es war der Sommer meines Lebens – und Sam wartete auf mich im Sommer darauf. Diese Wochen hüte ich in meiner Erinnerung wie einen Schatz. Danach habe ich mich für meine Ausbildung und gegen Sam entschieden. Nie wieder habe ich so viel Vorsicht, Zärtlichkeit und Respekt erfahren. Begegnungen, die deine Seele berühren, hinterlassen Spuren.

„Ach herrje", seufze ich versonnen, „das war die schönste Zeit meines Lebens."

„Ja", stimmt Sam mir ohne Zögern zu, „die schönste Zeit..."

Ein wenig unsicher stehen wir nun voreinander. Sam legt seine Hand auf meine Wange und fährt mit dem Daumen über meine linke

Augenbraue. „Du wirst noch krank, Lotte", sagt er mit Blick auf die nassen Haare, die mir wie Spaghetti vom Kopf hängen. „Wir sollten dich erst mal ins Trockene bringen."

„Ich wohne hier gleich drei Straßen weiter", deute ich in besagte Richtung. „Fritzi ist mir gerade an der Kreuzung verreckt."

Sam grinst frech. „Hast du nachgeschaut, ob nicht vielleicht der Sprit alle ist?" Er erinnert sich noch sehr gut an meine Macken.

Ich boxe ihm spielerisch gegen die breite Schulter. „Selbstverständlich!"

„Dann schleppen wir Fritzi einfach zu...? Hat dein Häuschen vielleicht auch einen Namen?"

„Nee", schüttele ich den Kopf. „Aber mein Autopilot."

Paul hat die Scheibe heruntergelassen und mustert Sam.

„Das ist mein Sohn, Paul. Paul, das ist Sam..." ...die größte Liebe meines Lebens? Das kann ich Paul so wohl nicht erklären. „Ein alter Freund von mir", stelle ich die beiden einander vor.

„Alter Freund?", zwinkert Sam gespielt beleidigt.

„Guuuter Freund", verbessere ich, „sehr guter Freund!"

„Hi!" Paul bleibt skeptisch.

Sam geht auf ihn zu und verwickelt ihn innerhalb kürzester Zeit in ein Gespräch. Er kann gut mit Kindern, denke ich und fühle mich allein durch seine Anwesenheit wohl.

Zu Hause angekommen, lässt Paul sich dann auch nur schwer dazu bewegen, endlich ins Bett zu gehen. Lilli und Tim begegnen Sam mit offener Neugier. Nachdem ich mich notdürftig abgetrocknet habe und in meinen kuscheligen Frotteeanzug geschlüpft bin, ziehen jedoch auch sie sich in ihr Zimmer zurück und ich freue mich, Sam mal wieder ein klein wenig ganz für mich allein zu haben.

„Erzähl schon", fordere ich ihn ungeduldig auf. „Wie ist's dir inzwischen ergangen? Was hast du gemacht? Was tust du heute? Bist du verheiratet? Hast du Kinder? Wo wohnst du?"

Sam lacht sein vertrautes, herzliches Lachen und kratzt sich am Hinterkopf. „Ganz schön viele Fragen. Aber nicht weniger, als ich dir auch stellen will."

„Hm", mache ich und reiche ihm ein Bier. Es ist inzwischen kurz vor halb zehn.

Er sieht sich im Wohnzimmer um. „Ziehst du ein oder aus?"

„Aus. Ich habe ein Haus gekauft."

„Du hast ein Haus gekauft?" Er schnalzt anerkennend mit der Zunge. „Gratuliere."

Doch ich zucke nur mit den Schultern. „Kam ziemlich überraschend. Wie so vieles in den letzten drei Tagen." Gedankenverloren streichele ich über Ottos Fell. Er hat sich in meinen Schoß gekuschelt.

„Was ist los, Baby?", fragt Sam mit einer Spur Besorgnis in der Stimme.

Ich schüttele den Kopf. „Hast du drei Tage Zeit? Dann erzähle ich es dir."

„Weißt du was?", fragt er und legt seine Augenbraue schlafen. „Die werde ich mir nehmen!"

Ich verstehe kein Wort – und so sehe ich wohl auch aus.

„Lotte..." Sam nimmt meine Hand. „Ich bin echt glücklich über unser Wiedersehen. Und ich möchte dich nicht noch einmal verlieren. Wenigstens nicht mehr aus den Augen", fügt er schmunzelnd hinzu. „Wenn du willst, helfe ich dir gerne beim Umzug. Ich nehme mir frei. Für dich. Und abends könnten wir dann zusammensitzen und über die guten, alten und die hoffentlich guten, neuen Zeiten reden. Was sagst du dazu?"

„Ähhh..."

„Gut", wartet er erst gar nicht auf eine deutlichere Antwort und grinst. „Dieser Meinung bin auch. Also: wann soll der Umzug stattfinden?"

Das ist Sam, wie ich ihn kenne. Spontan, hilfsbereit, uneigennützig und wohl der liebenswerteste Mensch der Welt.

Nachdem Sam gegangen ist, sitze ich pünktlich, aber innerlich aufgewühlt, mit zwei Flaschen auf der obersten Treppenstufe.

„Na, Lolo? Wie ist die Hütte?" Vivi nimmt neben mir Platz und greift sich ein Bier.

Ich stoße leise auf. „Traumhaft und gekauft."

„Verdammt, du fehlst mir jetzt schon."

„Du mir auch."

Vivi beugt sich nach vorn und taxiert mich. „Toller Nachbar?", mutmaßt sie.

„Nachbarin", bestätige ich. „Und sie ist wirklich toll."

Schweigend stoßen wir miteinander an. Vivi klopft sich mit der Faust zweimal aufs Brustbein und stellt mit dem darauffolgenden Rülpser jeden Herrenstammtisch in den Schatten. „Hör mal, Lolo", legt sie ihren Arm um meine Schulter, „ich bin hier die Lesbe, und dir hat eindeutig ein Kerl den Kopf verdreht."

Ich spüre, wie sich mein Puls drastisch erhöht. „Ich habe Sam getroffen."

Es braucht nur den Bruchteil einer Sekunde. „Sam? Dein Sam aus Hamburg?" Vivis Gedächtnis ist phänomenal. Vielleicht liegt es aber auch daran, wie ich seinen Namen ausgesprochen habe. „Deine erste, große und wahrscheinlich bislang einzig wahre Liebe?"

„Moment mal!" Ich recke meinen Oberkörper und setze zum Widerspruch an.

Doch Vivi hat den letzten Schluck aus ihrer Flasche genommen und ist im Begriff aufzustehen. „Eine Jugendliebe, sicher", hält sie fest. „Du hattest die Wahl und hast dich für deine Ausbildung entschieden." Vivi legt ihre zarte Hand auf meine Schulter. „Sei ehrlich zu dir, Lolo. Tillmann war ein Trostpflaster, das du nur wegen Lilli an der Backe kleben hattest. Mit einem Ratsch ist es nun weg. Tut zwar weh, aber die Wunde ist verheilt. Werde dir darüber mal klar."

KAPITEL vierzehn

„Ach, dass du auch mal wieder auftauchst", bekomme ich am nächsten Morgen statt einer Begrüßung zu hören. „Die Displays müssen heute endlich aufgestellt werden."

Ich verdrehe die Augen. „Dir auch einen wunderschönen guten Morgen, liebe Anne."

„Was?" Anne sieht mich argwöhnisch an.

Ich ignoriere ihr unverständliches Nörgeln, setze Kaffeewasser auf und eile dann fröhlich pfeifend in den Verkaufsraum, um Platz für die Displays zu schaffen.

Der gestrige Abend, die wenigen Stunden mit Sam, haben mir unendlich gutgetan. Zwar hatten wir nicht wirklich viel Zeit zum

Reden. Aber zu wissen, dass er wieder zu meinem Leben gehören wird, dass ich einen Freund habe, der mir bis an die Grenzen der Geduld zuhört, der mir bedingungslos zur Seite steht, stärkt mich und erfüllt mich mit neuer Zuversicht. Vivis Worte haben mich nachdenklich gemacht. Zwar sehe ich in Sam nicht mehr den Liebhaber meiner Jugendzeit, aber das ändert nichts am Wahrheitsgehalt ihrer Aussage. Ich habe Tillmann geliebt. Aber nicht von Herzen. Das macht es mir leicht, einen neuen Anfang zu wagen.

Nachdem die Kosmetik nun eindrucksvoll und verkaufsfördernd präsentiert werden kann, schnappe ich Eimer und Putzmittel und wische die Regale aus. Es braucht nicht viel, um zu sehen, welche Waren aufgefüllt und welche neu bestellt werden müssen. Mit dem Besen bewaffnet, kehre ich in Windeseile den Verkaufsraum aus und habe die Kasse bereits fertig, als die erste Kundin den Laden betritt.

„Guten Morgen, liebes Fräulein Lotte", begrüßt sie mich. „Heut schauen's aber gut aus. Geht's gut? Ja?"

„Sehr gut, Frau Hugenbeck", antworte ich ehrlich und nehme ihr den Einkaufskorb ab. „Ich hoffe, Ihnen auch?"

„Jaja", blinzelt sie mich durch ihre dicken Brillengläser an. „Sie wissen doch: schlechten Leuten geht es immer gut." Ihr Kichern klingt wie das eines kleinen, kecken Mädchens.

Ich studiere den Einkaufszettel in ihrem Korb und stelle das gewünschte Sortiment zusammen. Frau Hugenbeck ist eine betagte Frau und nicht mehr ganz so gut auf den Beinen. Seit Jahren vertraut sie mir ihre Drogeriebesorgung an und steckt mir dafür jedes Mal einen Euro zu – den ich ihr jedes Mal mit den Worten ‚Ihr Lächeln ist mir Dank genug' zurückgebe. Dann freut sie sich und ihre Wangen nehmen eine zartrosa Farbe an.

Nachdem Frau Hugenbeck gegangen ist, kommt Anne mit grimmigem Gesicht auf mich zu. Sie kann es einfach nicht verknusen, wenn jemand offensichtlich ohne besonderen Grund gute Laune hat. Und mein durchweg freundliches und teilweise auch herzliches Verhältnis zu den Kunden passt ihr schon mal gar nicht.

„Deine Kündigung liegt übrigens im Büro", blafft sie mich von der Seite an.

„Ah", mache ich und hebe den Zeigefinger – von ihrer miesen Stimmung völlig unbeeindruckt. „Hast du auch die Rechnung für den Schlüssel beigelegt? Oder wurde das bereits mit einer anderen Dienstleistung ausgeglichen?"

Jetzt habe ich wohl in ein Wespennest gestochen. Annes Augen weiten sich und ihr Gesicht wird puterrot. Sie bläst die Wangen auf (ich dachte nicht, dass dies bei ihrer Fülle überhaupt noch möglich sei) und setzt zum Schrei an. Aus ihrem Hals kommt jedoch nur ein trockenes Keuchen.

„Jaaa?" Ich halte treudoof Augenkontakt.

Augenscheinlich ist Anne mit dieser Situation völlig überfordert. Sie schnaubt wie ein Stier und stampft ins Büro.

Es geht mir runter wie Öl, Anne sprachlos zu sehen. Ob ich es nun auch noch wagen kann, ihr meine Urlaubsplanung vorzulegen? Immerhin muss der Umzug so schnell wie möglich vonstattengehen. Je eher wir das neue Haus eingerichtet haben, desto besser. Ich kann dadurch zwar kein neues Leben anfangen, aber täglich einen neuen Tag.

Anne ist durch meine gekonnt gespielte Selbstsicherheit dermaßen irritiert, dass sie den ganzen Vormittag über den Kontakt meidet. Ist mir nicht unrecht. So bin ich nämlich nicht ihren ständigen Demütigungen ausgesetzt. Vielleicht erwartet sie ja auch, dass ich sie auf den Knien rutschend darum bitte, meine Kündigung rückgängig zu machen? Doch ich würde mir eher die Zunge abbeißen, als das zu tun. Vielleicht überdenkt sie selbst die Sache noch mal? Aber auch sie würde sich eher die Zunge abbeißen, als diesen Gedanken nur ansatzweise anzudeuten.

Die schwierigste Zeit in unserem Leben ist die beste Gelegenheit, innere Stärke zu entwickeln, sagt der Dalai Lama.

Es stürzt mich nicht mehr in tiefste Verzweiflung, meinen Job hier verloren zu haben. Gestern Abend schickte mir Leo eine SMS, in der er mir zumindest so lange Arbeit im Salon anbot, bis ich eine geeignete Stelle gefunden habe. Blut ist eben dicker als Wasser.

In der Mittagspause radele ich so schnell ich kann, nach Hause, um den Abschleppdienst des Schrottplatzes abzufangen. Mir bricht es fast das Herz, als ich sehe, wie Fritzi nun seine letzte Fahrt antritt. Und das nicht einmal aus eigener Kraft. Nachdem ich Papa heute früh angerufen und ihn über Fritzis Ableben informiert habe, überredete er mich sofort zu einem Besuch im Autohaus. „Auf Fünfundzwanzigtausend mehr oder weniger kommt's jetzt auch nicht an", meinte er in Bezug auf den Kredit, den ich bald am Hals habe. „Wir treffen uns morgen Abend um sechs bei Heidenreich und suchen 'nen netten Wagen für dich aus." Was soll ich zu so viel Euphorie sagen? Der einzige Unterschied zwischen einem Kind und einem Mann ist der Preis fürs Spielzeug.

Die Ereignisse der letzten Tage haben mich nachdenklich gemacht. Organisatorisch bin ich ein Totalversager. Was Haushalt und Kindererziehung angeht, konnte ich mich nur deshalb auf Tillmann verlassen, weil ich nichts verbissen und über vieles hinwegsehe. Und nun schaffe ich es, innerhalb kürzester Zeit (und viel kürzer geht ja nun wirklich kaum mehr) ein Haus zu kaufen, einen Job zu wechseln, Kinder und Hund versorgt zu wissen und meine sonst vergammelte Mittagspause effektiv zu gestalten. Ich fühle mich stark und unangreifbar.

Dennoch treffe ich verschwitzt, vom Schnee durchnässt und schwer schnaufend, kurz vor Knapp in der Drogerie ein. Ich husche zur Toilette und erschrecke vor meinem Spiegelbild. Bei aller inneren Stärke hat mein eh schon ramponiertes Äußeres ganz schön gelitten. Die Haare sind strähnig und erst jetzt fällt mir auf, wie grau sie schon sind. Ich habe tiefe Augenringe und mein Gesicht wirkt fahl und müde. Wenn man mal von den glühenden Wangen aufgrund meiner mangelnden Kondition absieht.

„Kassäää!", kreischt Anne, ohne Rücksicht auf die restlichen zwei Minuten Mittagspausenzeit. „Lottäää!"
„Komme", rufe ich so freundlich wie möglich und hetze nach vorne. Ich schnaufe wie ein Walross, meine Lunge pfeift bedrohlich. „Guten Tag", grüße ich im Vorbeigehen und quetsche mich hinter den engen Tresen.

„Guten Tag", antwortet eine sonore Stimme, die mir seltsam bekannt vorkommt. „Und immer mit der Ruhe. So viel Zeit muss sein."

Verstohlen blicke ich auf – und erstarre für einen Moment. Für Sekunden? Oder sogar Minuten?

Die Stimme jedenfalls wartet geduldig. Ein Lächeln umspielt seine Lippen.

„Wird das noch was?", zischt Anne mir ins Ohr und mit schiefem Grinsen an den Kunden gewandt: „Bitte verzeihen Sie. Gutes Personal ist heutzutage ja so schlecht zu bekommen."

Er zieht die rechte Augenbraue nach oben. Seine eisblauen Augen funkeln. „Dann sollten Sie darauf achten, Ihre Mitarbeiterin nicht zu verlieren."

Haha! Ich lach mich tot! Das hat gepasst. Wie die Faust aufs Auge.

Anne schluckt trocken ab. „Kann... kann ich sonst noch etwas für Sie tun?", zwitschert sie leicht verunsichert.

Er schließt kurz die Augen und schüttelt langsam den Kopf. „Nein, danke. Es würde schon reichen, wenn ich mein Wasser zahlen und gehen könnte."

„Äh, ja." Endlich habe ich meine Fassung wiedergefunden. Rasch scanne ich die Flasche und stelle sie zurück auf den Tresen. „Vierzig Cent macht das. Bitte."

Als er mir das Geld reicht, berühren sich unsere Hände. Das geht mir tagtäglich und mit fast jedem Kunden so. Doch jetzt durchzuckt es mich wie ein Blitz. Noch einmal schaue ich in sein Gesicht – von Kragen und Mütze fast verdeckt.

Er ist es. Der Jogger!

Kaum hat sich die Tür hinter ihm geschlossen, explodiert Anne. „Was, zum Teufel, sollte diese Aktion eben?", kreischt sie und fuchtelt planlos mit den Armen. „Hä? Was bildest du dir ein?"

Ich verstehe nur Bahnhof. Und das, obwohl ich ihre zahlreichen unbegründeten Wutausbrüche nur allzu gut kenne. „Was für 'ne Aktion?"

Anne beginnt, wie wild im Kreis zu laufen. „Du hast mich bloßgestellt!"

„Wo habe ich dich bloßgestellt?", frage ich ratlos.

Inzwischen hat sie voll aufgedreht. Sie rennt durch die Drogerie wie ein tasmanischer Teufel. „Du bist gefeuert!"

„Bin ich doch sowieso."

„Frist-looos!", brüllt sie aus Leibeskräften.

Zwei Kundinnen schließen die Tür schneller als sie sie geöffnet haben und suchen das Weite.

„Pack deinen Kram zusammen, du undankbare Schlampe!" Annes Gesicht ist inzwischen blutrot und aufgedunsen vor Zorn, sodass zu befürchten ist, ihr könnten jeden Moment die Augäpfel herausspringen.

Ich halte kurz die Luft an. „Mein Arbeitsvertrag läuft noch bis einunddreißigsten März", wage ich, sie auf die gesetzliche Kündigungsfrist hinzuweisen.

„Das kannste vergessen! Ich will dich hier nicht mehr sehen!"

Vor meinem inneren Auge erscheint Sam. *Lass dir nichts mehr gefallen! Kämpfe, Lotte!* Also atme ich durch. „Du kannst mich gerne freistellen, Anne. Unter Fortzahlung des mir zustehenden Lohnes."

Annes Augen verengen sich zu Schlitzen. Sie schaut gar garstig aus. Garstiger als sonst. „Das, du kleines Miststück, schlag dir mal ganz schnell aus dem Kopf."

Ich falte meine Hände, setze ein furchtbar nachdenkliches Gesicht auf und antworte leise, aber bestimmt: „Das, liebe Anne, dürfte dann wohl das Arbeitsgericht entscheiden."

Sie stutzt. „Das... ich..." Sie hält inne. „Kundschaft. Arbeite wenigstens mal etwas für dein Geld." Mit diesen Worten macht sie auf dem Absatz kehrt und rauscht ins Büro. Trotz der geschlossenen Tür kann ich sie telefonieren hören.

Noch einmal atme ich tief durch. Dann wende ich mich an die Kundin, die leichenblass neben dem Regal für Hämorrhoidensalbe steht. „Guten Tag. Kann ich Ihnen helfen?"

„Ist... ist... soll ich später...?", stottert sie. „Alles in Ordnung?"

Ich spüre ein überlegenes Lächeln über meine Lippen huschen. „Ich denke, jetzt ja."

Und tatsächlich tritt die Matrone wenige Minuten später fast reuig aus dem Büro und legt mir wortlos das Kündigungsschreiben auf den Tresen. Versehen mit dem Zusatz, dass ich mit sofortiger

Wirkung bei vollem Lohnausgleich freigestellt bin. Demonstrativ reicht sie mir einen Kugelschreiber. Sie will mich so schnell wie möglich los sein. Diese Tatsache verletzt mich nicht einmal. Ihre bösartige Seele kann mir nichts mehr anhaben.

Um zwei Uhr schwinge ich mich regelrecht erleichtert auf mein Fahrrad und lasse mir den kalten Januarwind um die Nase wehen. Ich bin frei!

KAPITEL fünfzehn

Trotz des einsetzenden Schneeregens radele ich durch die halbe Stadt zu meinem Elternhaus.

„Mamaaa?" Freudig überrascht schaut Paul vom Fernseher auf. „Was machst du denn schon hier?"

Otto begrüßt mich mit trommelnden Pfoten und fliegenden Ohren.

„Das frage ich mich allerdings auch." Meine Mutter kommt aus der Küche, trocknet ihre Hände im Geschirrtuch und wird vorsichtig blass um die Nase. „Lottchen, ist etwas passiert? Und wie siehst du nur aus? Du bist ja völlig aufgeweicht."

Ich fasse mir ins durchnässte Haupthaar und lächele beseelt. „Bin mit dem Cabrio gekommen. Dem zweirädrigen", füge ich hinzu.

„Ja, aber musst du nicht arbeiten?" Meine Mutter hat inzwischen ein Frotteetuch geholt. Frisch aus dem Trockner. Es riecht nach Zuhause.

„Das glaubt ihr nicht", sage ich kopfschüttelnd. „Anne ist total ausgetickt und hat mich auf der Stelle rausgeworfen."

Entsetztes Aufstöhnen.

Mein Grinsen zieht sich von einem Ohr zum anderen. „Und das bei vollem Lohnausgleich, bis die Kündigung rechtskräftig ist. Somit habe ich Zeit, die Bachstraße auszuräumen und unser neues Zuhause einzurichten."

„Und wir können jetzt gleich zu Heidenreich fahren", brummt mein Vater und gibt mir einen Kuss auf den Mund. „Tach, meine Kleine. Hab hier noch was für dich." Er reicht mir einen Umschlag.

„Deinen Vater hat's natürlich nicht mehr gehalten", erklärt Mama, während ich die Unterlagen studiere. „Er war heute früh bei der Bank."

„Es geht alles klar. Der Willi hat's gemacht, da ist auch kein Haken dran", tut mein Vater ganz fachmännisch.

Mama drippelt von einem Fuß auf den anderen, was ich irritiert zur Kenntnis nehme.

„Die Zinsen sind akzeptabel bis spendabel", grinst Papa, „und die monatliche Abzahlung gering. Um Fünfundzwanzigtausend haben wir aufgestockt, damit du einen geräumigen Wagen kaufen kannst. Jetzt..."

„...jetzt wo du Oma wirst!", platzt es aus meiner Mutter heraus. Sie wirft die Hände über die Brust und beginnt zu weinen. „Lilli und Tim waren gestern Nachmittag zum Kaffee bei uns und..." Sie lässt das Ende des Satzes in der Luft hängen.

Papa nickt nur ergriffen. „Hätte ich auch nie gedacht, dass meine Tochter mit sechsunddreißig Oma wird."

„Siebenunddreißig", verbessere ich ihn. „Bis dahin bin ich siebenunddreißig."

Mama nimmt mich in den Arm und drückt mich, bis mir fast die Luft wegbleibt. „Ich weiß noch genau", schnieft sie, „wie du damals, gerade achtzehn, kamst und sagtest, dass du Mama wirst. Und jetzt..."

„Jetzt ist mal gut", wird sie von Papa unterbrochen. Er hakt sich bei mir ein. „Jetzt haben meine Tochter und ich nämlich einen Termin bei Heidenreich. Unterschreib noch die Papiere, damit ich sie morgen zu Willi bringen kann. Du hast dann ruckzuck das Geld auf deinem Konto."

Wie heißt es doch so schön? Glück ist unser Geburtsrecht. Und davon mache ich derzeit reichlich Gebrauch. In Heidenreichs Verkaufsraum findet sich rasch ein passabler Vorführwagen. Ein Minivan. Genau, was wir brauchen. Keine zehntausend Kilometer, gerade mal ein halbes Jahr alt. Ein sparsamer Diesel mit hundertvierzig PS in schwarzmetallic. Neben Climatronic, Tempomat, Park Pilot System, Lederlenkrad und unzähligem weiterem Schnickschnack hat Karlchen, wie ich ihn gedanklich schon taufe, alles was eine Familienkutsche braucht. Papa handelt wie auf einem türkischen Bazar. Heidenreich gibt sich irgendwann seufzend geschlagen. Er überlässt mir den Wagen für schlappe fünfundzwanzigtausend und legt noch drei Freiinspektionen obendrauf. „Was für ein harter Brocken", murmelt er zerknirscht.

Ich lege stolz meinen Arm um Papas Taille. „Ja, aber einer mit ganz weichem Herz."

Mama schwatzt mir noch einen Kaffee auf, während Papa detailliert und fast plastisch unseren Neuerwerb beschreibt, den ich schon morgen Vormittag abholen kann. Dann schnappe ich mir Paul und Otto und mache mich, kaum zu Hause angekommen, voller Energie und Tatendrang ans Packen der Umzugskisten.

Es ist nicht wirklich viel, das in den Kartons landet. Die Kreditsumme schafft mir ein beruhigendes Polster, um das Haus relativ vollständig einrichten zu können. Die Anschaffung der Möbel im Wohnbereich spendieren meine Eltern. Und die sind weiß Gott nicht knauserig. Schon dieses Wissen steigert mein Wohlgefühl sehr. Was Schränke, Küchen- und Badezimmermobiliar betrifft, sind mir allerdings die Hände gebunden. Größtenteils Einbauzeugs, das ich zurücklassen muss. Aber es bricht mir nicht das Herz. Mit ihnen bleibt auch ein Teil von Tillmann zurück. Seine Kleider und Habseligkeiten, beschließe ich, werden ebenfalls in Kisten gepackt und vorerst im Hauswirtschaftsraum verstaut.

„Uff!", lasse ich mich erschlagen in den alten Lehnsessel fallen.

Tim wirft einen Blick unter den Tisch, hinter die Tür und das Sofa. „Wo sind sie?"

„Hä?"

„Die sieben Zwerge?", schmunzelt er.

Ich lehne mich zurück und nehme einen großen Schluck aus meiner Wasserflasche. „Ich würde mich auch mit nur einem zufrieden geben", gähne ich.

„Mamaaa..." Lilli schaut sich staunend um. „Wann hast du das alles nur gemacht?"

„Heute Nachmittag."

„Und..." Ihr Blick wandert über die Kisten. „Alles gepackt?"

„Vieles", antworte ich ein bisschen wehmütig. „Und sehr vieles weggeworfen." Ich weise mit dem Daumen auf die blauen Müllsäcke in der Ecke. „Wer Neues schaffen will, muss sich von Altem lösen."

Lilli setzt sich neben mich auf die Lehne, legt den Arm um meine Schulter und ihren Kopf gegen meinen. „Hast du noch ein bisschen Nerven?"

„Für meine Lieblingstochter immer", gähne ich ein weiteres Mal. „Was gibt's?"

Tim reicht mir einen Block mit mehreren Skizzen. Ich erkenne den Grundriss unseres neuen Hauses und der jeweiligen Zimmer. „Ich kann dir alles nach Maß anfertigen. Wie du es dir wünschst."

Ich blättere die Zeichnungen durch. „Das da", tippe ich auf eines der Blätter, „wird wohl euer kleines Reich?"

Lilli streichelt Tim zärtlich über den Kopf. „Tim hat die Babywiege schon fast fertig."

„Ich... ich", sagt er zögernd, „habe hier auch ein paar Vorschläge, wie du... also, wenn du dir nicht sicher bist, Lotte, nur so als Anreiz..."

Tim schiebt mir ein paar Zettel zu und mein Gesicht hellt sich mehr und mehr auf. „Die sind toll!"

„Wirklich?" Tims Ehrgeiz ist geweckt und so erklärt er mir im Detail jeden Strich, jeden Punkt, und schildert seine Ideen so plastisch, dass ich die Einrichtung bildlich vor mir sehen kann. „In einem Monat könnte ich alles fertig haben. Rahmen für die Betten habe ich bereits."

„Du bist großartig, Tim, einfach großartig. Aber..."

Er schluckt.

Ich kaue nervös auf meiner Unterlippe. „Tim", sage ich dann und lege meine Hand auf seine, „du bist mir nichts schuldig. Ihr beide seid mir nichts schuldig. Ihr könnt so lange in dem Haus wohnen, wie ihr wollt. Und dass ich euch mit dem Baby unterstütze, sehe ich nicht als Pflicht, sondern als Geschenk."

„Das wissen wir doch, Mama." Lilli stehen Tränen in den Augen. „Aber..."

„Lotte?" Tim senkt den Kopf. Er spricht ganz leise. „Du warst von Anfang an für mich da. Du hast mich gleich in deine Familie aufgenommen. Mein Papa macht ja echt alles für mich. Aber als alleinerziehender Vater und mit der Schreinerei hat er so schon genug zu tun. Du... du bist eben die Mutter, die ich nie hatte."

Seine Worte gehen mir so ans Herz, dass ich einfach das tue, was ich seit drei Tagen am besten kann: Ich heule.

KAPITEL sechzehn

Als ich am nächsten Vormittag mit stolzgeschwellter Brust in meinem neuen Wagen sitze (Kalle baumelt selbstverständlich auch hier am Schlüsselbund), beschließe ich, bei Leni vorbeizufahren. Otto habe ich ins Autohaus mitgenommen und bis ich Paul bei seinem Freund holen kann, bleiben mir noch drei Stunden. Ich bin meinen Eltern dankbar, dass sie für beider Betreuung eingesprungen sind, doch jetzt haben sie wenigstens den Rest der Urlaubswoche Zeit für sich. Und ich? Ich habe jetzt wohl auch alles. Bis auf einen festen Job. Ich habe ein Haus, ich habe – wenigstens bald – die passende Einrichtung dazu. Ich habe einen Hund und bald ein Enkelkind. Ich habe Sam wieder getroffen. Und ich habe eine Freundin gefunden.

Leni freut sich riesig, mich zu sehen. Sofort sprintet sie in die Küche, um uns Kaffee aufzusetzen. Für Otto füllt sie eine Tupperschüssel mit Wasser.

„Du", sagt sie, nachdem wir bereits eine Stunde geklönt haben, und fährt mit dem Zeigefinger über meine linke Augenbraue. „Woher haschd du des eigendlich?"

Sie meint die Narbe. Sie selbst sieht man nur unwesentlich. Doch dort, wo sie einst entstand, etwa im letzten Drittel der Braue, sind seither keine Härchen mehr gewachsen, sodass eine etwa vier Millimeter große Lücke entstanden ist.

„Die habe ich von meinem großen Bruder", erkläre ich schmunzelnd in Erinnerung an damals. „Als ich zwölf war, habe ich ihm gesagt, dass er ganz bestimmt mal schwul werden würde."

„Ond?", ist Lenis Neugierde geweckt.

„Er hat mir die Tür an den Kopf geknallt und ist schwul geworden."

Leni hält sich die Hand vor den Mund.

„War nur eine Platzwunde", spiele ich die Sache mit der Tür herunter. „Wurde ziemlich unprofessionell genäht, leider. Aber Leo ist mit ins Krankenhaus gefahren und hat geheult wie ein Schlosshund."

„Na ja, er war ja au dran schuld ond du bischd schließlich sai kloi Schweschdr."

„Aber zwei Tage lang?"

Leni kann es nicht glauben. „Er hedd zwoi Dag lang geheild?"

„Wenn ich dir's sage."

„Siehd abr dodal inderessand aus. I kenne..." Ihr Kopf ruckt hoch und ihr Gesichtsausdruck hellt sich in ganz besonderer Weise auf. „Yash! Komm hinne her." Sie winkt mit der Hand zum ersten Stock.

Otto spitzt die Ohren und sprintet sofort los.

Ich folge Lenis Blick und stutze. „Ist das dein Mann?"

Sie nickt.

Mir klappt die Kinnlade nach unten.

Yash widerspricht gänzlich meiner bisherigen und, ehrlich gesagt, sehr profanen Vorstellung des Inders an sich. Sein Teint hat nicht diesen aschigen Ton und seine Augen sind auch nicht gelb unterlaufen und dunkel beringt wie bei Amithab, sondern blütenweiß und strahlen mich aus einer dunkelbraunen Iris warm und herzlich an. Er hat volle, weiche Lippen und außergewöhnlich schwungvolle Augenbrauen, die sich mit jeder noch so kleinen Mimik ausdrucksvoll verändern. Lässig fährt er sich durchs rabenschwarze, dichte Haar.

„Guten Morgen, Lotte", sagt Yash liebenswürdig und streckt mir die Hand entgegen. „Ich habe schon viel von dir gehört."

Ich bin aufgestanden und nehme seinen festen Händedruck wohlwollend zur Kenntnis. „Wirklich? Ach herrje!"

Yash bedenkt mich mit einem einnehmenden Lachen. „Schlimmer!", scherzt er augenzwinkernd. „Nein, im Ernst. Leni hat in höchsten Tönen von dir und deiner Familie gesprochen. Obwohl ich ihr nicht recht glauben wollte, als sie mir von deinen Erlebnissen der letzten paar Tage berichtet hat."

„Ich glaub's ja selbst kaum", sage ich und setze mich.

Manchmal dauert's bei mir einfach ein bisschen länger. „Äh...",
mache ich deshalb und erhebe mich kurzerhand wieder. „Ich will
nicht stören. Danke für den Kaffee. Ich gehe jetzt mal."

„Wieso?"

Unschlüssig schaue ich von Leni zu Yash und erkläre: „Na, ich
bin hier unangemeldet reingeplatzt. Außerdem muss ich noch
Mittagessen vorbereiten und Paul von einem Freund abholen."
Nervös krame ich meiner Tasche nach Kalle und versuche zeitgleich,
Otto einzufangen.

„Kannschd du noh ned no oi bissle bleiba?", bittet Leni mit
Welpenblick und Yash schließt sich ihr an. „Mir könnda do älle
zsamma dahana essa?"

„Das ist superlieb", lehne ich dankend ab und hoffe, den beiden
damit nicht auf den Schlips zu treten. „Aber ich möchte schon ein
paar Kisten in die Wohnung bringen und schauen, dass ich Telefon,
Strom und das alles so schnell wie möglich bekomme."

„Dann ziehd ihr ja bald oi?" Leni strahlt.

„Ich hoffe, in ein oder zwei Wochen", sage ich und überlege, ob
das tatsächlich realisierbar ist.

Yash kommt auf mich zu. Er trägt Sporthosen und einen
schwarzen Rollkragenpullover und ist offenbar ziemlich
durchtrainiert. Ich könnte fast neidisch werden auf Leni. „Hör mal,
Lotte. Ich habe heute frei und würde dir gerne helfen."

Ich bin baff. „Oh! Oh-oh", mache ich dann. „Das ist wirklich
nicht..."

„Paperlapapp!", werde ich sofort unterbrochen. „Yash hedd mi
gschdern scho gfragd, ob er dir ned beim Umzug helfa könnde."

Yash grinst spitzbübisch. „Dir bleibt also gar keine andere
Wahl."

„Gud", sagt Leni und steht entschlossen auf. „Baul kommd noh
zu Juli rübr. Se freid sich scho uf ihn. Und uf Oddo werd i ufbassa,
damid der kloi Kerle ned undr 'ner Kischde landed."

„Also dann bis nachher? So um zwei?"

Ich nicke und gebe Yash, ehe ich darüber nachgedacht habe,
einen dankbaren Kuss auf die Wange.

Womit habe ich nur so viel Glück verdient?

Wie erwartet, ist Yash ein Mann, der zupacken kann. Mit bewundernswerter Leichtigkeit schleppt er Kiste für Kiste von der alten Wohnung in meinen Sharan, um sie im neuen Haus wieder auszuladen. Ich wusele dazwischen herum, als hätte ich Hummeln im Arsch.

„Sag mal, Lotte", meint er schließlich, während er lässig an einem Stapel Kisten lehnt, „kann es sein, dass du ein bisschen... also, verstehe mich jetzt bitte nicht falsch, aber... dass du ein klein wenig hyperaktiv bist?"

„Hyperaktiv", wiederhole ich irritiert. „Wieso?"

Er holt tief Luft und seine Augenbrauen verformen sich. „Ich kenne dich jetzt gerade mal ein paar Stunden, aber du bist auffallend unruhig. Ständig in Bewegung und dauernd musst du irgendwas tun."

Ich runzele die Stirn. „Stimmt schon", gebe ich zu. „Aber so war ich schon immer."

„Du kannst nicht abschalten", stellt Yash fest.

Wie denn auch?

„Na, es ist halt immer was..."

Yash schüttelt den Kopf. „Wie wär's denn mal", schlägt er nach kurzer Überlegung vor, „mit Yoga? Du kennst doch Yoga?"

Ich verdrehe die Augen. „Natürlich kenne ich Yoga. Ist keine neue Joghurtsorte und auch keine Palme fürs Wohnzimmer." Hält er mich für doof?

„Du solltest es wirklich mal probieren." Er redet langsam und ruhig und hält meinen Blick fest. „Lotte, das ist mein Ernst. Wenn du so weitermachst, hast du bald nichts mehr von deinem Haus. Und deine Kinder nichts mehr von dir. Leni hat mir erzählt, was in den letzten vier Tagen in deinem Leben geschehen ist. Glaube mir, das passiert anderen nicht in Jahrzehnten. Jedenfalls nicht alles auf einmal."

Ich runzele die Stirn.

„Ich bin Manager einer Softwareentwicklungsfirma", leistet er weiter Überzeugungsarbeit. „Mein Arbeitstag hat im Schnitt zwölf Stunden. Ich selbst mache seit Jahren Yoga. Ohne hätte ich sicher schon zu Drogen gegriffen oder zu Trinken begonnen. Ich kann dir einen hervorragenden Yogi empfehlen. Er gibt Kurse im kleinen Kreis. Nicht mehr als sechs Teilnehmer."

Meine Stirn ist immer noch gerunzelt und ich überlege, wie viele neue Falten das nun wieder werden.

Yash seufzt und packt sich eine Kiste.

„Ich kann ja mal anrufen."

Er nickt und ein zufriedenes Lächeln huscht über seine Lippen.

„Ich gebe dir nachher die Nummer."

KAPITEL siebzehn

Bei meinem abendlichen Spaziergang mit Otto treffe ich erneut auf den Jogger. Ich will es mir nicht eingestehen, aber ich fürchte, genau darauf gehofft zu haben. Schon von weitem erkenne ich ihn an seinem dunklen Sportdress und der tief ins Gesicht gezogenen Mütze. Otto scheint es ähnlich zu gehen, denn mein Hund hört nicht die Bohne auf meine Kommandos und flitzt unbeirrt auf ihn zu. Ich sehe, wie der Jogger stehenbleibt und in die Hocke geht, um Otto zu begrüßen. Nach einer Weile wirft er mir einen Blick zu, verabschiedet sich von Otto und läuft weiter. Je näher er kommt, desto schneller schlägt mein Herz. Als er sich unmittelbar vor mir befindet, setze ich zu einem freundlichen „Hallo" an. Doch er nickt nur kurz und läuft unbeeindruckt weiter.

Freilich enttäuscht lasse ich mich zu Hause aufs Sofa sinken. Paul fällt bereits um halb acht todmüde ins Bett und Lilli ist in ihrem Zimmer damit beschäftigt, ihre persönlichen Umzugskisten zu packen.

Ich schnappe mir eine Flasche Wasser und das Telefon und wähle Carlas Nummer. Carla ist meine beste Freundin – schon mein Leben lang. Gemeinsam haben wir in die Windeln geschissen, unsere Pausenbrote getauscht und auch die eine oder andere Schularbeit. Wir haben die heranwachsenden Körbchengrößen verglichen (wobei ich grundsätzlich den Kürzeren gezogen habe) und den ersten Liebeskummer geteilt. Nach der Schule ist Carla zwecks Ausbildung zur Designerin nach Berlin gegangen. Doch trotz aller räumlicher Entfernung sind wir uns so nah wie eh und je.

„Na, Schnake?", begrüßt sie mich in ihrer gewohnt lässigen Art. „Hab schon auf deinen Anruf gewartet."

„So?" Ich nippe an meinem Bier. „Ist dir langweilig, oder was?" Carla lacht. „Was macht die Heimat?"

„Du wirst's nicht glauben, steht immer noch."

Ich kann hören, wie Carla sich eine Zigarette ansteckt. Keine schlechte Idee. Ich quäle meinen geschundenen Körper vom Sofa und schlurfe in die Küche.

„Jetzt erzähl mal", drängt meine Freundin, „was ist passiert?"

Ich bin ja fast beleidigt. Glaubt sie, ich rufe nur an, wenn ich ein dringendes Mitteilungsbedürfnis habe? Nein. Glaubt sie nicht. Und das weiß ich auch. „Wie viel Zeit hast du, Schätzchen?"

„Für dich? Alle Zeit der Welt. Schieß los."

„Na, gut", seufze ich. „Aber erst sagst du mir mal, wie's dir geht."

„Hör zu, mein Herzblatt." In Carlas Stimme schwingt eine Spur mütterlicher Besorgnis mit. „Mir geht's blendend. Der Job läuft, der Sex ist prima und finanziell muss ich mir keine Sorgen machen. Also reden wir nicht über mich. Ich will wissen, was bei dir los ist."

So ist Carla. Direkt und auf den Punkt. Mode ist ein hartes Geschäft. Und mit schüchterner Zurückhaltung wäre sie nie so schnell die Karriereleiter nach oben geklettert. Sie sagt, was sie denkt, und sie nimmt sich, was sie will. Ihre ständig wechselnden Männerbekanntschaften sind der beste Beweis, und ich merke mir schon gar nicht mehr die Namen ihrer Liebhaber. Sie würden ein ganzes Buch füllen.

„Ich gebe dir am besten eine Zusammenfassung. Chronologisch, versteht sich." Es rattert in meinem Hirn. In den letzten Tagen ist so viel geschehen, dass ich mich beinahe veranlasst sehe, Tagebuch zu führen.

„Schieß los, mein Schatz." Ich höre, wie sie ein paar Kissen aufschüttelt und es sich auf ihrem weißen Ledersofa bequem macht.

„Also", beginne ich mein ganz persönliches Erfahrungskompendium, „am Freitag hat Anne mir zum ersten April gekündigt. Die Gründe hierfür sind mir zwar schleierhaft, interessieren mich aber auch gar nicht mehr." Ich lege eine Kunstpause ein.

Carla weiß, dass ich mit meinem Bericht gerade erst angefangen habe und unterbricht mich nicht.

„Zuhause will ich mich richtig auskotzen, doch die Bude ist leer. Dann haut mich der Hausmeister an und erklärt mir, dass wir in drei Wochen aus der Wohnung müssen. Das wusste Tillman schon seit letztem Mai. Er hat mir übrigens einen Abschiedsbrief hinterlassen. Ziemlich schwülstig, du kennst ihn ja."

„Allerdings...", knurrt Carla.

„Er hat sich abgesetzt. Nach Norwegen. Mit der Frau des Hausmeisters."

Carla bricht in einen Hustenanfall aus.

Nachdem sie sich wieder gefangen hat, fahre ich fort: „Der Hausmeister hatte für seine abtrünnige Ehefrau ein Häuschen in der Neubausiedlung gekauft. Da er das ja nun nicht mehr braucht, hat er es mir für schlappe hunderttausend Euro überlassen. Papa hat es sich genau angeschaut", greife ich allen Einwänden vor, „und mir dringend zum Kauf geraten."

„Gut. Weiter."

Otto macht auf sich aufmerksam, in dem er vehement an meinem Bein kratzt. „Ach, das hätte ich beinahe ausgelassen. Freitagabend bin ich Kippen holen gegangen. An die Tanke, zu Amitabh."

„Ist der immer noch da?"

„Jepp. Dort ist ein Welpe ausgesetzt worden..."

Carla seufzt. „Den du natürlich gleich mit nach Hause genommen hast."

„Jepp-jepp." Nun muss ich mich konzentrieren, die zeitliche Reihenfolge einzuhalten. „Also, wir haben uns am nächsten Tag die Hütte angeschaut. Geil, sage ich dir. Da habe ich auch Leni kennengelernt. Sie ist eine Nachbarin von gegenüber. Mit einem Inder verheiratet. Yash. Ein echt klasse Kerl. Wir verstehen uns richtig, richtig gut. Leni und ich."

„Schön für dich." Höre ich da etwa einen Hauch Eifersucht in Carlas Stimme?

„Ja, du musstest ja unbedingt nach Berlin gehen und mich in diesem Kaff zurücklassen", frotzele ich. „Verräterin!"

„Ich lieb dich auch, Schnake. Und jetzt weiter."

Während ich Otto auf meinem Schoß parke und ihn ausgiebig hinter den Ohren kraule, erzähle ich weiter: „Auf dem Nachhauseweg ist mir dann tatsächlich Fritzi verreckt. Ich dachte, ich pack's nicht. Und jetzt rate mal, wer da aufgetaucht ist?"

„Na?"

„Sam."

„Sam? Dein Sam?" Carla bricht spontan in Begeisterungsstürme aus. Ungewöhnlich für ihr sonst so sachliches Wesen. „Das ist ja... mein Gott, der helle Wahnsinn!"

„Ich hab ihn erst gar nicht erkannt. Aber..."

„...als er dir das Stichwort Baumhaus gegeben hat, sicher?"

Ich grinse mir ins Hemd.

„Brauchst dir gar nicht ins Hemd zu grinsen, du kleines, verdorbenes Luder." Sie ist aus gutem Grund meine allerbeste Freundin. „Ist was gelaufen?"

„Wo denkst du hin? Wir haben nur geredet."

„Geredet?", entrüstet sich Carla. „Bist du bescheuert?"

„Nein, vernünftig!"

Ich kann direkt sehen, wie sie die Augenbrauen verächtlich nach oben zieht und mir den Vogel zeigt.

„Wir haben uns aber verabredet. Für die Tage. Wir bleiben auf jeden Fall in Kontakt."

„Nun gut", seufzt sie. „Man sollte die Hoffnung ja nie aufgeben." Sam hat bei Carla einen Stein im Brett. Sie hat uns im Sommercamp immer den Rücken freigehalten und konnte damals nicht verstehen, dass ich mich für meine Ausbildung und letztlich auch Tillmann entschieden habe, anstatt an Sam festzuhalten. Ihre Begeisterung für Sam ging sogar so weit, dass sie mir eine Wohnung in Hamburg verschaffen wollte.

„Gestern ist Anne dann richtig ausgetickt. Sie hat behauptet, ich hätte sie bloßgestellt und hat mich auf der Stelle rausgeworfen."

„Hast du nicht gesagt, du wärst sowieso gekündigt?"

„Genau. Aber sie wollte mich sofort loswerden. Ich habe sie auf das Arbeitsgericht hingewiesen, und jetzt bin ich unter Lohnfortzahlung bis zur Kündigung freigestellt."

„Das verschafft dir jede Menge Freizeit. Die du im Übrigen gut gebrauchen kannst." Aus Carla spricht ehrliches Mitgefühl. „Aber sag mal, warum ist die dämliche Kuh so ausgetickt?"

„Ach", spüre ich einen Stich im Herzen, „da war irgend so ein Kunde. Dem... dem bin ich schon mal beim Joggen begegnet... also, als er gejoggt hat."

„Soso", meint Carla verheißungsvoll, „irgend so ein Kunde, was?"

Der beste Spiegel ist das Auge eines guten Freundes.

„Dieser Kunde hat's dir wohl angetan?", fragt Carla, nachdem sie keine Antwort bekommt. „Oder wie darf ich das verstehen?"

„Ich... ach, Quatsch! Er ist nur... mein Gott, er sieht halt gut aus, glaube ich. Sonst nichts."

Carla lacht spöttisch. „Klar. *Er sieht halt gut aus.* Schätzchen, wenn mich jeder gutaussehende Kerl, der mir begegnet, so aus der Bahn werfen würde, käme ich gar nicht mehr zum Stehen."

„Er hat mich nicht aus der Bahn geworfen", protestiere ich sofort.

„Aber dein Herzchen wummert ganz schön, wenn du ihn siehst, oder?"

„Umpf!"

Wir schweigen gemeinsam. Ich möchte mich jetzt nicht dazu äußern und Carla drängt mich auch nicht.

„Du", versuche ich nun das Gespräch in andere Bahnen zu lenken, „Papa hat fast alles für mich geregelt, auch den Kaufvertrag mit Treudl. Er hat den Kredit bei der Bank klargemacht und super Konditionen rausgeschlagen. Und gestern haben wir gemeinsam einen Minivan gekauft."

„Wozu brauchst du denn einen Minivan?", fragt sie skeptisch.

„Das, meine Liebe", sage ich nicht ohne Vorfreude, „ist das vorerst letzte Ereignis, von dem es zu berichten gibt. Lilli ist schwanger."

„Uaaahhh!", dröhnt es aus dem Hörer. „Lilli ist...? Ich brech zusammen!"

Ich reibe mein pfeifendes Ohr. „Ja, ich werde Oma."

An Gesprächsstoff hat es uns noch nie gemangelt und wir quasseln bis zum Atemstillstand. „Halte mich auf dem Laufenden,

Schätzchen, ja?", bittet Carla abschließend. „Gruß an Vivi. Und gib meinem Traummann ein Küsschen von mir, ja?"

„Wird gemacht", verspreche ich und lege gegen kurz vor zehn den Hörer auf.

KAPITEL achtzehn

Carlas Traummann ist nicht etwa Sam – sondern wahr und wahrhaftig mein großer Bruder Leo. Er hat es ihr angetan, seit sie den Unterschied zwischen Männlein und Weiblein kennt. Leider macht Leo hier weniger Unterschied, was der ganzen Sache neben aller Aussichtslosigkeit auch einen gewissen Reiz verleiht. So schwul Leo auch sein mag, Carla wird die Hoffnung nie ganz aufgeben.

Und Sam? Ich lächele beim Gedanken an ihn. Er ist noch derselbe wie damals, nur optisch hat sich was getan. Als wir uns das letzte Mal sahen, hatte er noch nicht diesen muskelbepackten Körper, dafür mehr Haare auf dem Kopf. Und obwohl er schon vor zwanzig Jahren eine äußerst imposante Erscheinung war, so haut es heute nicht nur mir bei seinem Anblick fast die Füße weg. Außerdem scheint er keinen Tag älter.

Und ich? Mein Gott! Es muss ja ein regelrechter Schock für Sam gewesen sein, mich so zu sehen. Was ist nur aus mir geworden? Vor und während der Ausbildung im Polizeidienst habe ich täglich Sport getrieben. Ich war regelrecht süchtig danach. Während der Schwangerschaft ging mir das auf unerklärliche Weise irgendwie ab. Leider, muss ich heute sagen. Denn dabei ist es geblieben – genauso wie die vielen Kilos, die ich mir in neun Monaten angefuttert habe. Satte achtzig Kilo Kampfgewicht bringe ich seither auf die Waage. Wenig Schlaf und der stete Kampf ums Geld haben mir zahlreiche graue Haare wachsen lassen. Von den Falten ganz zu schweigen. Mit meinem Bindegewebe stehe ich sowieso auf Kriegsfuß, und was soll ich sagen? Taufrisch ist anders...

„Ich soll dir etwas von Carla ausrichten", hauche ich Leo am nächsten Morgen einen Kuss auf die Wange und setze mich auf den Tresen.

„Carla...", seufzt mein Bruder und bekommt – wie jedes Mal – glänzende Augen.

Ich glaube, er hat sich schon mehr als einmal gefragt, warum Carla nicht Carl sein kann.

„Habt ihr gestern telefoniert?"

Ich nicke.

„Kein Wunder, dass ich dich nicht erreichen konnte." Leo schwingt einen Besen durch den Salon und räumt hier und da etwas hektisch auf. „Der Terminkalender ist voll bis zum Anschlag und Sören hat sich gestern Abend krankgemeldet."

Ich löffele genüsslich den Schaum von meinem Cappuccino und wippe mit dem Fuß.

„Lotte, hast du gehört, was ich gesagt habe?"

„Hmhm."

Er nimmt mir die Tasse aus der Hand und zieht mich vom Tresen. „Na, hopp! Setz deinen Arsch in Bewegung, Schwesterherz. Du wirst mir heute helfen!"

Konsterniert starre ich ihn an. „Du bist ja schlimmer als Anne", beschwere ich mich. „Außerdem darf ich gar nicht..."

„Du hilfst mir ganz familiär in einer Notlage und unentgeltlich aus! Und damit basta", treibt Leo mich an. „Handtücher müssen auch noch aufgefüllt werden."

Murrend, doch ohne hörbare Widerworte, mache ich mich an die Arbeit. Leo hat sich gleich nach seiner bravourösen Meisterprüfung selbständig gemacht. Finanziell gefördert wurde seine Existenzgründung durch meine Eltern. Unterstützend stellte ich meine Arbeitskraft zur Verfügung. Mein Bruder ist ein ausgezeichneter Lehrer und bis zu Sörens abgeschlossener Frisörausbildung war ich fest bei Leo angestellt.

„Übrigens, Liebchen", wirft mir mein Bruder im Vorbeigehen an den Kopf, „du hättest eine Restaurierung auch mal wieder dringend nötig. Siehst ja aus wie meine Oma."

„Deine Oma ist auch meine Oma", belehre ich ihn barsch und denke, dass ich ja wirklich bald selbst eine Oma bin.

„Auf jeden Fall siehst du beschissen aus. Und jetzt mach mal hinne. In einer Stunde fliegt hier die Kuh."

Und tatsächlich ist an diesem Vormittag der Salon brechend voll. Otto begrüßt jeden neuen Kunden mit Gebell und Schwanzwedeln und treibt Leo damit fast an den Rand des Wahnsinns.

„Kannst du den nicht zu Hause lassen", mault er, nachdem ihm Otto zum wiederholten Male zwischen die Füße geraten ist.

Ich rümpfe beleidigt die Nase. „Mich gibt's nur in der Familienpackung. Gell, Otto?"

Mein Hund reagiert mit freudigem Gekläffe und sprintet zur Tür. Dort angekommen, springt er aufgeregt hin und her.

„Oh!", keucht Leo. „Den musst du jetzt übernehmen. Ich hab hier noch die Dauerwelle und den Bob in karottenrot." Er schüttelt sich angeekelt. „Und gleich kommt die Frau Bürgermeister."

„Die Frau des Bürgermeisters", vergenetivbessere ich ihn.

„Du nervst."

„Du auch."

Otto dreht derweil total am Rad. Sein Kläffen wird plötzlich so schrill, dass sich die Dauerwelle vor Schreck den Kaffee über die Bluse kippt.

„Charlotte!", zischt Leo und ich weiß, dass er jetzt ernsthaft sauer ist. „Bring jetzt endlich deinen Hund zur Ruhe!"

Ich hechte zur Tür und versuche, Otto einzufangen. Gar nicht so einfach. „Bleib jetzt sofort stehen! Otto! Hörst du? Du sollst... komm her!" Es sieht ziemlich bescheuert aus, wie ich mit ausgestreckten Armen und in gebückter Haltung dem Wildfang hinterherlaufe. Noch bescheuerter muss es jedoch aussehen, als ich unvermittelt ausgebremst werde. Mit dem Kopf voran treffe ich auf Widerstand, während Otto durch meine Beine hindurch erneut entwischt. Ich wage kaum, aufzuschauen.

„Gehört das jetzt zum Service?", dringt eine sonore Stimme in mein Ohr.

Oh! Mein! Gott!

Er ist es.

Schon wieder...

„Lotte! Lotte!" Leo rüttelt mich zurück in die Realität.

Mir wackeln die Knie. „Ent... ent... entschuldigung."

„Keine Ursache", meint der Jogger. „Übrigens, habe ich hier etwas für Sie." Er hält er mir einen glücklich hechelnden Otto unter die Nase.

„So geht das nicht, Charlotte", schnaubt mein großer Bruder und wendet sich peinlich berührt an den Jogger. „Es tut mir außerordentlich leid, Herr Stahl. Sören hat sich gestern krankgemeldet und...", er macht eine auslandende Handbewegung. „Sie sehen ja, was hier los ist."

„Ich kann gerne ein anderes Mal wiederkommen", bietet er höflich an.

Leo atmet tief durch. „Nun gut, das möchte ich Ihnen überlassen. Aber ich könnte Sie, sofern Sie damit einverstanden sind, Charlotte anvertrauen."

Der stahl-harte Jogger zieht verwundert die Augenbrauen nach oben. „Sie sind ja ein vielseitiges Talent."

„Ähhh... ich helfe hier manchmal aus."

„Soso?"

„Unentgeltlich, selbstverständlich", stelle ich alarmiert klar. Weiß der Geier, ob der nicht vielleicht vom Arbeits- oder Gewerbeaufsichtsamt ist und mir jetzt gegens Bein pissen will. „Ich bin Leos kleine Schwester."

Er beugt sich zu mir hinab. Sein Duft steigt mir in die Nase und meine Beine fangen erneut an zu zittern. „Und ich bin weder vom Arbeitsamt noch vom Gewerbeaufsichtsamt", flüstert er mir ins Ohr und fügt augenzwinkernd hinzu: „Ich werde Ihnen also nicht gegens Bein pissen."

„Ich... ich bin gekündigt... in der Drogerie..." Warum erzähle ich ihm das überhaupt?

„Chaaarloootteee", drängelt Leo. „Wir sind etwas unter Zeiiitdruuuck."

Otto knabbert genüsslich an Stahls Daumen.

„Möchten Sie einen neuen Termin?" Inzwischen habe ich mich wieder einigermaßen gefasst.

„Möchten Sie mich nicht bedienen?", entgegnet er frech.

Ich mache den Mund auf, aber es kommt nichts heraus.

„Charlotte wird Sie selbstverständlich bedienen", greift Leo mir vor. „Bitte seien Sie so nett und gehen zur Vier."

Stahl lässt Otto vorsichtig zu Boden und geht an den ihm zugewiesenen Platz.

Ich schließe die Augen und atme tief durch. Dann folge ich ihm. Erst jetzt betrachte ich ihn näher. Sein Haar ist leicht gewellt und platinblond gefärbt. Ein bisschen zu auffällig, finde ich. Ziemlich extravagant. Vorsichtig schiele ich in sein Spiegelbild.

„Was darf es denn sein?", frage ich und lege ihm den Umhang über. Meine Hände zittern. „Eine andere Farbe vielleicht?"

„Herr Stahl bekommt die Null-Dreizehn", ruft Leo mir zu. „Wie immer. Ist bereits vorbereitet."

Ein Grinsen huscht über Stahls Gesicht.

Ich seufze leise, gehe in den Nebenraum, nehme mir ein Schälchen angerührter Farbe und einen Pinsel. „Möchten Sie nur den Ansatz", frage ich gespielt selbstbewusst, „oder...?"

„Einfach drüber damit", antwortet er mit einer lockeren Handbewegung. „Ich verlasse mich ganz auf Sie."

Na, das würde ich lieber nicht tun, denke ich und habe ein ungutes Gefühl im Bauch.

„Gut", sage ich wenig später und lege den Pinsel zur Seite. „Das braucht jetzt einen Moment. Ich schaue in zwanzig Minuten wieder nach Ihnen. Kann ich Ihnen inzwischen einen Kaffee bringen? Oder Wasser? Tee?" Ich kann ja so Geschäftsfrau sein!

„Wasser wäre nett. Danke." Klar. Was sonst?

Ich wasche im Nebenraum Schälchen und Pinsel aus und bringe Stahl die gewünschte Erfrischung. Ein kurzer Blick auf die Tönung verunsichert mich. Aber gut. Er ist von Natur aus braun. Und das Ergebnis einer Bleiche zeigt sich nun mal nicht sofort nach dem Auftragen. Ich bin trotzdem nervös.

Otto hält sich ausschließlich bei Stahl auf, legt sich sogar zu seinen Füßen. Ich beobachte es argwöhnisch, während ich Leos Kundin die Dauerwellenflüssigkeit ausspüle, eine Packung auftrage mit einer anschließenden Kopfmassage verzücke.

„Hach, Charlotte, da könnte ich stun-den-lang sitzen bleiben", stöhnt die Kundin und erregt damit Stahls Aufmerksamkeit. Er grinst süffisant.

Ich werfe erst einen Blick auf die Uhr – noch fünf Minuten – und dann auf Stahls Farbe. Das gefällt mir nicht. Das gefällt mir ganz und gar nicht.

Nachdem ich der stöhnenden Kundin ein Handtuch ums Haar gewickelt habe und sie nun ganz in Leos fachmännische Obhut übergebe, entschließe ich mich kurzerhand, auch Stahl zu Wasser zu lassen. Ob er die Kopfmassage genauso genießt, kann ich nicht feststellen. Sein Gesicht ist ruhig und ausdruckslos, doch ich bin mir sicher, dass sich unter der Oberfläche alles Mögliche abspielt. „Ist das Wasser angenehm?"

„Hmhm."

Nachdem ich zum siebten Mal shampooniere, zieht er jedoch eine Augenbraue nach oben.

Leo blickt kurz zu mir herüber, wertet die Intensität meines Tuns wohl als Anmache und vertieft sich sogleich wieder in das Gespräch mit der Dauerwelle.

„Haben wir ein Problem?", fragt Stahl leise.

Oh, mein Gott! „Nein", versichere ich ihm, „gar nicht!" und gebe noch einmal Nachschlag.

„Oh, mein Gott!", kreischt Leo schrill auf und stürmt herbei. „Charlotte!"

Stahl hebt den Kopf, schielt in sein Spiegelbild und hält die Luft an.

„Herr... Herr Stahl... es tut mir ja so leid... ich... ich werde..." Mein Bruder zupft nervös an dessen nassem Haar.

Der Jogger hebt abwehrend die rechte Hand. „Lassen Sie nur, Leo. Ich bin sicher, Ihre Schwester bringt das wieder in Ordnung."

So? Dann ist er aber der einzige hier!

Während die fünf Millimeter Haaransatz in warmem Schokobraun schimmern, leuchtet der Rest karottenrot. Das war die verfluchte Tönung! Der Bob, zwei Plätze weiter, erfreut sich derweil in strahlendstem Platinblond. „Auch mal nett", bemerkt die Kundin freudig überrascht.

Stahl hingegen scheint leicht angesäuert.

„Ich werde Ihnen selbstverständlich eine neue Blondierung..."

Er dreht sich samt Stuhl um und seine eisblauen Augen funkeln mich an. Otto hat sich aufgesetzt und beobachtet gespannt die Situation. „So sehr ich die Massage genossen habe", sagt Stahl streng, „aber noch mehr Farbe kann ich nun wirklich nicht gebrauchen."

„Alternativ könnte ich..."

„Das hier", sagt er und greift nach dem Rasierer, „ist jetzt wohl die einzige Alternative."

Ich bin mit den Nerven am Boden. Das mir. Und ausgerechnet bei ihm...

„Sowas ist mir wirklich noch nie passiert", entschuldige ich mich ein weiteres Mal.

„Mir auch nicht. Also, bitte."

Mir stehen Schweißperlen auf der Stirn, als nach und nach sechs Zentimeter lange, karottenfarbene Strähnen zu Boden fallen. Was bleibt, ist sein schokobrauner Ansatz. Von der Tönung vollkommen unbeeinträchtigt.

„Ich bin untröstlich! Selbstverständlich wird die Behandlung nicht berechnet und Sie erhalten die nächste kostenlos", lamentiert Leo gut zehn Minuten später. „Ich hoffe nicht, Sie durch diesen Vorfall als Kunden verloren zu haben."

Stahl streicht sich über die vier Millimeter Resthaar. „Sicher nicht. Und so wie es aussieht", er nickt Richtung Bob, „ist der Service hier für so manche Überraschung gut."

„Wie darf ich das verstehen?" Leo wird ganz blass um die Nase.

Doch Stahl schmunzelt nur. „Wir sehen uns in vier Wochen", sagt's und lässt fünf Euro Trinkgeld auf dem Tresen liegen.

KAPITEL neunzehn

Am Wochenende beginnt Tim damit, die große Regalwand für meine unzähligen Bücher einzubauen. Mit denen könnte ich ganze Bibliotheken füllen. Ich habe mich daher für Apfel entschieden. Das ergänzt sich hervorragend mit dem dunklen Boden. Und Tim hat ein ausgesprochenes Händchen für Design und Praktikabilität. Betten und die passenden Regale und Nachttischschränkchen stehen bereits. Die dazugehörenden Matratzen sowie Sofamöbel will ich heute kaufen. Sam hat angeboten, mich zu begleiten. Da sag ich ganz sicher nicht Nein.

Leo habe ich – trotz des Karottenzwischenfalls – für den Rest der Woche im Salon ausgeholfen. Mit Otto. Der ist nämlich inzwischen zum Kundenliebling avanciert. Sam holt uns pünktlich um zwei bei Leo ab.

„Hey, Sam", begrüßt Leo ihn und freut sich wie ein Schneekönig. „Schön, dich endlich mal wiederzusehen. Aber zur Dauerwelle kommst du sicher nicht, was?"

„Nee, Strähnen und Spitzen schneiden", witzelt er und fährt sich über die Glatze.

Die beiden plaudern über alte Zeiten, während ich Waschbecken reinige und Handtücher in die Waschmaschine stopfe.

„So", stemme ich wenig später die Hände in die Hüften. „Ich wäre dann so weit."

„Du", dreht Leo sich zu mir um und reibt sich das Kinn, „du bist noch lange nicht so weit."

„Wie, bitte, soll ich das jetzt verstehen?" Demonstrativ lege ich Otto das Halsband an.

„Hat sie doch gestern", schubst er Sam an und plaudert ungeniert aus dem Nähkästchen, „einem wirklich, wirklich gutaussehenden Kunden sieben Mal die Haare shampooniert. Sieben Mal! Ich dachte erst, das wird 'ne Anmache. Aber nein!" Er rollt verständnislos die Augen. „Schwesterherz hat ihm die Haare in der falschen Farbe getönt. Karottenfarben!"

„Nee, ne?" Sam versucht, seine Gesichtszüge unter Kontrolle zu halten.

„Die waren vorher platinblond", klärt Leo ihn auf. „Sind sie schon immer. Seit er Kunde bei mir ist."

„Und jetzt sind sie eben ab!", schnauze ich meinen Bruder an und hake mich bei Sam ein. „Los, komm. Wir haben noch Wichtigeres zu tun."

Sam löchert mich den ganzen Weg zum Auto. „Und er hat dir wirklich den Rasierer hingehalten?"

„Jepp", antworte ich knapp.

Sam grinst mich von der Seite an und verpasst mir einen sanften Schubs. „Du stehst auf ihn, was?"

Ich schweige demonstrativ.

Im Möbelhaus angekommen bin ich immer noch nicht bereit, mich weiter zu diesem Thema zu äußern.

„Komm schon, Lotte", schmust Sam sich an.

Böse schaue ich zu ihm auf. „Dir muss man das dämliche Grinsen heute operativ entfernen, was?", schnarre ich. „Ich will nicht darüber reden, hörst du? Tillmann hat mich vor einer Woche sitzenlassen und ihr denkt an nichts anderes als..."

„Schon gut, schon gut, schon gut", wehrt Sam ab und läuft einige Zeit wortlos neben mir her. „Hey, Lottchen", sagt er nach einer Weile, „bist mir wieder gut?"

Ein Blick in seine warmen, braunen Augen und ich seufze. „Wie könnte ich nicht?" Ich küsse zart seinen Mundwinkel.

Sam legt seinen Arm um meine Schultern und ich drücke mich fest an ihn. So schlendern wir, mit dem zerrenden Otto an der Leine, in den zweiten Stock zum Bettenzubehör.

„Wir wäre es denn mit einem Wasserbett?", fragt Sam.

Noch bevor ich antworten kann, klappt mir die Kinnlade herunter und mein Herz hämmert gegen meine Rippen. Otto bellt und wedelt derart energisch mit dem Schwanz, dass ich fürchte, er hebt gleich ab.

„Lotte?"

Ich bringe nur ein „Quiek!" heraus.

„Lotte?", fragt Sam noch einmal. „Was ist los?"

Nur zwei Meter vor uns steht Stahl. Er trägt Anzug und eine feingliedrige runde Brille, über deren Rand hinweg er mir einen kalten Blick zuwirft. Dann nickt er und geht.

„Hey, Baby? Alles okay mit dir?" Sam schaut mich besorgt an. Ich blinzele. „Hä?"

„Lotte, du siehst aus, als hättest du einen Geist gesehen."

Ich mache eine bedeutungslose Handbewegung und mahne Otto zur Ruhe.

„Lotte?" Sam lässt nicht locker. „Hast du Tillmann gesehen?"

„Was? Tillmann? Nee."

Sam fährt sich nachdenklich mit der Zunge über die Lippen. Dann grinst er. „Es war dein Kunde, oder?"

Ich schüttele verneinend den Kopf. „Ja."

Ein Verkäufer steuert zielstrebig auf uns zu. „Einen wunderschönen guten Tag, die Dame, der Herr", verneigt er sich altmodisch. „Liebchen mein Name. Kann ich dem jungen Glück behilflich sein?"

Sam und ich schauen uns an und prusten zur seiner Überraschung unvermittelt los. Wir lachen, bis uns Tränen kommen.

„'tschuldigung", jaule ich nach einigen Minuten. „Wir suchen Matratzen für drei Betten."

„Drei? Betten?", wiederholt der Verkäufer und reißt dabei die Augen so weit auf, als hätte ich nach einem Maschinengewehr mit Schalldämpfer gefragt.

„Jepp", keuche ich und kann mich kaum halten, „das junge Glück muss sich doch austoben können, oder? Herr Liebchen?"

Sam beißt sich krampfhaft auf die Unterlippe und nickt bestätigend. „Triathlon... sozusagen."

Schlafzimmer-Liebchen ist leicht irritiert, fährt jedoch professionell mit seinem Beratungsgespräch fort.

Und so verlassen wir eine Stunde später erfolgreich diese Abteilung – Liebchen war so durch den Wind, dass er uns reichlich Prozente gewährt hat –, wandern zwei Stockwerke tiefer und lassen uns schließlich auf ein knallrotes XXL-Sofa fallen.

Otto zieht die Arschkarte. Er darf nicht mit rauf.

„Pssst", flüstere ich meinem offensichtlich beleidigten Hund ins Ohr, „du bekommst deinen eigenen Sessel. Versprochen."

„Du bist echt noch genauso verrückt wie früher", lacht Sam und legt seine Hand auf meinen Oberschenkel.

„Nein", seufze ich, „nein, bin ich nicht mehr." Gedankenverloren streiche ich über den Stoff. „Sieht schön aus, findest du nicht?"

„Drei Betten und ein Megasofa? Da wird aus dem Triathlon ganz schnell ein Marathon."

Ich schubse ihn mit dem Ellenbogen an und lasse meinen Kopf auf seine Schulter fallen. „Pfff, was ist das?"

„Bist du frustriert?"

„Mein Mann ist vor einer Woche mit einer anderen Frau durchgebrannt. Ich hatte vor elf Monaten das letzte Mal Sex. Wärst du an meiner Stelle nicht frustriert?"

„Oh!", macht Sam und räuspert sich.

„Schon gut", klopfe ich ihm den Oberschenkel. „Ist nicht dein Problem. Und übrigens: dieses Sofa werde ich kaufen."

KAPITEL zwanzig

Es ist fast sechs, als wir zu Hause ankommen. Dort herrscht Aufbruchsstimmung.

„Was ist denn, bitte schön, hier los?", frage ich und werfe Kalle auf die Kommode.

Paul sitzt auf seiner gepackten Sporttasche und schielt verstohlen zu seiner großen Schwester.

„Hi, Mama. Hab hier was für dich." Lilli reicht mir ein funkelnagelneues Handy. „Haben Paul und ich dir heute Morgen besorgt."

„Mensch, das ist..."

„Frag jetzt!", drängelt Paul. Er scheint es recht eilig zu haben.

„Du", meint Lilli dann auch endlich, „Leni war drüben, als Tim und ich gewerkelt haben. Und sie hat gefragt, ob Paul heute bei Juli schlafen darf."

„Bei Juli schlafen", wiederhole ich.

Paul nickt heftig. „Leni war's. Die hat gefragt, ob ich Lust hätte, bei Juli zu übernachten."

„Na, wenn es Lenis Idee war..."

„Erlaubst du's mir?"

„Klar."

Paul springt auf und zerrt an meinem Jackenärmel. „Dann mach! Wir müssen los."

„Moment", bremse ich meinen euphorischen Sohn. „Ich muss erst noch mit Otto..."

„Das machen wir schon", schaltet sich Tim ein.

Ich zögere kurz. Jeder Spaziergang mit Otto erhört meine Chancen, den Jogger zu treffen. Aber will ich das nach heute eigentlich noch? Und wenn ja, warum?

„Du kannst dann auch gleich mal schauen, was Tim heute schon alles fertiggekriegt hat", schlägt Lilli stolz vor.

„Na, gut." Bin ja neugierig. „Ich bringe Paul zu Leni und schau mir unser Häuschen an. Die Matratzen werden übrigens kommende Woche geliefert. Und die Polstermöbel auch."

„Mamaaa..." Paul rollt ungeduldig mit den Augen.

Ich schüttele den Kopf und schmunzele. „Dafür, dass Juli ein Mädchen ist – und Mädchen sind ja bekanntermaßen ganz eklig und doof und..."

„Maaa-maaa!"

Wir fahren mit Sams Wagen in die Sonnenstraße. Paul wird bereits sehnsüchtig erwartet.

„Huhuuu!" Juli steht an der Tür und hält nach uns Ausschau. „Hi, Lotte!", ruft sie mir zu und verschwindet mit Paul, kaum dass er über die Schwelle getreten ist, in den ersten Stock.

„Gute Nacht!", rufe ich den beiden noch hinterher. Aber das interessiert sie nicht weiter.

Leni lacht. „Na, wa haschde noh da midgebrachd?" Sie küsst meine Wangen und sieht interessiert zu Sam auf. Ja, auf. Denn mit knapp einsachtundfünfzig Körpergröße ist jeder hoch.

„Das ist Sam", hake ich mich bei ihm ein. „Wir haben uns im Sommercamp in Hamburg kennen gelernt."

„Im Sommercamp?", fragt Leni ungläubig.

Sam reicht ihr lächelnd die Hand. „Ja, im Sommercamp. Vor über zwanzig Jahren."

„Na noh." Leni klopft ihm freundschaftlich den Oberarm. „Kommd roi."

„Danke, Leni. Aber ich möchte noch gucken, was meine beiden Großen heute alles schon bewerkstelligt haben. Sam und ich waren nämlich Matratzen und Sofa kaufen."

„Soso?", summt Leni und grinst schief.

„Neenee", sage ich erneut. Das hat sie jetzt völlig falsch verstanden.

Doch es scheint Leni nicht wirklich zu stören. „A Gläsle Wein? Na, kommd."

Bevor ich erneut ablehnen kann, hat sie uns schon in den Wohnbereich geschoben.

„Jetzt aber", trommele ich mit den Fingern auf den Couchtisch. „Noch mal lieben Dank!"

Es ist bereits nach neun – und ich schon ein bisschen angeschickert. Zwei Gläser Wein und nichts im Magen, das macht sich nun bemerkbar. Dennoch ist es ein eigenartig erhebendes Gefühl, als ich mit meinem eigenen Schlüssel die Tür meines eigenen Hauses aufschließe.

„Bitte einzutreten", sage ich hoheitsvoll zu Sam und verbeuge mich.

Er bleibt stehen und schmunzelt. „Das machen wir jetzt mal ganz anders." Kurzerhand nimmt er mich auf den Arm und trägt mich über die Schwelle.

„Hoffentlich hast du jetzt keinen Bandscheibenschaden", frotzele ich in Bezug auf mein Übergewicht.

Der Duft von frischem, unbehandeltem Holz steigt uns in die Nase. Ich leuchte den Wohnbereich mit der Taschenlampe aus. Tim hat eine komplette Wand vom Boden bis zur Decke mit wuchtigen Regalbrettern, längs und quer in unregelmäßiger Reihenfolge, versehen. Genug Raum, um meine vielen Bücher, Fotos und Nippes dekorativ unterzubringen. Neugierig flitze ich in den ersten Stock. Mir wird ganz warm ums Herz, als ich in Lillis kleinem Reich das Gerüst der Babywiege entdecke. In Pauls Zimmer tobt sich Tim kreativ aus. Ich bin überwältigt.

„Zufrieden?", fragt Sam, als ich nach unten zurückkehre. Er hat den Kopf schief gelegt und lächelt mich an.

„Am liebsten würde ich jetzt schon hierbleiben."

„Dann tu's doch."

Ich schüttele den Kopf und beobachte, wie Sam unzählige, umherliegende Holzreste aufsammelt und in meinem specksteinverkleideten Ofen arrangiert. Ein bisschen Papier, ein bisschen Geduld und wir freuen uns über die züngelnden Flammen hinter Glas.

Sam mimt stolz den Robinson. „Ich habe Feuer gemacht!"

„Dann macht sich Freitag jetzt auf Nahrungssuche." Ich durchsuche die umherstehenden Umzugskisten. Meine Beute ist bescheiden. Neben zwei gläsernen Teelichterhaltern finde ich nur noch eine Flasche Nusslikör und eine Flasche Wein. „Soll ich uns vielleicht Pizza bestellen?"

„Hast du denn Hunger?", fragt Sam und stellt die Luftzufuhr des Ofens so ein, dass die Glut allein ihren Beitrag leisten muss.

Meine Wangen glühen. Ob das am Feuer liegt? Am Alkohol? Oder vielleicht sogar an Sam? „Hast *du* Hunger?", gebe ich zurück und setze mich neben ihn auf den Boden.

„Kommt darauf an, worauf..."

Ich glaube, das ist ihm gerade herausgerutscht. Deshalb frage ich auch nicht nach, sondern fülle Nusslikör in die Halter. „Prost!"

Wir bleiben vor dem Ofen sitzen. Sam hat ein paar Kisten herangerückt, an die wir uns lehnen. Wir reden über Vergangenes und das, was noch kommen wird.

„Aber jetzt erkläre mir mal, Sam", sage ich irgendwann zwischen dem dritten und fünften Glas Likör. „Was muss passieren, damit man seinen Job als Kindergärtner aufgibt, um weit weg von zu Hause ein Tattoostudio zu eröffnen?" Da steckt viel, viel mehr dahinter als berufliche Veränderung. Das spüre ich.

Sam zögert. „Mia ist ein fantastischer Mensch. Und die Zwillinge sind fast wie meine eigenen."

Von Mia hat er mir erzählt. Und obwohl ich sie nicht kenne, mag ich sie. Ihr Mann hat sie ebenfalls betrogen. Allerdings in der Hardcoreversion. Mit ihrer Schwester. Ihrer eigenen Schwester! Nun gut, mein Bruder könnte mir auch den Mann ausspannen. Würde er aber nicht. Jedenfalls, Mia hat Sam beeindruckt. Und das schaffen nicht viele Frauen.

„Dass ich in ihrem Haus mein Studio eröffnen konnte", fährt Sam fort, „war ein Glücksfall für uns beide. Ich wohne und arbeite dort. Und ich hab die Kinder betreut, während sie arbeiten ging."

„Tust du das jetzt nicht mehr?"

Sam schluckt. „Mia hat noch ein Baby bekommen. Vor ein paar Monaten."

„Ah", hickse ich und schenke uns nach. „Ist das gut?"

„Nein, nein", erkennt Sam sofort meine falsche Vermutung. „Phil, der Vater des Kindes, ist ein großartiger Kerl. Den besten, den sie kriegen konnte."

„Gleich nach dir?"

„Da steckt viel mehr dahinter..."

Sam scheint einen Moment mit den Gedanken ganz woanders. Und ich lasse ihn auch dort. Er wird mit mir reden, wenn er es möchte.

Schweigend sitzen wir aneinander gelehnt auf dem Boden. Bis Sam nach einer langen, langen Weile in seiner Tasche nach seinem Geldbeutel kramt und daraus ein Foto fischt. „Das ist Nelli."

Ich nehme das Bild entgegen und sehe eine bildschöne, junge Frau.

„Mia ist ihr nicht nur wie aus dem Gesicht geschnitten", sagt Sam. „Auch sonst sind sie sich sehr ähnlich."

Mein Kopf schwirrt. Wer ist diese Frau? Was bedeutet sie Sam? Und in welchem Verhältnis steht das zu seiner Freundschaft mit Mia?

„Nelli war die Liebe meines Lebens und lange dachte ich, sie ist es noch immer. Die andere Hälfte meiner Seele, verstehst du? Mit ihr wollte ich alt werden. Ihr hätte ich alles verziehen", erzählt er. „Klingt ganz schön geschwollen, was?"

Ich verneine. „Ganz und gar nicht, Sam. Was ist passiert?"

„Sie hat mich betrogen, mit meinem Bruder. Drei Jahre, drei verdammt lange Jahre. Und ich Idiot hab nichts gemerkt."

Mein Herz krampft. Es erging ihm ähnlich wie Mia. Noch etwas, das ihn mit ihr verbindet.

„Ich habe mir immer Kinder mit ihr gewünscht. Aber Nelli war dagegen. Sie wollte einfach nicht. Ich habe es zwar nicht verstanden, aber ich habe es akzeptiert."

Bei Sams Gemüt und der Chemie zwischen ihm und Kindern, wundert es mich sowieso, dass er nicht schon ein Dutzend Nachkömmlinge gezeugt hat.

„Dann wurde Nelli schwanger."

Ich halte den Atem an.

„Schwanger... von meinem Bruder. Er hat sie deswegen grün und blau geschlagen, ihr in den Bauch getreten und das halbe Gesicht zertrümmert – bis sie Blut spuckte. Das Verhältnis ist aufgeflogen." Sam reibt sich den Oberarm, als würde er frieren, und starrt ins Leere. „Ich wollte mit ihr reden, sie beschützen. Ich habe mich sogar auf das Kind gefreut. Wollte ihr sagen, dass ich ihr verzeihe, dass alles wieder gut wird."

Ich bin zutiefst erschüttert. Doch Sam fährt sachlich fort: „Ich bin sofort ins Krankenhaus gefahren. Aber ihr Bett war leer." Sein Kiefer knackt. „Sie hat sich vor die S-Bahn geworfen."

„Oh, mein Gott!", schlage ich die Hand auf den Mund und fürchte, jeden Moment in Tränen auszubrechen.

„Das ist jetzt zwei Jahre her. Ich war sechs Monate bei einem Therapeuten. Dann bin ich weg aus Hamburg. Ein Jahr Südafrika. Und schließlich irgendwie bei Mia gelandet."

Ich schlucke den Kloß in meinem Hals hinunter und suche verzweifelt nach Worten. Aber ich bin nicht sicher, ob es das ist, was Sam jetzt braucht.

„Dann kam Mara." Er seufzt. „Wir wollten uns schon verloben, doch..."

„Du kommst nicht von Nelli und Mia los?", ergänze ich, als Sam nicht weiterspricht.

Er dreht sich zu mir um und legt seine Hand auf meine Wange. Sein Daumen streicht über die Narbe an meiner Augenbraue. „Ich komme wohl von keiner meiner Frauen los." Sanft küsst er meine Stirn.

Ich schließe die Augen. Mir wird schwindelig und meine Nerven fangen an zu prickeln, als würden lauter kleine Insekten über mich krabbeln. Seit Sam da ist, spüre ich, was mir fehlt.

Sam küsst meine Nase und ich lasse es geschehen. Seine Lippen berühren meine Mundwinkel. „Es ist falsch, oder?", fragt er leise.

„Wahrscheinlich", hauche ich und erwidere seine Küsse.

„Wir sollten das nicht tun", sagt Sam. Seine Hand wandert unter meinen Pullover.

Ich zittere am ganzen Körper. „Nein, sollten wir nicht." Beinahe gierig öffne ich den Kopf seiner Jeans.

„Wir werden uns Vorwürfe machen", ahnt er und zieht mir den Pullover über den Kopf.

Vom Alkohol benebelt ist mir jetzt alles egal. Vernunft, Schamgefühl, einfach alles. „Wir können es aber auch lassen."

Sam hält sofort inne.

„Das mit den Vorwürfen, meine ich."

Seine Zungenspitze kitzelt mich vom Schlüsselbein den Hals hinauf. „Bist du dir sicher?"

Ich schließe die Augen und lehne mich zurück. „Nein, aber du doch auch nicht."

KAPITEL einundzwanzig

Ich wache auf – und habe neben einem Hund jetzt auch noch einen dicken, fetten, ausgewachsenen Kater. Autsch! Der Ofen gibt noch Wärme ab, obwohl das Feuer schon längst erloschen ist. Es dauert einige Sekunden, bis ich die Orientierung wiedergefunden habe. Blinzelnd öffne ich die Augen und erkenne zuerst zwei leere Flaschen. Dann spüre ich Sams Arme, die mich zärtlich umschlingen. Es fühlt sich gut an. Meine schmerzenden Glieder machen mir jedoch deutlich, dass es in meinem Alter nicht mehr ratsam ist, auf harten Holzfußböden zu übernachten. Ich gebe einen stöhnenden Laut von mir.

„Hat sich auch schon mal besser angehört", flüstert Sam und küsst meine Schläfe.

Ich muss schmunzeln. Schnell schließe ich wieder die Augen und hole mir die Erinnerung an... ja, an wann eigentlich? „Wie spät ist es?"

Sam sucht im Dunkeln nach seinem Handy. Das Display strahlt mir wie Flutlicht ins Gesicht. „Halb sechs."

„Wollen wir nach Hause fahren und frühstücken?"

„Hältst du das für eine gute Idee?", fragt Sam nach einiger Überlegung.

Er hat sicher Recht. Und ich – nachdem sich der Alkohol in meinem Blut langsam abgebaut hat – plötzlich ein schlechtes Gewissen. „Sam?"

„Hm?" Er spielt versonnen mit einer Haarsträhne. Von mir, versteht sich.

„Was ist mit Mara?"

Sam setzt sich auf. Er winkelt die Beine an, legt die Arme über die Knie und sein Gesichtsausdruck versteinert sich.

„Ihr seid gar nicht getrennt?", spreche ich meine Befürchtung laut aus.

Er senkt den Kopf. „Ich weiß es nicht, Lotte. Ich weiß es nicht."

„Oh, scheiße..."

Stumm sitzen wir nebeneinander.

„Sind das jetzt die Vorwürfe?", unterbricht Sam die Stille, ohne mich anzusehen.

Auch ich setze mich auf und ziehe die Knie bis an meine Brust. „Haben wir uns denn welche zu machen?"

Wieder Stille. Und dann: „Lotte, ich weiß nicht, wo Mara ist."

„Wie bitte?"

Sam seufzt schwer und macht eine ausladende Handbewegung. „Vor drei Wochen kam ich nach Hause und fand einen Zettel auf dem Küchentisch. Sie bräuchte eine Auszeit. Ich solle sie bitte nicht suchen, sondern ihr diese Zeit einfach gewähren. Nicht mal Mia oder Phil wissen, wo sie ist."

Wie viele Parallelen kann es eigentlich zwischen Menschen geben?

Sam fährt mich nach Hause. Er kommt nicht mit nach oben.

Zwei wie wir gehören zusammen, sollten es aber nicht sein.

Bevor ich mir eine heiße und vor allem entspannende Dusche gönnen kann, drängelt Otto zu seinem allmorgendlichen Spaziergang. Wir laufen zum See. Dort kennt er sich aus und ich kann meinen Gedanken nachhängen.

Sam. Er ist noch genauso zärtlich und respektvoll wie damals im Baumhaus. Doch dort sind wir nicht mehr. Nicht im Baumhaus, nicht Neunzehnhundertsechsundachtzig. Aber war es deshalb falsch, was wir getan haben? Wer sollte über uns richten? Mara? Tillmann?

„Guten Morgen."
Ich werde jäh aus meinen Gedanken gerissen. „Ähm... Morgen", stottere ich.
Otto schießt wie ein Pfeil auf Stahl zu und begrüßt ihn stürmisch. Das gibt mir Zeit, darüber nachzudenken, was ich sagen könnte. Doch mein Kopf ist wie leergefegt.
„Ist ja 'ne richtige Wasserratte", gibt Stahl mir Starthilfe.
„Labrador halt." Himmel, Charlotte! Geht's noch ein bisschen bekloppter? „Ich... ich möchte mich noch mal bei Ihnen entschuldigen."
„Wofür denn entschuldigen?" Stellt er sich jetzt nur so blöd?
Ich wedele mit der Hand bedeutend über dem Kopf. „Na, für die missratene Frisur."
„Wow!", fährt er aus und grinst frech. „Das könnte ich ja jetzt missverstehen."
„Nein, ich meine... weil... ach... na ja, es ist nicht die Frisur, die Sie sich gewünscht haben."
Er schiebt leicht das Kinn nach vorne. Dadurch kommen seine ohnehin hohen Wangenknochen noch stärker zur Geltung. „Und auch nicht erwartet. Aber der Winter ist ja noch lang." Stahl schiebt demonstrativ die Mütze tiefer ins Gesicht.
„Es tut mir ehrlich leid", sage ich zum wiederholten Mal. „So etwas ist mir noch nie passiert."
„Nun lassen Sie es jetzt mal gut sein." Es klingt wie eine Zurechtweisung. „Ich werfe Ihnen weder Absicht noch Unfähigkeit vor."

Beleidigt schaue ich zu Boden.

Stahl legt den Kopf schief und beugt sich zu mir hinab. „Na?",
fragt er ganz frech. „Beleidigt?"

„Also, bitte!", antworte ich entrüstet. „Bilden Sie sich bloß nichts
ein!"

„Ganz sicher nicht", gibt er zurück und hebt die Hand. „Schönen
Tag noch."

„Ihnen auch", murre ich und sehe ihm nach.

KAPITEL zweiundzwanzig

Zu Hause packe ich zuerst Otto in die Wanne und lasse mir dann
selbst Wasser ein. Früher hat Tillmann das immer für mich gemacht.
Mit duftendem Wellnessbadezusatz und vielen kleinen Teelichten
überall im Badezimmer verteilt. Aber auch das scheint mir schon
Lichtjahre her zu sein.

Tillmann... Verdammt, wo steckst du? Geht es dir gut? Was
machst du gerade? Vermisst du denn deine Kinder nicht? Was kann
wichtiger, spannender, wertvoller sein als ihr Lachen? Ihre
Umarmung? Dutzende Male habe ich schon versucht, dich zu
erreichen. Doch immer wieder erklärt mir die Dame des
Mobilfunkdienstes gleich zweisprachig, dass du vorübergehend nicht
erreichbar bist. Nicht einmal für deine Kinder? Wie konnte ich mich
so in dir täuschen? Wie...?

Ich höre einen Schlüssel in der Haustür knacken. Lilli kann es
nicht sein. Definitiv. Ihre Zimmertür ist geschlossen, was mir sagt,
dass sie noch schläft. Tillmann? Hoffe ich denn wirklich, dass er
zurückkehrt? Ich glaube nicht. Umso erleichterter bin ich, als Leo in
der Tür steht.

„Guten Mooorgen", flötet er und zieht eine reumütige Schnute.
„Ich hab uns Frühstück mitgebracht."

Ich runzele die Stirn. „Sag mal, bist du bescheuert? Es ist
Sonntagmorgen, viertel nach acht."

„Ich weiß, Liebchen, ich weiß." Leo setzt sich auf den Badewannenrand. „Aber ich konnte die ganze Nacht nicht schlafen."

„Hey", raune ich. „Das ist ja wohl nicht mein Problem, oder?"

„Lotte, bitte." Er beginnt, meine Haare zu shampoonieren. Da hat er 'ne Macke weg. Aber ich genieße es. „Ich möchte mich bei dir entschuldigen. Aufrichtig. Es war nicht recht, dass ich dich gestern so angeschnauzt habe."

„Da gebe ich dir jetzt wiederum Recht", brumme ich.

Leo intensiviert die Kopfmassage. Da steh ich voll drauf. Das weiß er. „Ich habe gestern Abend noch Herrn Stahl getroffen. Diesen Kunden..."

„Ich weiß, wer Herr Stahl ist!"

„Ja, nun", fährt er fort, ohne die Massage zu unterbrechen. „Wir haben uns ein wenig unterhalten. Den neuen Haarschnitt findet er übrigens interessant."

„*Interessant*", hake ich nach. „Das ist ja auch frei definierbar."

Mein Bruder schnalzt mit der Zunge. Eine Unart, wie ich finde. „Er war auf jeden Fall angetan von unserem Service. So. Na, und ich erzählte ihm, dass du mir oft im Laden aushilfst und es noch nie Anlass zur Beschwerde gab."

„Du hast dich mit ihm über mich unterhalten?" Ich kann es nicht fassen!

„Na und? Herr Stahl ist ein sehr patenter Mann!", protestiert Leo. „Er war sehr interessiert."

„Woran?"

Er schmollt.

„WORAN?", fauche ich und drohe, ihn ins Wasser zu zerren.

Pikiert wirft Leo den Kopf zurück. „Na, er sagte, er hätte dich schon in der Drogerie gesehen und nun erfahren, dass du gekündigt wurdest. Ich habe nur erzählt, was für ein vielseitiges Talent du bist."

„Vielseitiges Talent?", wiederhole ich spöttisch. „Na, das wird ihn ganz schön beeindruckt haben."

„Er war doch recht erstaunt, als er erfuhr, dass du eine Polizeidienstausbildung gemacht hast. Dann der Job in der Drogerie und die Arbeit im Salon."

Meine Güte! Hat er dem Kerl meinen ganzen Lebenslauf runtergeleiert?

„Als ich ihm sagte, dass du nebenbei schreibst, also nur so für dich..."

„Du hast...? WAAAS? Sag mal, spinnst du?" Mein Gott, wie peinlich!

Jetzt ist Leo wirklich beleidigt. „Herr Stahl jedenfalls war beeindruckt", spricht's und verschränkt angepisst die Arme vor der Brust.

Ich schüttele den Kopf. Beeindruckt. Ja, klar. Den Eindruck hat er mir heute Mittag auch gemacht. Dass ich nicht lache!

„Sag mal, wie kommst du dazu, diesem Kerl mein Privatleben aufzuschwatzen?"

Noch immer schmollt Leo. „Ich habe ihm nichts aufgeschwatzt. Er hat sich interessiert."

Ich verdrehe entnervt die Augen.

„Und du?", blafft er mich an. „Du redest mit Carla über mich."

„Wie bitte?"

„Dienstagabend habt ihr doch miteinander telefoniert", hilft er mir auf die Sprünge.

Ich schüttele den Kopf. „Dienstagabend, ja? Und da denkst du tatsächlich, wir haben über dich gesprochen? Nimm dich bloß nicht so wichtig."

„Boah!" Lilli steht in der Tür. Schlaftrunken und völlig zerzaust. „Zofft ihr noch lange? Wenn ja, geht das auch ein bisschen leiser? Bitte! Danke! Morgen, Onkel Leo."

„Entschuldige, Herzchen." Leo küsst seine Nichte. „Ich hab uns Frühstück mitgebracht. Aber auch da hat deine Mutter mich schon gleich..."

„Onkel Leo", fällt sie murrend ihm ins Wort. „Wir haben Sonntagmorgen, viertel nach acht. Was erwartest du? Gute Nacht!"

Ich spüle das Shampoo aus und quäle mich widerwillig aus der Wanne.

„Also, Liebchen. An deinen Haaren müssen wir auch dringend mal arbeiten."

„Aber heute nicht", murre ich und schlüpfe in meinen Frotteeanzug. „Wo ist das Frühstück?"

Leo hat tatsächlich an alles gedacht. Die Senseo ist angewärmt. Auf dem Tisch stehen Stückchen und frische Brötchen, Butter, Wurst, Marmelade, einfach alles, was einen hungrigen Magen erfreut.

„Zufrieden?"

Ich nicke und stopfe mir umgehend die Backentaschen voll.

„Jetzt sag doch mal", drängt Leo, „was hat Carla über mich erzählt?"

„Mein Gott, was soll sie erzählt haben?" Ich bin überrascht über sein plötzliches Interesse. „Was interessiert dich das überhaupt? Du bist und bleibst eben ihr Traummann. Fertig."

„So?"

„Ja, aber du bist und bleibst eben schwul. Und Carla ist und bleibt nun mal eine Frau."

Leo faltet die Hände und beobachtet mich beim Essen.

„Leeeooo", ermahne ich ihn. „Ich mag das nicht."

„Hm."

„Leeeooo? Was ist los?"

„Hm."

Seufzend stelle ich die Tasse ab. „Bist du nicht mehr schwul? Oder woher dein reges Interesse für Carla?"

„Traummann, sagtest du?"

„Weißt du doch!"

„Hm."

„Leeeooo! Jetzt kotz dich endlich aus!"

„Ich... ich... ich weiß es nicht, Lotte." Er sieht ganz verzweifelt aus. „Ich weiß nicht, was mit mir los ist."

Nachtigall, ick hör dir trapsen! Na, also. Man sollte die Hoffnung doch nie aufgeben. Nachdem Leo gegangen ist und bevor ich mich auf den Weg zu Leni mache, schicke ich Carla eine SMS, in der ich sie in das neue Haus einlade. Neben ihr wird auch Leo mein Gast sein. Der einzige übrigens.

KAPITEL dreiundzwanzig

„Hi, mai Süße", begrüßt mich Leni freudig und mit Küsschen. „Komm rein. Die Kindr sind no ufm Schbordbladz, kigga. Haschd du den Oddo ned midgebrachd?"

„Neenee", winke ich ab. „Den hatte ich heute früh in der Wanne. War Paul denn brav? Und hat er sich anständig benommen?"

„Na jaaa..." Leni macht ein todernstes Gesicht. Sofort schnellt mein Blutdruck in die Höhe. „Er hedd mai Schbarbuch gblünderd ond ischd mid unserr Dochdr no Las Vegas durchgebrannd."

Hä?

Sie klopft mir auf die Schulter und schüttet sich fast aus vor Lachen. „War nur a Widzle! Abr was soll i uf so oi Frag andworda? Nadierlich war er brav. Was noh sonschd?"

„Boah, Leni", keuche ich. Mein Puls rast noch immer.

„Sedz di erschd mol. I mach uns Kaffee. Odr brauchschd du a Baldrian?" Während sie in der Küche werkelt, ruft sie: „Hädde ned dachd, dess di so was no umhaud. Nach dem, was du in den ledschda Daga midgemachd haschd. Gibd's eigendlich was Neies?"

Was Neues? Pfff! Nur, dass ich einem Kunden den Kopf rasieren musste, weil er mich völlig aus dem Konzept bringt. Dass ich mit meinem besten Freund geschlafen habe, weil dessen Freundin sich vorübergehend abgesetzt hat. Und dass mein Bruder plötzlich nicht mehr schwul sein will.

„Du haschd mid deinem bschda Freind gschlafa? Ischd des Sam?"

Hab ich etwa laut gedacht?

„Jo", nickt Leni und reißt ihre hellbraunen Augen auf. „Du haschd laud dachd."

Ich spüre, wie mir die Hitze in den Kopf steigt. Verlegen schaue ich zu Boden.

„Oh, Lodde. Dud mir leid. I dachde... i dachde, du wolldeschd darübr schwätza."

Will ich das?

„Sam und ich... also..." Ich weiß nicht, wie ich anfangen soll.

Doch Leni nimmt meine Hand und sieht mich an. „Du haschd koin Grond", versichert sie mir ehrlich, „überhaubd koin Grond, dir Vorwürfe zu macha odr di für des, was gscheha ischd, zu rechdferdiga. Wedr vor mir no vor Sam, no vor dir selbschd."

„Es ist gerade mal eine Woche her..." Ich breche ab. Mir tut der Hals weh.

„Jo, 's ischd grad mol oi Woche her, dess dai Mo sich aus däm Schdaub gmachd hedd", sagt Leni bestimmt und drückt meine Hand. „Einfach so, ohne Vorwarnung. Mid einr kündigda Wohnung ond der alleiniga Verandwordung für eire beida Kindr. Verlassa hedd er di abr scho vor vil längerr Zeid. Als er zom erschda Mal mid der Hausmeischderfrau gschlafa had. Es ischd ned unrechd, was du doa haschd, wenn ihr beid 's wolldet."

„Wir waren betrunken."

„Des machd koin Underschied. I hon do gseha, wie nah ihr eich seid." Leni streicht mir sanft die Tränen von der Wange. „Ihr habd's gbrauchd. Ihr habd eich gbrauchd."

„Ich bin so durch den Wind, Leni", schniefe ich und sie reicht mir ein Taschentuch. „Ich weiß gar nicht mehr, wo mir der Kopf steht. Verstehst du? Mit dem Haus ist alles geregelt. Was den Job angeht, kann ich bei meinem Bruder arbeiten, bis ich etwas gefunden habe. Ich muss mich also gar nicht erst mit den Behörden wegen Arbeitslosengeld rumschlagen. Meine Eltern unterstützen mich, wo sie nur können. Und Leo tut das auch. Dass Tillmann weg ist... ich glaube, ich hab mich schon damit abgefunden. Meinetwegen braucht er gar nicht wieder aufzutauchen. Ich freue mich darauf, Oma zu werden. Lilli und Tim sind zwar jung, aber verantwortungsvoll. Ein besseres Paar kann ich mir gar nicht vorstellen. Um Paul mache ich mir auch keine Sorgen, denn ich weiß ihn in besten Händen. In deinen."

Leni hört mir aufmerksam zu. Doch nun entfährt ihr ein Stoßseufzer. „Ach, Lodde. I sehe 's als Glüggsfall, dess i di gdroffa han."

„Siehst du das wirklich so?" Ich lache kurz auf. „Jedes Mal, wenn ich zu dir komme, jammere ich über etwas anderes."

„Noi, duschd du ned."

„Wie würdest du das sonst nennen?"

Leni lächelt. „Du läschd mi an deinem Leba deilhan. Du haschd Verdraua zu mir. Und i han's zu dir. Mai Leba", fügt sie dann lachend hinzu, „ischd nur im Momend ned annähernd so abwechslungsreich wie deines."

„Was ischd mid dem Kunda, der di so aus däm Konzebd bringd?", will sie weiter wissen.

Ich ziehe die Schultern hoch. „Ich kann's dir echt nicht erklären", runzele ich die Stirn. „Wenn ich ihn sehe, werde ich richtig nervös. Dabei ist er eigentlich ganz höflich. Und ich blaffe ihn an. Wenn ich mir dann aber ein Herz fasse und nett bin, lässt er mich regelrecht abblitzen. Wahrscheinlich bin einfach nur durcheinander."

„Hm", macht Leni, spricht den Gedanken jedoch nicht aus.

Die Tür knackt und herein stürmen zwei erhitzte, schlammige Kinder – gefolgt von zwei erhitzten, schlammigen Männern.

„Drei zu zwei gewonneeen!", kreischen Juli und Paul und bauen sich in Siegerpose vor uns auf.

„Paul", jaule ich auf, „du saust hier alles ein!"

„Lass nur", beruhigt mich Leni und deutet mit dem Finger auf Yash und seinen Begleiter. „Die beida da macha wesendlich mehr Dregg. Jeda Sonndich." Sie steht auf und schüttelt den Kopf. „Des dahana ischd übrigens mai Brudr Aron."

Er kommt lächelnd auf mich zu. „Und du bist also Lotte?"

Das war eher eine Feststellung als eine Frage.

Mir fällt auf, dass ihm der schwäbische Dialekt fehlt, den ich bei Leni so putzig finde. Ich nicke und doziere ganz automatisch: „Aron. Biblisch mit hebräischem Ursprung." Lesen zahlt sich eben doch aus. „Es bedeutet Bergbewohner oder auch Erleuchteter."

„Na, die Lamb möchde i seha, die den erleichded hedd", frotzelt Leni.

Aron grinst. „Geschwisterliebe."

„Kenne ich." Ich kann Paul gerade noch daran hindern, mit Juli nach oben zu rennen. „Halt, junger Mann. Du bist der nächste, den ich heute in die Wanne stecke."

„Ich bin auch schmutzig", merkt Aron süffisant an.

„Du?" Leni wirft ihm einen mahnenden Blick zu und zieht mich beiseite. „Der hedd nur schmudzig Gedanka. Des isch älles."

Ich wechsele noch ein paar Worte mit Yash und bedanke mich zum wahrscheinlich hundertsten Mal für seine Hilfe.

„Lotte, es hat mir Spaß gemacht und ich habe es gerne getan. Ich mag dich wirklich sehr. Aber wenn du dich jetzt noch einmal für das bisschen Kistentragen bedankst", zwinkert er, „werde ich böse."

Ich nicke einsichtig. „Schon gut, Yash. Ich werd's mir künftig verkneifen."

„Hast du denn schon angerufen?"

Ratter-ratter-ratter, hä? Ach so! „Beim Yogalehrer? Oh, nein. Noch nicht. Aber bald. Versprochen."

„Was bedeutet eigentlich dein Name? Charlotte?" Aron legt den Kopf schief und betrachtet mich neugierig.

„Freie Frau", huste ich. „Es bedeutet *freie Frau*." Übrigens: Tillmann ist abgeleitet von Dietrich, bedeutend für Volk, altdeutsch ‚diot'. Da fehlt meines Erachtens das ‚I' davor...

„Freie Frau also? Aha..."

Yash zieht eine Augenbraue nach oben. „Aron, geh endlich unter die Dusche. Ich möchte heute auch noch aus meinen schmutzigen Sachen kommen."

Aron verabschiedet sich mit einem Zwinkern. „Schön, dich kennengelernt zu haben, Charlotte."

Es hat den Anschein, als müssten Juli und Paul chirurgisch getrennt werden. Dennoch schaffen wir es, gegen vier Uhr zu Hause anzukommen.

KAPITEL vierundzwanzig

Als ich am Montagmorgen erwache, fühle ich mich wie gerädert. Vivi hat mich gestern schon um zehn nach zehn ins Bett geschickt. Mein Bier habe ich trotzdem noch getrunken. Jetzt brummt mein Kopf, mein Hals tut weh, meine Glieder schmerzen – kurzum, ich bin grippig. Doch nützt ja alles nichts. Otto hat auch Bedürfnisse, und denen muss ich als gute Hundemutti nachkommen.

„Na, dann komm, mein Kleiner", huste ich. „Frische Luft soll ja bekanntlich gesund sein."

Wir schlendern die Straße entlang, unsere alltägliche Route hinunter zum See. Plötzlich heult hinter uns ein Motorroller auf und rast lärmend vorbei. Haarscharf an Otto. Dieser springt vor Schreck fast aus seinem Fell, reißt sich los und rennt samt Leine jaulend davon.

„Verdammter Vollidiot", kreische ich heiser und gebe ordentlich Hackengas, um meinen völlig verstörten Hund zu verfolgen.

Aber Otto ist verdammt schnell. Ich habe ihn aus den Augen verloren. Soll ich jetzt morgens um halb sechs laut rufend durch die Straßen rennen? Ich steuere den See an. Dort gehen wir immer hin. Dort werde ich ihn vielleicht auch jetzt finden.

Der See liegt ruhig und verschlafen unterm Mondlicht. Von Otto keine Spur. Ich laufe am Ufer auf und ab. Der Schweiß rinnt mir inzwischen aus allen Poren. Ich bekomme kaum noch Luft. „Otto", krächze ich und halte mir die schmerzende Seite. „Wo bist du, Kleiner?"

In meinem Schädel dreht sich alles. Ich setze mich auf einen großen Stein, stütze meine Ellenbogen auf die Knie und lege den Kopf in die Hände. Ich beschließe, so lange hier sitzen zu bleiben, bis Otto wieder auftaucht. Er muss einfach hier auftauchen.

„Frau... ähm... Charlotte?" Das ist Stahl.

„Ja?" Ich hebe meinen Kopf nicht. Erstens ist er inzwischen viel zu schwer. Und zweitens sehe ich sicher genauso beschissen aus, wie ich mich gerade fühle.

„Ist etwas passiert?"

Seine Stimme dringt dumpf in mein Gehör. „Jaaa", antworte ich direkt.

„Ich habe mir... also... ich war ein bisschen verwundert."

„Umpf!" Warum geht er nicht einfach weg? Warum lässt er mich nicht einfach in Ruhe leiden?

Stahl seufzt mürrisch. „Ich wollte nur helfen. Hier."

Was hier? Ich schiele vorsichtig nach oben.

Stahl schaut ziemlich miesepetrig drein. Er hält mir eine Leine unter die Nase. Am anderen Ende befindet sich mein wie blöde hechelnder Hund. Seine Zunge ist schon ganz blau.

„Otto!", krächze ich erleichtert. Sofort schäme ich mich für mein Gebaren und stehe auf. Jeder Muskel schmerzt. „Herr Stahl, ich..."

In sein eben noch mürrisches Gesicht legen sich tiefe Sorgenfalten. „Charlotte, geht es Ihnen nicht gut? Sie sind blass."

„Erkältet", tue ich es mit einer Handbewegung ab. „Wo haben Sie meinen Hund gefunden?" Ich gehe ächzend vor Otto in die Knie und spüre sein wild pochendes Herz. Ängstlich drückt er seinen Kopf zwischen meine Schenkel. „Mein Kleiner..."

Stahl geht ebenfalls in die Hocke, allerdings um einiges eleganter, und legt seine Hand auf Ottos Rücken. „Er kam mir jaulend entgegengerannt, als ich gerade zur Haustür hinaus wollte."

Unsere Finger berühren sich kurz. Mir wird heiß und kalt zugleich. Ich weiß nicht, ob das an meiner Erkältung liegt.

„Ich dachte mir, dass er weggelaufen ist. Und da ich ja nicht weiß, wo Sie wohnen, bin ich mit ihm zum See gegangen. Ich vermutete, dass Sie sicher irgendwann hier auftauchen."

„Und wenn nicht?"

Er zieht die Schultern nach oben. „Dann würde ich wohl jetzt noch warten."

Mir wird ganz warm ums Herz. Erst ruiniere ich ihm die Frisur, dann rettet Stahl meinen Hund. Verstört wie er war, wäre Otto sicher früher oder später vor ein Auto gelaufen. Ich sollte jetzt etwas tun. Das bin ich Stahl schuldig.

„Ich bin Ihnen so dankbar", krächze ich heiser. „Wenn Otto etwas passiert wäre... ich mag gar nicht daran denken. Darf ich... darf ich Sie vielleicht auf einen Kaffee einladen?"

Stahl zögert. Meines Erachtens viel zu lange. Ich schaue in sein unergründliches Gesicht.

„Vielleicht ein anderes Mal." Ohne mich anzusehen, steht er auf und räuspert sich. „Sie sollten sich erst mal auskurieren. Gute Besserung." Er dreht sich um und geht.

Völlig verwirrt sehe ich ihm nach.

„Boah, Mama. Siehst du scheiße aus." Paul ist sicher besorgt, wenn seine Ausdrucksweise auch sehr zu wünschen übriglässt.

„Geht schon, Paulchen", huste ich knapp an seinem Pausenbrot vorbei. „Ich hab mich nur..."

„Was ist denn mit Otto los?" Er wirft sich auf den Boden und streichelt Ottos Köpfchen.

So viel zur Besorgnis.

„Ist abgehauen."

„WAS?"

„Wer ist abgehauen?" Lilli schlurft in die Küche. „Mama, du siehst scheiße aus."

Ich stöhne. „Das habe ich heute schon mal gehört." Kümmert hier denn niemanden mein desolater Gesundheitszustand?

„Otto ist abgehauen!" Paul kriegt sich gar nicht mehr ein und untersucht den Hund, als ob außer ihm auch noch irgendwelche seiner Körperteile abhandengekommen seien.

„Warum das?" Lilli gähnt und setzt das Mokkakännchen auf den Herd.

„Ein Motorroller ist an uns vorbeischossen. Ich weiß nicht, ob er Otto vielleicht gestreift hat. Auf jeden Fall ist er losgerannt und war plötzlich verschwunden."

„Warum bist du nicht schneller gerannt, Mama?", wirft Paul mir vor.

Vielleicht, weil ich krank bin?

„Und wo hast du ihn wiedergefunden?"

In meinem Bauch machen sich widersprüchlichste Gefühle breit. „Ich habe ihn nicht gefunden. Ich bin an den See gelaufen, wo wir immer spazieren gehen. Und ein Mann hat ihn mir gebracht."

„Ein Mann?" Lilli ist plötzlich hellwach. „Was für ein Mann?"

„Er joggt da immer und weiß, dass Otto zu mir gehört. Er hat ihn unterwegs aufgelesen."

Mit dieser Antwort geben sich meine Kinder zufrieden. Eine Stunde später verlassen sie das Haus. „Bloß nicht küssen!", wehren sie ab. „Behalte deine Bazillen für dich." Nett, oder?

Schlafen kann ich jetzt nicht mehr. So sehr mir auch nach Bettruhe wäre. Hier gibt es nichts zu tun, annähernd unser vollständiger Haushalt befindet sich bereits in der neuen Wohnung.

Bis auf meinen Laptop. Und den schnappe ich mir jetzt, ziehe mich auf das alte Sofa zurück und hacke alle Gedanken hinein, die sich in dem Brei, der mal mein Hirn war, noch auftun. Meine Finger fliegen über die Tastatur und fünf Stunden später fühle ich mich sonderbar aufgewühlt und erleichtert zugleich. Zufrieden klappe ich den Laptop zu und schiebe drei Tiefkühlpizzen in den Ofen.

KAPITEL fünfundzwanzig

„Charlotte", brüllt es am Donnerstag aus meinem Handy. „Absoluter Notfall!" Es ist Leo. Warum muss er nur immer so dramatisieren?

„Leo", nehme ich ihm sofort Wind aus den Segeln. „Wir wollen morgen definitiv umziehen. Ich baue hier gerade mit Tim und seinem Vater die Küche auf. Also schalte mal 'nen Gang runter." Sicher hat sich Sören wieder krankgemeldet, weil ihm ein Furz im Arsch quer steckt.

Doch Leo bleibt unbeeindruckt. „Du hast morgen Nachmittag einen Termin."

„Weiß ich", knatsche ich ins Telefon. „Beim Hals-Nasen-Ohrenarzt." Meine Grippe hält sich immer noch hartnäckig.

„Allerliebstes Schwesterherz", schleimt er sich ein. „Ich werde dich nach allen Regeln der Kunst verwöhnen, wenn du mir diesen Gefallen tust."

„Mein Gott, Leo. Kommt der Papst?"

„Nein", atmet er tief aus, „aber der stellvertretende Geschäftsführer von MISTA-Book."

„MISTA-Book?"

„Kennst du MISTA-Book?"

Ich bin entrüstet. „*Natürlich* kenne ich MISTA-Book. Diesen neuen Verlag."

„Und dessen stellvertretender Geschäftsführer hat ausdrücklich nach dir verlangt."

„Nach mir?" Was soll das jetzt?

Bevor ich das hinterfragen kann, erklärt Leo schnell: „Also, morgen um viertel vor fünf. Dank dir, mein Liebchen" und legt auf.

„Lotte, Sie sollten jetzt wirklich mal eine Pause machen." Tims Vater legt mir eine Hand auf die Schulter.

Tim nickt zustimmend. „Finde ich auch, Lotte."

„Kommt gar nicht in Frage", protestiere ich krächzend. „Wenn ich schon nur für die Materialkosten aufkommen brauche und ihr mir nicht mal die Möglichkeit gebt, euch für die Arbeitsstunden zu entschädigen, so will ich wenigstens meinen Beitrag geleistet haben."

Tims Vater setzt zu einem Widerspruch an, doch der baldige Vater meines Enkelkindes winkt ab. „Bringt nichts. Sie hat genau so einen Sturkopf wie Lilli."

„Oh!", macht er verständig.

Ich muss beinahe lachen. „Übrigens", schubse ich ihn mit dem Ellenbogen an, „wie wäre es, wenn wir endlich mal zum Du übergingen?"

Sein Gesicht hellt sich merklich auf. Tims Vater reibt sich die eingestaubte Hand am Oberschenkel ab und reicht sie mir dann. „Gerne. Ich bin Georg."

„Und darauf trinken wir demnächst mal einen."

Demnächst kommt manchmal schneller als gedacht. Nachdem die Küche vollständig aufgebaut ist und ein Freund Georgs, seines Zeichens Elektriker, alle Geräte angeschlossen und betriebsbereit gemacht hat, vernichten wir gemeinsam zwei Sixpacks von der Tanke. Schlechten Gewissens fahre ich kurz nach acht nach Hause und hoffe, in keine Polizeikontrolle zu geraten.

Dass Alkohol und Grippetabletten sich nicht sonderlich gut vertragen, wird mir bewusst, als ich röchelnd über der Kloschüssel hänge. Lilli schüttelt nur den Kopf und schickt Paul endlich ins Bett. Ich tue selbiges, stelle mir jedoch vorsorglich einen Eimer daneben.

Die Nacht wird furchtbar. Mit jedem Hustenanfall ergießt sich ein Schwall undefinierbarer Flüssigkeit aus meinem Hals. Am nächsten Morgen habe ich tiefe Ringe unter den Augen und ansonsten alle Farbe im Gesicht verloren. Allerdings fühle ich mich jetzt nur noch halb so elend wie ich aussehe. Ich scheine auf dem Weg der Besserung. Derart motiviert mache ich mich gewohnt pünktlich mit Otto auf den Weg zum See. Mein Herz klopft wie gewohnt schneller, als mir Stahl entgegenkommt. Dieser bleibt wie gewohnt stehen und begrüßt Otto, um kurz darauf, wie gewohnt, mit einem Kopfnicken an mir vorbei zu joggen. Und wie gewohnt setze ich meine Runde mit hängendem Kopf fort, um mich anschließend selbst zu maßregeln.

Doch heute macht Stahl auf halbem Weg kehrt und folgt mir. „Charlotte?"

Ich zucke zusammen und drehe mich vorsichtig um. Ich ziehe meinen Kragen höher ins Gesicht und verzichte darauf, die Haarsträhnen hinters Ohr zu klemmen. Tageslichttauglich bin ich heute nun wirklich nicht. „Ja?"

„Guten Morgen."

Ich runzele die Stirn. „Guten Morgen."

„Wollte nur mal hören, ob Otto den Schreck gut überstanden hat? Und wie es Ihnen geht?" Er hat den Kopf etwas geneigt. Und hätte er jetzt seine Brille auf, würde er mich über deren Rand hinweg anschielen.

„Oh!" Es fühlt sich an, wie eine Feder, die mein Herz streift. „Es geht ihm wieder gut. Wirklich. Und mir auch. Eigentlich."

Er lächelt zufrieden, hebt die Hand zum Abschied und verschwindet wieder.

Ich schaue ihm seufzend nach.

Der Kunde für heute Nachmittag hat ausdrücklich nach mir verlangt, schießt es mir plötzlich durch den Kopf. Stellvertretender Geschäftsführer von MISTA-Book? Stahl? Kann das wirklich sein? Immerhin hat Leo ihm erzählt, dass ich pseudoliterarische Ambitionen habe. Hat er sich deshalb nach meinem Befinden erkundigt? Um sicherzugehen, dass ich auch arbeitsfähig bin? Ich beginne zu zittern und die Stunden, die Minuten, zu zählen.

Paul hat sich mit Juli auf dem Fußballplatz verabredet und Lilli ist mit Tim in ein schwedisches Möbelhaus gefahren, um ein bisschen Deko für ihr neues Zimmer zu besorgen. Ihr Kosmetikbeutel liegt noch neben dem Waschbecken. Ich hole tief Luft. Warum soll ich mich jetzt aufrüschen? Wo Stahl mich doch in schon viel desolaterem Zustand ertragen musste? Kopfschüttelnd lege ich die Schminkutensilien zurück und stecke die Haare notdürftig nach oben.

„Liebchen", jammert Leo, als ich um kurz nach vier das Studio betrete. „Du siehst ja mitgenommen aus!" Wenigstens ist seine Wortwahl sensibler als die meiner Kinder.

„Weiß", erwidere ich knapp und klemme eine Haarsträhne hinter die Ohren.

„Dich müsste man wirklich mal generalüberholen." Diese gesäuselte Unverschämtheit kommt aus Sörens Mund. Er meint es nicht böse. Mitleidig legt er die Hand unter sein Doppelkinn und mustert mich.

„Lass das", maule ich und wende mich an meinen Bruder. „Was hat denn der Kunde überhaupt für Wünsche?"

„Herr Sommer möchte sich überraschen lassen, sagte er. Und dass er sich ganz auf dich verlässt."

„Herr Sommer?", wiederhole ich irritiert. „Wer ist Herr Sommer?"

Leo zieht die Augenbrauen nach oben. „Na, dein Viertel-vor-Fünf-Kunde. Der von..."

„Ich weiß, ich weiß", winke ich ab – und bin maßlos enttäuscht. Wer will schon Sommer, wenn er Stahl erwartet? Ich nicht. Und deshalb mache ich mir jetzt erst mal einen Cappuccino in der kleinen Küchennische.

„Guten Tag. Ich bin zu früh, ich weiß."

Ich schiele hinter der Trennwand hervor und verliere beinahe das Gleichgewicht. „Aron?"

„Die Sonne geht auf", lacht er und steuert direkt auf mich zu. „Hallo, Lotte."

„Was machst du hier?" Im Nachhinein kommt mir diese Frage ziemlich überflüssig vor.

Aron beugt sich zu mir vor, sodass sich unsere Nasen fast berühren. „Was denkst du?"

„*Du* bist stellvertretender Geschäftsführer von MISTA-Book?", frage ich geradeaus und kann es nicht wirklich glauben.

„Oh", macht Aron. „Gut informiert."

Ich blase die Wangen auf und schiebe ihn vorsichtig Richtung Stuhl. „So. Und was darf ich dir denn antun?"

Aron grinst spitzbübisch. „Du hast mich voll und ganz in der Hand."

120

„Klar." Ich stelle mich hinter ihn und fahre mit den Fingern durch sein dunkelbraunes Haar. Ich helfe Leo seit Ewigkeiten im Salon aus und habe mir viel abgeschaut. Ein wenig Talent ist selbstredend. Kunden, die sparen möchten, schneide ich als ungelernte Kraft die Haare zum halben Preis. Und bisher war jeder zufrieden und kam gerne wieder. Der Kunde weiß also, worauf er sich einlässt.

Hier und da lege ich ein paar Strähnen, um zu überprüfen, wie aussehen könnte, was bereits in meinem Kopf existiert. Im Spiegelbild sehe ich, wie Aron mich genau beobachtet. Seine Augen graben sich in mein Gesicht „Also, ich kann mir vorstellen, die Haare um einiges zu kürzen. So lang trägt man nicht mehr. Wir stufen das Deckhaar ein wenig durch. Damit kommt deine Naturwelle mehr zur Geltung."

„Pony?", nuschelt Leo und tippt mit dem Finger nachdenklich auf seine Lippen. Dann schüttelt er den Kopf. „Nee, lieber nicht."

„Ein Pony? Ist das nicht der Traum aller kleinen Mädchen?" Arons Grinsen nach zu urteilen, hält er sich selbst für den Traum aller kleinen Mädchen. Womit er sicher nicht falsch liegt.

Aber ich lasse mich nicht beirren. „Das heißt Abschied von deiner Heavy Metal Matte und Haare ab für einen frechen Bob."

„Einen Bob?" Aron scheint an meiner Idee zu zweifeln.

„Wir könnten deinen Naturton auch noch ein klein wenig nachdunkeln." Gedanklich mahne ich mich zu mehr Aufmerksamkeit, was die Tönung angeht. Noch einmal Karotte ertrage ich nicht. „Das trägt Mann heute." Zumindest die seines Jahrgangs. Im direkten Vergleich ist meiner bereits jenseits von Gut und Böse. „Sieht dann richtig schön maskulin aus."

„So?"

Jetzt habe ich Anlass zum Grinsen. „Klar. Ansonsten haben wir immer noch den Rasierer."

Aron wird blass um die Nase. Allerdings nur kurzfristig. „Gut. Einverstanden", sagt er und lehnt sich entspannt zurück. „Für den Fall der Fälle bestehe ich jedoch auf einer Ganzkörperrasur. Von dir persönlich."

„Hmhm", willige ich ein und gebe mir allergrößte Mühe.

KAPITEL sechsundzwanzig

„Hey, Baby."

Ich schlage die Hände über dem Kopf zusammen. „Sam! Du siehst ja elendig aus!"

Es ist Samstag, neun Uhr – Umzug. Sam steht kreidebleich und mit tiefen Ringen unter den Augen im Flur. Gerade überreiche ich Treudl meinen und Leos Ersatzschlüssel. Tillmanns dürfte sich wohl auf irgendeiner Kommode in Norwegen befinden.

„Geht schon wieder", winkt er ab. „Hab die ganze Woche flachgelegen. Scheiß Grippe." Er küsst mich flüchtig und schleppt sich zur Wohnungstür.

Treudl sieht ihm skeptisch nach. Dann nimmt er mich beiseite. „Ham Se denn nu schon mal wat von Ihrem Alten jehört... und von meener Alten?"

Ich schüttele den Kopf. „Sie?"

„Ooch nich."

Synchron ziehen wir die Schultern nach oben. „Na, denn... noch mal vielen Dank."

„Und allet Jute, Frau Freund."

Ich hebe die Hand und eile zu Sam. „Mensch, Sam. Was tust du hier?"

„Das frage ich mich jetzt allerdings auch." Er deutet mit dem Daumen über seine Schulter hinweg in die leergeräumte Wohnung. „Ich will dir eigentlich beim Umzug helfen."

„Ach", winke ich ab. „Das ist doch schon so gut wie passiert. Nur noch ein paar Kisten, und die hat mir Treudl bereits in den Wagen getragen."

„Und du hast also noch nichts von deinem... Tillmann gehört?"

„Nein. Und ehrlich gesagt, glaube ich auch gar nicht mehr daran. Er weiß noch nicht einmal, dass er Opa wird..." Letzteres sage ich mehr zu mir selbst. Dann schaue ich auf. „Und?"

Sam schließt die Augen und holt tief Luft. „Mara ist zurückgekommen."

Ich schlucke kurz und streiche über seinen Oberarm. Mara. Die hebräische Bedeutung dieses Namens ist Albtraum. Ich hoffe so sehr, dass der Name nicht Programm ist.

„Sie kam gestern Abend nach Hause", erklärt Sam leise. „Wir haben bis heute früh geredet. Und... sie möchte gerne noch einmal von vorne beginnen."

„Und?", frage ich. „Was suchst du dann noch hier?"

„Lotte..." Sam legt seine Hand auf meine Wange und fährt sanft mit dem Daumen über die Narbe an meiner Augenbraue. Er lehnt seine Stirn an meine. „Wenn du das nicht weißt?"

Ich hauche einen Kuss auf seinen Mundwinkel. „Ich weiß, Sam. Die Frage ist, ob du es selbst auch weißt?"

„Eben nicht."

Ich spüre die Verzweiflung, die ihn erfasst. „Sam, wir sind nicht mehr im Baumhaus. So schön das vielleicht auch wäre. Wir sind keine anderen Menschen geworden. Aber unsere Lebenssituationen haben sich verändert. Wir haben uns wiedergefunden und wir werden uns auch nie mehr verlieren, versprochen?"

Wieder holt Sam tief Luft. Er reibt sich fast verzweifelt über die Stirn. „Versprochen."

„Du weißt, wo jetzt dein Platz ist? Mara braucht dich."

„Und du?" Er wirkt bedrückt.

Ich mache eine ausladende Handbewegung. „Du siehst doch, dass ich gut zurechtkomme."

Er legt seine Augenbraue schlafen und ich lehne meinen Kopf gegen seine Brust. „Ich brauche dich auch, Sam. Als meinen Freund. Mara braucht dich als Mann an ihrer Seite."

„Lotte", presst er heraus. „Ich möchte nicht, dass du denkst..."

„Dass ich nur ein Gelegenheitsfick war?" Ich schüttele den Kopf. „Ich wäre schwer enttäuscht, wenn du mir das zutrauen würdest."

„Tu ich auch nicht." Er schlingt seine muskulösen Arme um meine Schultern und hält mich ganz fest.

Entgegen meinem guten Rat treffen wir dreißig Minuten später gemeinsam in der Sonnenstraße ein. Otto begrüßt uns mit viel Radau. Wau.

„Hier sind ja jede Menge helfende Hände am Werk", meint Sam anerkennend.

Was genau er meint, sehe ich Sekunden später.

„Haschde die Kardons im Kofferraum?", fragt Leni und wackelt mit dem Zeigefinger. Wem diese Geste gilt, weiß ich gleich.

„Guten Morgen, Lotte." Yash gibt mir einen Begrüßungskuss auf die Wange.

„Guten Morgen, Lotte", winkt Georg mir zu.

„Morgen, Liebchen." Leo steuert geradewegs an mir vorbei zu Sam.

„Hallo, Charlotte", zwinkert Aron und fügt charmant hinzu: „Schon fängt der Tag gleich viel besser an."

Ich wende mich an Leni. „Ist das hier mein Begrüßungskomitee oder wollen die Herren helfen, die drei Teelichter aus den Kartons aufzustellen?"

Sie tut es mit einem Achselzucken ab. „Dims Vadr hedd die reschdlicha Möbelschdügge vorbeigbrachd ond Yash hedd ihm gschwind beim Dranschbord geholfa", erklärt sie. „Leo hedd gsagd, er sei dir no was schuldich. Und Aron", sie seufzt, „isch oifach dahana."

„Aha."

„Lilli, Dim, Baul ond Juli sind einkaufa gfahra. Deko für den Kühlschrank." Sie lacht und reicht dann Sam die Hand. „Hallöle, Sam. Schön, di mol wiederzuseha."

„Hi", lächelt er. „Ganz meinerseits. Wie geht's, Leni?"

„Brima. Abr du schauschd ned so guad aus?"

Ich hake mich bei Sam ein und nehme seine Antwort vorweg. „Sam hat Grippe. Und deshalb packt er sich jetzt auch zusammen und fährt wieder nach Hause."

„Tue ich das?" Er schaut mich skeptisch an.

„Ja", bleibe ich stur. „Das tust du."

„Was war des eba?", fragt Leni leise, als wir kurz darauf Töpfe und Pfannen im untersten Regal meiner neuen Küche verstauen. „Mid Sam?"

Ich seufze. „Seine Freundin ist wieder aufgetaucht."

„Wiedr ufgedauchd?" Leni zieht die Augenbrauen nach oben.

„Anders als Tillmann, hat sie sich besonnen und ist zu ihm zurückgekommen." Bevor Leni ihr Bedauern ausdrücken kann, füge ich – wohl, um mich selbst davon zu überzeugen – hinzu: „Es ist gut so. Es ist gut so." Dann schiele ich über den freistehenden Herd. „Halt! Das mache ich lieber selbst!"

Aron sieht irritiert zu mir herüber und lässt sofort vom Karton ab. „Da ist meine Unterwäsche drin", erkläre ich Leni leise.

„Oh weh!", macht sie und schüttelt über Arons begeisterten Gesichtsausdruck den Kopf. „Bfoda weg, Bruderherz. Des isch brivad!"

„Privat? So?" Aron macht Anstalten, jetzt erst recht nachzuschauen. Dann kommt er erhobenen Hauptes auf mich zu. „Diesbezüglich hätte ich sowieso noch ein Wörtchen mit dir zu reden."

Ich bin mir zwar keiner Schuld bewusst, dennoch zucke ich zusammen. Aron ist gut einen Kopf größer als ich und ein ausgesprochen possierliches Exemplar der Spezies Mann. Er erinnert mich an den knackigen Buttermilchmann aus der Werbung. Unter seinem weißen T-Shirt zeichnen sich deutlich die Muskeln ab. Auch der Rest lässt keine hormonellen Wünsche offen. Er hat die gleichen hellbraunen Augen wie Leni. Doch trotz seines jugendlichen Aussehens vermittelt er sinnlich überlegene Männlichkeit.

Es macht Aron scheinbar Spaß, mich zu verunsichern. Langsam geht er um mich herum, ohne mich auch nur eine Sekunde aus den Augen zu lassen.

„Was denn?", versuche ich meine Nervosität zu überspielen.

Leni hat sich den Karton geschnappt und ist im ersten Stock sicher bereits mit dem Einräumen beschäftigt. Leo ist nirgends zu sehen, und von Georg weiß ich, dass er noch einige Kleinigkeiten aus der Schreinerei besorgen will.

Aron steht direkt hinter mir, seine Lippen dicht an meinem Ohr. „Wie flexibel bist du, freie Frau?"

„Aron", ermahnt ihn Yash. „Komm zur Sache."

Ich drehe mich um. Wir stehen uns nun Nase an Nase gegenüber. Aron grinst. „Würde ich ja gerne." Seine Nasenspitze berührt meine. „Du auch?"

„Aron!" Zum ersten Mal sehe ich Yash wütend. „Lass dieses Theater!"

Ich versuche, einen Schritt zurückzutreten. Doch der Herd ist mir im Weg. „Was ist los?"

„Du bist arbeitslos", sagt Aron ohne Umschweife.

„Wie bitte?"

„Du bist arbeitslos. Zumindest endet dein Beschäftigungsverhältnis in der Drogerie zum letzten nächsten Monats." Bevor ich etwas erwidern kann, fährt er fort. „Der Job bei deinem Bruder, den du übrigens ganz hervorragend machst, ist nur vorübergehend. Nicht wahr?"

„Ja", antworte ich ehrlich.

„Fassen wir mal zusammen." Wieder schleicht Aron um mich herum wie ein Tiger um die Beute. „Du bist mit kaufmännischer Buchführung vertraut, kennst dich am PC aus, kannst mit Menschen umgehen und scheinst auch sonst ein außerordentliches Organisationstalent."

„So würde ich das jetzt nicht beschreiben, aber..."

Er legt seinen Zeigefinger auf meine Lippen. „Ich hätte vielleicht einen Job für dich."

„Einen Job?", wiederhole ich ungläubig. „Wo? Was?"

„Assistentin im Management", erklärt er hochtrabend. „Sekretariatsarbeiten, Betriebsorganisation."

„Mädchen für alles", bleibe ich nüchtern.

Er bläst seinen Brustkorb auf. „Sozusagen."

Ich muss nicht lange nachdenken. Für eine Festanstellung mit regelmäßigem Einkommen würde ich alles tun. Na ja, fast alles.

„Wo ist der Haken?"

„Haken?" Aron ist fast schon beleidigt.

Yash lehnt sich über meine Schulter. „Er muss erst noch seinen Boss fragen."

„Ist alles schon..." Aron windet sich. „...im Laufen. Ja."

„Im Laufen?" Meine Träume zerplatzen wie eine Seifenblase. Wäre auch zu schön gewesen. Ich winke ab und quetsche mich an Aron vorbei. Wie konnte ich nur so euphorisch auf die Worte eines Mittzwanzigers reagieren?

Er hält mich fest. „Hör zu, Charlotte. Der Alte feiert im Juni seinen Sechzigsten. Dort würde ich dich ihm gerne vorstellen."

126

„Als was?", frage ich schnippisch.

„Als zuverlässigste und ehrgeizigste Mitarbeiterin, die er bekommen kann."

Ich runzle die Stirn. „Ach?"

„Charlotte", sagt er nun in einem Tonfall und mit einem Blick, der mich irgendwie und unerwartet milde stimmt. „Du hast Ausstrahlung, du hast Charme und du hast Talent. Er wird sofort begeistert von dir sein. Und du bringst deinen Hund mit. Er hat selbst einen und..."

„...damit wird er dann um den Finger gewickelt?" Ich schüttele den Kopf. „Du denkst, das zieht?" Ich schiele zu Yash. Erst als er nickt, stimme auch ich zu. „Na, gut. Ich kann's ja wenigstens mal versuchen."

„Für die Ausstrahlung kann ja ich sorgen."

„Leo? Wo hast du dich denn rumgetrieben?"

Er sieht betreten zu Boden. „Noch ein bisschen mit Sam geplaudert. Draußen."

Bevor ich darüber nachdenken kann, was die beiden so lange zu bereden hatten, bellt Otto sich die Seele aus dem Leib.

Yash eilt zur Tür. „Habt ihr auch alles?"

„Selbstverständlich", antworten Lilli, Tim, Paul und Juli.

Yash nimmt die Einkaufstüten ab. „Und jetzt", zwinkert er mir zu, „werde ich uns traditionell indisch bekochen."

Und plötzlich weißt du:
Es ist Zeit, etwas Neues zu beginnen und dem Zauber des Anfangs zu vertrauen.

KAPITEL siebenundzwanzig

Ich vertraue nicht nur, nein, ich genieße den Zauber des Anfangs. Mit Hingabe dekoriere ich unser neues Haus, mache bereits Pläne für die Außenbepflanzung, die es im Frühjahr in Angriff zu nehmen gilt, und erfahre ganz neu, was es heißt, Mutter zu sein. Lilli ist bereits im fünften Monat und gestern habe ich ihr Blümchen auf den sich bereits kugelnden Bauch gemalt. Paul und Juli sind ein Herz und eine Seele und freitagabends veranstalten wir Karaokeparties mit Chips, Cola und Play Station *Singstar*, bevor die beiden sich nach oben verziehen und bis spät in die Nacht hinein Geschichten erzählen. Otto folgt mir wie ein personifizierter Schatten. Unsere Ausflüge an den See werden länger und aus dem Welpen ein richtiger Junghund.

An Tillmann verschwende ich kaum mehr einen Gedanken.

„Gut so", lobt mich Vivi. Wir haben es uns zur Gewohnheit gemacht, jeden Mittwoch unsere frühere allabendliche Sitzung fortzuführen, wenn auch auf einer anderen Ebene. Zwar sitzt Vivi nach wie vor auf der obersten Treppenstufe, aber ich ziehe mich nun mit meiner Flasche Bier und dem Telefon auf unsere mediterrane Terrasse zurück. „Es wurde Zeit, dass du endlich an dich denkst. Wann ist dein Kurs?"

„Übermorgen", antworte ich in Bezug auf meine erste Yogastunde.

„Schön", murmelt Vivi zufrieden. „Ach, und Lolo?"

Ich gähne. „Hm?"

„Vergiss nicht, mir deine letzte Story zu mailen."

Ich verspreche es und schalte schon mal den Laptop ein. Vivi und Leo sind meine größten Fans. Und auch die einzigen. Zumindest die einzigen, denen ich meine hobbyliterarischen Ergüsse zumute. „Schon unterwegs", verkünde ich nur wenige Minuten später.

„Dann mache ich mich jetzt auch mal auf den Weg", freut sie sich. „Wir hören uns ja nächste Woche wieder. Schlaf schön, Lolo."

„Du auch." Ich nehme den letzten Schluck Bier aus meiner Flasche und grabe mich nur wenig später tief in meine Bettwäsche ein.

„Hi, Baby", klingt es am nächsten Morgen gutgelaunt aus meinem Handy. „Bleibt's bei heute Abend?"

„Klar doch", erwidere ich fröhlich. „Bringst du alles mit?"

Sam und ich haben uns für den heutigen Abend ein ganz besonderes Date ausgedacht. Schmückend, vielleicht auch ein wenig schmerzhaft, aber dennoch für die Ewigkeit.

Die letzten Wochen habe ich genutzt, um vieles von dem zu tun, was ich, nie um eine Ausrede gegenüber mir selbst verlegen, schon viel zu lange vor mir hergeschoben habe. Ich habe mich wieder intensiv dem Schreiben gewidmet und angefangen zu malen. Ich habe endlich bei dem mir von Yash so warm empfohlenen Yogalehrer angerufen und morgen meine erste Stunde. Nun spiele ich mit dem Gedanken, regelmäßig zu joggen. Ottos Energie ist kaum zu bremsen und je größer er wird, desto mehr Bewegung fordert er.

„Liebchen", mit amüsiertem Blick mustert Leo mein Hinterteil. „Deine Hose schlabbert am Arsch. Ist dir das mal aufgefallen?"

Ich schaue kurz an mir herab und räume die letzten Handtücher in die Regale. „Danke für den Hinweis, Bruderherz. Von dem Trinkgeld, das ich heute bekommen habe, kann ich mir vielleicht mal eine neue zulegen."

„Nein, wirklich!" Sören eilt herbei und zupft an mir herum. „Du hast abgenommen, Charlotte. Also, mindestens... wenn nicht noch mehr."

„Jaja", erwidere ich und reinige die Waschbecken. Es war ein langer Tag heute. Leo hatte drei meiner Stammkunden eingetragen – darunter auch Stahl. Zeitweise hatte ich Angst, er könnte mein Herz schlagen hören, so nervös war ich. Er selbst war völlig gelassen. Und wortkarg. Wie immer. Auf eine Rasur legt er jedoch keinen gesteigerten Wert mehr, sodass sich seine Borsten ganz allmählich verabschieden und Platz machen für weiches, dunkelbraunes Haar, das sich nun zaghaft und in zarten Wellen über seinen Kopf legt. Dadurch sieht er irgendwie nicht mehr ganz so ernst aus wie sonst.

„Sören hat Recht." Leo nimmt meinen Kopf in die Hand und betrachtet mich eingehend. „Dein Gesicht ist schmaler geworden."

„Leeeooo", schnaufe ich entnervt. „Sam kommt nachher. Ich will jetzt endlich Feierabend machen."

Sören tippt mit dem Bleistift bedeutungsschwanger auf den Kalender. „Da steht noch ein Termin."

Ich verdrehe die Augen. „Ohne mich. Braucht mich ja wohl nicht dazu."

„Und ob!" Leo legt seine Hände auf meine Schultern und schiebt mich zum Behandlungsstuhl, auf dem sonst Stahl seinen Platz hat. „Du bist der Termin."

Ich werfe einen Blick auf mein Spiegelbild. Zufrieden wirkt es, aber dennoch müde und ein wenig abgekämpft von den

Anstrengungen der letzten Monate. Tatsächlich ist mein Gesicht schmaler geworden, die Ringe um meine Augen tiefer. Leo öffnet die Spange, sodass mein Haar wie Spaghetti vom Kopf hängt, ohne Schnitt, ohne Schwung. Das ständige Nachsträhnen kann auch nicht mehr über die (oder das?) Grauen auf meinem Kopf hinwegtäuschen.

„Noch einen letzten Wunsch?" Sören serviert mir einen Cappuccino.

Ich fühle mich wie auf dem Schafott und schüttele schwach den Kopf. „Macht einfach", ergebe ich mich meinem Schicksal.

Während Leo pinselt, shampooniert, schneidet und föhnt, halte ich die Augen geschlossen und öffne sie erst wieder, als Sören mir den Umhang abstreift. „Ta-daaa!"

„Wer ist das?" Mehr bringe ich nicht heraus.

Sören trippelt nervös von einem Fuß auf den anderen.

Leo beugt sich zu mir herab, umfasst meine Schultern und schmiegt seine Wange gegen meine. Die Ähnlichkeit ist unverkennbar. „Das ist die sechsundachtziger Version meiner kleinen Schwester."

Wohl wahr. Die Frau, die mich aus dem Spiegel anblickt und deren Mund sich langsam zu einem Lächeln formt, gleicht dem kecken, neugierigen Mädchen aus dem Sommercamp in Hamburg aufs Haar und hat nicht mehr viel mit der erwachsenen, kritischen Frau zu tun, die noch vor zwei Stunden Waschbecken geschrubbt und Handtücher sortiert hat. Über Jahre hinweg habe ich die bleichen Zotteln am Hinterkopf schnell und praktikabel verknotet oder hochgesteckt. Nun fällt ein Pony in meine Stirn und eine dunkelbraune Wallemähne umspielt mein Gesicht. Woher die vielen Haare kommen, frage ich lieber nicht, ich hoffe, dass es ein professioneller Schnitt war, der zu mehr Fülle verholfen hat.

Sam bleibt mit offenem Mund und großen Augen im Eingang stehen, als er eine Stunde später zu unserer Verabredung erscheint. In meiner zwanzig Jahre alten XXL-Latzjeans öffne ich ihm die Tür. „So wird das wohl nichts", lacht er und zwinkert spitzbübisch. „Du bist doch noch nicht volljährig!"

„Hat dich damals auch nicht abgehalten", erwidere ich frech.

Sam stellt sein Gepäck ab, geht einmal um mich herum und pfeift dann anerkennend. „Ziehst du dich gleich aus oder bekomme ich vorher noch einen Kaffee?"

Nach zwei brasilianischen Tässchen breitet Sam sein Arbeitsmaterial aus, während ich mir die Latzhose abstreife. Auf einer Liege im Essbereich habe ich ein frisches Betttuch ausgebreitet. „Ich bin soweit, wenn Sie es sind", wispere ich in nervöser Vorfreude.

„Darf ich zuschauen?" Paul schleudert seine Sporttasche in den Flur und lässt seine Jacke achtlos auf den Boden fallen. „Was ist das alles? Tut das arg weh? Kann ich auch mal?"

„Das sind Farbe, Nadeln, Desinfektionsmittel und Verbandszeug", antwortet Sam bereitwillig, doch ohne Beeinträchtigung seiner Konzentration. „Die Farbe wird in die obersten Hautschichten gestochen und das, Paul, ist nun mal nicht schmerzfrei. In acht Jahren kannst du gerne mal bei mir vorbeischauen."

Paul sieht aus, als hätte er auf eine Zitrone gebissen. „Ä-ä", macht er und stiert ungläubig auf den Drachen, den mir Sam bereits zwischen die Schulterblätter kopiert hat. „Und den malst du jetzt nach?"

Sam nickt. „Sozusagen."

Paul schüttelt sich. „Ich guck lieber K11!"

Ich kann mir ein Grinsen nicht verkneifen und lehne mich entspannt zurück. Kaum eineinhalb Stunden später bewundere ich Sams Kunstwerk. „Geil! Einfach geil!"

„Das aber auch. Sehr gute Arbeit." Sam fährt mit dem Finger die Konturen über meinem Steiß nach. Ein wohliger Schauer durchflutet meinen Körper. „Ist mir neulich gar nicht aufgefallen."

„*Neulich* waren wir auch betrunken", erinnere ich ihn, „und es war ziemlich dunkel."

„Hm." Er sieht ein wenig verlegen aus. „Wer hat das gemacht?"

Das Tattoo in Form eines Tribals über meinem Steiß, auch Arschgeweih oder Schlampenstempel genannt, habe ich mir an meinem siebzehnten Geburtstag auf einer Messe stechen lassen. Die Erlaubnis meiner Eltern habe ich mir auf Knien erbettelt. Lange, bevor es Trend und genauso schnell wieder out war. Und kurz bevor ich Tillmann kennen lernte. Einige Jahre später habe ich – gegen

131

seinen Willen und nach einem Streit – sogar noch Ohren und Nase piercen lassen. „Joe."

„Joe?" Sam legt seine Augenbraue schlafen. „Joe, die Nadel?" Ich nicke. „Kennst du ihn?"

„Kennen?" Er lacht. Ein sentimentaler Schatten legt sich auf sein Gesicht. „Joe war mein Mentor. War 'ne geile Zeit, damals." Er seufzt, legt seine Hand auf meine Wange und streicht mit dem Daumen über die Narbe meiner Augenbraue. „Sowieso."

Bevor wir jedoch in Erinnerungen versinken können, rufen uns Lilli, Tim und Otto in die Realität zurück. Ich schlüpfe in meine Latzhose.

„Sieht total cool aus, Lotte." Tim nickt anerkennend und setzt sich zu Lilli aufs Sofa, die Sams Skizzenordner mit wachsender Begeisterung durchforstet.

„Vergiss es, Tochter", klopfe ich ihr auf die Schulter. „Solange du schwanger bist, läuft da nichts bei dir. Weder Tattoo noch Piercing."

Sie hebt ihren hübschen Kopf und grinst von einem Ohr zum anderen. „Bei mir nicht. Ich weiß. Aber..."

Ich hole tief Luft, lasse sie dann zischend durch die Zähne entweichen und ziehe mich mit einer Zigarette auf die Terrasse zurück. Durch die halb geöffnete Tür kann ich hören, wie die drei mit immer mehr Alternativen aufwarten, einen Körper zu verschönern. *Meinen* Körper, wohlgemerkt. „Spinnt ihr?", wende ich zehn Minuten später ein, als sie mir ihre Vorschläge präsentieren. „Ich bin doch keine achtzehn mehr."

„Aber auch noch keine achtzig", merkt Lilli an und Tim untermauert ihre Feststellung. „Wolltest du nicht endlich das tun, was dir gefällt? Du siehst toll aus und bist die coolste Mutter, die ich kenne. Warum soll man dir das nicht ansehen?"

Ich räuspere mich und werfe einen Blick auf die ausgewählten Zeichnungen und Fotografien auf dem Tisch. „Ich glaube kaum, dass ich das alles", damit tippe ich auf die Bilder mit dem Brust- und dem Intimpiercing, „gerne jedem präsentieren möchte."

Lilli, Tim und Sam grinsen so breit, dass ihre Ohren Besuch bekommen.

„Mach schon, Mama", klopft meine Tochter mir auffordernd die Schulter. „Du willst es doch auch. Ich schicke schon mal Paul ins Bett."

KAPITEL achtundzwanzig

„Du hast tatsächlich...?" Carla quietscht vor Verzückung. „Erzähl!"

Ich blase die Wangen auf. „Was soll ich da erzählen? Mir wurden die Zunge, Titten und Klitoris durchlöchert. Orgastisch war das jetzt nicht."

„Kommt noch", kichert meine Freundin.

Unvermittelt joggt Stahl durch mein Hirn. Ich schüttele schnell den Kopf, als könne ich ihn damit aus meinen Gedanken rütteln. Aber er will partout nicht verschwinden. „Sag mal", versuche ich deshalb, das Gespräch in andere Bahnen zu lenken, „kannst du mir nicht ein paar Tipps geben, was das Joggen angeht? Ich müsste mal was für meine Kondition tun."

Carla lacht glockenhell. „Gerne, Schnake. Mit so viel Erotika wirst du das ja auch bald nötig haben."

„Blöde Kuh", schnarre ich liebevoll.

Eine Stunde später mache ich mich auf den Weg zu meinem ersten Yogakurs. Das Haus ist umsäumt von Bäumen und Sträuchern und verschiedensten Pflanzen. Antike Steinplatten weisen mir den Weg zum Eingang.

„Schönen, guten Abend", reicht mir ein kleiner Mann, schätzungsweise Ende sechzig, die Hand. Seine warmen braunen Augen zwinkern spitzbübisch und er bedenkt mich mit einem einladenden Lächeln. „Lotte, nicht wahr?"

„Guten Abend, Yogi Ben", erwidere ich seinen festen Händedruck. „Ich freue mich, dass Sie mir noch eine Teilnahme ermöglicht haben."

Yogi Ben schnalzt mit der Zunge und hebt abwehrend die Hand. „Aber nein. Je kleiner die Gruppe, desto harmonischer unsere Zusammenarbeit und das anschließende Wohlbefinden." Er bittet mich einzutreten. „Viele meiner Teilnehmer, die schon jahrelang

Yoga praktizieren, besuchen immer wieder meine Kurse. Um sich neu zu inspirieren oder anschließend mit mir zu meditieren. So wie Yash zum Beispiel."

Ich nicke. Schon im Eingangsbereich berührt die von Räucherkerzenduft geschwängerte Luft und der leise Klang von Meditationsmusik meine Sinne. Die orange getünchten Wände des Übungsraums sind mit farbenfrohen Bildern versehen, dazwischen hängen rote, fließende Stoffstreifen von der Decke und ergießen sich über den dunklen Holzboden. Ein lebensgroßer Buddha thront an der Längsseite, umgeben von unzähligen Kerzen, die den Raum in ein warmes, indirektes Licht tauchen.

„Bitte suche dir einen Platz aus." Yogi Ben macht eine ausladende Handbewegung.

Es sind bereits zwei Kursteilnehmer anwesend und sitzen entspannt mit Blick auf den Buddha. Ich ziehe meine Schuhe aus und nicke lächelnd. „Hallo."

„Hallo", winkt mir die junge Frau zu und steht auf. „Ich bin Esther." Sie reicht mir die rechte Hand und deutet mit der Linken auf den Mann neben sich. „Und das ist mein Mann Bruno."

Ich schüttele beiden die Hände. „Lotte. Hallo, Esther. Hallo, Bruno."

Yogi Ben tritt lächelnd in die Mitte des Raums. „Nun gut", beginnt er, „nachdem ihr euch bereits kennengelernt habt, möchte ich nur wenige Worte an euch richten." Er setzt sich und schlägt die Beine übereinander. Seine Hände liegen entspannt mit den Handflächen zur Decke zeigend, auf seinen Knien. Wir tun es ihm gleich. Ich habe meinen Platz direkt hinter Esther und Bruno eingenommen.

„Die Kunst des Yoga", fährt Ben fort, „ist das älteste, uns überlieferte Bewegungstraining zur Entspannung, Vitalisierung und Energetisierung von Körper, Seele und Geist. Unser Körper ist nichts anderes als ein Spiegel der menschlichen Geistes- und Gemütsverfassung. Hier setzt Yoga an. Körperliche und seelische Verspannungen lösen sich und der Weg zu Ruhe, Gelassenheit und Selbstsicherheit steht offen."

Ich lausche konzentriert seinen Ausführungen über die acht Wege des Yoga. *Yama* und *Niyama*, das sind Verhaltensregeln und Selbstdisziplin. *Asana* steht für Körperhaltung, und so fort. Zum *Pratyahara*, der Sinnesbeherrschung, führt Ben aus, Yoga immer in stiller Umgebung zu praktizieren. Während der Übungen sind die Augen stets geschlossen. Auf diese Weise kann man sich besser auf den Körper und auf sich selbst konzentrieren, ohne von den eigenen Sinnen abgelenkt zu werden. Reize für Ohren und Augen sind weitgehend ausgeschaltet. Und so bemerke ich auch nicht, dass sich uns ein weiterer Teilnehmer angeschlossen hat.

„Und nun gehen wir aus dem aufrechten Stand in eine weite Grätsche und heben die Arme in die Waagerechte, wobei die Handflächen nach unten zeigen."

Ich folge Bens Anweisungen aufmerksam.

„Wir drehen den linken Fuß etwa neunzig Grad nach links. Dabei atmen wir aus und schieben das linke Knie so weit nach links, bis Ober- und Unterschenkel im rechten Winkel zueinanderstehen und der Unterschenkel senkrecht steht. Das rechte Bein bleibt gestreckt."

Es wirkt. Und in Gedanken umarme ich Yash für diesen guten Rat. Ich spüre meinen Atem, meinen Körper, meinen Geist.

„Der linke Arm", fährt Ben ruhig fort, „und die linke Hand zeigen ebenfalls nach links. Wir führen den rechten Arm ausgestreckt auf die linke Seite, bis er ebenfalls in dieselbe Richtung weist. Der Blick ist auf die Hände gerichtet."

Nun sollte ich eigentlich tief und gleichmäßig weiteratmen und gut zwanzig Sekunden in dieser Haltung verweilen. Doch ich öffne für einen kurzen Moment die Augen und mir bleibt einfach so die Luft weg. Mangels Atem verliere ich das Gleichgewicht, strauchle und knalle erschrocken auf mein Hinterteil.

Sofort geht mein benachbarter Teilnehmer vor mir in die Hocke. „Haben Sie sich wehgetan?"

Ich reibe mir das schmerzende Hinterteil. „Neenee. Gar nicht."

Er nimmt meine Hand und hilft mir mit einem Ruck auf die Beine. Die wackeln wie Götterspeise und mein Gesicht brennt, als hätte ich unterm Solarium übernachtet. Ist mir das peinlich.

„Lotte? Alles in Ordnung?" Yogi Ben ist sichtlich besorgt. Er legt seine Hand auf meine Schulter und reicht mir ein Glas Wasser.

„Jaja, alles bestens. Ich habe nur einen Moment nicht aufgepasst. Tut mir leid." Beschämt starre ich ein Loch in den Boden.

„Wie fühlst du dich? Möchtest du einen Moment ausruhen?"

„Nein, nein. Nicht nötig. Wirklich nicht", versichere ich Ben und bemühe mich, ihm fest in die Augen zu schauen. Nur nicht zur Seite blicken! Am liebsten würde ich jetzt die Beine in die Hand nehmen und auf der Stelle davonlaufen.

„Nun gut, wenn du dir sicher bist, kommen wir zu unserer abschließenden Übung." Er klopft meinem Nachbarn auf den Rücken und flüstert: „Bitte, hab ein Auge auf sie, Miro."

Miro nickt und ich glaube, ein schwaches Lächeln auf seinem Gesicht zu erkennen.

„Kommen wir nun zu *Savasana*, der Entspannungshaltung", Ben widmet sich wieder seinem Amt als Yogalehrer. „*Savasana* bedeutet Totenhaltung. Wir nehmen dafür die Rückenlage ein..."

Ich kann kaum mehr richtig zuhören, geschweige denn, entspannen. Totenhaltung! Neben mir liegt Stahl, mit einem Körper wie gemeißelt, und ich soll mich entspannen? Erkennt man durch das leichte Shirt meine Speckrollen? Und habe ich im Liegen ein Doppelkinn? Ich verfluche meine adipöse Veranlagung.

„...die Arme liegen locker neben dem Körper."

Wie angeleitet, breite ich meine Arme aus. Dabei berühren meine Fingerspitzen Stahls Hand. Es durchzuckt mich wie ein Blitz, das konzentrierte Atmen fällt mir angesichts meines nun drastisch erhöhten Herzschlags zunehmend schwerer.

„...um die Entspannung zu beenden..."

Beenden? Hilfe! Ich habe noch nicht mal angefangen!

Stahl richtet sich über die Seite auf. Er lächelt und zwinkert mir zu.

„...wenn ihr jetzt in den Spiegel schaut, werdet ihr euch wundern, wie eure Augen strahlen."

Und *wie* ich mich wundere.

KAPITEL neunundzwanzig

Miro. So heißt er also. Was bedeutet der Name? Hat irgendwas mit Friedensruhm zu tun. Oder so. Nachdenklich knibbele ich an meinen Fingernägeln.

„Lass das!" Leo patscht mir auf die Hände. „Das ist unfein!"

„Bäääähhh!" Ich strecke ihm die Zunge raus und ziehe eine fiese Grimasse.

„Sieht nett aus."

Ich verschlucke mich fast an meiner Spucke. Der Jogger. Also, Stahl. Miro. Mein Herz knattert wie ein kaputter Auspuff. „Tach." Was will er denn schon wieder hier?

„Hey, mein Freund." Stahl klopft sich mit der Hand auf die Brust. Ich sehe ihn das erste Mal lachen.

Otto stemmt sein Gewicht auf die Hinterbeine und stützt sich mit den Pfoten an ihm ab. Mein Bruder tritt einen Schritt zurück und wendet sich grinsend ab, als er sieht, wie blöd ich Stahl anglotze.

„Kann... ähm... kann ich etwas für Sie tun?" Wieder beginne ich, an meinen Fingernägeln zu knibbeln. Und wieder haut mir Leo auf die Pfoten.

Stahl scheint amüsiert. Er streichelt Ottos Kopf und lässt sich verhältnismäßig viel Zeit mit einer Antwort. „Wie geht es Ihrem Hintern?"

„Meinem...? Was? Ach, gut. Danke", stottere ich.

Leo reißt die Augen auf. *Deinem Hintern*, formen seine Lippen ungläubig.

Wieso muss Stahl mich das fragen? War es nicht schon peinlich genug? Muss er jetzt auch noch auf meinem Hintern rumreiten? Oh, weh! Bei diesem Gedanken schießt mir das Blut in den Kopf.

„Ach, ich habe hier auch etwas für Sie." Er greift in seine Jackentasche. Zum Vorschein kommt ein Hundekuchen.

„Hä?"

Leo verpasst mir einen Schubs mit dem Ellenbogen. „Das heißt *Wie bitte*", zischt er mir ins Ohr.

Der Hundekuchen verschwindet in Ottos Maul und Stahl legt mein Portemonnaie auf den Tisch. „Das haben Sie gestern bei Ben liegen lassen."

„Ähm... ja." Verlegen greife ich nach der Börse und öffne sie.

Stahl wirft mir einen undefinierbaren Blick zu. „Keine Sorge, ist noch alles drin."

„Sie sehen auch nicht so aus..." Ich lasse das Ende des Satzes in der Luft hängen. Mir fällt eh nichts mehr ein.

„So?" Er kommt einen Schritt näher. Seine Augen graben sich in mein Gesicht. „Wie sehe ich denn sonst aus? Ihrer Meinung nach?"

Wie der Mann meiner Träume? Und ebenso unerreichbar? Meine Knie schlottern.

Er stößt einen verächtlichen Lacher aus und verabschiedet sich. Das „Danke" hat er wahrscheinlich gar nicht mehr gehört.

„Was war *das* denn?" Leo scheint regelrecht verzückt. Dafür fängt er sich eine von mir. „Liebchen, du stehst ja völlig neben dir."

„Halte die Klappe", blaffe ich ihn an.

„Stahl hat es dir angetan", labert er unbeirrt weiter. „Sonst wärst du doch nicht jedes Mal so nervös, wenn er auftaucht."

„Du hast echt ein Problem mit deiner ungleichen Gehirnmassenverteilung."

Leo schüttelt höhnisch den Kopf. „Und wozu putzt du dich denn plötzlich so raus? Hm? Die ganzen Tattoos und Piercings..."

„Vielleicht für *mich*? Weil es mir gefällt? Und ich es schon immer haben wollte?" Plötzlich klackt es in meinem Hirn. Woher weiß er das? „Oder weil ich einfach drauf stehe, von Sam angefasst zu werden?", füge ich schnippisch hinzu.

„Klar. Was auch sonst?" Leo schnalzt mit der Zunge.

Wir hüpfen schmollend auf die Theke und schweigen.

„Und wenn schon", gebe ich nach einer Weile klein bei. „Dem scheint es doch Spaß zu machen, mich so vorzuführen. Was sollte einer wie Stahl schon von mir wollen?"

Bevor Leo antworten kann, öffnet sich die Studiotür und Stahl erscheint erneut auf der Bildfläche. „Schlüssel vergessen", brummt er und sieht fast ein bisschen verlegen aus.

„Aha", krächze ich.

„Übrigens", sagt er und ist schon auf halbem Weg nach draußen. „Steht Ihnen gut, die neue Frisur."

Meine Kinnlade klappt nach unten.

„Kriegst du dich auch heute mal wieder ein?"

Leo hält sich immer noch den Bauch vor Lachen. Otto macht neben ihm das HB-Männchen und kläfft sich die Seele aus dem Leib. Ich finde das alles doof.

„Schon gut, Liebchen", keucht er. „Ich meine es doch nicht böse. Und übrigens", wieder wird er von Lachkrämpfen geschüttelt, „dachte ich, Yoga entspannt? Also mach dich mal locker, Baby."

Ich zeige ihm den Vogel.

„Sag mal", schnauft er nach endlosen Kicherminuten. „Mama und Papa wussten gar nichts von deiner Einweihungsfeier."

„Einweihungsfeier?" Verdammt! Ich verdrehe die Augen. Die Einweihungsfeier ist ein Fake und das Synonym für mein eingefädeltes Date zwischen Leo und Carla. Wir haben endlich einen Termin gefunden – und jetzt funken meine Eltern dazwischen. Verdammter Mist! Ich werde sie mit ins Boot ziehen müssen. Ich denke, auch wenn sie sich mit Leos Homosexualität arrangiert haben, dürfte der Gedanke an weitere Enkelkinder sicher eine reizvolle Alternative sein.

„Wieder mal vergessen, was?" Leo schüttelt mitleidig den Kopf. „Dachte ich mir. Deshalb habe ich deiner Nachbarin auch gleich Bescheid gesagt. Sie war heute Vormittag hier. Eine sehr angenehme Frau. Und äußerst attraktiv, muss ich sagen."

Ich ziehe die Augenbrauen nach oben. Nun gut, Leni kann ich die Situation sowieso erklären.

„Sam weiß es ebenfalls. Nur nicht, ob Mara mitkommen wird."

Okay, auch Sam dürfte sich überzeugen lassen. In meinem Geist schreibe ich eine Anrufliste.

„Ich hab Mama gebeten, sicherheitshalber Tante Luise und den anderen Bescheid zu geben."

Na, toll!

„Lilli geht heute Abend bei Vivi vorbei."

Ich seufze.

„Ach, und Liebchen? Carla wird doch auch kommen, oder?"

KAPITEL dreißig

Nur gut, dass ich gerade arbeitslos bin. Na ja, im engeren Sinne. So habe ich wenigstens ausreichend Zeit, dieser überraschenden

Situation Herr (oder Frau) zu werden und die Einweihungsfeier vorzubereiten. Nachdem mein blöder Bruder Plan A vermasselt hat, tritt eben Plan B in Kraft. Carla reist bereits morgen Nachmittag an. Ich greife zum Telefon. „Leo, Schätzchen." Jetzt wird auf die Tränendrüse gedrückt. „Ich schaff das nicht allein. Du weißt doch, wie schlecht ich organisieren kann."

Leo stöhnt. „Ich weiß, Liebchen. Ich weiß."

Gut so. „Kannst du vielleicht Freitagabend vorbeikommen und mir ein bisschen helfen?", flöte ich in den Hörer. „Büddeee..."

Wieder stöhnt er und ich hoffe inständig, dass das nur Verzweiflung ist. Einen Plan C habe ich nämlich nicht. „Liebchen, du solltest wirklich langsam auf eigenen Beinen stehen können."

„Kann ich doch", blubbere ich. „Aber du könntest mich doch ein wenig stützen? Hm?"

„Wie viel Uhr?"

„Sechs?"

Ich höre Papier rascheln. „Hm. Gut. Lässt sich einrichten."

„Du bist mein Lieblingsbruder", sage ich und lege rasch auf, bevor er sich's anders überlegen kann.

„Na, du haschd Idea!" Leni und ich sitzen in der Küche und brüten über der Einkaufsliste. „Ond du glaubschd, des fonkzionierd?"

Ich ziehe unschlüssig die Schultern nach oben. „Ich hoffe es wenigstens."

„I fänd's au schee. Dai Brudr ond dai bschde Freindin a Baar. Abr..." Sie legt den Kopf schief.

Ich nicke. Dieses *Aber...* dieses verdammte *Aber*. Leo hat sich hier eine Existenz aufgebaut. Und Carlas Karriere ist in Berlin fest verankert. Was habe ich mir nur dabei gedacht?

„Glügg ischd, was bassierd, wenn Vorbereidung uf Gelegenheid driffd."

„Was?"

Leni nimmt meine Hand. „Sagd man so. Du haschd dieses Date oigfädeld. Warde ab, was daraus wird. Und wenn der Weg schee ischd, soll man ned fraga, wo na er führd."

„Mann, bist du weise", zolle ich ihr meinen Respekt.

Leni grinst. „Nee. Des isch älles vo 'nem Schbrüchekalendr."

Wenn wir unser Bestes tun, sind wir glücklich, wenn wir Erfolg haben. Haben wir aber keinen, so brauchen wir uns nichts vorzuwerfen. Dalai Lama.

„Du hast gerufen und ich bin gekommen." Der schwarze Porsche steht quer in der Einfahrt. Frauen arbeiten heutzutage als Jockey, stehen Firmen vor und forschen in der Atomphysik. Wieso sollten sie nicht auch irgendwann mal rückwärts einparken können? Weil heute Freitag ist und Carla hinterm Steuer saß.

„Und wieso hat das so lange gedauert?", schnarre ich und mache ein böses Gesicht.

Carla senkt demütig ihr Haupt. „Mein fliegender Teppich fusselt. Und da musste ich mit diesem Blechgaul vorliebnehmen."

„Black Beauty." Ja, auch ihr Auto hat einen Namen. Wir sind eben Schwestern im Geiste. Ich breite meine Arme aus. „Mensch, ist das schön, dich endlich wieder zu sehen, Zecke."

„Verdammt, Schnake." Sie presst mich so fest an ihre Brust, dass ich Sorge habe, meine Piercings könnten sich nach innen stülpen. „Ich hab dich so elendig vermisst!"

Wir drücken und herzen uns eine halbe Ewigkeit. Bis Otto winselnd auf sich aufmerksam macht.

„So", fragt Carla und schlingt ihren Arm um meine Taille. „Das ist also der neue Mann in deinem Leben?"

„Jepp. Das ist mein Otto." Ich gehe neben ihm in die Hocke und grinse stolz.

Carla betrachtet mich eine Weile. „Scheiße, siehst du gut aus", meint sie dann und streichelt Otto über den Kopf.

„Wen meinst du jetzt? Ihn oder mich?"

„Blöde Kuh", lacht sie. „Hat Sam dich so schon gesehen? Du siehst aus..." Sie geht einmal um mich herum. „Wie damals. Im Sommercamp. Weißt du noch?"

„Und wie ich das noch weiß. Aber sowas von!"

„Und...?" Sie lässt die Frage offen in der Luft hängen. Ihre Augen funkeln.

„Nein", antworte ich bestimmt. „Er und Mara versuchen's noch mal miteinander."

Carla stöhnt und verdreht die Augen. „Scheiße. Na, dann eben nicht. Oder aber..."

„Du gibst nie auf, was?", falle ich ihr ins Wort. „Pack dein Gerümpel und komm endlich rein. Nur deinetwegen habe ich die Bude geschrubbt."

„Wurde sicher auch Zeit. Hast du unter dem Dreck noch ein paar Kinder gefunden?"

„Nee, aber ein paar sind jetzt spurlos verschwunden."

„Egal", winkt Carla ab. „Verluste gibt's immer."

Ich schnappe mir zwei ihrer Sporttaschen und bringe sie ins Haus.

Carla folgt mir und nickt immer wieder anerkennend. „Tolles Nest. Du hast dir's endlich mal richtig schön gemacht."

Ich freue mich über ihr Kompliment. Und ich freue mich über Carla. Unser Gefeixe fehlt mir täglich. Sam hat damals immer nur grinsend den Kopf geschüttelt. Übrigens kamen wir so auch zu unseren Kosenamen: Schnake und Zecke.

„Wie lange kannst du denn bleiben?", frage ich mit einem Blick auf ihr enormes Gepäck. „Oder willst du schon gleich bei mir einziehen?"

„In diesem Köfferchen", flötet sie bedeutungsschwanger, „befinden sich Unikate höchster Qualität. Ursprünglich waren sie für Lilli gedacht."

Ich ziehe die Augenbrauen nach oben.

„Wenn ich mir dich so anschaue... meine Fresse." Carla gibt mir einen Klaps auf den Po. „Ihr habt allem Anschein nach die Gewichtsklasse getauscht? Dann kriegst du's eben. Hast's eh nötiger." Seit sie in Berlin in Mode macht, stehen mein Kleiderschrank und das Video *Gesichter des Todes* bei ihr auf einer Stufe.

Ich öffne neugierig den gigantischen Koffer. Dann hole ich Luft. „Nee, du. Das geht nicht."

„Wieso nicht?"

„Nicht geschenkt." Um mich herum stapeln sich Shirts, Pullover, Jeans. Von jung und trendy bis zu klassisch modern. Allerhöchste Qualität. Einfach alles, was das Herz begehrt. „Und bezahlen kann ich das auch nicht."

„Sollst du ja auch nicht." Carla setzt ihre Geschäftsmine auf. „Sieh es als Investition."

„Investition in was?"

Sie lässt sich galant in den Sessel fallen, breitet ihre Arme aus und schlägt lasziv die Beine übereinander. Das hätte selbst Sharon Stone nicht besser gekonnt. So macht man also Geschäfte.

„Investition in was?", frage ich noch einmal und befühle den Stoff eines schwarzen Cocktailkleides. Ob mir das stehen würde?

„Das steht dir ganz sicher", meint Carla statt einer Antwort.

Ich lege das schwarze Juwel zur Seite. „Was geht hier gerade ab?"

Carla stiert an die Decke. Dabei hat sie diesen eigentümlich einlullenden Blick. Den hatte sie schon mal. Als sie die Wohnung in Hamburg für mich aufgetan hat.

„Investition...", sage ich mehr zu mir selbst und schiebe die Gedanken in meinem Kopf hin und her. Ich kenne Carla. „Du machst..."

„...mich selbständig!", rückt sie denn auch endlich mit der Sprache raus. „Ich werde eine Boutique eröffnen. Mit meiner eigenen Kollektion!"

„Uuuaaahhh! Uah! Uaaah!" Ich stoße Freudenschreie aus, packe Carla bei den Händen und tanze mit ihr durchs Wohnzimmer.

Otto weiß gar nicht, wohin er zuerst springen soll, und fegt mit seinem Schwanz die gesamte Deko vom Couchtisch.

„Das ist sooo geil! Und wo? Erzähl!"

Das Plopp-Plopp unserer Bierflaschen erklärt die Sitzung für eröffnet. Carla schildert mir en detail ihr Vorhaben. Und – was mir fast ein perverses Gefühl an Genugtuung verschafft – ihr Geschäft wird genau dort in schillerndem Glanz erstrahlen, wo ich fünf lange Jahre die Schlacht um Waterloo geschlagen habe. Annes Drogerie.

Ich suhle mich noch immer im Glück der ausgleichenden Gerechtigkeit und fröne meinem stillen Sieg, als es klingelt. Schwerfällig erhebe ich mich, als mir Plan B wieder einfällt.

„Liebchen, wer hat denn so scheiße vorm Haus geparkt? Andrea Bocelli?" Leo schaut sich mit extra genervtem Blick um. „Und wie sieht's hier überhaupt aus? Sind die Hottentotten zu Besuch?"

„So könnte man das auch sagen." Es geht los, Lotte. Es geht los.

Carla erhebt sich mit der Anmut einer römischen Kaiserin aus dem Sessel und schreitet schweigend auf Leo zu.

„Carla", piept Leo. Und nun ist es zur Abwechslung mal er, der völlig neben sich steht.

Ich griene schadenfroh.

„Hi, Leo." Carla schafft es, ihre Stimme so rauchig klingen zu lassen, dass immerhin jedem Hetero auf der Stelle ein wildes Tier aus der Hose wächst. Sie sieht dann nicht nur aus wie Pink, sie hört sich auch so an. Und Pink ist mit Abstand eine der erotischsten Frauen, die ich kenne.

Leo scheint das ähnlich zu sehen.

Ich strecke Otto heimlich die Zunge heraus, sodass er sich aufgefordert fühlt, mich durch ständiges Auf- und Abhüpfen zu mehr Bewegung zu nötigen. „Ach, Gott!", fahre ich aufgeschreckt aus. „Otto muss ja noch seinen Rundgang machen, sonst kackt er wieder in die Bude."

„W-w-wollten wir nicht...?" Leo ist völlig desorientiert.

„Otto muss", hebe ich abwehrend die Hände und schlüpfe in Jacke und Joggingschuhe. „Macht halt... pfff... aber ihr habt euch ja Ewigkeiten nicht mehr gesehen, da gibt's sowieso viel zu quatschen. Ich bin dann mal locker zwei Stunden weg. Tschüss!"

KAPITEL einunddreißig

Zwei Stunden. Da habe ich mir ja viel vorgenommen. Nichtsdestotrotz stürze ich mich ehrgeizig in meine erste Lauferfahrung. Viel zu schnell, wie ich bald bemerke, denn schon nach wenigen Metern geht mir die Puste aus. Ich kann spüren, wie mein Puls unaufhaltsam steigt. Meine Lunge bläht sich auf und ich bekomme Seitenstechen. Kurz vorm See fühle ich mich einem Kollaps nah und umklammere die nächstbeste Laterne, um nicht umzukippen. Ich persönlich würde meinen Zustand als grenzwertig bezeichnen. Otto wirft mir einen schrägen Blick zu.

„Hast ja recht, Kleiner", keuche ich rasselnd. „Wir gehen es mal lieber langsam an." Ich ziehe meine Kippen aus der Jackentasche und schleppe mich frustriert Richtung See. Dort setze ich mich auf eine Bank und denke darüber nach, was Leo und Carla gerade tun. Wie zwei verschüchterte Viertklässler standen sie voreinander. Ich grinse still in mich hinein.

„'nabend." Stahl nimmt neben mir Platz.

„H-h-hallo", stottere ich perplex. Selbst im Ruhezustand ist mein Puls aus ärztlicher Sicht bedenklich.

Stahl hebt einen Ast auf und wirft in weit über Otto hinweg ans Seeufer. Mein Hund schießt wie ein Pfeil hinterher und bringt ihn stolz zu Stahl zurück. Das geht bestimmt fünfzehn, zwanzig Mal so.

Ich räuspere mich.

„Sie joggen?", bricht er das Schweigen.

„Wieso?"

Mit einem Kopfnicken weist er auf meine Schuhe. „Das sind Nike Frees."

Ich hebe den Fuß und beuge mich nach vorn, um mein Schuhwerk genauer in Augenschein zu nehmen. „Echt?"

„Sie haben sie doch gekauft?"

„Äm, ja."

„Gut gewählt."

„Ja... nein... also..." *Reiß dich endlich zusammen, Lotte*, schimpft meine innere Stimme. *Du lässt uns ja aussehen wie zwei Volltrottel! Dir kann das ja egal sein, aber ich habe schließlich noch so etwas wie Selbstwertgefühl!* „Einfach nur gut beraten." Endlich mal ein vollständiger und relativ sinnvoller Satz.

„Sie laufen noch nicht lange?"

Mein Gott! Sieht man mir die paar Meter schon an der Nasenspitze an?

„Oder sind die Schuhe nur neu?"

Mir drängt sich der Verdacht auf, Stahl könne wirklich um Konversation bemüht sein.

„Beides." Ich hebe meinen Kopf und ringe mich zu einem Lächeln durch. Als er es erwidert, werden in meinem Körper Endorphine freigesetzt und ich plappere plötzlich drauf los. „Hab's nicht mal bis zum See geschafft", lache ich über mich selbst. „An der Laterne da drüben ist mir schon die Puste ausgegangen."

Stahl lacht ebenfalls, wenn auch zurückhaltend. „Sie sind sicher gleich mit Volldampf gestartet?"

„Logisch."

„Falsch. Fangen Sie langsam an und steigern Sie Woche für Woche Ihr Tempo. Dabei sollte Ihr Puls nicht über Hundertzwanzig steigen."

„Pfff!" Ich lehne mich zurück. „Das merke ich doch erst, wenn mir schon die Birne platzt." Mist! Für wie primitiv muss er mich eigentlich halten?

Stahl verschränkt die Arme vor der Brust und lehnt sich ebenfalls zurück. „Ich denke eher an Ihre Gelenke."

„Wie meinen..." Gerade noch rechtzeitig beiße ich mir auf die Zunge.

„Hintern, zum Beispiel?"

Die Scham erwischt mich wie ein Eimer Wasser.

„Hey", sagt er und tippt mir fast unmerklich mit dem Finger gegen den Oberschenkel, „ich wollte Ihnen nicht zu nahe treten."

Schade eigentlich... „Quatsch", wehre ich sofort ab. „Ich bin keine Heulsuse."

Jedes Wort aus seinem Mund nimmt ein wenig von der Anspannung, die mich umklammert, wenn er in meiner Nähe ist. Es macht Spaß, sich mit ihm auszutauschen und dem Klang seiner sonoren Stimme zu lauschen. Leo hatte Recht. Auch wenn Stahl ständig diesen ernsten Gesichtsausdruck an Tag legt, wird mir warm ums Herz, als er seine schüchterne Zurückhaltung offenbart.

„Böööaaak! 'tschuldigung, ich bin gestern ins Wasser gefallen...", macht mein Handy mit einem unverkennbaren Rülpsen auf eine Kurzmitteilung aufmerksam. „'tschuldigung", murmle auch ich, habe aber zum ersten Mal nicht das Gefühl, mich für meinen kindischen Signalton schämen zu müssen. *Leo ist gerade gegangen*, lese ich rasch. Stahl ist aufgestanden und lässt Otto Stöckchen apportieren. *Ich hoffe, du hast auch noch einen Plan B*. Mist. Das war nicht das, was ich mir vorgestellt habe. *Das WAR Plan B*, tippe ich rasch ins Handy. *Bin gleich bei dir*. Ich seufze und drücke auf SENDEN.

Jetzt komme ich in die Verlegenheit, mich verabschieden zu müssen. Was soll ich denn sagen? *War nett mit Ihnen zu plaudern, aber jetzt muss ich nach Hause, weil mein Bruder immer noch zu schwul ist, um meine beste Freundin flachzulegen*? Ich will ihn auf keinen Fall vor den Kopf stoßen. Am liebsten würde ich hier sitzen bleiben und mich mit ihm ins Koma quasseln.

Doch Stahl nimmt mir die Entscheidung ab, indem er die Hand hebt und mir ein strahlendes Lächeln schenkt. „Schönen Abend noch, Charlotte."

„Danke", rufe ich zum Seeufer hinab. „Wünsch ich Ihnen auch."

„Was hast du dir nur dabei gedacht?" Carla kommt ohne Umschweife zur Sache.

Ich setze eine Unschuldsmine auf und schlüpfe aus meinen Schuhen.

„Hey, ich bin doch nicht blöd", wettert sie. „Und Leo ist es auch nicht."

„Hab ich auch nie behauptet."

„Was sollte diese Aktion?" Carla stemmt die Fäuste in die Hüften.

„Was soll diese Frage?"

Schwer seufzend lässt sie sich zurück aufs Sofa fallen. Sie schaut so angesäuert, dass die Butter im Kühlschrank ranzig wird.

Ich setze mich neben sie. „Ich habe eine Freundin, die hat mal halb Hamburg auf den Kopf gestellt, um mir dort eine Bleibe zu verschaffen. Dafür wollte sie sogar eine Oma vor die S-Bahn schubsen, weil deren Altbauwohnung so günstig war", gebe ich der Sache einen Anstoß. „Sie wollte mir sogar einen Bart ankleben und meine Titten tapen, damit ich in eine Männer-WG einziehen konnte. Und das alles nur, weil sie es für das einzig Richtige hielt, mich glücklich zu machen."

Carla holt tief Luft. Ich unterbreche sie, bevor eine Schimpftriade auf mich niederprasseln kann. „Leo ist dein Traummann. Und er liebt dich. In den letzten Wochen hat er mir mehrmals deutlich zu verstehen gegeben, dass es mit seiner Homosexualität nicht mehr so weit her ist..."

„Und da dachtest du, setz ich die beiden Mal zusammen, in zwei Stunden kann sich ja was ergeben?"

Ich ziehe die Augenbrauen nach oben. Ja, das hatte ich zumindest erhofft.

„Dein Bruder ist so aufdringlich wie ein tibetischer Mönch!"

„Dachtest du, er packt gleich sein Ding aus und schaut nach, ob's bei dir passt?" Sam haucht mir einen Kuss auf den Mund. „Hi, Baby."

„Wo kommst du denn her?", frage ich überrascht.

Sam lehnt sich entspannt im Sessel zurück. „Vom Klo." Er lacht. „Ich war beim Training. Und als ich erfahren habe, dass Carla heute hier auftauchen würde, dachte ich, ich schau mal kurz vorbei."

„Leo war regelrecht erleichtert, als Sam aufgekreuzt ist", knurrt Carla verdrossen.

Ich finde, sie übertreibt. „Hör mal, meine Süße. Leo hat noch nie etwas mit einer Frau gehabt. Seit er seinen Schwanz entdeckt hat, hat er sich nur für andere Schwänze interessiert. Mit einer einzigen Ausnahme..." Ich senke bedeutungsschwanger die Stimme. „Also erwarte nicht gleich zu viel von ihm."

„Der Meinung bin ich auch", untermauert Sam. „Er muss erst mal mit der neuen Situation klarkommen."

Wir stecken mitten in einer emotionalen Grundsatzdiskussion, als es klingelt. Gleich zehn. *Paul schläft heute bei meinen Eltern. Aber Lilli und Tim sind auf einer Geburtstagsfeier*, denke ich alarmiert und springe auf.

„Ich muss dann auch mal los. Bis morgen, Zecke", verabschiedet Sam sich von Carla und folgt mir zur Tür. „Mara wird morgen auch mitkommen", sagt er leise und wirkt ein wenig angespannt.

„Schön, ich freu mich", erwidere ich und meine es ehrlich. „Dann lernen wir uns endlich mal kennen."

„Hm", murmelt Sam, während er die Tür öffnet. „Gut." Er küsst mich zum Abschied auf den Mund. „Wenn du meinst." Dann wendet er sich zum Gehen und stutzt plötzlich. „Oh, guten Abend."

„Wir werden sie weder beißen, noch zerreißen oder...", versuche ich Sam zu beruhigen und schiele über seine Schulter. Die Überraschung verschlägt mir die Sprache.

„Du hast Besuch", stellt Sam richtig fest und macht sich rasch aus dem Staub.

„Herr Stahl!"

Mit trommelnden Pfoten und fliegenden Ohren prescht Otto zur Tür hinaus und veranstaltet einen regelrechten Freudentanz.

„Otto, beruhig dich", mäßige ich ihn. Doch die niederen Instinkte meines Hundes machen ihn taub für jedwede Ermahnung.

Stahl ist frisch geduscht und verströmt einen warmen, wohligen Geruch. „Möchten Sie..."

„Ich wollte nur etwas vorbeibringen", unterbricht er mich und reicht mir eine Pulsuhr. „Ich denke, die wird zu Anfang nützlich für Sie sein."

„V-v-vielen Dank", stottere ich überrascht. „Möchten Sie nicht noch..."

Wieder fällt er mir ins Wort. „Nein, danke. Schönen Abend noch. Tschüss, Otto."

Ich stehe in der Tür und schaue ihm konsterniert nach.

„War das nicht deine Sahneschnitte?" Carla schielt über meine Schulter. „Das war er doch, oder? Was wollte er denn? Wieso hast du ihn nicht mal hereingebeten? Und woher weiß er überhaupt, wo du wohnst?"

Ich starre sie ratlos an. „Ja. Pulsuhr. Wollte nicht. Keine Ahnung", antworte ich wie automatisiert.

„Hattet ihr euch nicht vorhin am See so nett unterhalten? Wieso ist er denn jetzt so schnell wieder verschwunden? Woher kam er? Hast du gesehen, in welche Richtung er ging?"

„Nee", knatsche ich rum. „Du hast mich ja gleich mit Fragen bombardiert."

„'tschuldigung!" Carla legt versöhnlich ihre Hand auf meine Schulter. „Hey, Schnake. Nur so ein Gedanke... könnte es sein, dass er denkt, du und Sam...?"

„Hm", überlege ich laut. „Er hat uns ja schon beim Bettenkauf gesehen. In einer Situation, die für einen Außenstehenden schon ziemlich eindeutig sein könnte."

„Da haben wir's ja", sagt sie zufrieden. „Klär ihn auf."

„Hast du nicht mehr alle Latten am Zaun? Wie stellst du dir das vor? Hallo, Herr Stahl. Im Übrigen bin ich nicht, wie Sie vielleicht vermuten könnten, mit dem kahlköpfigen Muskelpaket liiert, und stehe somit zu Ihrer freien Verfügung. Soll ich das etwa sagen?"

„Sinngemäß."

Ich schüttele den Kopf. Und wieder entbrennt eine Diskussion darüber, ob es seine Berechtigung hat, sich darüber überhaupt den Kopf zu zerbrechen. Nach wie vor vertrete ich den Standpunkt, dass allein der Gedanke, Stahl könnte auch nur das geringste Interesse an mir haben, völlig abwegig ist.

KAPITEL zweiunddreißig

Meine Eltern sind wie immer zu früh. Sie stehen am Samstag schon um fünf auf der Matte. „Ich dachte, vielleicht könnte ich dir noch irgendwas helfen", argumentiert Mama. Und Papa: „Hast du mein Bierchen schon kaltgestellt?"

„Übrigens, Tante Luise kommt nicht. Sie und Rüdiger machen doch diese Bootsfahrt durch Kroatien."

„Mama", klugscheiße ich, „das ist keine Kroatienbootsfahrt, sondern eine Karibikkreuzfahrt. Und das machen sie ganz bestimmt nicht mit einem Boot."

Meine Mutter stiert pikiert an die Decke. „Klugscheißerin."

„Von wem sie das wohl hat?" Patsch. Papa gibt auch noch seinen Senf dazu.

„Nun", bläst sie sich auf, „das kann sie..." Weiter kommt sie nicht. Als Aron das Wohnzimmer betritt, bleibt ihr sichtlich die Spucke weg. „Nun sieh mal einer an."

„Hallo, Lotte", begrüßt er mich mit Küsschen. „Ich war so frech, mich selbst einzuladen."

„Du warst sowieso eingeladen." Ich muss meinen Kopf in den Nacken legen, um ihm in die Augen schauen zu können. Aber es lohnt sich. Aron sieht verdammt gut aus.

„Deine Eltern?", fragt er und reicht ihnen sogleich die Hand. „Aron Sommer, Lenis Bruder. Guten Abend."

„So ein höflicher, junger Mann. Na, da hast du aber mal einen netten Freund." Mamas Augen glänzen vor Begeisterung.

„Mama, *alle* meine Freunde sind nett." Ich wende mich entnervt ab.

Aron legt seinen Arm um meine Hüfte und beugt sich zu mir hinab. „So?", flüstert er mir ins Ohr. „Ich bin also dein Freund?"

„Aron", ich drehe meinen Kopf und stoße mit meiner Nasenspitze an seine. „Du bist *ein* Freund."

Er grinst überlegen. „Noch." Damit gibt er mir einen Klaps auf den Po und begrüßt seine Schwester, die bereits fleißig in der Küche werkelt.

„Das ist aber auch ein heißer Feger." Carla taxiert Arons Heck und fährt sich sinnlich mit der Zunge über die Lippen.

Ich boxe ihr gegen den Oberarm. „Heißer als Leo?"

Carla holt tief Luft. Dabei heben sich ihre Brüste und schielen so weit aus dem Push-up, als hätte sie Angst, etwas zu verpassen. „Keiner ist heißer als Leo."

Gut so.

„Und? Had's klabbd?", fragt Leni flüsternd, während ich unzählige indische Speisen auf diversen Servierteller drapiere. Sie nickt zu Leo und Carla. Die schleichen wie zwei Katzen umeinander her.

„Noch gebe ich die Hoffnung nicht auf", seufze ich.

Leni schubst mich mit der Schulter an. „I glaub, jemand anderes au ned."

„Hm?"

Sie senkt den Kopf. „Hädd i jedzd ned saga solla."

„Was?"

Aron schickt ein charmantes Lächeln über den Tresen.

„Mai Brudr mog di."

„Ich mag ihn auch."

„I glaub, er... mog di abr mordsmäßich."

„Wie kommst du darauf?"

Sie verzieht unschlüssig das Gesicht. „Lodde, du bischd mai Freindin. Deshalb sag i's mol so: Mai Brudr ischd ganz sichr der liebenswerdeschde Mensch, den i kenne." Sie legt eine Kunstpause ein. „Abr... in Bzug uf Weiba ischd er oi absolude Sau. Und er hedd a Aug uf di gworfa."

„Leni, ich bin mindestens zehn Jahre älter als Aron", erwidere ich indigniert. „Du denkst doch nicht wirklich, dass er...?"

Bevor sie antworten kann, treffen Lilli und Tim mit Georg, Vivi, Sam und Mara fast zeitgleich ein. Jetzt wird's eng.

„Eigentlich wollte ich die Einweihungsfeier erst in vier Wochen machen", bedaure ich. „An meinem Geburtstag. Da kann man wenigstens schon draußen sitzen."

„Ach", winkt Leni ab. „Weischd noh, was in vir Wocha ischd? Vielleichd bischd du ja gar ned da?"

„Hä?"

„Zum hundertsten Mal, Liebchen", belehrt mich Leo. „Das heißt *Wie bitte.* Hast du gesehen, wer gerade gekommen ist?"

„Bin ja nicht blind."

Carla hakt sich bei mir ein. „Dann mal los."

Wir steuern zielstrebig auf Mara und Sam zu. Letzterer begrüßt mich wie gewohnt mit einem Kuss auf den Mund. Mara reicht mir ein wenig schüchtern die Hand.

„Hallo, Mara", gehe ich lächelnd in die Offensive. „Schön, dich kennenzulernen." Auf das obligatorische *Sam hat mir ja schon so viel von dir erzählt* verzichte ich mal lieber.

„Ganz meinerseits." Mara taxiert mich. „Sam hat mir schon viel von dir erzählt."

„Oh!" Ich versuche, nicht ganz so verkrampft zu wirken, wie ich im Moment bin, und grinse frech. Auch wenn die Situation noch vor wenigen Wochen eine andere war... Sam und ich haben miteinander geschlafen. Da klopft das schlechte Gewissen doch schon mal an der Schädeldecke an. „Hat er aus dem Nähkästchen geplaudert?"

Mara nimmt mich zu meiner Überraschung beiseite. Ich trete nach hinten aus wie ein Ackergaul, um Leo und Carla auf Abstand zu halten.

„Ich weiß, wenn Sam liebt, dann für immer."

Das ist eine Feststellung, mit der ich nicht gerechnet hatte. Wenigstens nicht jetzt gleich.

„Jede seiner Frauen. Und du bist eine davon", sagt Mara versiert.

Ich schlucke. Wird das jetzt eine Standpauke? Oder eine ausgewachsene Eifersuchtsszene?

„Es ist nicht immer leicht. Du weißt ja über uns Bescheid", fährt sie nun wieder eher zögerlich fort. In meinem Gesicht sucht Mara nach der Gewissheit, mir ihr Vertrauen schenken zu können.

Ich versuche, ihr dabei zu helfen. „Ich habe das gleiche durchgemacht wie Sam, Mara", sage ich beinahe entschuldigend. „Mit dem kleinen Unterschied, dass der Vater meiner Kinder nicht wieder zu uns zurückkehrt. Ihr habt noch einmal von vorn angefangen. Davor habe ich großen Respekt."

Sie sieht mich aus ihren großen, rehbraunen Augen skeptisch an. „Wirklich?"

„Aber sowas von."

Ein Lächeln huscht über ihr Gesicht. „Entschuldige, dass ich dich gleich so überfallen habe. Wir kennen uns gerade mal zwei Minuten und..."

„Und schon mag ich dich!"

Endlich kann auch sie sich ein Lachen abringen. In Gedanken lobe ich mich selbst. Oder danke dem Schicksal, das es im Moment wohl gut mit mir meint. „Wir sollten", sagt Mara grinsend und legt ihre Stirn in Falten, „vielleicht mal zusammen einen Kaffee trinken gehen?"

„Das sollten wir tatsächlich." Ich hake mich bei ihr ein und gemeinsam kehren wir zu dem verblüfft dreinschauenden Trio zurück.

„Charlotte? Chaaarloootteee? Char-lott-te!" Meine Mutter klimpert wie ein barocker Kristallleuchter. Wenn sie so weitermacht, zerdeppert sie mir noch das Sektglas. Oder den Teelöffel. Kommt ganz darauf an, was zuerst nachgibt. „Wo wir alle so schön beisammen sind..."

Ich fasse es nicht! Jetzt steigt sie doch tatsächlich auf den Couchtisch, um die ihr gebührende Aufmerksamkeit zu erhalten.

„...möchten wir die Gelegenheit nutzen, dir heute dein Geburtstagsgeschenk zu überreichen."

„Hä?"

Leo schubst mich. „Das heißt..."

„Wie bitte?", falle ich ihm genervt ins Wort und nehme Mama das Sektglas aus der Hand. „Wieso Geburtstag? Bis dahin sind es noch mehr als fünf Wochen. Und du als meine Mutter müsstest das eigentlich wissen."

„Weiß ich doch auch, Schätzchen." Sie tätschelt mir die Wange. „Aber du wirst ja dann nicht da sein."

„Werde ich nicht?"

„Wirst du nicht."

Paul schlingt seine Arme um meine Hüfte. „Überraschung, Mama! Ich bin auch nicht da."

„Und wo bist du?"

„Wo du bist."

Ich recke hilfesuchend die Hände gen Himmel. „Spielen wir hier Scharade, oder was?"

Mein Vater schüttelt den Kopf, schnalzt mit der Zunge und nimmt Mama den Umschlag weg, mit dem sie freudig erregt vor meiner Nase wedelt.

„Hier, meine Kleine", sagt er und macht damit dem Drama ein Ende. „Wir haben zusammengelegt. Und das ist unser Geschenk für dich. Und Paul." Er zwinkert seinem Enkel verschwörerisch zu. „Zum Geburtstag, versteht sich. Mach auf."

Ich schaue in die Runde und öffne den Umschlag. „Das ist eine Reisebestätigung?"

Einhelliges Nicken.

„Zwei Wochen...?"

„Genau", nimmt Mama mir das Blatt wieder aus der Hand und liest der Allgemeinheit vor: „Zwei Wochen türkische Riviera, für Charlotte und Paul, in einem Clubhotel, in allclusiv oder wie das heißt, während der Osterferien. Schön, nicht?"

Ich muss mich zwicken, um zu glauben, was gerade geschieht. Meine Familie und Freunde schenken mir zum Geburtstag eine Reise! Mit Paul. Ich bin überwältigt. Einen Urlaub hätten wir uns nämlich wegen des Hauskaufs die nächsten Jahre verkneifen müssen. Das Tollste an der Sache ist jedoch, dass wir diese zwei Wochen gemeinsam mit Leni, Yash und Juli verbringen werden.

Ich gehe reihum und danke jedem persönlich. In diesem Moment wird mir bewusst, wie viel Glück ich habe – seitdem Tillmann fort ist. Volle Lotte in ein neues Leben...

KAPITEL dreiunddreißig

So ausgelassen wie am heutigen Abend habe ich schon lange nicht mehr gefeiert. Juli brachte uns dazu, einen Karaokewettbewerb zu veranstalten. Zu fortgeschrittener Stunde und Promillezahl fallen Hemmungen und steigt der Mut. Als meine Mutter das Mikro an sich reißt und in den schrägsten Tönen, die je ein menschliches Ohr vernommen hat, Christina Aguileras *Hurt* schmettert, hält es selbst Otto nicht mehr aus. Er heult wie ein transilvanischer Wolf. Yash hingegen weist ein erstaunliches Stimmenpotential auf und liegt im

Duett mit Leni weit vorn. Würde man nicht selbst im Englischen ihren schwäbischen Akzent deutlich heraushören, wären sie die unangefochtenen Sieger dieses Events. Die mit Abstand beste Leistung erbringt jedoch Vivi. Ihre Stimme ist selbst gesanglich der Knaller.

„Hier ist noch ein Song von Pink." Lilli hat die Fernbedienung fest im Griff, sie koordiniert unsere jeweiligen Gesangseinlagen. „Der wäre doch was für Carla?"

Stimmt. Das wäre er. Vorausgesetzt, Carla wäre da.

„Wo ist sie denn?"

Ich bin zwar nicht mehr ganz nüchtern, aber mein Reaktionsvermögen ist noch nicht so eingeschränkt, dass mir auch Leos Abwesenheit entgangen wäre. „Pscht", zische ich deshalb. „Such ein anderes Lied raus. Schnell!"

Meine Tochter versteht kein Wort. Meine Mutter dafür jedes. „Leo ist auch weg. Wo sind die beiden? Wir sollten sie suchen."

„Nein, Mama. Sollten wir nicht."

„Aber, Charlotte", entrüstet sie sich. „Wenn ihnen etwas zugestoßen ist?"

Ich verdrehe die Augen. Möglich, dass Carla etwas zugestoßen ist. Aber das war dann Leo. In der angenehmen Version. Und da wäre es mir sehr *un*angenehm, dazwischen zu funken. „Sie sind mit Otto raus", lüge ich, ohne rot zu werden.

„Ach", nuschelt Mama und tätschelt Otto den Kopf. „Dann sind sie mit dir Gassi. Schööön." Damit ist für sie die Sache erledigt.

„Mann, hat Oma 'ne Ladung sitzen", prustet Lilli und zappt zum nächsten Lied. „Da ist was für dich, Mama." Sie wählt *Das Beste* von Silbermond.

Ich schnappe mir das Mikrofon und stelle nicht nur unter Beweis, dass ich den Text auswendig, sondern auch ein bisschen singen kann. Und während ich singe, wünsche ich mir still und leise, ich könnte die Worte an Miro richten. Irgendwann wenigstens mal...

Ich habe einen Schatz gefunden
und er trägt deinen Namen.
So wunderschön und wertvoll,

155

mit keinem Geld der Welt zu bezahlen.
Du schläfst neben mir ein,
ich könnt' dich die ganze Nacht betrachten.
Sehn wie du schläfst, hören wie du atmest,
bis wir am Morgen erwachen.

Hast es wieder mal geschafft,
mir den Atem zu rauben.
Wenn du neben mir liegst,
dann kann ich es kaum glauben.
Dass jemand wie ich
sowas Schönes wie dich verdient hat...

Gegen zwei bringen Lilli und Tim einen hoffnungslos abgefüllten Georg nach Hause. Sie selbst werden bei ihm übernachten, was mir angesichts meiner mütterlichen Sorge um ihr ungeborenes Kind gelegen kommt. Meine Eltern schließen sich ihnen an. Um halb drei verabschieden sich Leni und Yash. Paul wird heute bei Juli übernachten. Sam und Mara nehmen ihren Aufbruch zum Anlass, ebenfalls den Heimweg anzutreten. Sam nimmt meinen Kopf in beide Hände und küsst mich innig zum Abschied. Mara, tut es ihm gleich, was wohl in der Unmenge an Amarettolikör begründet liegt, den sie sich im Laufe des Abends gegönnt hat. Ich mag Mara und ich mag Amaretto, aber Sam schmeckt definitiv besser!

Auch Vivi geht nicht ohne küssen. „Das war der geilste Abend seit langem, Lolo."

„Ich danke dir noch mal. Für alles."

Sie streichelt mit dem Handrücken über meine Wange. „Mensch, Lolo. Die Treppe ist so leer ohne dich. Aber das hier hat mich für alles entschädigt. Schlaf schön."

„Du auch." Ich stehe an der Tür und winke ihr nach. Mann, bin ich müde. Gähnend trotte ich ins Wohnzimmer zurück. „Huch!" Ich erschrecke fast zu Tode. Vor mir steht Aron.

„Ich werde mich jetzt wohl auch verabschieden müssen?"

„Ähm..."

Aron kommt auf mich zu. Seine Augen graben sich tief in mein Gesicht.

„Ich... du... wir können auch gerne noch was trinken?" Warum sieht er mich so an? Was hatte Leni gesagt?

„Aber dann muss ich gehen?" In seinem Gesicht funkelt ein Hauch Hoffnung.

Ich hole tief Luft und lasse sie langsam wieder entweichen. „Jepp."

Aron schließt die Augen und senkt den Kopf. Sekunden vergehen. „Schon gut, Lotte", sagt er nach einer Weile. „Ich werde jetzt gehen."

Ich nicke langsam und begleite ihn zur Tür.

Lotte?" Aron dreht sich zu mir um und legt die Hand auf meiner Wange.

„Was?", frage ich leise.

Er beugt sich zu mir herab, ich kann seinen Atem spüren, dann seine Lippen, warm und weich. Seine Zungenspitze tastet sich vorsichtig heran. Ich stehe da wie angewurzelt. Angewurzelt und schockgefrostet.

Aron lächelt schwach. „Das wollte ich dir schon vor langer Zeit geben." Er tippt mit dem Finger auf meine Nasenspitze und geht.

Ich lasse mich mit dem Rücken gegen die Wand fallen und sinke langsam zu Boden, die Beine weit von mir gestreckt. Otto legt sich gähnend auf meinen Schoß. Schon nach kürzester Zeit schlafen meine Beine ein.

Warum habe ich Arons Kuss nicht erwidert? Die Gelegenheit war da. Ich hätte nur zupacken müssen. Was spricht denn dagegen, mich – wenn auch nur einmal – von einem jungen und dazu noch überaus attraktiven Kerl wie ihm verwöhnen zu lassen? Leni? Mein gesunder Menschenverstand? Oder einfach nur mein Herz?

„Boah, Otto", stöhne ich unter seinem inzwischen enormen Gewicht. „Such dir 'nen anderen Platz zum Schlafen." Mit Mühe schaffe ich es, wieder auf die Füße zu kommen. Der Alkohol macht schläfrig und träge und Blei in den Gliedern. „Na, los", fordere ich Otto auf. „Wir gehen in die Kiste." Wir trotten nach oben ins Schlafzimmer und ich ziehe mich bereits auf halben Weg aus. Vor meinem Bett halte ich inne. Ich kneife die Augen zusammen und kann kaum glauben, was ich sehe. Dort liegen, eng umschlungen in Löffelchenstellung, Leo und Carla und schlafen friedlich. Ein verzücktes Lächeln huscht über mein Gesicht, ich schließe leise die Tür und richte mein Nachtlager in Pauls Zimmer. Ordnung ist das halbe Leben. Die andere Hälfte ist das Zimmer meines Sohnes. Ich fege das Spielzeug vom Bett und kuschele mich dann zufrieden unter die Decke.

Auch Otto ist hundemüde und weckt mich am Morgen erst gegen neun Uhr. Ich springe in ein paar bequeme Klamotten, putze rasch meine Zähne und packe Schlüssel, Zigaretten und ein wenig Geld ein. Auf die Joggingschuhe verzichte ich.

Diese Uhrzeit verspricht wenig Chancen, auf Stahl zu treffen. Deshalb spaziere ich mit Otto einmal das Seeufer ab und gehe auf dem Nachhauseweg bei der kleinen Bäckerei vorbei, die am Sonntagmorgen immer geöffnet hat.

„Lodde! Guada Morga." Leni ist sichtlich überrascht, mich zu sehen. „I wollde grad oi baar Weckle für eich midnehma." Sie haucht mir einen Kuss auf die Wange. „Dachde ned, dess du scho wach bischd?"

„Morgen, Leni", gähne ich. „Bin ich auch noch nicht wirklich. Aber da Otto die Klospülung nicht betätigen kann, muss ich halt mit ihm raus." Ein Witzle am Morgen vertreibt Kummer und Sorgen. Haha!

„Sind Leo ond Carla noh gschdern no mol ufgedauchd?"

Ein Grinsen huscht über mein Gesicht. „Die sind eher abgetaucht. Ich hab deshalb in Pauls Zimmer geschlafen."

„Echd?" Leni ist hellauf begeistert. „Des ischd ja... großardich ischd das!"

Wir zahlen und packen die Brötchen in Lenis Fahrradkorb. Gemeinsam schlendern wir nach Hause.

„Wie lang habd ihr noh no gfeierd?"

Ich muss nachdenken. „Halb vier, glaube ich. Länger nicht. Schlafen Paul und Juli denn noch?"

„War Aron so lang da?", fragt sie statt einer Antwort. Als ich nicke, bleibt sie stehen. „Alloi?"

In ihrem Gesicht kann ich gerade lesen wie in einem Buch. „Wir waren nicht in der Kiste und haben es auch nirgendwo sonst getrieben wie die wilden Tiere", schnarre ich. „Falls du das meinst."

Sie runzelt die Stirn.

„Leni", lege ich vertrauensvoll meine Hand auf ihren Arm. „Als Aron gegangen ist, hat er mich geküsst. Aber das war auch schon alles."

Einen Moment habe ich den Verdacht, Leni glaubt mir nicht.

„Er ischd oi Dreggsau, wenn's um Weiba gohd", erinnert sie mich. „Glaub mir des."

„Leni, er hat mich geküsst und ist gegangen. Mehr nicht."

Wirklich überzeugt sieht sie immer noch nicht aus.

„Ganz ehrlich, Leni", überkommt mich ein Bedürfnis, Aron wenigstens in diesem Punkt zu verteidigen, „er hätte mich flachlegen können. Hat er aber nicht. Nicht einmal versucht."

„Isch des dai Ernschd?" Leni scheint ehrlich überrascht.

„Aber so was von. Kommt ihr nachher auf einen Kaffee rüber?"

„Abr so was vo!"

KAPITEL vierunddreißig

Gegen elf schreiten meine beiden Grazien mit roten Wangen und glänzenden Augen die Treppe herunter. Sie sehen so befriedigt aus, dass ich mir alles weitere denken kann.

„Guten Morgen, ihr zwei Hübschen." So zerzaust, wie sie aussehen, vielleicht nicht die treffendste Bezeichnung. Aber Liebe macht bekanntlich schön. „Kaffee oder Mokka?"

„Guten Morgen." Ich bekomme links und rechts einen Kuss auf die Wange gedrückt.

Ich habe bereits aufgeräumt, Essensreste entsorgt oder dank Tupperwaresystem im Kühlschrank verstaut, und die Spülmaschine läuft. Es ist also Zeit für ein ausgedehntes Brunch, während mir Leo und Carla ihre ganz persönliche Lovestory schildern. Ich seufze gerührt.

„Entschuldige, dass wir einfach so dein Bett beschlagnahmt haben." Carla nimmt meine Hand, wohl wissend, dass ich ihnen das nicht übelnehme.

„Hey, das war's mir wert. Und ich hab ja schließlich auch gut geschlafen."

„WAS?", rufen sie und Leo gleichzeitig aus. „Mit wem?"

Ich schüttele den Kopf. „Himmel, seid ihr rollig! Müssen denn die Worte *gut* und *schlafen* zwangsläufig in einem Zusammenhang mit Sex stehen?" Wahrscheinlich habe ich nur deshalb so gut geschlafen, weil ich *keinen* Sex hatte.

Leo zieht verächtlich die Augenbrauen nach oben.

„Gib nicht so an", frotzele ich. „Nur weil du heute Nacht entjungfert wurdest."

Mein Bruder schnappt entrüstet nach Luft.

Doch Carla grinst schmutzig. „Und das gleich sieben Mal."

„Aber hallo!"

Die nächsten Wochen vergehen wie im Flug. Was ich mir noch vor einigen Monaten nicht zugetraut hätte, geht mir aus unerfindlichen Gründen nun überraschend leicht von der Hand. Mag es an den vielen *Mein schöner Garten*-Sendungen liegen, die ich gesehen habe, an Lenis Inspiration oder einfach nur daran, dass ich weiß, etwas für mich selbst zu tun. Meine Terrasse und jeder dazu gehörige Quadratmeter gleicht einer Wohlfühloase. Mein Ort zum Ausruhen, um mit Freunden zu klönen oder einfach nur draußen zu sein. Dabei habe ich bereits einen besonders schönen Teil des Gartens, einen, an dem die Morgensonne ihre ersten, zarten Strahlen auf den Rasen legt, für Lillis Baby ausgedacht.

Lilli genießt ihre Schwangerschaft in vollen Zügen, wenn sie nun auch immer öfter stöhnend über den Hausaufgaben brütet. Ihr Abi hat sie jedoch schon so gut wie in der Tasche.

Carla befindet sich zurzeit auf Wohnungssuche. Sie hat sich vorübergehend bei Leo einquartiert – und ich denke, daran wird sich auch nichts mehr ändern. Die beiden sind bis über beide Ohren verliebt und versprühen so viel Glück, das mir schon warm ums Herz wird, wenn ich an sie denke.

Ich besuche zweimal wöchentlich meinen Yogakurs und bin erstaunt über die vielen neuen Erkenntnisse im Umgang mit mir selbst. Stahl erscheint nur sporadisch zu den Kursen, und wenn, dann auch immer sehr spät, um im Anschluss mit Yogi Ben zu meditieren.

Jeden Abend jogge ich mit Otto zum See, von Ehrgeiz getrieben und von Hoffnung. Meine Ausdauer steigert sich kontinuierlich, mein Herzschlag allerdings auch – immer dann, wenn Stahl innehält, um ein paar Worte mit mir zu wechseln. Wenn das passiert, liege ich nachts wach und verfalle in die Tagträume eines Teenagers. Wenn ich ihm dann an einem der folgenden Abende begegne, schießt mir das Blut in den Kopf und ich stiere nach einem knappen „Hallo" beschämt in die andere Richtung.

Sam, der mich regelmäßig besucht, ist um gute Ratschläge bemüht. Doch selbst Vivis Tipps fruchten nicht. Ich bin und bleibe ein Feigling auf emotionaler Ebene.

„Sag mol, Lodde", Leni fuchtelt mit dem Pinsel in der Luft herum, als wolle sie Fliegen fangen. „War Aron gschdern scho wiedr bei dir?"

Ich wische mir ein paar Farbspritzer von der Wange. „Ja. Wir haben ein Gläschen Wein zusammen getrunken."

Carla steigt von der Leiter und stemmt die Hände in die Hüfte. Vor zwei Tagen konnte sie mit der Renovierung ihrer Boutique beginnen. Und genau so lange haben wir benötigt, um auch die letzten Reste der Anne-Wanne-Dynastie zu entfernen. Da wir morgen den Boden verlegen möchten, stehen Carla, Leni und ich schon seit sieben im Geschäft, um die Wände in verschiedenen Orangetönen zu streichen. Lenis Kreativität sind da überhaupt keine Grenzen gesetzt. „Aron steht doch total auf dich", bemerkt Carla trocken.

„Hey", hebe ich abwehrend die Arme, „er kommt nur zu Besuch, verstanden? Er hat mich zu keiner Zeit und in keiner Weise angebaggert."

„Das ist Ansichtssache, Liebchen." Herrje! Jetzt hat sie sich auch noch Leos Ausdrucksweise angeeignet. „Dir muss man ja schon mit der Schaufel eins überziehen, bis du dich überhaupt mal angebaggert fühlst."

„Übertreibst du nicht ein bisschen?", schnoddere ich.

„Ganz Unrechd hedd Carla da ned." Leni öffnet eine Wasser-flasche und reicht sie mir. „Selbschd Yash ischd's ned endganga, dess Aron dir eindeidig Avanca machd."

„Avancen?" Jetzt wird's aber spannend. „Welche Avancen denn?", ereifere ich mich. „Selbst wenn er mit mir in die Kiste springen wollen würde, dann hätte er das schon längst..." Mitten im Satz schnappe ich nach Luft. „Also, Leni, du hast selbst gesagt, dass dein Bruder im Umgang mit Frauen eine Drecksau ist. Und da er das mir gegenüber nicht ist, ist auch nicht davon auszugehen, dass er amouröse Absichten hegt." Da habe ich ja gerade noch mal die Kurve gekriegt!

„Und genau das ist der Punkt!" Carla grinst überlegen.

Leni nickt zustimmend. „Da hedd sie Rechd. Wenn mai Brudr di nur flachlega wollde, noh häd er des längschd doa."

„Hey", protestiere ich lautstark, „da gehören immerhin zwei dazu!"

Leni verlagert ihr Gewicht von einem Fuß auf den anderen. „So hadde i des jedzd ned gmeind. 'dschuldigung. I will damid eigendlich saga, dess er normalerweise nie so vil Zeid in oi Weib inveschdierd. Endwedr er kriegd sie rum odr er suchd sich gloi die nächschde."

„Und was sagt mir das jetzt?" Ich will es eigentlich gar nicht wissen.

Carla verdreht entnervt die Augen. „Dass er tierisch verknallt in dich ist, du Hohlbirne."

KAPITEL fünfunddreißig

Natürlich hat mich dieses Gespräch nachdenklich gemacht. Und so beäuge ich jetzt kritisch jede Geste, jede Bewegung und analysiere jedes Wort Arons.

„Sag mal, Lotte, bist du irgendwie nervös?", fragt er. Es ist Montag. Und da schaut Aron wie üblich nach dem Fitnessstudio bei mir vorbei.

„Ach", winke ich rasch ab. „Schon. Schließlich fliegen wir morgen in Urlaub."

Er nickt verständnisvoll. „Dann werde ich dich wohl besser nicht länger aufhalten. Hast sicher noch einiges zu erledigen?"

Ist das Enttäuschung in seiner Stimme?

Aron steht auf und legt seine Hand auf meinen Arm.

Ist das eine zarte Annäherung?

„Ich wünsch dir was. Genieße die erholsamen Tage. Das wird sich sicher bald ändern."

Soll das eine Anspielung sein? Und wenn ja, worauf? Auf meinen in Aussicht stehenden Job? Oder gar auf...?

Ich schüttele den Kopf. Diese Nachdenkerei macht mich noch ganz kirre! Natürlich werde ich diese Tage genießen. „Danke, Aron. Ich werde mal an dich denken, wenn ich mich auf meiner Liege umdrehe."

Mist! Das könnte er jetzt falsch verstehen?

„Da freu ich mich aber", grinst er demnach auch süffisant und küsst mich zum Abschied.

„Aufwachen, Paulchen." Zärtlich streichele ich ihm über das Gesicht. „Es geht los."

Tim hat angeboten, uns zu Flughafen zu fahren. Mit Karlchen kein Problem. Selbst das Gepäck für fünf Leute lässt sich mühelos im Kofferraum verstauen.

„Und es ist auch wirklich okay für dich, mein Schatz? Ich hab..."

„...überhaupt keinen Grund, ein schlechtes Gewissen zu haben, Mama." Lilli drückt mich so fest, wie ihr Bauch es zulässt. „Ich werde schöne, lange Spaziergänge mit Otto machen und mich von Tim und Georg nach Strich und Faden verwöhnen lassen. Mach mir das erst mal nach!"

Ich bin nicht wirklich beruhigt, aber besänftigt. Mehr lässt meine Aufregung sowieso nicht zu. Otto, der mir seit Tagen nicht mehr von der Seite gewichen ist und eine regelrechte Abschiedsschmuse-attacke über sich ergehen lassen musste, sieht mit tropfender Nase traurig zu, wie ich in den Wagen steige.

Sieben Stunden später landen wir in Antalya. Die Hitze schlägt uns ins Gesicht wie eine Backpfeife. Auch die anderen Fluggäste stöhnen. Unser Bus karrt uns zwei Stunden lang durch türkische Einöde, blühende Felder, vorbei an Hauptverkehrsregionen und Dutzenden Touristenunterkünften, bis hin zu unserem Hotel Titreyengol *Sunshine Palace*.

„Na?" Leni gibt mir einen zärtlichen Schubs. „Hab i dir ned gsagd, dess es schee ischd?"

Mir verschlägt es die Sprache.

„Hosgeldiniz!" Zur Begrüßung reicht man uns ein Glas Sekt, den Kindern Fruchtsaft. Das Gepäck wird bereits auf zwei Buggys verladen. Nach dem Check lassen wir uns zu unseren jeweiligen Bungalows kutschieren. Sie liegen sich direkt gegenüber.

Die Zimmer unseres Bungalows sind verhältnismäßig klein, was aber angesichts der Zeit, die wir darin verbringen werden, völlig nebensächlich ist. Ich freue mich schon auf den Strand, das Meer, und habe schnell den Inhalt unserer Koffer in Kleiderschrank, Badezimmerablage und Schubladen verstaut. Auf meinem Nachttisch stapelt sich ein gutes Dutzend Bücher.

„Mamaaa", drängelt Paul. „Ich will endlich an den Pool!"

Ich lächle verständnisvoll und werfe ihm die Badehose an den Kopf. „Dann frag mal bei Juli nach, ob sie auch schon soweit ist."

Sie ist. Schneller als wir schauen können, sind die beiden verschwunden. Vermutlich zum Pool mit den größten Rutschen. Yash, Leni und ich ziehen Romantik dem sausenden Spaßfaktor vor. Wir schlendern zum nur wenige Meter entfernten Strand. Ich ziehe meine Flipflops aus und genieße, wie meine Füße im Sand versinken. Mein Blick wandert übers Meer, das geheimnisvoll über strahlend blauem Himmel in der Sonne glitzert.

Yash hat Badetücher besorgt und breitet sie über den Liegen aus. „Kommst du auch gleich mit ins Wasser?" Er zieht sich lässig das T-Shirt über den Kopf. Klar, er kann sich's ja auch leisten.

Leni macht im Bikini ebenfalls eine gute Figur. Ich glaube, ich bekomme Komplexe.

„Na, so schlimm wird's scho ned sai", liest sie meine Gedanken.

„Hast du 'ne Ahnung!" Bevor ich mich jedoch weiterhin zieren kann, drängt Yash, ihm ins Meer zu folgen. Also hurtig runter mit den Klamotten und keine weiteren Gedanken an überflüssige Pfunde, fiese Speckpölsterchen und Dellen in den Oberschenkeln verschwinden, und ab ins kühle Nass.

„Bäh!" Das war eine volle Ladung Salzwasser.

Yash lacht über mein verzogenes Gesicht und taucht dann unter.

Ich schwimme weit aufs Meer hinaus, auf jeden Atemzug konzentriert, ganz so, wie es Yogi Ben mich gelehrt hat. Schwer atmend, aber innerlich zutiefst befriedigt, lasse ich mich zwanzig Minuten später auf die Liege neben Leni fallen. „Einfach herrlich."

Sie lächelt mitfühlend und reicht mir eine Flasche Wasser. „Hir kosch endlich mol recht abschalda. Die Kindr sind die meischde Zeid am Bool, ond des undr Ufsichd. Also brauchschd du dir da koi Sorga macha. Des Essa dahana ischd vom Feinschda ond da hinda ischd no oi Schnäggbar ond..." Sie hält mitten im Satz inne und stutzt.

„Was ist denn?" Ich folge ihrem Blick Richtung Wassersport-gelände. „Mit wem redet Yash da?"

Leni grinst. „I glaub's ja ned", sagt sie. „Des isch do unsr Nachbar?"

„Welcher Nachbar?" Seit ich in der Sonnenstraße wohne, bin ich außer Leni niemandem sonst aus der Nachbarschaft begegnet. Ich dachte bislang, die Häuser seien noch unbewohnt. Ehrlich gesagt, habe ich darauf aber auch nicht sonderlich geachtet. Ich hatte viel zu viel mit mir selbst und meinem neuen Leben zu tun.

„Na, der aus däm ledschda Häusle, uf unserr Schdrosnseide."

„Aha", erwidere ich schulterzuckend.

Yash tritt nun einen Schritt zur Seite, deutet in unsere Richtung und gibt den Blick auf den vermeidlichen Nachbarn frei.

„Hiiieeek!" Ich fahre zusammen und verschlucke mich am Wasser, was zur Folge hat, dass ich in einen fürchterlichen Hustenanfall ausbreche.

„Lodde!" Leni ist aufgesprungen und klopft mir auf den Rücken. „Haschd di verschluggd? Älles okay? Gehd's wiedr?"

Bevor ich antworten kann, sehe ich Yash und Stahl näherkommen. Sofort möchte ich ein Loch in den Sand buddeln und darin verschwinden. Ich zerre am Badetuch und werfe es mir über Bauch und Oberschenkel.

„Mädels, stellt euch mal vor, wer hier ebenfalls Urlaub macht?"

Brauche ich mir nicht vorstellen, steht ja schon vor mir. Ich stiere auf seine Füße.

„Miro", ruft Leni begeistert aus. „Des isch ja oi Überraschung."

„Hey, Leni", erwidert er lachend. „Damit hätte ich nun auch nicht gerechnet."

Ich kann seinen Blick regelrecht spüren. „Charlotte", fragt er leise, „ist Ihnen kalt?"

Langsam hebe ich meinen Kopf und blinzle nach oben. Miro steht gegen die Sonne, sein Gesicht ist kaum zu erkennen. „Hallo, Herr Stahl." Meine Stimme versagt.

„Ihr kennd eich?", hakt Leni neugierig geworden nach. „Woher...?"

„Karotte", zische ich hinter vorgehaltener Hand.

Leni holt Luft. „Ach...?"

„Was *Ach*?" Yash legt den Arm um Leni. „Seid ihr Mädels wieder am Tuscheln?"

Ich möchte vor Scham im Boden versinken. Doch Yash, Leni und Miro sind schon völlig in ein Gespräch über die türkische Gastfreundschaft vertieft. Ich beobachte Stahl. Seine Begeisterung für dieses Land steht ihm ins Gesicht geschrieben. Er erzählt mit Hingabe von seinen Ausflügen, der Gastfreundschaft, und lässt so etwas wie Verbundenheit erahnen.

Die Sonne fällt warm und weich auf seine gebräunte Haut, die sich wie Samt über die Muskeln legt. Auf seinem rechten Schulterblatt ist exakt der gleiche Drache tätowiert, der auch meinen Rücken ziert. Ich ziehe erstaunt eine Augenbraue nach oben.

Stahl scheint meinen Blick bemerkt zu haben. „Joe, die Nadel", informiert er mich ungefragt. „Und Ihrer?"

„Sam", antworte ich und schaue ihm direkt in die Augen. „Mein bester Freund."

Jetzt ist er es, der erstaunt eine Augenbraue nach oben zieht. Aber er hat verstanden.

Siehste, sage ich in Gedanken zu Carla, *es geht auch ohne ‚Ich bin nicht mit dem kahlköpfigen Muskelpaket liiert und stehe somit frei zu Ihrer Verfügung'.* Ich grinse still.

Stahl nickt und verabschiedet sich von uns.

„Er ischd also der, wo...?", formt Leni mit den Lippen.

Ich muss ihr nicht antworten.

KAPITEL sechsunddreißig

„Haschd du gseha, was Miro uf der Innenseide sainr Underarm hedd?", fragt Leni, als wir uns zum Abendessen treffen. „Diese Zeicha, odr was des isch?"

„Das sind keltische Buchstaben", erinnere ich mich. „Zwei Namen."

„Und was für Nama?" Leni gibt Yash einen Schubs. „Weischd du da was, Schbadzl?"

Er runzelt die Stirn. „Links steht Bahar, rechts Aisha."

Das ist türkisch. Daher die Verbundenheit? Zu wem gehören die Namen? Wer sind diese Frauen? Und warum mache ich mir darüber solche Gedanken? Zweifelsohne braucht mich das gar nicht zu interessieren, da ein Interesse seinerseits ausgeschlossen ist.

„Iyi aksamlar", werden wir von einem Kellner höflich begrüßt und nehmen an unserem Tisch Platz.

„Merhaba", erwidern Paul und ich lächelnd, weil es meines Erachtens eine Frage der Höflichkeit ist, die einfachsten Begriffe, wie *Bitte, Danke, Guten Tag* und *Auf Wiedersehen* in der Landessprache zu kennen und anzuwenden. Für viel mehr reicht unser Repertoire allerdings auch nicht aus.

„Aaah!", macht der Kellner auch sogleich und freut sich sichtlich. „Nasılsın?"

So, das haben wir nun davon. Nämlich kein Wort verstanden. „Ähm..."

„Wie geht?", wiederholt er seine Frage in der uns verständlichen Sprache.

„Gut", antworten wir der Einfachheit halber. „Und Ihnen?"

„Aaah", lacht er und macht eine ausladende Handbewegung. „Freundlich Gäste, geht immer gut."

Er stellt sich als Abdulkerim vor und serviert uns die Getränke, während Paul und Juli bereits das Buffet plündern.

„Du wirschd ned glauba, was dahana älles ufgefahra wird", warnt Leni mich vor. Das Buffet ist zum überwiegenden Teil im Inneren des klimatisierten Speisesaals aufgebaut. Wir bevorzugen das Essen unter freiem Himmel. Mit Tellern bewaffnet, arbeiten wir uns durch verschiedene Nudel- und Reissorten, Fleisch und Soßen in allen Variationen, Salate, Süßspeisen, Früchte, Wurst und Käse.

Voller geht's wohl nicht mehr, rümpft meine innere Stimme angesichts des beladenen Tellers die Nase. Da hat sie wohl Recht, aber ich habe Hunger und steuere den Ausgang an. Dabei werde ich von einer jungen Frau angerempelt. „'tschuldigung", sage ich instinktiv. Eine dämliche Angewohnheit. Ich entschuldige mich sogar für die Fehler anderer. Die junge Frau sieht mich nur ausdruckslos an und geht wortlos weiter. *Na*, denke ich, *bei drei Salatblättern auf dem Teller fehlt ihr wohl die Kraft für Höflichkeit.*

„Boah, Mama", prustet Paul. Er stochert sofort mit seiner Gabel auf meinem Teller herum. „Willst du das alles allein essen?"

Ich lege das Besteck beiseite und beobachte geduldig, wie sich mein Sohn die beste Stücke von meinem Teller pickt. „Glaube kaum, dass ich dazu die Möglichkeit haben werde."

Der Hungerhaken schwebt an unserem Tisch vorbei. Ich sehe ihr nach.

„Die erinnerd mi an jemanda." Leni legt die Stirn in Falten.

Yash wirft ihr einen kurzen Blick nach. „Kate Moss vielleicht?"

Ich lache. „Stimmt. Aber ich tippe eher auf Schneewittchen."

Und so sieht sie auch aus. Nicht ganz so blass, aber mit rabenschwarzem, langen Haar bis zum Arsch, und blutroten Lippen. Sie trägt ein leichtes, weißes Kleid, das eher an ein Nachthemd aus Omas Zeiten erinnert, als an ein salonfähiges Kleidungsstück. Aber wer kann, der kann. Die Blicke der männlichen Gäste sind ihr sicher.

„Darf ich jetzt auch mal?", wende ich mich wieder meiner Mahlzeit zu, von der sich nur noch ein kläglicher Rest auf dem Teller findet.

Schneewittchen hat unweit von uns Platz genommen. Einsam sitzt sie an ihrem kleinen Tisch und schiebt die Salatblätter vor sich hin und her. Ich schiele mitleidig zu ihr hinüber.

„Noch ein türkisch Tee?" Unser aufmerksamer Kellner räumt die leeren Teller ab und zupft an Pauls Trikot. „Schalke Null Vier", klopft er ihm kameradschaftlich auf die Schulter. „Gut Verein."

Mein Sohn strahlt wie eine Hundertwattbirne und schon entbrennt eine heiße Diskussion über die Bundesliga.

Für mich die Gelegenheit, meinen Teller zurückzuerobern. Kaum führe ich die Gabel mit leckeren Fleischbällchen zum Mund, verpasst mir Leni einen Klaps. Mein Bissen kullert über den Tisch.

„Jedzd gugg do mol!" Ihr Gesicht ist ganz rot vor Aufregung. „Gugg moool!"

Stahl hat bei Schneewittchen Platz genommen.

„Der hedd die küsschd. Schbadzl, haschde des au gseha?"

„Hab ich", antwortet Yash brav.

Leni schüttelt über das Desinteresse ihres Mannes den Kopf. „Wer isch das?"

„Seine Freundin vielleicht?"

Unauffällig äuge ich hinüber. Stahl und Schneewittchen gehen sehr vertraut miteinander um. Ich habe das Gefühl, als ramme man mir ein Messer ins Herz.

„Schbadzl, jedzd sag do mol ebbes", quengelt Leni. „Findschde ned, die isch oi bissle zu jung?"

„Hm", antwortet Yash schulterzuckend.

„Der Miro isch do scho End dreißich..."

„Fünfundvierzig", präzisiert Yash.

„Und des Mädl isch do höchschdens zwanzich?"

Schätze ich auch und schaue Yash erwartungsvoll an.

Doch der zieht wieder einmal die Schultern nach oben. „Ich weiß es nicht, ich kenne die junge Frau nicht."

Leni stöhnt extra genervt. „Abr du findeschd au, dess sie vil zu jung für Miro ischd, odr?"

Yash seufzt und erhebt sich.

„Was haschd'n vor, Schbadzl?"

Er gibt seiner Frau einen Kuss. „Ich gehe jetzt einfach hin und frage."

„Aber..." Ich schnappe nach Luft. Doch bevor ich Yash aufhalten kann, ist er schon an Stahls Tisch und begrüßt ihn und Schneewittchen.

Ich kann nicht verstehen, was sie reden. Dafür klopft mein Herz viel zu laut. Und es wird nicht besser, als ich bemerke, wie Stahl und Schneewittchen sich zusammenpacken und mit Yash an unseren Tisch kommen.

„Ich habe Miro und Aisha gebeten, sich zu uns zu setzen", greift er allen Fragen vor und löst damit meinen Fluchtinstinkt aus, dem ich jedoch nicht nachgebe.

Stahl nimmt mir schräg gegenüber Platz, Schneewittchen daneben. Mit einer Handbewegung stellt er uns ihr vor. „Das ist Leni, Yashs Frau. Und das...", er denkt kurz nach, „...ist Anjuli. Richtig?"

Juli hebt den Zeigefinger. „Schon. Aber lieber ohne An", erklärt sie naseweis.

„Und ich bin Paul", gibt dieser ebenfalls seinen Senf dazu. „Aber lieber ohne chen."

„Mein Sohn", kommentiere ich und behalte Schneewittchen im Auge, die völlig emotionslos der Vorstellung folgt.

„Charlotte", erwähnt Stahl dann auch sogleich. „Unsere neue Nachbarin."

„Hallo." Ich reiche Schneewittchen die Hand. Dabei habe ich Angst, ihre feinen Glieder zu zerbrechen.

„Aisha", sagt sie kaum hörbar.

„Meine Tochter."

Ich zucke kurz zusammen. Mag sein, dass es an dem riesigen Stein lag, der mir gerade vom Herzen gefallen ist. Schneewittchen ist also seine Tochter?

Yash beugt sich nach vorn. „Wusste gar nicht, dass du eine Tochter hast, Miro?"

„Ach, noh isch des also ihr Nam da uf deinem Arm?", fragt Leni ganz unverblümt. „Und wer isch noh Bahar? Dai Frau?"

„Meine Zwillingsschwester." Schneewittchen kann reden. „Sie und meine Mutter sind vor sieben Jahren bei einem Autounfall ums Leben gekommen."

Betroffenes Schweigen.

„Hey, die Beerdigung habt ihr verpasst!" Aisha hat einen wirklich eigenwilligen Sinn für Humor.

Keiner lacht. Stahl verschränkt die Arme vor der Brust.

Abdulkerim lockert die befangene Atmosphäre auf, indem er fünf Rakis und zwei Kirschsaft für Juli und Paul auffährt.

„Teşekkür ederim", danke ich auf türkisch und nehme ein Glas. Das soeben Gehörte muss ich erst einmal verdauen. „Serefe", proste ich in die Runde und kippe den türkischen Schnaps in einem Zug hinunter.

Stahl zieht überrascht die Augenbrauen nach oben. „Sie sprechen türkisch?"

„Nee!", antworte ich knapp.

„Merkt man."

Was soll das jetzt heißen? Ich sehe ihn leicht angepisst an.

„Warum?", klinkt sich überraschend Aisha ein. „War doch gar nicht schlecht? Wenigstens zeigt sie guten Willen."

Sehe ich auch so. „Mit gutem Willen allein ist es wohl nicht getan. Was, Herr Stahl?"

Statt zu antworten, lacht er, wobei seine spitzen Eckzähne zum Vorschein kommen. Ich bin mir sicher, in einem früheren Leben war er ein Wolf. Allerdings ein zahmer. Um seine Augen bilden sich sympathische Fältchen. Dennoch bleibt seine Haltung überlegen und beherrscht.

„Papa", schnauft Aisha, „jetzt sag nicht, dass du sprachlos bist." Sie wendet sich an mich. „Das wäre nämlich das erste Mal."

„Glaube ich nicht", gebe ich provokant zurück. Sein Gesicht ist ausdruckslos. Aber ich weiß, dass sich unter der Oberfläche alles Mögliche abspielt. „Ich vermute, dass er noch an seiner Antwort feilt."

„Vielleicht ist es ja nicht jugendfrei", tippt Paul mit lässig verzogener Mine und ohne die geringste Spur von Schamgefühl.

„PAUL!" Ich spüre, wie mir das Blut in den Kopf schießt.

„Kindermund tut Wahrheit kund", frotzelt Yash und ich bin empört. „Noch einen Raki, Lotte?"

Wie auf Kommando serviert Abdulkerim noch eine Runde türkischen Schnaps. Und noch eine. Und noch eine. Und so kommt es, dass es letztendlich – trotz Aishas etwas düsterem Humor, diversen Zweideutigkeiten und meinem Unvermögen, Stahl einzuschätzen – ein recht entspannter und lustiger Abend wird.

KAPITEL siebenunddreißig

„Happy Börschday do you, happy Börschday do youuu..." Ich mache mir fast in die Bikinihose vor Lachen, als Leni mich an diesem Morgen mit einem Yes-Törtchen an der Tür empfängt.

„Alles Gute zum Geburtstag, Lotte." Yash umarmt mich herzlich. Juli schlingt ihre Arme um meinen Hals und gibt mir einen Kuss. „Ich wünsch dir auch alles, alles Liebe", sagt sie und überreicht mir einen Schutzengel aus Kristall.

„Das ist ja... ihr seid so...", piepse ich gerührt, „...so lieb. Vielen, vielen Dank."

Bevor wir zum Strand gehen, bitte ich sie, kein Aufheben wegen meines Geburtstags zu machen. Nichts wäre mir unangenehmer, als Stahl genötigt zu wissen, mir zu gratulieren. Zwar haben wir die letzten sieben Abende immer gemeinsam verbracht. Doch er ist eher der Typ Mann, der nur sehr wenig über sich selbst preisgibt. Diese scheue Zurückhaltung macht ihn noch interessanter. Mir gegenüber verhält er sich zwar relativ entspannt, wahrt aber dennoch eine gewisse Distanz.

„Mamaaa?"

Ich blicke von meinem Buch auf.

„Weißt du eigentlich", fährt Paul fort und streichelt mir über den Kopf, „wie lieb ich dich hab?"

„Hmhmmm", antworte ich. Seit drei Tagen liegt er mir wegen einer Jetskifahrt in den Ohren. Und heute dürfte er wohl kaum eine Ausnahme machen. „Ich fahre das Ding nicht, Paul. Und allein..."

„Ich wäre doch gar nicht allein", fällt er mir ins Wort. „Miro würde mit mir fahren."

Bevor mir irgendein Argument einfällt, das dagegenspricht, legt sich ein Schatten über mich. „Ich werde auf ihn aufpassen."

„Das rate ich Ihnen auch." Es sollte eigentlich gar nicht so schnippisch klingen. „Tut mir leid", füge ich deshalb rasch an. „Ich weiß, dass Sie das tun. Und Paul macht es glücklich. Also, danke."

„Aber immer doch", antwortet er trocken und klopft meinem Sohn jovial auf die Schulter. „Na, dann mal los, Kumpel."

„Habt ihr meinen Vater..." Bevor Aisha den Satz beenden kann, deutet Leni mit dem Zeigefinger zum Wassersportgelände. „Ah", sagt sie spöttisch. „Der Sohn, den er nie hatte."

Ich hole tief Luft und lasse sie hörbar durch die Nase entweichen. „Sag mal, Aisha. Dein Humor hat auch schon bessere Zeiten gesehen, oder? Und Zynismus hat in deinem Leben wohl so etwas wie eine akute Daseinsberechtigung. Kann das sein?"

Aisha sieht mich mit großen, dunkelbraunen Augen verdutzt an. Sie setzt zu einem Widerspruch an, doch aus ihrem Mund kommt nur ein krächzender Laut. „Du bist nicht meine Mutter."

„Weiß ich."

Nach einigen Sekunden hat sie ihre Fassung wieder erlangt. „Wie kommst du eigentlich dazu, so mit mir zu reden? Ich bin schließlich kein kleines Kind mehr."

„Eben", gebe ich zurück. „Und wir Frauen können doch ehrlich zueinander sein, oder?"

Aisha schüttelt den Kopf, grinst aber dabei.

Mein Handy piept den halben Tag. Es ist schmeichelhaft und streichelt meine Seele, wie viele Menschen an meinem Geburtstag an mich denken. Mit jeder SMS grinse ich glücklicher.

„Gute Nachrichten?" Stahl schlendert an meiner Liege vorbei. Mit der flachen Hand reibt er erst das Wasser aus seinem Nacken und fährt sich dann durchs nasse Haar. Für einen Moment setzt mein Herz aus und kommt nur stotternd wieder in Gang.

„Das geht schon den ganzen Tag so", bemerkt Aisha. „Und dann beschwerst du dich über meine Handyaktivitäten."

„Ich glaube kaum, Aisha, dass sich das vergleichen lässt." Das klang jetzt sehr väterlich.

Leni schnalzt mit der Zunge. „Außerdem ischd heud ja... Audsch!" Der taubeneigroße Stein hat die Kniescheibe um keinen Millimeter verfehlt.

„Was haltet ihr davon", frage ich, um Stahls Aufmerksamkeit abzulenken, „wenn wir drei Mädels uns heute Nachmittag im *Hamam* verwöhnen lassen? Ich lade euch ein." Das türkische Bad ist eine der wenigen kostenpflichtigen Dienstleistungen in diesem Hotel. Aber jeden Cent wert.

Leni nickt begeistert.

„Äh...", keucht Aisha. „Ich auch?"

„Nein", feixe ich. „Du darfst nur zuschauen."

Ich konnte einen Termin für sechs Uhr vereinbaren. Voller Vorfreude treffen wir schon zehn Minuten früher ein. Im *Hamam* geht es nicht nur um die Reinigung des Körpers. Man sagt, ein *Hamam*besuch ist ein wahres Fest für Körper und Seele. Hier wird der Alltag in angenehmer Wärme unter gedämpftem Licht, viel Seifenschaum und Wasser einfach weggespült. Bekleidet mit Bikini und zusätzlich eingehüllt in ein Tuch, dem *Pestemal*, geht es in den Badebereich. Zuerst nimmt jede von uns an einem der freien Marmorwasserbecken Platz. Drei überaus ansehnliche, türkische Mitarbeiter schöpfen Wasser mit Kupferschalen aus dem Marmorbecken und gießen es uns über den Körper. Vom Kopf bis Fuß mit warmen Wasser abgespült, legen wir uns auf den *Göbektasi*, ein beheiztes Marmorpodest, damit sich in der Wärme die Muskeln lockern und die Hautporen öffnen können. Das nasse Baumwolltuch am Leib, so erklärt man uns, trägt dazu bei, dass der Körper während der Verweildauer weder unterkühlt noch überhitzt wird.

Aisha übersetzt die Erklärungen der Mitarbeiter ebenso wie den einen oder anderen frechen Spruch, und kehrt immer mehr ihre freundliche, lebensbejahende Seite heraus. „Nach dem Unfall hat mich mein Vater dann allein großgezogen", erzählt sie, während wir fast vollständig unter dem Schaum verschwinden.

„Schdelle i mir grad in dem Aldr ned oifach vor." Leni pustet ein paar Seifenblasen aus.

Ich nicke zustimmend. „Hab zwar leider nicht so viel davon mitbekommen, weil mein Ex zu Hause war und ich arbeiten ging." Die neue Bezeichnung für Tillmann geht mir inzwischen leicht über die Lippen. „Aber bei meiner Tochter war das auch eine, sagen wir mal, ganz eigenwillige Zeit. Will heißen: Pubertät ist, wenn die Eltern anfangen, schwierig zu werden."

„Mein Vater hat viel von zu Hause aus gearbeitet." Aishas Gesichtsausdruck nach zu urteilen, war das wohl auch nicht immer die bessere Alternative. „Und du hast wirklich noch eine Tochter? Wo ist sie?"

„Ja. Lilli. Sie ist siebzehn und mit ihrem Freund zu Hause geblieben."

„Was arbeided dai Vadr noh?"

Noch bevor Aisha Lenis Frage beantworten kann, werden wir um Stellungswechsel gebeten. Wir drehen uns also auf den Rücken und geben uns völlig entspannt der Waschung hin.

KAPITEL achtunddreißig

Vom Scheitel bis zur Sohle relaxed und mit einer Haut, die nun so glatt ist wie der Hintern eines drei Monate alten Babys, treffen wir uns gegen acht bereits wieder zum gemeinsamen Abendessen und sind so richtig gut drauf. Zumindest wir Frauen. Nach dem türkischen Bad haben wir uns noch eine Algenmaske auflegen und mit türkischem Tee versorgen lassen. Und weil's so schön war, ließen wir uns auch gleich noch sechs Rakis bringen. Ich habe das kleine Schwarze angezogen, das eigens von Carla entworfen wurde. Es sitzt wie eine zweite Haut und ist dennoch bequem. Irgendwie fühle ich ein bisschen verrucht...

„Na, ihr drei Frauen habt es euch aber mal so richtig gutgehen lassen. Ordentlich verwöhnt", merkt Yash neidlos an.

„Ha", witzele ich. „Weiß der Himmel, wann mich mal wieder ein Kerl anfasst."

Abdulkerim steht bereits an unserem Tisch und bekommt Augen, so groß wie Kanaldeckel. Leni und Aisha prusten los und kriegen sich kaum mehr ein vor Lachen, genau wie Yash. Und selbst Stahl kann sich ein amüsiertes Grinsen nicht verkneifen. So gibt bald darauf ein Wort das andere und an unserem Tisch geht es zu wie in einem hanfgeschwängerten Hühnerstall.

„Erwachsene sind doch irgendwie bescheuert, oder?" Paul schüttelt über unser kindisches Gelächter betreten den Kopf.

„Hmmm", verziehe ich nachdenklich das Gesicht und bin plötzlich völlig erschüttert. „Du hast Recht, Paul. Ich fürchte, wir alle hier sind gerade in einer postpubertären Phase."

Wieder brechen wir in Gelächter aus und eine hitzig pragmatische Diskussion über temporäre Ausfallerscheinungen im

Allgemeinen und hormonelle Übersprungshandlungen im Besonderen entbrennt.

„Wie wäre es", schlägt Yash vor, „wenn wir in die Kuschelecke gehen?" Mit *Kuschelecke* meint er den kleinen Nargilepavillon unweit der Poolbar. Er ist mit großen, bunten Sitzkissen ausgestattet und in der Mitte befindet sich die riesige *Shisha*, eine Wasserpfeife, für vier Personen.

„Abdulkerim?" Stahl winkt unseren Kellner herbei und tauscht einige Worte auf Türkisch mit ihm aus. Anschließend grinst er zufrieden. „Er besorgt uns was."

„Und die Kinder?", frage ich besorgt.

Er zieht die Augenbrauen nach oben und antwortet gespielt entrüstet: „Na, die kriegen nix."

„Weischt was?" Leni ist ganz euphorisch. „Die schigga mir ufs Zäwwl. Baul kann heud bei uns schlafa."

„Alleine?" Mir ist nicht ganz wohl bei dem Gedanken. Nur der Himmel weiß, wie viel Irre auf der Welt herumlaufen...

Ein kurzer Blick von Stahl genügt und Aisha seufzt. „Wollte sowieso ein bisschen lesen."

Er zwinkert ihr zu und nickt lächelnd.

„Ich nehme sie aber mit in unsere Bude. Ist das okay, Papa?"

Mit der rechten deutet er auf Leni, mit der linken Hand auf mich. „Ich bin hier nicht erziehungsberechtigt."

„Schbadzl!" Leni zappelt, als hätte sie irgendwas eingenommen. „Weischd du, was des heischd?"

Yash grinst schelmisch und sieht dabei richtig jungenhaft aus. „Sturmfreie Bude."

Ich lasse mir von einem Kellner Zettel und Stift geben. „Hier", sage ich und reiche ihn Aisha. „Das ist meine Handynummer. Wenn irgendwas ist."

„Was soll schon sein, Lotte?"

Ich ziehe die Schultern nach oben. „Oder wenn sie dir auf den Keks gehen."

Aisha lacht und küsst ihren Vater zum Abschied.

„Ach, und Aisha?"

„Hm?"

Ich greife nach ihrer Hand. „Das ist wirklich lieb von dir. Ich... wir sind dir was schuldig."

„Quatsch", winkt sie ab. „Ich mag die Zwerge doch auch gerne." Sie haucht mir einen Kuss auf die Wange und klärt Juli und Paul über den Verlauf des Abends auf. Unser Nachwuchs bricht in Jubel aus und winkt nur nachlässig zum Abschied.

„Tja", schnaufe ich, nur eine kleine Spur enttäuscht, „das hätten wir."

„Und der Rest kommt gerade."

Wir stehen auf und folgen Abdulkerim in den Nagrilepavillon. Jeder sucht sich einen Platz an der Wasserpfeife. Rechts von mir sitzt Leni, Yash gegenüber und Stahl nimmt links von mir das Kissen in Anspruch. Die *Shisha* besteht aus vier Teilen, die Abdulkerim fachmännisch zusammensetzt. Auf das gläserne Wassergefäß schraubt er eine metallene Rauchsäule und setzt einen Tontopf, der an der Unterseite Löcher aufweist, obenauf. Er reicht jedem von uns einen Rauchanschluss, einen Schlauch aus Ziegenleder, der sich jeweils an der Säule befindet.

„Was hast du eigentlich besorgt?" Yash lässt mal wieder seine Augenbrauen tanzen. Dabei könnte ich ihm stundenlang zuschauen.

„Shishatabak mit Karamellgeschmack. Dachte, das ist genau das richtige für die Damen."

Yash lässt zischend Luft durch die Zähne entweichen.

Abdulkerim befüllt den Tabakkopf am oberen Ende des Aufsatzes und deckt ihn mit einem Metallsieb ab. Darauf legt er das glühende Stück Wasserpfeifenkohle, wodurch die im Tabak enthaltene Feuchtigkeit mit den Aromastoffen erhitzt und verdampft. Die Luft um uns ist im Nu karamellduftgeschwängert. Abdulkerim verabschiedet sich.

„Hmmm", freue ich mich auf meinen ersten Zug.

Yash macht den Anfang. Durch das Saugen am Mundstück entsteht in der Flasche ein Unterdruck, der durch den blubbernden Rauch aus dem Rohr ausgeglichen wird.

„Boah, isch des leggr!", frohlockt Leni.

Ich sauge und sauge, aber irgendwie tut sich nichts. „Irgendwie tut sich nichts", beklage ich denn auch sofort.

„Geben Sie mal her." Stahl nimmt mir den Schlauch aus der Hand und startet ebenfalls einen Versuch. „Hm", meint er nach eingehender Prüfung. „Schätze, der ist verstopft."

„Na, toll!" Ich lehne mich eingeschnappt zurück und stütze mich auf den Händen ab.

Während Stahls Reparaturversuch trinken wir noch zwei Raki. Dieses Mal jedoch nicht mit Soda, sondern unverdünnt auf Eis, was die Wirkung des Alkohols um ein Erhebliches beschleunigt.

„Hier", sagt er schließlich resigniert und reicht mir seinen Rauchanschluss.

Ich setze mich auf und schiele ihn skeptisch an.

„Wir teilen", erklärt er trocken.

Meine Augen fliegen zwischen ihm und dem Schlauch hin und her. „Wirklich? Mit mir?" Meint er das ernst? Ein gemeinsames Mundstück für uns beide? Würde er auch seine Zahnbürste mit mir teilen?

„Hey", sagt Stahl guttural und hält mir den Rauchanschluss direkt unter die Nase. „Nun nehmen Sie schon. Ich lasse schließlich nicht jede an meinem Ding saugen."

„Bruuuaaahhh!" Leni kippt hinten über und hält sich den Bauch vor Lachen.

Yash hustet mit hochrotem Kopf den verschluckten Rauch aus. Zur Beruhigung seiner Atemwege bestellt er vorsorglich noch eine Runde Anisschnaps.

Ich kippe den Raki auf ex hinunter und ordere Nachschub. Der Mann macht mich echt fertig.

Nachdem Leni sich von Minuten ununterbrochener Lachkrämpfe erholt hat, sieht ihr Kopf aus wie ein Hydrant. Feuerrot und nass. „Ha-ha-haschde", schnappt sie nach Luft, „noh no was anderes dabei? I mai, außr däm Karamell?"

Stahl fasst in seine Hosentasche und zieht ein kleines Päckchen hervor. Der Inhalt sieht aus wie ein Stück angekohltes Papier.

„Piece?", frage ich mit aufgerissenen Augen.

„Na, sieh mal einer an", antwortet Stahl mit gespielter Empörung, „Sie kennen sich wohl aus?"

„Pfff", schnarre ich. „War schließlich auch mal jung. Außerdem... wer hat denn das Zeugs in seiner Hosentasche? Sie oder ich?"

Er lacht entspannt und ich bin mir sicher, dass der Promilleanteil das Seine dazu beigetragen hat. Unser aller Einverständnis vorausgesetzt, deponiert er das Stück Haschisch im Tabakkopf.

Ich schaue mich vorsichtig nach allen Seiten um, bevor ich meinen ersten Zug nehme. Dabei fühle ich mich wie sechzehn, ständig in Angst, erwischt zu werden. Doch gerade diese Angst, dieses Risiko ist es, was dem Ganzen seinen Reiz und Spaß verleiht.

Es ist nur ein kleines Stück aus der Blüte einer Cannabispflanze gewonnenes und gepresstes Harz, aber auf Lunge geraucht – was es bei einer Wasserpfeife üblicherweise tunlichst zu vermeiden gilt – führt es rasch zu leichtem Schwindel. Da Stahl und ich uns einen Anschluss teilen, lehne ich mich leise kichernd an seine Schulter.

„Ach", sagt er und schließt kurz die Augen. Mir scheint, er ist auch nicht mehr so ganz auf der Höhe. „Was ich noch sagen wollte..."

„Hmmm?" Himmel, riecht er gut!

„Dogum günün kutlu olsun, Charlotte."

„Hä?" Ich verstehe kein Wort.

Stahl lacht kurz auf und legt zu meiner Verblüffung seinen Arm um meine Schultern. Ich kuschele mich ein bisschen näher und genieße.

Bin ich froh, dass meine Kinder mich nicht so sehen. Wir liegen mehr, als dass wir sitzen, kiffen und sind inzwischen allesamt rotzbesoffen. Den verbalen Unrat, den wir teilweise von uns geben und über den wir uns fast krümelig lachen, möchte ich in nüchternem Zustand wirklich nicht hören. Ab und an werfen uns ein paar vorbeigehende Gäste des *Sunshine Palace* amüsierte, empörte und auch neugierige Blicke zu. Aber das geht uns in diesem Augenblick genau dort vorbei, wo die Sonne nicht reinscheint.

Weit nach Mitternacht – ich kann die Uhr nicht mehr lesen – schlafen uns neben den Arschbacken ganz allmählich auch die Beine ein.

„Schoissse", nuschelt Leni, „mir sssollda mol ho-ho-hoim geha..."

„Jepp!" Ich quäle mich in den aufrechten Gang und spüre sofort das Nichtvorhandensein meines Gleichgewichts. Stahl fängt mich gerade noch auf. „Danke."

Wir versuchen, möglichst unauffällig in unsere Bungalows zurückzukehren. Es steht zu befürchten, dass es bei diesem Versuch bleibt. Schließlich werden Leni und ich von zwei Männern begleitet, die bekanntermaßen nie nach dem Weg fragen würden, selbst wenn sie keinen blassen Dunst mehr haben, an welchem Punkt der Erde sie sich gerade befinden.

KAPITEL neununddreißig

„Geschafft!" Leni versucht seit geschlagenen acht Minuten, den Schlüssel ins Schloss zu bringen. Ein vorbeikommender Nachtwächter ist ihr letztlich behilflich.

„Schlaft schön", sage ich und küsse beide zum Abschied, permanent von Stahl gestützt. „Da lang", deute ich ihm mit dem Finger in die entgegengesetzte Richtung. Oder wenigstens ansatzweise dorthin, wo ich meinen Bungalow vermute.

„Haus Zwölfsieben?"

Ich pfriemele den Schlüssel aus meiner Hosentasche und überprüfe die Nummer auf dem Anhänger, indem ich ihn ins Mondlicht zu halten versuche. Dabei taumle ich zurück. Wieder fängt er mich auf. Doch dieses Mal halten mich seine Arme umschlungen, seine Hände auf meinem Bauch überkreuzt. Mein Atem wird schneller, als ich spüre, wie sein Herz gegen die Rippen hämmert. Ich lege meine Hand auf seine und halte sie fest. Er hat wunderschöne Hände. Weder knochig, noch weich. Einfach nur schön.

„Alles okay?", flüstert er und pustet sanft in meinen Nacken.

Ein wohliger Schauer durchflutet meinen Körper. Meine Nerven fangen an zu prickeln, als würden eine Million Insekten über meine Haut krabbeln. Ich presse mich fester an Stahl und stelle verzückt fest, dass auch er sich spürbar darüber freut.

Endlose Sekunden verharren wir in dieser Position. Bis ich mich langsam zu ihm umdrehe. Miro blickt sehnsüchtig auf mich herab. Ich stelle mich auf die Fußspitzen und umschlinge seine Hüften. Er legt seine Hand in meinen Nacken – und ab da gibt es kein Halten mehr. Als sich unsere Lippen berühren, kommt es einem Feuerwerk gleich. Ich fühle mich plötzlich nur noch trunken nach ihm.

Wir taumeln hemmungslos knutschend zu meinem Bungalow und schaffen es kaum durch die Tür, so gierig zerren wir uns die Kleider vom Leib. Der Geruch seines Körpers ist betörend. Intensiv und wild zugleich. Ich atme ihn tief ein. Jede Faser meines Körpers ist in höchster Erregung. Meine Hand wandert über seinen beeindruckenden Sixpack zur noch beeindruckenderen Beule in seinen Shorts.

Klonk!

„Was war das?", frage ich erschrocken und ziehe meine Hand zurück.

„Baby, das ist ", stöhnt Miro heiser.

„Nein", erwidere ich besorgt und linse über seine Schulter. „Ich hab ein Klonk! gehört."

Er seufzt verzweifelt und zieht mit dem Daumen den Bund seiner Shorts nach vorne. „Also, ein Ei ist mir jedenfalls nicht aus der Hose gefallen", stellt er mit erleichtertem Blick fest.

„Aus dem Baaa-aaad!"

Ernüchtert geht Miro zwei Schritte zurück – weiter ist es schließlich nicht vom Schlafzimmer zum Bad –, stößt vorsichtig die Tür auf und knipst das Licht an. „Na sowas?"

Ich spicke ins Badezimmer. Da es aber nur unwesentlich größer als ein Schuhkarton ist, dürfen sich meine Augen nur an Miros Heckansicht erfreuen.

Er dreht sich schmunzelnd zu mir um. „Hier hast du dein Klonk!" In der Hand hält er eine frühstückstellergroße Schildkröte.

Ich atme erleichtert auf.

„Sie ist scheinbar durch den Lüftungsschacht reingekommen." Damit verweist er auf die Öffnung oberhalb des Waschbeckens. Das dazugehörige Gitter baumelt nur noch an einer rostigen Schraube.

„Ist sie verletzt?"

Miro dreht und wendet unseren gepanzerten Besucher und stellt beruhigt fest: „Bei dem ist alles klar."

Wir beschließen, die Schildkröte nach diesem Schreck wieder auszuwildern und schleichen in Unterwäsche nach draußen. Nachdem sie ins Dickicht entlassen wurde, krabbelt sie schnurstracks davon.

„Und nun?" Miros Augen vergraben sich in mein Gesicht.

Ich bin von seinem Anblick wie paralysiert. „Machen wir dort weiter, wo wir angefangen haben?"

„Oder fangen wir noch mal von vorne an?", schlägt er indes vor, legt seine Arme um meine Taille und führt mich küssend in den Bungalow zurück.

In jedem anderen Fall, da bin ich mir sicher, wäre durch diese abrupte Unterbrechung jede erotische Stimmung dahin. In diesem Fall allerdings, scheint sie durch den Zwischenfall noch gestiegen. Ein Knistern liegt in der Atmosphäre, ein Kribbeln durchströmt meinen Unterleib.

Miro streicht mit der Außenfläche seiner Hand über meine Wange und sieht mich liebevoll an. Mit der anderen öffnet er geschickt den Verschluss meines BHs. Unsere wilde Gier ist einem zärtlichen Verlangen gewichen. Langsam schiebt er mich zum Bett. Ich streife ihm sachte die Shorts ab und halte einen Moment die Luft an. Respekt! Es sieht nicht nur gut aus, es fühlt sich auch so an. Wie Samt auf Stahl. Ich schließe die Augen.

Miro legt eine Hand in meinen Nacken, vergräbt die andere in meinem Haar. Unsere Lippen vereinen sich zu einem leidenschaftlichen Kuss innigster Zuneigung. Er lässt seine Finger über meinen Körper hinwegstreichen, die Wirbelsäule entlang. Jede noch so kleine Berührung löst einen Schauer aus, der durch meinen Körper rieselt und sich in pure Lust verwandelt.

Ich kralle meine Nägel in seine Schulterblätter. Miro wirft mich aufs Bett und liebkost meine Brüste. Seine Zunge spielt mit dem Ring in meinen Brustwarzen, ich stöhne leise auf, als er meinen Bauch mit Küssen, so zart wie Schläge von Schmetterlingsflügeln, bedeckt und sein Kopf in meinem Schoß versinkt.

Ich bin völlig entrückt und von allem, was ich bisher kenne, eine Million Kilometer weit entfernt, als Miro sich aufrichtet und mir so tief in die Augen schaut, als könne er in mein Innerstes blicken.

„Ja?", fragt er leise. Immerhin haben wir kein Kondom.

Ich antworte, indem ich ihm mein Becken entgegenschiebe und meine Beine um seine Hüften schlinge. Dann übermannt auch ihn die Ekstase. Wir lieben uns wild und ungezügelt, doch zärtlich und einfühlsam zugleich. Ein Paradoxon höchster Lust.

Auf meinem Höhepunkt spüre ich ein warmes Pulsieren durch den ganzen Körper. Ich sehe jede einzelne Phase seines Orgasmus' ihn durchströmen. Zu kommen und anschließend an seinem warmen, nackten Körper zu lehnen, ist für mich ein Gefühl unbeschreiblichen Glücks.

Minutenlang bleiben wir eng umschlungen liegen, halten die Augen geschlossen und genießen das Gefühl, das in uns tobte.

„Seni seviyorum", flüstert Miro.

Ich verstehe nicht und drehe mich zu ihm um. „Was heißt das?"

Wir liegen so dicht, dass sich unsere Stirn und Nasen berühren.

Miro antwortet nicht. Er lächelt und streift mit dem Finger eine Haarsträhne aus meinem Gesicht.

Ist das ein Spiel? Meine kleinen, grauen Zellen arbeiten auf Hochtouren. Sie sammeln Buchstaben, drehen und wenden, trennen und verbinden sie, bis es mir wieder einfällt: „Main tumse pyar karthie huun", hauche ich in Miros Ohr.

Er zieht eine Augenbraue nach oben und sieht mich mit großen Augen an.

Ich bin sicher, dass er kein Wort verstanden hat – und das ist gut so. Es sind magische Worte, und die einzigen, die ich auf indisch kenne. Juli hat sie mir beigebracht.

Miro legt die leichte Decke über uns und zieht mich noch näher an sich heran. Ich berge meinen Kopf in der Kuhle seines Schlüsselbeins. Beschützend schlingt er seinen Arm um mich. Da klopft Herbie an meine Kleinhirnrinde. Ende der achtziger Jahre war ich begeisterter Grönemeyer-Fan.

Nehm meine Träume für bare Münze, schwelge in Fantasien
Hab mich in dir gefangen, weiß nicht, wie mir geschieht
Wärm mich an deiner Stimme, leg mich zur Ruhe in deinem Arm
Halt mich nur ein bisschen, bis ich schlafen kann

Fühl mich bei dir geborgen, setz mein Herz auf dich
Will jeden Moment genießen, Dauer ewiglich
Bei dir ist gut anlehnen, Glück im Überfluss
Dir willenlos ergeben, find ich bei dir Trost

So geborgen, falle ich langsam unter dem geistigen Klang dieser
alten Melodie in einen erholsamen Schlaf.

Bin vor Freude außer mir, will langsam mit dir untergehen
Kopflos, sorglos, schwerelos in dir verlieren
Deck mich zu mit Zärtlichkeiten, nimm mich im Sturm, die Nacht
ist kurz
Friedvoll, liebestoll, überwältigt von dir
Schön, dass es dich gibt

Komm erzähl mir was, plaudere auf mich ein
Ich will mich an dir satthören, immer mit dir sein
Betanke mich mit Leben, lass mich in deinem Arm
Halt mich nur ein bisschen, bis ich schlafen kann...

KAPITEL vierzig

Warme Sonnenstrahlen kitzeln meine sommerbesprosste Nase. Ich erwache beseelt, aber mit einem gewaltigen Brummschädel. Mein Kopf ist so schwer, dass ich ihn kaum anheben kann. Also bleibe ich liegen und hole mir die gestrige Nacht in süße Erinnerung.

Lange währt dieser Zustand nicht, denn kaum bin ich über den Teil mit der Schildkröte hinaus, hämmert es energisch (und vor allem laut!) an der Tür. Mir fliegt fast die Schädeldecke weg.
„Mamaaa", lärmt es von der anderen Seite der Pressspanplatte. „Bist du schon wach?"

Jetzt ja, denke ich und quäle mich unter höchster Kraftanstrengung aus dem Bett. „Komme schon", rufe ich heiser. Ich wickele mir notdürftig die Bettdecke um den Körper und kann feststellen, dass Miro den Orgasmus ganz sicher nicht vorgetäuscht hat. Die Innenseite meiner Oberschenkel kleben und erinnern mich daran, schleunigst unter die Dusche zu springen. Instinktiv presse ich die Hände vor meine Nase. Sein Duft haftet noch an meiner Haut. Hmmm...

„Warum dauert das denn so lange?", drängelt Paul, während ich schon im Begriff bin, die Tür zu öffnen.

„Nicht so laut", weise ich ihn krächzend zurecht. „Und erst mal *Guten Morgen*."

„Aha! Ihr habt euch gestern besoffen", insistiert er vorlaut (wobei die Betonung hier auf *laut* liegt). „Und geraucht hast du auch wieder viel zu viel."

Ich schnappe wie ein Fisch nach Luft.

„Ich putze mir jetzt die Zähne und sage dann den anderen, dass du später zum Frühstück kommst."

Gesagt, getan. Nicht mal fünf Minuten später steht er frisch wie ein Pfefferminzbonbon vor mir und sieht mich mitleidig an. „Ich mein's doch nur gut mit dir, Mama." Paul schlingt seine Arme um meinen Hals, der sich anfühlt, als hätte ich zwei Kilo rostiger Nägel verschluckt.

„Hast du denn gut geschlafen?", krächze ich.

Statt einer Antwort beginnt Paul misstrauisch an mir zu schnüffeln. „Mama, du riechst..."

„Ich hab noch nicht geduscht", erwidere ich empört.

Er schnüffelt ungeniert weiter. Ich gebe ihm einen zarten Schubs. „Hey!"

„Du riechst wie..." Seine Stirn legt sich in nachdenkliche Falten. „Hm... ich komm noch drauf."

Mir schießt das Blut in den Kopf. „Sieh lieber zu, dass du zum Frühstück kommst. Ich bin in einer halben Stunde auch da."

Das Duschen erweist sich heute Morgen als Tanz auf dem Vulkan. Mein Kopf versucht instinktiv, jedem Wassertropfen auszuweichen, um keine Schädelfraktur zu erleiden. Jede einzelne

Haarwurzel ist migränebehaftet. Ich werde bis nach Antalya fahren müssen, um mich am Kopf kratzen zu können.

„Morgen", ächze ich und lasse mich vorsichtig am Frühstückstisch nieder. Bloß keine überflüssige Erschütterung!

„Ach, du liebe Güte", fährt Aisha entgeistert aus. „Du siehst ja noch schlimmer aus als die anderen beiden hier."

Leni nickt träge. Yash bringt immerhin ein müdes Lächeln zustande. „Guten Morgen."

Abdulkerim kommt auf uns zu, macht jedoch kurz vorm Tisch kehrt, als er unserer ansichtig wird, und kommt wenig später mit vier extra starken und extra großen Tassen Kaffee zurück.

„Günaydin", gähne ich und mache mich sofort über die braune Brühe her. „Tesekkür." Zu mehr bin ich einfach noch nicht in der Lage.

„Ich sitze hier seit zwei Stunden und warte auf euch", beklagt Aisha.

„Wo ischd noh dai Baba?" Leni muss ihren Kopf stützen. Der dürfte heute nicht weniger wiegen als meiner.

Aisha zieht die Schulter nach oben. „Ist schon vor zwei Stunden oder so joggen gegangen. Ich weiß nicht mal, wann er heute Nacht nach Hause gekommen ist", mault sie. *Gar nicht*, frotzelt meine innere Stimme.

Leni wirft mir einen bedeutungsvollen Blick zu. Ich halte mich an meiner Kaffeetasse fest und stiere stumm ein Loch in die Tischdecke.

„Na, sieh mal einer an." Yash benutzt sein Croissant als Richtungsweiser. „Da sieht aber jemand frisch aus. Und so *befriedigt*", fügt er leise hinzu.

„Guten Morgen", frohlockt Miro erschreckend munter und nimmt neben mir Platz. „Seid ihr schon fertig frühstücken?"

„Bäh!", würge ich und Leni zeigt ihm den Vogel. „Meinschde, i krieg heud was nondr?"

Miro klopft mit der flachen Hand auf den Tisch. *Nicht so laut*, flehen meine Nervenzellen. „Also, ich bin hungrig."

„Glaub ich dir aufs Wort", schmunzelt Yash süffisant, während seine Augen zwischen Miro und mir hin und her fliegen.

Nachdem Miro vom Buffet zurückgekehrt ist, sieht er sich einem Verhör durch Aisha ausgesetzt. „Wann bist du eigentlich gestern nach Hause gekommen?"

„Ich hab doch nicht auf die Uhr gesehen, Aisha."

„Ich hab dich nicht gehört."

„Ich bin ja auch leise gewesen, weil Juli und Paul geschlafen haben."

Aisha bleibt hartnäckig. „Leni und Yash waren kurz vor zwei zu Hause. Ich war um halb drei noch mal auf dem Klo. Da warst du noch nicht da."

Ich halte die Luft an. Aisha zwickt die Augen zusammen und sieht ihren Vater eindringlich an. Ich sehe ihn in Erklärungsnöten.

Doch Miro bleibt ganz locker. „Wir haben eine Schildkröte auf dem Weg gefunden", erzählt er spontan. „War ein ganz schöner Brocken. Die hatte sich in einem Lüftungsschacht verklemmt. Hat 'ne Weile gedauert, bis wir die da draußen hatten."

Möglichst unauffällig atme ich erleichtert aus.

„Echt? Ist das wahr?"

Miro schlägt seiner Tochter gegenüber einen strengen Ton an. „Was willst du denn hören?"

Aisha sieht hilfesuchend zu mir herüber.

Lenis Handy entbindet mich jeden Kommentars. Mit einem fröhlichen *Maahi ve*, indisch für *Meine Liebste*, macht es musikalisch auf sich aufmerksam. „Kapoor", meldet sie sich und ihr Gesicht hellt sich schlagartig auf. „Hey, Bruderherz!"

Unter dem Schutz der baumwollenen Tischdecke lehnt Miro sein Knie gegen meins. Ein kräftiger Stromschlag geht von ihm auf mich über. Mein Herz singt.

„Wo bischd du?" Leni kratzt sich an der Stirn. „Isch ned wahr, odr?"

Yash hebt fragend die Hand.

Seine Traumfrau reagiert jedoch nicht darauf, sondern quasselt aufgeregt auf ihr Handy ein. „Sag mol, haschd du sie no älle? ... Nee. ... Natierlich freia mir uns. ... Sichr. ... Jo, Lodde au."

Ich horche auf.

„Jaaa, richde i aus." Leni klappt seufzend das Telefon zu. „I soll alla schöne Grüße vo Aron beschtella." Sie sieht skeptisch zu mir herüber. „Ganz bsonders dir."

„Mir?"

Miro dreht ganz langsam den Kopf in meine Richtung. Er hat die Stirn gerunzelt, und genau dahinter arbeitet es gerade hochtourig.

„Tja... und... jedschd...", stammelt Leni, „ischd er ufm Weg hierhr."

„Aron kommt?", rückversichert sich Miro. „Hierher?"

Irgendetwas rüttelt an meinem Gehirn.

„Er machd sich eba uf den Weg zom Flughafa", antwortet Leni, unschlüssig, was sie von Arons Aktion halten soll. „Wenn älles klabbd, ischd er heud Abend um achd im *Sunshine Balace*."

„Hey." Ich verpasse Miro einen Klaps gegen den Oberarm. „Woher kennst du Aron?"

„Ups!" Leni schlägt sich mit der Hand auf den Mund. Ihre Augen sind schreckgeweitet. „Hab i vergessa, zu erwähna..."

Auf meiner Stirn bilden sich riesengroße, rote Fragezeichen.

„Miro ischd sai bschdr Freind", gesteht sie kleinlaut.

KAPITEL einundvierzig

„Aron ist dein bester Freund?", erklingt mein fragendes Echo.

Miro nickt stumm.

Meine Gedanken fahren gerade Achterbahn.

Zwischen den Begriffen Zufall und freier Wille existiert ein enger Zusammenhang. Man kann argumentieren, dass eine freie Entscheidung eine Entscheidung ist, die zumindest teilweise nicht von anderen Einflüssen – innerer und äußerer Art – bestimmt wird. Sie ist also nicht determiniert. Das kann aber gerade auch als Definition von Zufall angesehen werden. Nach dieser Auffassung kann es in einem Universum ohne Zufall keinen freien Willen geben, da jede Entscheidung bei Kenntnis aller Einflussgrößen vorhergesagt werden könnte. Aber wenn unsere Entscheidungen zufällig zustande kommen, ist das erst recht nicht, was wir uns unter freiem Willen vorstellen. Kurz ausgedrückt: Aron ist angeblich in mich verknallt.

Ich bin ganz eindeutig in Miro verknallt. Aron und Miro sind beste Freunde – ohne, dass das etwas mit mir zu tun hat. Das nennt man Zufall.

Da ich persönlich jedoch noch nie an Zufälle geglaubt habe, fällt meine Frage entsprechend blöd aus: „Du bist aber doch so viel älter als er?"

„Miro isch a Vorbild für Aron", greift Leni seiner Antwort vor.

Yash stößt einen höhnischen Lacher aus. „Aber nicht, was Frauen betrifft."

„Neulich hat er aber etwas von einer *Traumfrau* erzählt", wirft Aisha missmutig ein, um sich sofort vor ihrem Vater zu rechtfertigen: „Ich habe nicht gelauscht!"

Miro scheint völlig in Gedanken. Kopfschüttelnd starrt er ins Leere. Dabei beißt er die Zähne so stark zusammen, dass seine Unterkieferknochen rhythmisch hervortreten.

Ich finde, er übertreibt und setze zu Aishas Verteidigung an. „Hey, jetzt werde mal nicht gleich so hektisch am Ecktisch", versuche ich es humorvoll.

Doch Miro versteht gerade keinen Spaß. Mit zerknitterter Stirn steht er auf, ohne mir weiteres Gehör zu schenken, und geht. Ich starre ihm fassungslos nach.

„Papa!" Aisha sinkt schnaubend in sich zusammen, verharrt einen Moment und läuft ihm dann nach.

Ich schüttele verständnislos den Kopf. Habe ich irgendwas verpasst?

„Hach", seufzt Leni.

„Sagt mal, sehe nur ich das so, oder findet ihr Miros Reaktion nicht auch ein bisschen überzogen?", frage ich leicht verärgert.

„Das siehst nur du so." Yash meint das ernst, gibt aber rasch klein bei. „Aber ein bisschen überzogen ist es wohl auch."

„I glaub, des isch oifach väderlichr Inschdingd, odr so", mutmaßt Leni. „Die Aisha isch, glaub i, scho längr in Aron verknalld."

„Hm", sinniere ich. „Wenn das so ist... als sein bester Freund kennt er deinen Bruder ja wohl auch ziemlich gut, und zwar so gut, dass er ihn nicht für schwiegersohntauglich hält. Immerhin", füge ich sofort hinzu, um Leni nicht auf die Füße zu treten, „hast du selbst gesagt, dass Aron in Sachen Frauen eine Drecksau ist."

„*Das* hast du gesagt?" Yash schaut Leni überrascht an.

Sie zieht die Schultern nach oben. „Isch ja au so..."

Ratlos brechen wir zum Strand auf, wo wir bereits von Paul und Juli erwartet werden.

Nach der Innigkeit der gestrigen Nacht hatte ich mir heute ein wenig mehr Zuwendung von Miro erhofft. Der jedoch hängt fast ununterbrochen am Handy und wirkt äußerst angespannt. Seine Telefonate führt er ausnahmslos außerhalb unserer Hörweite. Schmollend vertiefe ich mich in mein Buch Das Paradoxon Mann. Passt!

Um Arons Ankunft nicht zu verpassen, brechen wir bereits um halb fünf vom Strand auf. Seit gut zwei Stunden habe ich Miro nicht mehr gesehen. Mit geschäftigem Blick und Handy am Ohr war er plötzlich verschwunden. Ziemlich angepisst stapfe ich zum Bungalow. Na, der wird heute Abend einen gepflegten Anschiss von mir bekommen, nehme ich mir vor und springe unter die Dusche.

„Paul?", rufe ich aus dem Badezimmer. „Kannst du mir bitte den Rücken eincremen? Paul?"

Mein Sohn reagiert nicht.

„Paaa-aul!" Ich will mich gerade richtig darüber aufregen, dass er sich vor dem bisschen Cremen drücken will, indem er sich taub stellt, um weiter fernsehen zu können, da steht er in der Tür. „Was ist denn los?", spiele ich auf seinen bedröppelten Gesichtsausdruck an.

„Hier", knurrt er und hält mir ein kleines Päckchen unter die Nase. „Soll ich dir geben."

„Von wem?"

Paul presst zornig die Lippen aufeinander. In seinen Augen glänzen Tränen.

Ich öffne zuerst den winzigen Briefumschlag mit der Klappkarte. *Alles Liebe zum Geburtstag, M.*, lese ich und schaue Paul um Erklärung bittend an. „Hat Miro dir das gegeben?"

„Wer sonst?", blafft mein Sohn mich an. Ein Tränchen kullert über seine Wange. „Und jetzt ist er weg!"

„Wie? Weg?"

Er bleibt mir die Antwort schuldig, stampft wütend in sein Zimmer und schließt entgegen seiner Gewohnheit die Tür.

Ich seufze und öffne das kleine Päckchen. Zum Vorschein kommt eine lange silberne Erbskette mit rundem Charm-Anhänger des Designers *Thomas Sabo*. Daran wiederum ist ein thailändischer Buddha verankert. Ich lege mir das Schmuckstück um und mache mich fürs Abendessen fertig.

Fünfzehn Minuten später klopfe ich an Pauls Tür. „Paulchen?"

Sie öffnet sich und mein Sohn sieht mich mit verheulten Augen an. „Du sollst nicht Paulchen zu mir sagen!"

Oh weh! Ich tippe jetzt mal spontan auf eine Beziehungskrise mit Juli. „Magst du darüber reden?"

Er schüttelt den Kopf, quetscht sich an mir vorbei und läuft strammen Schrittes davon. Ich folge ihm seufzend.

Zu meiner Überraschung erwartet Juli Paul lächelnd zum Abendessen. Von Krise keine Spur. Die beiden verschwinden sofort gemeinsam zum Buffet.

„Ich dachte, die beiden haben Knatsch?"

Leni zieht erstaunt die Augenbrauen nach oben. „Wie kommschd du noh druff?"

„Paul war vorhin so bedrückt. Und als ich ihn nach dem Grund fragte, hat er mich nur angeblafft."

„Hm", macht Leni ratlos und fixiert den Buddha um meinen Hals. „Des isch ja oi schönes Deil. *Thomas Sabo*, schdimmd's?"

„Hmhm", nicke ich und schaue mich suchend um.

„I woiß ned, wo er bleibd", sagt Leni leise, als könne sie meine Gedanken lesen. „Er war heud Middag ganz blödschlich verschwunda. Aisha au." Sie blickt auf. „Ach!"

„'tschuldigung. Bin spät." Aisha ist ganz außer Atem. „Ich habe mit Papa noch aufs Taxi gewartet."

„Taxi? Welches Taxi?" Bin ich im falschen Film?

Sie ordert bei Abdulkerim einen türkischen Tee und macht einen richtig entspannten Eindruck. „Zum Flughafen", erwähnt sie ganz beiläufig. „Sein Flug geht um acht."

„Aisha, wieso soi Flug? Wohin?" Auch Leni ist völlig ahnungslos.

„Nach Hause. Er sagte, die Firma hätte angerufen und er müsse sofort kommen und da hat er heute noch auf Biegen und Brechen einen Flug gebucht und ist jetzt weg."

Ich kann spüren, wie mir die Gesichtszüge entgleisen. „Er ist weg? Einfach so?"

Aisha scheint nicht sonderlich erschüttert über die unerwartete Abreise ihres Vaters. Im Gegenteil, sie wirkt beinahe erleichtert. „Ja", antwortet sie knapp. „Aron müsste doch auch bald eintreffen, oder?"

Der Klos in meinem Hals wird immer größer. Mit Mühe kann ich die Tränen zurückhalten, die in meinen Augen brennen wie Nagellackentferner.

„Ist dir immer noch schlecht von gestern, Lotte?" Aisha erfreut sich bester Laune.

Ohne meine Antwort abzuwarten, steht sie auf, klopft mir bedauernd auf die Schulter und geht zum Buffet.

„Er hedd sich ned vo dir verabschiedet?", flüstert Leni mitfühlend.

Mein Entsetzen über Miros Abreise weicht der Wut über sein plötzliches Verschwinden. Es ist wie ein Déjà vu. „Er hat es nicht einmal erwähnt", fauche ich zornig. „Gestern hat er mich in den siebten Himmel gevögelt und heute verpisst er sich klammheimlich! Was soll ich davon denn halten?"

„Schschscht", macht Leni und Yash legt den Zeigefinger auf seine Lippen.

Ich schlage die Hand vor den Mund und beiße die Zähne zusammen.

„Hast du dir wehgetan, Lotte?" Juli stellt ihren Teller ab und sieht mich besorgt an.

Paul legt seine Hand auf meine Wange. „Oder bist du auch so traurig, weil Miro weg ist?"

„Hab mir auf die Zunge gebissen", presse ich heraus, ohne Juli anzusehen.

„Haha", lacht Aisha und stellt ihren Teller mit den drei obligatorischen Salatblättern ab. „Lässt sich die Zunge piercen, muss aber heulen, wenn sie sich draufbeißt. Du bist schon witzig."

Ich grinse gequält. Miro hat mich nur benutzt. Benutzt und fallen gelassen. Ich bin ihm nicht einmal einen Abschied wert, geschweige denn eine Erklärung.

„Es gibt für alles eine Erklärung", lässt Yash wie beiläufig fallen. Ich verstehe und möchte es so gerne glauben.

„Hey, einen schönen Buddha hast du da." Aisha bekommt von meiner Verzweiflung zum Glück nichts mit. „Mein Vater hat auch einige. So ganz echte, aus Indien", plappert sie drauf los und doziert: „Da kommt nämlich dieser *Siddhartha Gautama* her. Das war ein Prinz aus dem nordindischen Fürstentum *Kapilavastu*, der mit fünfunddreißig Jahren nach der Lehre des Buddhismus die Erleuchtung erlangt hat und ab da als Buddha bezeichnet wurde."

Yash lässt anerkennend seine Augenbrauen tanzen.

„Indien?", wiederholt Leni.

Aisha nickt. „Klar doch. Mein Papa war ein Jahr dort. Mit Yogi Ben. In so 'nem Kloster."

Dong! Ein Glockenschlag ertönt in meinem Hirn. „Spricht dein Vater auch indisch?"

„Klar!"

Ich schlage mir mit der flachen Hand gegen die Stirn. Toll gemacht, Lotte, du Vollidiotin!

Main tumse pyar karthie huun. Das heißt *Ich liebe dich.*

Und das hab ich nun davon. Mir ist schlecht.

KAPITEL zweiundvierzig

Ab halb acht sitzen wir in der Lobby und warten auf Arons Ankunft. Ich hätte mich stattdessen lieber unter meine Bettdecke verkrochen und in den Schlaf geweint. Es war nur eine Nacht. Eine einzige, verdammte Nacht! Und doch schmerzt mich die Erinnerung daran mehr als die vielen gemeinsamen Jahre mit Tillmann. Achtlos weggeworfen. Aus und vorbei.

Als das Taxi vorm Eingang hält, springt Aisha auf und zupft ihre Tischdecke zurecht. So sieht das gehäkelte Etwas, das sie trägt und das ihre Weiblichkeit nur unzureichend bedeckt, nämlich aus. Wäre ich ein Mann, würde ich mit ihr ein paar Rakis trinken, sie zum Shisharauchen mit Hanf einladen, anschließend (nach einer heldenhaften Schildkrötenrettungsaktion!) in ihrem Bungalow flachlegen und mich dann ganz dezent verpissen. Aber ich bin kein Mann. Ich bin nicht Miro.

„Hey, Lotte!" Aron reißt mich aus meinen trüben Gedanken. Er nimmt meinen Kopf in beide Hände und küsst mich vertraut auf den Mund.

„Hi, Aron", sage ich und ringe mir ein Lächeln ab. „Hosgeldiniz."

Er lacht einnehmend. „Na, ich hab dich auch vermisst."

„Das heißt eigentlich *Herzlich willkommen*", kläre ich gleich mal auf.

Aron ist bester Laune und versprüht eine Energie, als wolle und könne er die Welt erobern. Und was ihm sonst noch zwischen die Finger kommt. „Gehen wir gleich was trinken?"

„Aron, willschd du ned erschd mol dai Koffr auschbagga?" Leni schnauft.

„Ach, Quatsch", winkt er lässig ab. „Wozu denn? Bin ich im Urlaub oder auf der Flucht?"

„Auf der Flucht packt man seine Koffer nicht aus, vorausgesetzt, man hat überhaupt welche dabei."

Aron streichelt mir neckisch über die Wange. „Hey, was ist denn mit dir los? So schlecht gelaunt kenne ich dich gar nicht."

„Ich mich auch nicht, Aron", seufze ich, „ich mich auch nicht."

Aron scheint sich ernsthaft in den Kopf gesetzt zu haben, diesem Zustand Abhilfe zu verschaffen. Er fährt in den nächsten Tagen ein regelrechtes Unterhaltungsprogramm auf und ich komme mir vor wie im öffentlich-rechtlichen Fernsehen: „Nein, Aron. Ich möchte nicht mit dir Jetski fahren. Nein, Aron. Ich möchte keinen Raki zum Nachtisch. Nein, Aron, mir ist heute nicht nach Shisharauchen. Nein, Aron, ich bin wirklich müde und gehe jetzt ins Bett. Nein, Aron. Du darfst nicht mitkommen." Ich wiederhole den Part täglich aufs Neue.

„So kann des ned weidergeha", schnaubt Leni. „Mai Brudr gohd ja inzwische sogar scho mir uf den Geischd mid sainr Benedranz."

Toll. Was soll ich dazu jetzt sagen? Ich schaue sie nur kuhäugig an.

„Ihr müschd schwätza."

„Was?" Ich lege mein Buch zur Seite und schiele zum Wassersportgelände. Dort wird Aron zur Abwechslung mal von Aisha eingespannt. „Was soll ich denn sagen? Er meint es doch auch nicht böse. Er will einfach nur nett sein."

„Er will doch nur spiiieeelen", äfft Yash den Besitzer eines Kampfhundes nach, der sich gerade in meine Waden verbissen hat.

„Ich kann Aron doch nicht so vor den Kopf stoßen", verteidige ich mich. Direktheit war noch nie meine Stärke. Abgesehen davon könnte ich mich, wenn Leni und Carla mit ihrer Vermutung völlig falsch liegen, bis auf die Knochen blamieren. Darauf habe ich keine Lust. So viel Ego muss sein dürfen. „Nein!", sage ich deshalb bestimmt, bevor Leni mit einem weiteren Argument aufwarten kann. „Ich will einfach nicht reden!"

Leni räumt mir ein paar Minuten Gnadenfrist ein. Dann legt sie los: „Weischd du, dess du jedschd au koi bissle besser bischd als...?" Sie lässt das Ende des Satzes in der Luft hängen. „Oi baar warm Worde uf einem Schdügg Babir. Des ischd älles, was dir vo deinem Dillmann gbliebe ischd. Was wirklich zwische eich ned gbaschd had, weischd du do bis heud ned, gell? Und wie war des damals mid Sam? Du bischd oifach abgehaua. Haschd di uf dai Verschdand verlassa, guad. Abr was glaubschd du, wie er sich damals gfühld hedd?"

Ich lasse den Kopf hängen.

„Ond Miro? Wie lang wirschd du desidza ond uf oi Erklärung warda?"

„Ich brauche keine Erklärung von ihm", knurre ich. „Er hat's gebraucht, ich war grad da. Das alte Spiel eben."

Yash steht auf und setzt sich ganz dicht neben mich. „Lotte, ich glaube kaum, dass das ein Spiel für Miro ist. Es ist bitterer Ernst."

„Woher willst du das wissen?"

Er zuckt mit den Schultern. „Instinkt?"

An diesem Abend saufe ich mir gepflegt einen an. Nicht so, dass ich nicht mehr wüsste, was ich tue oder sage oder nicht mehr stehen könnte. Aber genug, um einen Augenblick zu vergessen. Leni und Yash beobachten mein Gelage mit wachsender Besorgnis. Umso mehr, als Aron darauf beharrt, mich zu meinem Bungalow zu begleiten.

„Lass nur, Aron. Wir machen das", hakt Yash sich sofort bei mir unter. „Wir wohnen ja gleich gegenüber."

„Brauch ich nicht", rüttele ich an seinem Arm. „Kann alleine." Ich stemme trotzig die Hände in die Hüften und stapfe mit einem „Schlaft schön", davon.

Auf halbem Weg höre ich Schritte.

„Mensch, Lotte. Jetzt warte doch mal." Es ist Aron.

„Geh weg", knurre ich. „Hab genug von besoffenem Sex mit besten Freunden oder den besten Freunden von Freunden..."

„Hey", hebt er abwehrend die Hände. „Jetzt mal ganz langsam. Und komm mal wieder zu dir."

„Ich *bin* bei mir!", schreie ich. „Aber soll ich dir mal sagen, wer nicht?"

„Wer?"

„Er." Traurig setze ich meinen Weg fort.

Aron steht einige Sekunden wie angewurzelt da. Dann folgt er mir. „Wer ist er?"

„Pass auf, hier gibt's Schrötkilden... Rildschöten... scheiße! Schild-krö-ten."

„Wer ist *er*?"

Meine Güte, ist der hartnäckig!

„Hör zu, Aron. Ich habe die Schnauze gestrichen voll von pissenden Männern... Männern, die sich verpissen. Da drin", ich zeige mit Finger auf meine Bungalowtür, „sitzt der einzige Mann, der mir jetzt noch wichtig ist. Und selbst der wird mich irgendwann verlassen. Doch bis er das tut, werde ich ihm mein ganzes Herz schenken. Da ist kein Platz mehr für..."

„Für mich?"

Ich sehe betreten zu Boden.

„Aber für diesen anderen?"

„Ach, Aron..." Ich schaue ihm in die Augen und streichle sanft über seine Wange. „Tillmann hat ein Loch in mein Herz gerissen.

196

Und jetzt sitzt der andere darin und bohrt und hämmert und schaufelt eine richtige Grube hinein. Selbst wenn ich wollte..."

Er lehnt seine Stirn an meinen Kopf. „Ich verstehe, Lotte. Keine Sorge. Bin ja nicht blöd. Ich weiß, dass ich eine Drecksau bin, was Frauen angeht. Aber ich verstehe dich, ich hab schließlich auch Gefühle. Irgendwie hatte ich wohl gehofft, es könnte alles anders werden." Er zieht ratlos die Schultern nach oben. „Na ja, vielleicht tröstet es dich ein kleines bisschen, dass du trotzdem meine Traumfrau bleibst."

Mein Herz steht kurz vom Kollaps. „Sag das niii-hiiicht!", heule ich wie ein Wolf.

Warum ist das Leben nur so ungerecht?

KAPITEL dreiundvierzig

Das Schicksal umfasst ein weites Begriffsfeld dessen, was den Lebenslauf des Menschen darstellt oder beeinflusst. Das weiß sogar ich. Einerseits wird das Schicksal als eine Art personifizierte, höhere Macht begriffen, die ohne menschliches Zutun das Leben einer Person entscheidend beeinflusst. Andererseits versteht man unter Schicksal aber auch die nicht beeinflussbare Bestimmung als persönliches Attribut. Die Einstellung gegenüber dem Schicksal reicht von Fatalismus, also der völligen Ergebung, über den Glauben an seine Überwindbarkeit, bis hin zum Voluntarismus, der völligen Willensfreiheit des Individuums. Aus der Vorstellung, das Schicksal läge vorbereitet auf dem Tisch, kommt der Glaube, es gäbe Möglichkeiten, im Voraus zumindest Andeutungen darauf zu bekommen. Dieses Konzept liegt der Wahrsagerei zugrunde.

Während ich meine Tarotkarten mische, die ich – der Himmel weiß, warum – eingepackt habe, lausche ich ungeduldig dem Tuuut-tuuut aus meinem Handy. Nun mach schon, Carla, geh ran!

„Wer stört?", meldet sie sich verschlafen und mir wird just bewusst, dass wir in der Türkei unserer Zeit eine Stunde voraus sind. Sonntagmorgen um halb sieben ist vielleicht nicht die günstigste Zeit, die beste Freundin aus dem Bett zu klingeln.

„Spreche ich mit dem emotionalen Notfallzentrum?"

Im Hintergrund höre ich geschäftiges Treiben. „Geh runter von mir, Leo. Deine Schwester hat eine Krise", klingt es dumpf durch den Hörer.

„Na und? Ich hab grad 'nen..." Das war Leo.

„Laaa-laa-lala! Ich will's nicht hören!", jaule ich rasch ins Handy, um keine weiteren Details in Sachen Penetration zu erfahren.

„So." Carla hat sich aus den Fängen meines Bruders befreit. Die neu entdeckte sexuelle Gesinnung scheint ungeahnte Ausmaße angenommen zu haben und Leo ein enormes Nachholbedürfnis. „Jetzt schieß los, meine Kleine."

„Glaubst du an Zufälle, Carla?", frage ich und decke die erste von sieben Karten vor mir auf, die ich vor mir auf dem Bett ausgebreitet habe.

„Daran glaube ich genauso wenig wie du. Warum?"

Ich starre den Hohepriester an. In alter Zeit galt er als eine der drei Schutzkarten des *Tarot*, die den Verlauf einer Angelegenheit grundsätzlich günstig stimmen. Die durch den *Hohepriester* ausgedrückten Vertrauenskräfte beziehen sich sowohl auf unser Selbstvertrauen, als auch auf das Vertrauen in einen tieferen Sinn unseres Lebens und dem sich daraus ergebenden Vertrauen in unsere Zukunft. Hm. Klingt an und für sich doch gar nicht schlecht? Dennoch nagen Zweifel an mir – und dem Vertrauen in mein Gefühl.

„Dann sag mir doch bitte, weshalb ausgerechnet hier, zweitausend Kilometer von zu Hause entfernt, ausgerechnet zu diesem Zeitpunkt und ausgerechnet in diesem Hotel Stahl auftaucht?"

„Stahl?", ruft Carla überrascht aus und gibt diese Information sofort an Leo weiter. „Erzähl! Ich will Einzelheiten hören!"

„Süße, diese Beratung kostet mich knapp einsfünfzig die Minute. Also gibt's nur die Demoversion."

„Na, gut", schmollt sie. „Mach mir den Lucky Luke. Schieß schnell los."

Ich fasse die Gegebenheiten der letzten zehn Tage zusammen. Bis hin zum gestrigen Abend, an dem die Fronten zwischen Aron und mir geklärt wurden. Währenddessen decke ich meine zweite Karte auf. *Der König der Stäbe*. Dieser verheißt mir, dass ich die Angelegenheit bislang von meinem subjektiven Standpunkt aus betrachtet habe und prüfen solle, ob ich hier nicht nur ein Vorurteil pflege. Haha!

„Und Stahl hat dich tatsächlich in den siebten Himmel gevögelt?" Carla ist ganz außer sich vor Aufregung. Darüber hinaus vergisst sie sogar das obligatorische *Ich hab's dir doch gesagt* in Bezug auf Aron.

„In den achten!", seufze ich und lasse mich in mein Kissen fallen. Dabei fallen meine Tarotkarten wahllos durcheinander. „Scheiße!"

„Herzchen, das würde ich nicht so sehen", kommentiert Carla meine letzte Bemerkung. „Immerhin hat er Sam von Platz eins verdrängt."

„Toll!", schnaube ich. „Hat's mir mal so richtig gezeigt, was? Damit ich weiß, was mir fehlt, wenn er wieder weg ist." Wie war das mit dem Vorurteil?

„Vielleicht solltest du zur Abwechslung mal mit einem Kerl schlafen, wenn du nüchtern bist", schlägt Carla vor. Warum musste ich ihr auch von der Sache mit Sam erzählen?

„Du bist 'ne blöde Kuh, weißt du das?"

„Weiß ich. Aber es gibt eine Erklärung für alles. Da bin ich mir ganz sicher." Sie klingt wahrlich überzeugt. „Welche Karte hattest du zuerst?"

Ich lege meine Stirn in Falten. „Woher..."

„Liiieeebchen!", unterbricht sie mich. „Wie lange kennen wir uns jetzt? Also, sag schon. Welche war die erste?"

„Der *Hierophant*."

„*Hohepriester*?", rückversichert sie sich. „Und was sagt er dir?"

Ich seufze. „Ich darf mein Augenmerk nicht nur auf das Offenkundige richten, sondern auch auf Verborgenes in der Tiefe. Dann werde ich den Sinn der Krise verstehen, blablabla."

„Du hast guten Grund zur Zuversicht." Carla kommt sich sehr weise vor.

„Toll", knurre ich. „Und für diese Erkenntnis darf ich jetzt zwanzig Euro berappen?" Der Zähler meines Handys rattert erbarmungslos weiter.

„Stahl hat dich nicht einfach nur flachgelegt. Für sein Verschwinden gibt es hundertprozentig eine plausible Erklärung." Sie legt eine Kunstpause ein. „Das meint Leo übrigens auch. Und an seiner Menschenkenntnis kannst selbst du nicht zweifeln."

„Natüüürlich nicht", gebe ich mich übertrieben entrüstet, „wenn man mal bedenkt, wie lange er gebraucht hat, bis er sich selbst erkannt hat?"

„Verdammt, Lotte!" Leo brüllt aus dem Hintergrund, als würde er versuchen, die Worte mit Anlauf in den Hörer zu schleudern. „Dann vertraue wenigstens Otto! Der ist ganz vernarrt in Herrn Stahl."

Und du doch auch, gähnt meine innere Stimme. Sie kann's schon nicht mehr hören.

Mein Herz krampft bei jedem Gedanken an Miro. Das tat es in den vergangen Tagen und schlaflosen Nächten so oft, dass ich schon Muskelkater habe. Ungeachtet dessen, versuche ich, den letzten Urlaubstag am Strand in vollen Zügen zu genießen. Amüsiert beobachten Leni, Yash und ich das Geplänkel im Meer.

„Wärst du nicht so eine Drecksau, wärt ihr ein richtig schönes Paar", spreche ich meinen Gedanken offen aus und schaue Aisha nach, die zum Eisstand tänzelt.

Aron schiebt meine Beine von der Liege, setzt sich neben mich und schüttelt seinen nassen Kopf.

„Iiihhh!", kreische ich.

Er lacht charmant. Wie immer eben. „Sicher. Aber ich werde mich hüten, die Tochter meines besten Freundes anzurühren. Der schneidet mir glatt mein Ding ab."

„So?" Mein Herz schmerzt, als befände es sich in einer Schrottpresse. Ich krame in der Strandtasche nach meinen Zigaretten.

Doch Aron bemerkt sowieso nichts von meinem plötzlich aufgetretenen desolaten Gemütszustand und plappert munter weiter. „Die arme Sau ist in München. Dort soll's regnen."

„In Müncha?", wiederholt Leni. „Aha. Was machd er da?"

Aron schiebt den Unterkiefer nach vorn. „Keine Ahnung. Aisha redet mit mir nicht über ihn. Sie sagte nur, dass er in München sei. Telefonisch kann ich ihn aber nicht erreichen. Wollte ihn doch ein bisschen neidisch machen." Er legt frech seinen Arm um meine Hüfte und gibt mir einen Kuss auf die Wange.

„Ha-ha...", stöhne ich kläglich.

Aron streckt sich wie eine Katze nach dem Aufwachen und lässt dabei seine Muskeln spielen. „Ist echt ein klasse Kerl", lobt er Miro mit Hochachtung. „Du solltest ihn mal kennen lernen. Er würde dir sicher auch gefallen."

„Sicher", bestätige ich, einer geistigen Ohnmacht nahe.

Aisha ist inzwischen mit fünf Portionen Eis zurückgekehrt. Sie zieht die linke Augenbraue nach oben und wirft mir einen Blick zu, den ich nicht zu deuten vermag.

„Er...", setzt Aron zu weiteren Lobeshymnen an, wird jedoch brüsk von Yash unterbrochen. „Lass mal gut sein jetzt, Aron. Ich bekomme ja noch Minderwertigkeitskomplexe."

Im Geiste danke ich ihm dafür.

„Mama?" Paul kuschelt sich in die Kuhle unter meinem Arm. Unsere allerletzte Nacht in der Türkei möchte er in meinem Bett verbringen. „Tut Liebe eigentlich weh?"

„Manchmal..."

„Warum?"

„Hm... vielleicht, weil man falsche oder einfach andere Erwartungen oder Vorstellungen von der Liebe hat und enttäuscht wurde..." Ich schlucke den Klos, der sich in meinem Hals bildet, mühsam hinunter.

Paul seufzt und schlingt seinen Arm um meinen Bauch.

„Hast du Kummer mit Juli?", frage ich vorsichtig.

„Nein", antwortet er zu meiner Beruhigung. „Aber du hast Kummer. Oder, Mama?"

Ich schnappe nach Luft. „Wie kommst du darauf?"

Paul setzt sich auf und sieht mich aus seinen großen, grünen Augen eindringlich an. „Du hast nicht mehr gelacht, seit... seit Miro weg ist."

„Das hat doch mit Miro nichts zu tun", dementiere ich und spüre, wie mir die Hitze in den Kopf steigt. „Ich habe einfach nur Heimweh. Nach Otto und unserem schönen Zuhause. Und Lilli ist schwanger und da mache ich mir auch Gedanken um das Baby. Und Carla, die jetzt bald ihre Boutique eröffnet und..."

„Ist ja schon gut, Mama", fällt Paul mir ins Wort und kuschelt sich dichter. „Ich vermisse ihn auch."

KAPITEL vierundvierzig

Am Flughafen bereitet man uns einen fulminanten Empfang. Carla und Leo haben ein *Welcome Home* Transparent gebastelt, das sie wie zwei wild gewordene Stechmücken hin und her schwenken und dabei kreischen, als wäre Robbie Williams im Anmarsch. Lilli lüftet bei unserer Ankunft das T-Shirt. Auf ihrem kugeligen Bäuchlein steht in neongrüner Schrift *Willkommen zu Hause, Oma Lotte!* Ich krieg beinahe einen Lachkrampf und bin doch zutiefst gerührt. Carla deutet durch die Glastür auf den Parkplatz. In Leos Auto sitzt Otto, ebenfalls mit einem Schild dekoriert, auf dem Paul willkommen geheißen wird. Nicht nur ich schüttele amüsiert den Kopf.

„Na, so einen Empfang wünscht man sich", merkt ein älterer Passagier an, der mit glänzenden Augen unser Komitee zur Kenntnis genommen hat. „Aber haben Sie nicht die Oma vergessen?"

Ich lächle stolz. „Ich bin die Oma."

Er tritt einen Schritt zurück und taxiert mich von oben bis unten. „Respekt, junge Frau", sagt er und pfeift anerkennend. „Gratuliere!"

Ja, solche kleinen Komplimente streicheln die Seele und polieren ein wenig mein Ego. Das sieht derzeit aus wie eine mit Schmirgelpapier gröbster Körnung polierte Motorhaube. Da konnten selbst Arons Avancen keinen Blumentopf gewinnen.

Paul fährt mit Juli, Yash und Leni bei Lilli und Tim im Van mit. Ich steige bei Carla und Leo ein, woraufhin Otto vor Wiedersehensfreude fast explodiert, dabei die halbe Innenausstattung auseinandernimmt und mich gleich dazu. Nur Minuten später bin ich von Kratzspuren übersät, von den spätestens morgen leuchtend blauen Flecken gar nicht erst zu sprechen. Mein Haar ist schon ganz klamm, weil der beste Freund des Menschen mich unaufhörlich, aber glückselig behechelt. Leo meckert den ganzen Nachhauseweg über zerkratzte Polster, angefressene Kopfstützen, verschmierte Autoscheiben und besabberte Armaturen. Aber ich bin glücklich. Ich bin wieder zu Hause. Hier werde ich bedingungslos geliebt, fühle mich geborgen und festgehalten. Wie in jener Nacht...

Bevor ich mich zu Hause daran mache, die Koffer auszupacken, will ich unbedingt in Carlas Boutique vorbeischauen. Sie hat dort einen supermodernen, alleskönnenden und ambestenschmeckenden Kaffeevollautomaten stehen, den es endlich auszuprobieren gilt, bevor am Samstag die große Eröffnungsfeier stattfindet. Inoffiziell hat sie bereits vor einer Woche die Türen ihres Geschäfts geöffnet und keinerlei Anlass zur Klage. Natürlich kommen die Leute erst einmal nur aus reiner Neugierde. Carla hat ihre Kollektionen nicht altersspezifiziert. Ihre Zielgruppen sind, so die Designerin selbst, Männer und Frauen von Eins bis Hundert. Und so verlässt kaum eine Kundin das Geschäft, ohne nicht wenigstens ein Kleidungsstück oder Accessoire in der Einkaufstasche.

„So kann es weitergehen", hofft Carla. „Wenn der Laden den Bach runtergeht, bin ich nämlich pleite."

Leo seufzt. „Aber wenigstens nicht arbeitslos. Du kannst ja dann bei mir anfangen."

„Und was ist mit mir?", werfe ich ein. Ist ja schließlich alles nur Spaß.

Mein Bruder verzieht das Gesicht. „Du hast ja bald einen anderen Job. Und ich suche einen neuen Mitarbeiter."

„Sein Frisören hat nämlich gekündigt."

„Sören hat gekündigt?" Ich bin völlig baff. Sören war gewissermaßen ab der Geburtsstunde des Salons dabei. Er hat eine großartige Ausbildung genossen und mehr von Leo gelernt als sonst ein Lehrling irgendwo. Die beiden hatten immer ein sehr inniges Verhältnis, wobei es jedoch nie zu einer ernsthaften Beziehung gekommen ist. „Will er sich selbständig machen?"

„Nein", antwortet Leo einsilbig.

Carla winkt ab. „Du, das war ein Ding, sag ich dir..."

Ich blicke neugierig von dem Berg Babywäsche auf, den ich vor mir auf der Theke ausgebreitet habe. „Ja, nun, sag schon!"

„Aaalsooo. Vorletzten Dienstag", beginnt Carla vielversprechend, „dem Tag, an dem du in den siebten, 'tschuldigung, achten Himmel..."

„Jaja, weiß schon!", unterbreche ich sie barsch. „Was war vorletzten Dienstag?"

Carla zieht pikiert die Augenbrauen nach oben. „Also", fängt sie von Neuem an. „Vorletzten Dienstag war ich mit Lilli beim Ultraschall."

„Wieso war Lilli zu einem außerplanmäßigen Ultraschall?", kreische ich entsetzt und rüttele an Carlas Schultern. „Ist etwas nicht in Ordnung?"

„Hey, keine Sorge, Omi", beruhigt mich meine Freundin sofort. „Sollte eine Überraschung für dich werden. Wir wissen jetzt nämlich, ob's ein Mädchen oder ein Junge wird." Sie grinst frech.

Doch ich bleibe ganz gelassen. „Es wird ein Junge."

Carla ist sichtlich enttäuscht. „Woher weißt du das? Hat Lilli es dir etwa schon gesagt?"

„Nee", schmunzle ich schadenfroh und ziehe die Nase kraus. „Du. Gerade eben."

„Ah!" Sie schlägt sich selbst gegen die Stirn. „Shit!"

Leo schüttelt den Kopf. „Das hat sie früher schon mit mir gemacht. Miststück."

Ich freu mich diebisch, dass die alte Masche immer noch funktioniert.

Und ich freu mich wie verrückt auf meinen Enkelsohn.

„Weiter. Was war mit Frisören?"

„Schöner Mist", knurrt sie und fährt fort: „Wie gesagt, wir waren gemeinsam beim Ultraschall..."

„Gemeinsam oder zusammen?", unterbreche ich sie vorsorglich.

Dicke Fragezeichen bilden sich auf Carlas Stirn. Diese Aktion hat sie leicht durcheinandergebracht.

„Werde ich jetzt auch noch Tante?", helfe ich ihr auf die Sprünge.

„Was? Neenee!"

Leo verliert langsam die Geduld. „Carla und Lilli kamen in den Salon, um mir die Ultraschallbilder zu zeigen. Sören war schon die ganze Zeit etwas komisch drauf."

„Komisch drauf?", giftet Carla. „Der hat mich jedes Mal dumm angemacht, wenn ich in den Salon gekommen bin. Und als er erfahren hat, dass ich bei Leo eingezogen bin, hat er einen ganzen Stapel frischgewaschener Handtücher aus dem Regal geschleudert, den Kopf in den Nacken geworfen und ist davon gewatschelt wie *Donald Duck* auf Drogen."

„Sören kann nicht recht begreifen", bemüht sich Leo um das Ansehen seines langjährigen Angestellten und Freundes, „dass ich jetzt mit Carla zusammenlebe."

„Er will nicht begreifen, dass du jetzt eine Frau vögelst. Darum geht's!" Ihr Gesicht färbt sich wutrot. „Sören hat gar nicht mitgekriegt, dass Lilli auch dabei war", sagt sie an mich gewandt. „Deine Tochter ist ja wieder mal gleich pinkeln gegangen. Er sah also nur mich und die Ultraschallbilder. Und ist daraufhin völl-llig ausgetickt! Er schrie, ob Leo sich für *Hugo Haas* halten würde, den bekloppten Designer aus *Verliebt in Berlin*, der ja auch die Seiten gewechselt hätte, und was das ganze Theater sollte, und so fort."

„Dann rannte er nach draußen und beinahe vor einen Bus." Leo schlägt, noch immer entsetzt bei der Erinnerung, die Hand auf seine Brust.

„Ach, du Scheiße", ist alles, was ich herausbringe.

„Das ist aber noch nicht alles." Er klingt verbittert. In seinem Blick liegt eine Spur Vorwurf, an Carla gerichtet.

„Sören kam abends in meine Boutique, als ich noch ein paar letzte Arbeiten vornehmen wollte", gesteht sie kleinlaut. „Er hat mich gefragt, wie zum Teufel ich es fertiggebracht hätte, Leo ins Bett zu zerren. Er würde ihn seit zwanzig Jahren lieben und Leo hätte immer behauptet, ihm sei der Altersunterschied zu groß."

„Echt?" Ich bin schockiert über meine mangelnde Aufmerksamkeit. Das habe ich nie so wahrgenommen.

„Ja, und dann", Carla holt Luft, „hat er mich als notgeile Hexe bezeichnet. Freiwillig würde Leo mich doch nie anfassen. Dann kamen so absurde und unflätige Theorien, dass ich ihm beim Sex den Finger in den..."

„Lass!", rufe ich laut und wenig gewillt, mir solche intime Details anzuhören.

„Auf jeden Fall hat er es getan."

Ich reiße die Augen auf und schaue auf Carlas Schulter. „Er hat dich angetippt?"

„Er hat sie angetippt!", bestätigt Leo und schüttelt fassungslos den Kopf. „Daraufhin hat Carla ihn geschubst. Sören ist über eine Werkzeugkiste gestolpert und hingefallen."

Ich ziehe die Schultern nach oben. Daran ist ja nun nichts Dramatisches. Sören war schon immer ein wenig tollpatschig. Auf einen Plumps mehr oder weniger kommt es wohl nicht an, oder? „Will er dich deswegen jetzt auf Schadensersatz verklagen, oder was?"

„Deswegen nicht." Carla beginnt, die Babykleidung nach Farben zu sortieren.

„Sie hat sich auf ihn geworfen", erklärt meine Bruder so langsam als würde er in einer fremden Sprache sprechen, „und ihn mit einem Kleiderbügel verdroschen. Mit einem Klei-der-bü-gel! Anschließend hat sie sich auf sein Gesicht gesetzt. Und zwar genau so lange, bis er sich bei ihr entschuldigt hat."

„Sören ist ein Sturkopf." Das weiß ich mit Sicherheit.

„Eben." Wieder schüttelt Leo sein Haupt. „Er war schon ganz blau, als ich in die Boutique kam, um Carla abzuholen."

Ich halte mir die Hand vor den Mund. Wäre die Angelegenheit nicht so tragisch, würde ich jetzt wahrscheinlich in die Hosen machen vor Lachen.

„Aber er hat sich entschuldigt."

„Und dir dann seinen Anwalt geschickt. Gut gemacht, Carla."

„Ich bin eine Geschäftsfrau", braust sie auf. „Das war eine zähe Verhandlung!"

„Das war nicht zäh, das war handgreiflich."

Ungeniert lässt Carla ihre Finger über Leos Brust bis zum Hosenbund wandern. Es ist erstaunlich, wie schnell sie vom tollwütigen Fuchs zur handzahmen Katze mutiert. „Handgreiflich warst du, mein Bester. Und zwar danach. An ganz anderer Stelle..."

„Urgh!", mache ich und ziehe mir einen grünen Strampler über den Kopf. „Hört auf damit. Oder wartet wenigstens, bis ich weg bin."

KAPITEL fünfundvierzig

Trotz dieses etwas unerfreulichen Vorfalls ist Carla wegen der bevorstehenden Eröffnungsfeier völlig aus dem Häuschen. Ich habe zuvor noch das fingierte Bewerbungsgespräch am Freitag hinter mich zu bringen. Und dem sehe ich weniger entspannt entgegen.

„Ich habe da ein ganz heißes Teil für dich", verspricht Carla und präsentiert mir ein Kleid, bei dessen Anblick ich schon Hitzewallungen bekomme. Ein verbotenes Etwas in knallrot.

„Neeneeneenee", winke ich mit einer ausladenden Geste ab. „Kommt gar nicht in Frage. Ich möchte einen Job von dem Alten, und nicht seine Mätresse werden. Außerdem rennen da sicher nur steife Schlipsträger rum."

„Hast ja Recht", gesteht sie ein. „Das Outfit sollte schon ein wenig seriös sein." Carla verschwindet hinter einem der vielen Regale und kommt Minuten später mit verschiedenen Kombis zurück.

Auf Anhieb gefällt mir die weiße romantische Bluse im Landhausstil. Trotz des schlichten Stils ist sie aufwändig gearbeitet, mit diversen Stickereien und geradem Schnitt. Bloß nicht auf Figur, sonst werde ich unsicher. „Du", zögere ich dennoch. „Findest du den Ausschnitt nicht ein bisschen zu...?" Er ist wie bei einem mittelalterlichen Nachthemd ohne Knöpfe ziemlich tief und mit zwei schlichten Bändern versehen, die jedoch bei diesen Stück reine Deko zu sein scheinen. Wie eine Flügeltür öffnet er sich und lässt einiges dahinter erwarten.

Carla zupft die Bluse an meinem Körper zurecht. „Mit irgendwas muss Frau doch argumentieren, wenn gar nichts mehr geht, oder?"

„Dann habe ich aber recht magere Argumente", murre ich.

Carla geht gar nicht darauf ein. „Das sieht einfach nur geil aus. Braungebrannt, wie du immer noch bist, machen die zwei Dinger gleich viel mehr her." Sie fischt noch eine Edeljeans aus dem Stapel. So eine, die grade mal wenige Millimeter über der Schamgrenze beginnt und knapp überm Knie endet. „Absolut salonfähig!", versichert sie mir.

Mit den passenden Schuhen und Accessoires ausgestattet sehe ich dem morgigen Fest zwar nicht viel, aber wenigstens etwas gelassener entgegen.

„Bist du fertig, Sonnenschein?" Aron ist am Freitagabend überpünktlich.

Ich schlüpfe in die Sandalen und überprüfe noch einmal mein Make up. Leo war vor einer Stunde hier und hat mir eine natürlich frische Ausstrahlung verpasst. Nun fürchte ich, dass eben jene

Natürlichkeit noch um ein paar Schweißflecken unter den Armen bereichert wird. Neben meiner Nervosität tut die anhaltende Hitze ihr Bestes, um dieser Sorge Rechnung zu tragen.

„Wir sind gleich soweit", rufe ich in die Küche und hoffe inständig, Otto ist nicht in den Garten entwischt. Er musste heute ein Schaumvollbad über sich ergehen lassen. Sein schwarzes Fell glänzt nun wie ein Achat. Aus dem ehemals zerzausten, kleinen Welpen ist inzwischen ein respektabler Hund geworden, groß und muskulös, und mit außerordentlich beeindruckender Gesamterscheinung. Da er aufs Wort gehorcht und mir abgesehen davon ohnehin kaum von der Seite weicht, lege ich ihm statt des ordinären Halsbandes ein dekoratives Tuch um. Cooler Hund!

„So", präsentiere ich mich wenig später einem strahlenden Aron. „Ich bin soweit."

Aron küsst mich zur Begrüßung. Er sieht wie immer blendend aus.

„Du siehst toll aus, Lotte. Der Alte wird Augen machen." Aron bietet mir seinen Arm an.

„Er soll keine Augen machen, er soll mir einen Job geben." Ich seufze unsicher. „Lass uns gehen."

„Halt!" Am Auto mache ich noch einmal kehrt und laufe zum Haus zurück, um mir meine Sabo-Kette umzulegen. Wie ich im Internet in Erfahrung bringen konnte, tragen sogar Promis wie Alexandra Kamp seine Kollektionen. Für mich hat die außergewöhnliche Kette mit dem Buddha jedoch einen ganz anderen Wert. Seit seinem unspektakulären Abgang vor nunmehr fast fünf Wochen habe ich Miro nicht mehr gesehen. Weder beim Joggen noch in Leos Salon. Angeblich hält er sich noch immer geschäftlich in München auf. Und auch wenn ich es mir kaum eingestehen will: Ich vermisse ihn schmerzlich...

„Hast du jetzt alles beisammen?" Aron schmunzelt nachsichtig.

„Meine sieben Sinne? Meine Nerven? Meinen Verstand? Was genau davon meinst du?" Mir ist übel.

Er tätschelt mir den Oberschenkel. „Mach dich locker, Sonnenschein", versucht er mich zu beruhigen. „Der Alte ist echt okay."

„Und... äh..." Ich schiele auf den Rücksitz. „Ist das mit Otto auch wirklich okay?" Wir hätten doch besser meinen Van nehmen sollen.

„Logisch! Das kommt gut beim Alten."

„Ich denke jetzt weniger an deinen Chef, sondern eher an deine Innenausstattung." Auf dem Polster haben sich nach kaum zehn Minuten Fahrt schon so viele Haare gesammelt, dass es für einen Pullover reichen würde. Die Lehne ist versabbert, die Scheiben rundherum verschmiert.

Aron nimmt mit einem kurzen Blick in den Rückspiegel das Ausmaß des Hundetransports entsetzt zur Kenntnis, schweigt jedoch mit Rücksicht auf meine Gefühle für Otto. Oder weil ihm dazu echt nichts mehr einfällt.

„Lotte, ich würde gerne etwas mit dir besprechen", sagt Aron nach weiteren zehn Minuten Fahrt.

„Ich übernehme natürlich die Reinigung!", antworte ich wie aus der Pistole geschossen.

Er schüttelt den Kopf und schnauft. „Jetzt sei doch nicht blöd. Darum geht's nicht. Und das ist mir auch egal. Es geht um etwas... sehr persönliches... heikles."

„Ach, du Scheiße!" Warum kann ich nicht leise denken?

Er wirft mir einen leicht angesäuerten Blick zu. „Ich hab niemanden geschwängert!", dementiert er meine Befürchtungen.

„Es... es tut mir leid, Aron. Aber das war nun mal mein erster Gedanke. Dein Lebenswandel ist ja nicht gerade der eines tibetanischen Mönches."

„Natürlich nicht", grimmt er. „Das tun andere."

„Aron", ich lege meine Hand auf seinen Oberschenkel. „Du kannst mit mir reden. Ich höre dir zu. Ich hoffe, das weißt du."

Er legt nachdenklich die Stirn in Falten. „Weiß ich, Sonnenschein. Deshalb hab ich dich gefragt. Aber wir reden später, okay?"

Ich nicke zustimmend. Ist ja sein Problem und deshalb auch seine Entscheidung.

Nach einer knappen Stunde kommen wir in einer Gegend an, die geradezu nach Geld und Luxus riecht. Die Landschaft gleicht einer frisch gepinselten Impression von Monet.

„Boah, ist das geil hier." Ich beiße mir auf die Zunge. In einer Gesellschaft, die es sich leisten kann, hier zu leben, sollte ich mich deutlich gewählter ausdrücken. „'tschuldigung", lispele ich kleinlaut. „Sollte wohl besser ganz den Schnabel halten."

Aron bedenkt mich mit einem einnehmenden Lächeln. Dass er mir jedoch nicht augenblicklich widersprochen hat, verunsichert mich. Dieses Gefühl verstärkt sich noch, als wir auf den Parkplatz einbiegen. Dort stehen Karossen, für die der Besitzer mehr gezahlt hat als ich für mein Einfamilienhäuschen. Wieder überfällt mich Übelkeit.

„Ich kann da nicht reingehen, Aron", wimmere ich in einem Anflug von Panik. „Sieh mich doch mal an. Hör mir doch mal zu. Das geht nicht. Ich krieg das nicht hin."

„Jetzt halte aber mal den Ball flach, Lotte." Arons Beruhigungsversuche werden nun eine Spur autoritärer. „Du sollst doch keine Showeinlage abliefern, sondern mich lediglich zu einer Feier begleiten. Alles halb so wild, glaub mir."

„Nee!", erwidere ich bestimmt. „Wir passen da nicht rein." Damit meine ich mich und Otto, dem nach der langen Fahrt der Sabber von der Zunge tropft als wäre er ein undichter Wasserhahn.

Aron atmet schwer aus. „Warte hier", sagt er schließlich und verschwindet hinter den Sträuchern, die den Weg zum Haus säumen.

Ich lasse Otto aus dem Wagen und stecke mir eine Zigarette an. Das war wohl die blödeste Idee, die ich jemals hatte. Schlimmer, es war ja nicht einmal meine Idee!

Während wir warten, schnüffelt Otto sich 'nen Wolf. Sein Schwanz wedelt so aufgeregt hin und her, dass ich jedes Mal zusammenzucke, wenn er damit meine Beine trifft. Sein eben noch glänzend schwarzes Fell ist mit feinem Staub bedeckt, die Schnauze dreckig braun.

Nach zehn Minuten kehrt ein optimistisch wirkender Aron zurück. Augenzwinkernd reicht er mir eine Flasche Nusslikör und ein Glas. „Nur zum Auflockern."

„Bist du verrückt?", frage ich entsetzt. „Wie hast du das unbemerkt da rausgekriegt?"

Er vergräbt selbstzufrieden die Hände in den Hosentaschen. „Ich hab mit dem Hausmädchen geschlafen."

„Eben?"

Aron schmunzelt amüsiert. „Nee, letztes Jahr an Silvester", antwortet er, nicht ohne ein gewisses Maß an Stolz in der Stimme.

„Und trotzdem tut sie dir noch einen Gefallen?"

Er versteht Spaß. „Jetzt werde mal nicht frech, Sonnenschein."

Zwei Likörchen und drei Zigaretten später fühle ich mich zwar noch immer nicht bereit, den Kampf aufzunehmen, aber immerhin so weit, den Abend einigermaßen überstehen zu können. Ob am Ende ein Job für mich rausspringt, ist mir inzwischen relativ egal.

KAPITEL sechsundvierzig

Bevor wir durch den großen Torbogen in die Gartenanlage treten, zische ich Otto noch ein strenges bei Fuß zu und atme tief, sehr tief, durch. Aron nimmt meine Hand. „Kannst ganz locker bleiben, Sonnenschein."

Und das kann ich durchaus. Mein erster Eindruck ist eine zwar nicht mehr ganz junge, aber dennoch recht ungezwungene Gesellschaft. Man isst, trinkt, plaudert und amüsiert sich ganz entspannt. Ich greife nach meinem Buddha und reibe ihn mit geschlossenen Augen zwischen Daumen und Zeigefinger. *Du bist kein Trampel, Charlotte*, spricht meine innere Stimme mir Mut zu. *Das schaffst du!*

Aron steuert zielstrebig auf einen attraktiven, älteren Herrn zu. Das muss der Alte sein. Ich löse meine Hand aus seinem Griff und halte mich mit Otto diskret im Hintergrund.

„Alles Gute zum Geburtstag, Ludwig." Er gratuliert dem Chef und klopft freundschaftlich dessen Oberarm. „Wirst auch nicht jünger, was?"

Der Alte lacht einnehmend und dankt für die Gratulation. Dann schielt er über Arons Schulter und nickt mir freundlich zu.

Ich trete zaghaft einen Schritt nach vorn und strecke die Hand aus. „Herzliche Glückwünsche zum Geburtstag, Herr..." Ich stocke. Verdammter Mist! Sofort steigt mir die Schamesröte ins Gesicht.

„Von Bloomentahl", flüstert Aron.

Der Blumentopf lächelt gütig. „Ludwig."

„Charlotte", erwidere ich erleichtert und folge seinem Blick. „Das ist Otto."

In seinem Gesicht spiegelt sich Entzücken wider. „Ein wunderbares Tier!" Umgehend beugt er sich zu Otto hinab und streicht über sein verstaubtes Fell. „Welcher Stamm?"

Stamm? „Tankstelle", antworte ich verunsichert.

„Bitte?"

Ich räuspere mich und schaue verlegen zu Boden. „Er... er wurde an einer Tankstelle ausgesetzt... mit etwa acht Wochen. Ich weiß also nicht..."

„Amerikanischer Labrador", sagt Ludwig fachkundig. „Respekt. Zwar sehr menschenfreundlich und bildschön, doch überaus temperamentvoll und stark, diese Linie."

„Aha", mache ich bloß. Doch bevor ich mir so richtig schön blöd vorkommen kann, hakt er sich bei mir ein und führt mich durch den Garten.

„Und Sie haben sich vorgenommen, den jungen Wilden zu zähmen?", will Ludwig wissen.

Ich schüttele den Kopf. „Nö. Das hat von Anfang an gut geklappt."

„So?", fragt er verwundert.

„Natürlich", versichere ich ihm. „Er war auch sehr schnell stubenrein."

Ludwig Blumentopf lacht laut auf und drückt meinen Arm. „Ich rede von Aron."

„Oh!" So wird das nie was mit dem Job. Er muss mich ja jetzt schon für ein naives Dummchen halten.

„Das war gut", kichert er jungenhaft. „Nun kommen Sie, Charlotte. Essen Sie erst einmal etwas und dann stelle ich Ihnen meine Princess vor." Er führt mich zum Buffet. „Wir haben sie zurzeit im Außenbereich. Sie ist läufig." Guten Appetit.

Etwas verloren stehe ich mit meinem Teller im Garten und stecke Otto ab und an heimlich ein Häppchen zu. Dabei werde ich das Gefühl nicht los, beobachtet zu werden.

„Da sagt man immer, die Jugend von heute hätte keinen Anstand", erklingt eine grimmige Stimme hinter mir und ich fahre erschrocken zusammen. „Aber die Alten sind auch nicht besser."

Vor mir erscheint eine große, generalüberholte Frau, die mich ganz furchtbar an Ivana Trump erinnert. Sie steckt in einem Designerkleid, das mindestens so viel gekostet hat, wie mein Minivan, und legt sichtlich Wert auf ihr Äußeres. Wie lange sie jeden Morgen vor dem Spiegel verbringt, will ich lieber nicht wissen. Aber immerhin scheint es sich zu lohnen.

Ivana Trump reicht mir ihre schwer beringte Hand. „Charlotte von Bloomenthal", stellt sie sich vor. „Und Sie sind Arons Begleiterin, nicht wahr?" Bevor ich antworten kann, plappert sie mit rauchiger Stimme weiter. „Schlimm genug, dass der Grünschnabel nicht auf Sie achtet. Mein Mann entführt Sie zum Buffet und lässt Sie dann einfach hier stehen. Z-z-z!", empört sie sich kopfschüttelnd. Unterstrichen wird diese Geste noch durch lautes Zungenschnalzen.

Ihr schweres Parfum steigt mir in die Nase und löst einen Würgereiz aus. Mein Gott, wieso bin ich den letzten Tagen so empfindlich?

„Sicher", nörgelt die Frau vom Blumentopf, „ist er schon wieder bei seiner Princess. Haben Sie das Tier schon mal gesehen?"

Ich schüttele den Kopf und will mitteilen, dass ich wohl nach dem Essen in den Genuss kommen werde. Doch sie lässt mich nicht zu Wort kommen.

„Princess hinten, Princess vorne. Sie hat einen", hebt sie untermauernd den künstlich verlängerten Zeigefinger, „einen einzigen Preis gewonnen, müssen Sie wissen. Und jetzt will er aus ihr einen Zuchthund machen." Empört wirft sie den Kopf in den Nacken. Ihr langes blondes Haar ergießt sich gepflegt gekurt über ihre Schultern. „Ich habe vier Titel geholt!"

„Und mit Ihnen wollte er nicht züchten?" Noch bevor ich den Satz zu Ende gesprochen habe, möchte ich im Erdboden versinken. Ich fürchte fast, das war jetzt das Unverschämteste, das ich je gesagt habe.

Die Blumentöpfin verzieht das Gesicht und ich bereite mich darauf vor, umgehend des Grundstücks verwiesen zu werden. „Wie, sagten Sie, ist Ihr Name?"

Da jetzt eh schon alles zu spät ist und ich keine Chance sehe, das wieder geradezubiegen, antworte ich ehrlich. „Ich sagte gar nichts. Sie haben mich noch nicht gefragt. Aber mein Name ist Charlotte Freund."

„Charlotte", echot sie. „Interessant."

Betreten starre ich zu Boden. Es wäre wohl besser, ich würde mir jetzt Otto schnappen und gehen. Apropos Otto. Wo steckt er überhaupt?

„Wie alt sind Sie, Charlotte?", fragt Ivana Blumentopf in einem Ton, der sofortiges Parieren fordert.

„Siebenunddreißig", antworte ich deshalb angriffslustig. „Und Sie?"

„Nicht ganz doppelt so jung." Sie scheint leicht verblüfft über meine unverfrorene Frage, wahrt aber dennoch ihre elitäre Haltung. „Verheiratet?"

„Nie gewesen."

„Wohl auch keine Kinder?"

„Doch", antworte ich automatisch. „Zwei."

Sie zieht erstaunt eine Augenbraue nach oben. Dachte nicht, dass das noch funktioniert. „Wie alt?"

„Zehn und siebzehn."

„Berufstätig?"

„Arbeitsuchend. Zurzeit." Wird das hier ein Verhör?

„Und wie ist Ihr beruflicher Werdegang?"

Obwohl ich nicht weiß, was es dieses chirurgische Wunder angeht, stehe ich ihr Rede und Antwort. „Ausbildung als Polizeikommissaranwärterin, nicht abgeschlossen wegen Mutterschutz. Aushilfe im Frisörsalon meines Bruders, Geburt meines zweiten Kindes. Anschließend ungelernte Kraft in einer kleinen Drogerie. Nichts, womit man prahlen könnte."

„Ich denke", merkt die andere Charlotte großmütig an, „zwei Kinder sind schon Grund genug, stolz zu sein. Alleinerziehend?"

„Jetzt ja."

„Und die Organisation funktioniert?"

Ihre Fragestellung widerstrebt mir. Entsprechend patzig antworte ich. „Frau von Bloomenthal. Ich habe innerhalb von drei Tagen meinen Mann, meine Wohnung und meinen Job verloren. Sogar mein alter VW Käfer ist mir verreckt. Nach einer Woche hatte ich einen Hund, einen Minivan und ein eigenes Häuschen für mich und meine Kinder. Ich möchte mich nicht als Organisationstalent bezeichnen. Aber bislang habe ich noch alles auf die Reihe bekommen. Reicht das?"

„Und ob das reicht." Charlotte von Bloomenthal verzieht keine Miene. Schätzungsweise kann sie das auch gar nicht mehr, oder nur noch eingeschränkt. „Helena", ruft sie gebieterisch, ohne ihren Blick von mir abzuwenden. „Holen Sie mal meinen Mann."

Das Hausmädchen pariert. Und das ganz ohne ein höfliches und kostenloses *Bitte*.

Wenige Augenblicke später kommt Ludwig, leger die Hände in den Taschen vergraben, auf uns zu. „Charlotte", ruft er gut gelaunt und ich überlege, welche von uns beiden er nun meint.

Er beantwortet meine Frage, indem er mich mit einer einladenden Handbewegung zum Mitkommen auffordert. „Sie können es wohl kaum erwarten, meine Princess zu sehen?"

„Deine Princess interessiert jetzt mal nicht", keift Frau von und zu. „Ich habe jemanden gefunden. Charlotte Freund ist geradezu prädestiniert. Sie ist nicht auf den Mund gefallen, hat Ausdauer, Durchhaltevermögen, einen starken Willen und die Fähigkeit, mit Extremsituationen umzugehen und Lösungen zu finden."

Die redet doch nicht wirklich gerade von mir?

Das Oberhaupt der Blumentöpfe zieht beide Augenbrauen nach oben. „Ist sie auch interessiert?"

Frau von Bloomenthal wirft mir nur einen kurzen Blick zu. „Sie ist nicht dumm, und sie weiß um ihre Verantwortung. Sie wird das Angebot annehmen."

„Ihre Vermutungen sind völlig legitim", sehe ich mich veranlasst, in das Gespräch einzugreifen, „solange es sich bei der Person, über die Sie gerade verhandeln, nicht um mich handelt. Ich bin nämlich anwesend, geistig zurechnungsfähig und kann sehr gut selbst entscheiden, was richtig und wichtig für mich ist." Ich rede mich gerade um Kopf und Kragen.

Ludwig verschränkt die Arme vor der Brust und sieht mich ernst an. „Haben Sie denn Interesse an einem Arbeitsverhältnis in meinem Verlag?"

Ich erwidere stumm seinen Blick.

„Das Organisationsmanagement ist ein knochenharter Job", fügt er einschärfend hinzu.

Ich schiebe trotzig das Kinn nach vorn. Alles muss ich mir nun auch nicht bieten lassen. Notfalls beginne ich noch mal eine Ausbildung. Und zwar in Leos Salon. „Habe ich denn eine Wahl?", knurre ich. „Als Frau eine Familie zu ernähren und das Dach über dem Kopf abzuzahlen, ist ebenso ein knochenharter Job."

Charlotte nickt ihrem Mann auffordernd zu.

„Könnten Sie sich vorstellen, für mich und mit mir zu arbeiten?"

„Könnten Sie sich das? Nach diesem Abend?"

Er tätschelt mir lachend die Schulter. „Ich kann mir vorstellen", meint er kopfschüttelnd, „dass es recht spannend wird."

KAPITEL siebenundvierzig

„Wo steckt eigentlich Aron?" Frau von Bloomenthal sieht über unsere Köpfe hinweg.

Ich kann mir bildlich vorstellen, wo er gerade drinsteckt.

Meine Sorge gilt jemand ganz anderem. „Wo ist Otto?"

Geschlossen machen wir uns auf die Suche, bis Ludwig vorschlägt, im Haus nachzusehen. Charlotte und ich steuern derweil das Gelände hinter der Villa an. Ich bin überwältigt von all der Pracht und Fülle des Gartens und muss immer wieder staunend innehalten, um exotische Blumen und Pflanzen zu bewundern.

„Ach, herrje!" Charlotte kann ihre Schadenfreude nur schwer verbergen. Grinsend deutet sie auf ein riesiges Loch, welches den Garten mit Princess' weitläufigem Zwinger untertunnelt.

„Ach, herrje!", entfährt es auch mir, deutlich schockierter, und ich schlage die Hände vors Gesicht.

Das war Otto. Die Beweislage ist erdrückend. An seinen Fußballen kleben Gras und Erde, die Schnauze ist dreckverschmiert. Das weiße Fell des Königspudels ist im Genick zerzaust. Ottos DNA klebt überall an Princess' Körper. Und dann noch dieser beseelte Gesichtsausdruck! Alle Indizien sprechen für ihn als Missetäter.

„Das war's dann wohl mit Zuchthündin?", kichert Charlotte eigentümlich rau.

„Das war's dann wohl mit meinem Job!" Ich bin den Tränen nah. Was für ein Desaster! Womöglich kommt jetzt noch eine Schadenersatzklage auf mich zu.

Ich setze mich auf den staubigen Boden und krame frustriert, deprimiert und resigniert nach meinen Kippen. „Darf ich?", frage ich anstandshalber, obwohl das nun auch egal sein dürfte. „Ich hab auch meinen Reiseaschenbecher dabei."

„Sowas gibt's?" Die Frau von Welt kennt eben auch nicht alles und nimmt neugierig neben mir Platz. Ihr Designerfummel dürfte damit ruiniert sein.

Ich biete ihr eine Zigarette an. „Ihr Mann wird mir den Krieg erklären, wenn er sieht, was Otto da angerichtet hat."

Charlotte lehnt sich zurück und bläst genussvoll den Rauch aus. „Glaube ich nicht. Er wird genug damit zu tun haben, mit mir zu schmollen, wenn er mich mit der Zigarette erwischt."

Ich ziehe erstaunt die Augenbrauen nach oben.

„Jetzt schau doch mal, die beiden", klingt sie plötzlich überraschend sanftmütig. „Wie glücklich und zufrieden sie beisammen liegen."

Otto und Princess geben tatsächlich ein rühriges Bild ab. Wie ein Liebespaar am Happy End eines *Rosamunde Pilcher* Films. Dennoch ist mir bewusst, dass mein Vollblutrüde einzig von seinem niederen Instinkt getrieben wurde. Kerl bleibt eben Kerl.

Als wir Schritte hinter uns hören, drückt Charlotte hektisch ihre Zigarette aus. Die Domina hat also doch einen Funken Respekt vor ihrem Gatten, grinse ich still in mich hinein.

„Mensch, Lotte", atmet Aron erleichtert auf. „Ich suche dich schon überall."

„Sicher." Ich drehe mich zu ihm um und schiele nach oben. „Mach bitte deinen Hosenstall zu."

Aron räuspert sich peinlich berührt und zurrt den Reißverschluss seiner Hose nach oben. Er setzt zu einer Erklärung an.

„Ich will nicht wissen, wo du warst", bremse ich ihn aus. „Geht mich nämlich gar nichts an."

„Aber darüber wollte ich doch mit dir reden."

Ich verziehe das Gesicht. „Hey, ich denke, du weißt schon, wie das geht. Und für alles andere gibt es die Aufklärungsrubrik in der *BRAVO*."

Charlotte verfolgt unsere Unterhaltung mit einem gewissen Maß an Verwirrung. „Habe ich hier irgendetwas nicht mitbekommen?"

Bevor wir darauf antworten können, fährt uns ein entsetzter Schrei durch Mark und Bein. Ludwig, der Blumentopf, mutiert zum Übertopf!

„Ach, du liebes Bisschen!", murmelt er zum wiederholten Male und marschiert im Stechschritt vor dem Zwinger auf und ab. „Wie konnte das nur passieren? Ach, herrje! Wenn das mal nicht Folgen hat!"

Otto und Princess sind von dieser Geländeübung wenig beeindruckt. Ich jedoch sehe bei dem Wort Folgen meinen Kontostand rasant noch tiefer ins Minus rutschen. Unfähig, mich zu rühren, beobachte ich Ludwigs Treiben wie ein Tennisspiel.

Nach rund zehn Minuten hat er eine Furche vor dem Zwinger gelaufen und Charlotte steht auf. Sie klopft sich den Staub vom Hinterteil und spricht aus angemessener Entfernung auf ihren Mann ein. „Schnuffel", säuselt sie. „Nun beruhige dich langsam wieder und sehe den Tatsachen ins Auge."

„Das habe ich bereits, Häschen", jammert er. „Meine preisgekrönte Königspudeldame wurde von einem wild gewordenen Labrador ohne Stammbaum gedeckt."

Wild geworden? Das kann ich doch nicht auf meinem Otto sitzen lassen. Wie von der Tarantel gestochen komme ich auf die Beine. „Mooooment!", werfe ich mit erhobenem Zeigefinger ein und stürme nach vorne.

Aron packt mich am Arm und reißt mich zurück. „Pscht!", zischt er. „Sie macht das schon. Ludwig ist sehr empfindlich, was seinen Pudel angeht."

„Und ich bin sehr empfindlich, was meinen Labrador angeht!", schnauze ich ihn an.

„Wozu braucht er denn auch diesen blöden Stammbaum?" Charlottes sonst so rauchige Stimme klingt plötzlich samtig weich.

Doch Ludwig geht gar nicht auf ihre Frage ein. „Wie konnte das passieren? Wie konnte er in so kurzer Zeit ein... ein solches Desaster anrichten?"

Sanftmütig streichelt sie ihm den Kopf. „Ach, Schnuffel. Du weißt doch, wie es ist. Liebe und Glück finden ihren Weg. Egal wie schwer oder uneben er ist. Manchmal sogar über Umwege."

Waren das etwa magische Worte? Die nur die beiden verstehen?

„Hach", seufzt Ludwig nämlich jetzt ergeben. „Du hast ja Recht, Häschen. Was Gott verbindet, soll der Mensch nicht trennen."

„Heißt das nicht eher", runzele ich nachdenklich die Stirn, „was Geilheit verbindet, soll der Züchter nicht trennen? Und vielleicht haben wir damit ja eine neue Rasse entdeckt? Den *Labradoodle*?"

Aron verdreht amüsiert die Augen. „Du bist echt... mir fehlen die Worte."

„Das ist es!" Ludwig eilt auf mich zu, packt mich an den Armen und rüttelt mich leicht.

Ich halte die Luft an.

„*Labradoodle*", wiederholt er meine ersponnene Rassebezeichnung. „Ich wusste doch gleich, dass mir da etwas in Erinnerung war."

„Jaja." Charlotte zieht mit dem Zeigefinger ihr Augenlid nach unten. „Und die Furche dort hast du nur zum Nachdenken gezogen."

„Den Labradoodle gibt es erst seit etwa fünfzehn Jahren. Er wird vorwiegend als Blindenführhund eingesetzt."

Mir klappt die Kinnlade nach unten. Ich hab nichts erfunden. Schade eigentlich...

Ludwig geht völlig in seiner Begeisterung auf. Fast plastisch schildert er uns die Vorzüge dieser noch nicht offiziell anerkannten Rasse. „Da er augenscheinlich das Pudelmerkmal des fehlenden

Haarwechsels aufweist, ist er sogar für Allergiker geeignet. Charlotte, das ist groooß-aaar-tig! Wieso bin ich nicht gleich darauf gekommen?"

„Schnuffel", erinnert ihn die andere Charlotte, „weil du viel zu sehr damit beschäftigt warst, dich über dieses ungeziemte Verhalten aufzuregen."

„Ach!", tut er es mit einer Handbewegung ab. Er legt zufrieden lächelnd seinen Arm um meine Schulter. „Dafür sollte ich Ihnen gleich eine Gehaltserhöhung geben, Charlotte."

„Herr und Frau von Bloomenthal?" Mit Demut in der Stimme spricht die Haushälterin das Paar an. Ich schiele in Erwartung einer irgendwie gearteten Reaktion zu Aron. Doch sein Gesicht bleibt ausdruckslos.

„Die Gesellschaft vermisst Sie bereits."

„Warum sagt sie nicht einfach *Hey, Chef. Deine Leute warten?*", flüstere ich Aron zu.

Er lacht.

Ludwig auch. „Stimmt. Würde ich ja auch verstehen." Mit diesen Worten hakt er sich bei mir und seiner Frau ein und stolziert so bestückt zurück zum Mittelpunkt der Festivität.

Inzwischen hat auch Otto die moralisch vorgeschriebene Kuschelzeit hinter sich gebracht. Er gähnt und räkelt sich ausgiebig, bevor er befriedigt hechelnd durch das Loch zurück in die Freiheit robbt.

„Braver Junge. Fein gemacht!" Ludwig krault ihn zufrieden hinter den Ohren.

KAPITEL achtundvierzig

Noch eine Stunde später beglückt der stolze Neuzüchter seine Gäste mit ausschweifenden Berichten über den Labradoodle. Otto ist umringt von Neugierigen, Interessierten und sicher auch ein paar Arschkriechern, und fühlt sich labrapudelwohl.

„Irgendwie hatte ich mir das anders vorgestellt", seufzt Charlotte und tut mir fast schon leid. Sie nippt an ihrem Champagner und sieht angespannt auf die Uhr.

Einen Augenblick lang fühle ich mich mitschuldig. Schließlich ist es *mein* Hund, der die Pudeldame geschwängert hat. Was allerdings nicht wirklich viel an der gegenwärtigen Situation geändert hat. Das unerwartete Tête-à-Tête wirkte nur beschleunigend darauf ein.

Von einem Anflug schlechten Gewissens geplagt, mische ich mich unter die Menge. Ich fühle mich nicht mehr ganz so unsicher, geschweige denn deplatziert, und strahle das auch aus. Es dauert nicht lange und ich bin in so viele Gespräche verwickelt, dass ich höllisch aufpassen muss, mich bei den Themen nicht zu verheddern. Da das eine oder andere Missverständnis dennoch nicht abzuwenden ist, gibt es immer wieder Anlass zu ausgelassenem Gelächter.

„Lotte!" Aron zieht mich mitten aus einem angeregten Gespräch über die fiktive neunundsiebzigste Fortsetzung von *Harry Potter.* „Ich brauch deine Hilfe." Er schlingt seinen Arm um meine Taille, zieht mich näher an sich heran und streichelt meine Wange.

„Was soll das?"

„Lotte..." Seine Lippen berühren mein Ohr.

„Hast du sie nicht mehr alle?"

„Bitte spiel mit", fleht er. „Tu mir den Gefallen." Er küsst meinen Hals.

Charlotte kommt auf ihrem Weg zum Buffet an uns vorbei und kratzt sich verwirrt den Kopf.

Ich mache mich von Aron los. „Was ist das für ein Spiel?"

Er räuspert sich und schielt zur Seite.

Ich folge seinem Blick. Zu dieser späten Stunde scheint noch ein weiterer Gast eingetroffen zu sein. Ludwig begrüßt ihn herzlich.

Aron legt seinen Zeigefinger unter mein Kinn, hebt es an und küsste mich.

„Sag mal, hast du sie noch alle?", brause ich auf und verschränke verschnupft die Arme vor der Brust. „Versprichst du dir davon eine Beförderung, oder was?"

Plötzlich überzieht ein Kribbeln meinen Nacken und wandert mein Rückgrat hinab, um sich auf meiner Hüfte zu ergießen. Mein Herz schlägt schneller, ich drehe mich um. Und da steht er. Rund hundertfünfzig Menschen um ihn herum und doch ganz allein. Das Mondlicht schimmert auf sein Haar und wirft einen geheimnisvollen Schatten auf sein Gesicht.

Miro.

Wie der Blitz schießt Otto aus irgendeiner Ecke des Gartens an uns vorbei (ich kann direkt den Fahrtwind an den Beinen spüren) und geradewegs auf Miro zu. Schon Meter vor ihm setzt er zum Sprung an und landet mit den Vorderpfoten passgenau auf seinen Schultern. Miro kommt nur unwesentlich ins Strauchleln. „Hey, mein Freund. Nicht so stürmisch!"

Aron nimmt die Situation mit einer gewissen Verwirrung zur Kenntnis.

Ich räuspere mich und reibe mir nervös den Nacken.

„Das ist Miro", sagt Aron überflüssiger Weise. Aber das kann er ja nicht wissen. „Dein Hund fährt ja voll auf ihn ab?"

„Hm", erwidere ich nur und stiere weiter angestrengt auf meine Füße. Neben diesen taucht bald ein weiteres Paar auf. Ich wage nicht, aufzublicken.

„'nabend."

„Hey, Alter!" Aron und Miro begrüßen sich schulterklopfend. „Lange nicht gesehen."

„Viel zu tun", vernehme ich Miros gutturale Stimme. Er klingt wie ein Rockstar.

„München?"

„Jepp."

Aron legt seine Arm um meine Schultern. „Miro, das ist..."

„Hallo, Charlotte", unterbricht er ihn, die Hände tief in die Taschen seiner Leinenhose vergraben.

„Hi, Miro." Ich habe einen Frosch im Hals.

Unsere Blicke verbeißen sich ineinander. Einen Moment bleibt mein Herz stehen und kommt nur holpernd wieder in Gang. Er sieht müde aus. Um seine Augen haben sich dunkle Ringe gebildet, und ein, zwei Falten mehr glaube ich ebenfalls zu erkennen.

„Ihr kennt euch?", fragt Aron erstaunt.

„Ja."

„Nein."

„Flüchtig."

Aron hebt mit verzweifelter Geste die Hände. „Was nun?"

„Vom Joggen."

„Vom Frisör." Klar, das mit der verpatzten Frisur musste ja kommen. Miro krault Otto hinter den Ohren. Der klebt an seinem Bein wie eine Hämorrhoide.

„Was für ein Zufall."

„Es gibt im Leben keine Zufälle", spricht Miro meine Gedanken laut aus. Dabei sieht er seinem Freund fest in die Augen. „Wie war dein Urlaub?"

Arons Gesicht erstarrt zu einer Maske. „Okay."

„Hmhm."

Verwirrt schaue ich abwechselnd von Aron zu Miro. Was geht denn hier ab?

Als Arons Handy klingelt zuckt er zusammen, als hätte ihn eine Wespe gestochen. „'tschuldigung", sagt er mit Blick auf das Display und entfernt sich von uns.

„Was tust du hier?"

Miro macht ein lässiges Hohlkreuz. „Das frage ich dich. Obwohl... denke, das hat sich erübrigt." Er sieht demonstrativ in die andere Richtung.

„So?" Ich ziehe die Augenbraue nach oben. „Wie wäre es dann mit einer Erklärung deinerseits?" Das war jetzt mutig. Dennoch zittern meine Beine wie verrückt, als er sich langsam zu mir umdreht.

„Charlotte..."

„Leute", prescht Hubert, einer der Lektoren, die ich heute bereits kennengelernt habe, dazwischen. Er hat gut einen im Tee. „Kennt Ihr den schon? Trifft Rotkäppchen den bösen Wolf im Wald und fragt..."

„Warum hast du so große Augen?", fährt Miro gelangweilt fort.

Hubert lässt sich nicht beirren. „Da sagt der Wolf..."

„Nicht mal in Ruhe kacken kann man!" Ich kenne den Witz auch schon.

Hubert schüttet sich aus vor Lachen. Er schlägt mir auf die Schulter und ich taumle nach vorn.

Miro fängt mich auf. Nicht zum ersten Mal, schießt es mir durch den Kopf.

„Hoppla!" Aron verschränkt die Arme vor der Brust. „Lernt ihr euch gerade näher kennen?"

„Ich wollte mich gerade verabschieden", antwortet Miro unterkühlt und schiebt mich von sich weg.

„Ach!", gifte ich. „Das kannst du?"

Er schließt die Augen, schiebt das Kinn vor und atmet hörbar aus. „Schönen Abend noch."

„Mach's gut, Alter", ruft Aron ihm nach. „Wir hören voneinander."

Miro hat sich bereits im Rückwärtsgang von uns entfernt. Er hält zum Abschied beide Handflächen nach oben, dreht sich um und verschwindet im Dunkel der Nacht.

„Sag mal", kratzt Aron sich hinter dem Ohr, „was ging denn zwischen dir und Miro ab?"

Mir schießt das Blut in den Kopf. „Wieso?", schnappt meine Stimme über.

„Ihr wart... irgendwie komisch."

„Pah!" Ich ringe mit meiner Fassung. „Möchte lieber wissen, was bei dir abging? Das war nämlich gar nicht komisch." Ich hoffe, so geschickt vom Thema abzulenken.

„Na ja, darüber wollte ich ja mit dir reden."

„Na, da bin ich aber mal gespannt." Ich folge Aron zu der etwas abseits gelegenen, überdachten Schaukelsitzbank, auf der die komplette Nationalmannschaft Platz hätte.

„Ich habe vorhin mit Aisha telefoniert", beginnt er, nachdem wir es uns auf den weichen Polstern bequem gemacht haben. Das heißt, ich habe es mir bequem gemacht. Aron sitzt nach vorn gebeugt, die Unterarme auf die Oberschenkel gelehnt, leicht verkrampft neben mir. „Wir... wir hatten ja dann noch 'ne Woche in der Türkei."

Ich kann mir schon denken, was kommt. Da Aron jedoch nicht weiterspricht, schubse ich ihn ein bisschen: „Und weil ihr beide so einsam wart, hast du deine Vorsätze über Bord geworfen und die Tochter deines besten Freundes..." Den Rest des Satzes erspare ich mir – und ihm.

Aron schaut ertappt zu Boden. „Ich hatte das echt nicht vor. Glaube mir bitte, Lotte."

„Hey, das ist nicht mein Problem. Und wissen muss es doch schließlich auch keiner. Vor allem nicht ihr Vater."

„Wir... wir treffen uns heimlich."

„Ach", schaue ich amüsiert auf. „Daher die offene Hose heute Abend?"

Aron räuspert sich und schweigt.

„Aron", frage ich nach einer Minute. „Das ist nicht nur 'ne Bettgeschichte?"

„Ich hab... wir...", druckst er herum. Dann sieht er mich mit Verzweiflung im Blick hilfesuchend an. „Sie ist eine tolle Frau."

„Ja. Dann hast du jetzt ein Problem."

„Scheiße!", stößt Aron aus. „Weißt du, Aisha bedeutet mir wirklich etwas. Viel. Aber..."

Ich stecke eine Zigarette an und reiche sie ihm. „In Begeisterungsstürmen wird ihr Vater sicher nicht ausbrechen. Aber dein Ding wird er dir auch nicht gleich abschneiden. Ich bin mir sicher, auch er ist lernfähig und..."

„Weißt du überhaupt, wie verbohrt der ist?", unterbricht mich Aron erregt.

Nein, weiß ich nicht.

„Seit sieben Jahren hatte er keine Frau mehr. Und auch keine..." Er macht eine eindeutige Handbewegung. „Du weißt schon."

Ich weiß mehr, als du denkst, signalisiert mein Hirn. Unwillkürlich klemme ich die Hand zwischen meine Oberschenkel. Er hatte einfach nur Überschuss! Ich war nichts weiter als ein überfälliger Fick! Mein Mageninhalt drängt nach oben.

„Wenn er erfährt, dass Aisha und ich... dann ist aber was gebacken."

Ich versuche, den Würgereiz zu unterdrücken. „Und deshalb soll ich jetzt als Alibi herhalten? Du spinnst ja!"

„Bitte, Lotte", fleht Aron. „Nur so lange, bis sich eine gute Gelegenheit ergibt, mit ihm zu reden."

Ich lege nachdenklich die Stirn in Falten. Wieso soll ich Aron nicht diesen Gefallen tun? Ich könnte selbst einen Nutzen daraus ziehen, indem ich Miro beweise, dass auch er nicht mehr als nur eine Gelegenheit für mich war und ich ihm keine Träne nachweine.

KAPITEL neunundvierzig

Es ist natürlich nicht wahr, dass ich Miro keine Träne nachweine. Trotz unserer etwas frostigen Begegnung auf der gestrigen Feier fühlte ich mich in seiner Anwesenheit ausgefüllt, irgendwie komplett. Als er das Fest und somit mein Blickfeld verlassen hat, war es, als ginge ein Teil von mir. Selbst Otto lag den Rest des Abends winselnd zu meinen Füßen.

„Das ist ja sooo geil! So geil! So geil! So geil!" Carla hat mich bei den Händen gepackt und tanzt mit mir durch die Boutique. „Du hast einen Job! Du hast einen richtig festen Job!"

„Mach mal halblang", bremse ich sie in ihrer Euphorie. „Noch habe ich den Arbeitsvertrag nicht in der Hand. Und pass gefälligst mit der Deko auf."

Heute Abend startet die Einweihungsfeier. Wir haben den ganzen Vormittag damit verbracht, den Laden zu schmücken und auf dem dazugehörigen Parkplatz Tische und Bänke zu stellen. Das Pavillon haben wir mit Sams Hilfe aufgestellt, Lampions angebracht und den Kühlwagen gut gefüllt. Vivi hat einen prima Partyservice engagiert und über einen ehemaligen Kunden aus der Drogerie kam ich zu einem preiswerten DJ.

„Und dann machst du den Alten auch gleich noch zum Opa", kichert Carla.

Ich ziehe eine Grimasse. „Also wenn, dann eher zum Papa. Und dann ist es nicht mein Verdienst, sondern Ottos. Dem frühreifen Früchtchen", füge ich hinzu.

„Ist doch auch egal", winkt Carla ab. „Jetzt erzähl mir lieber noch mal die Story von Aron und Aisha."

„Da gibt's nicht mehr zu erzählen. Ich denke, die beiden sind echt verknallt ineinander und wissen nicht, wie sie das ihrem Vater beibringen sollen. Immerhin ist, 'tschuldigung, war Aron bislang kein Kind von Traurigkeit."

„Na, schwiegermuttertauglich ist er wirklich nicht."

„Gewesen", füge ich hinzu.

Carla sieht aus, als hätte sie auf eine Zitrone gebissen. „Hallo? Du sollst ihm das Alibi geben, weil er nicht genug Eier in der Hose hat, seinem besten Freund zu gestehen, dass er seine Tochter vögelt? Wie mutig ist das denn?"

Ich antworte nicht.

„Nee, ne?" Carla schiebt mir eine Zigarette in den Mund und steckt sich selbst eine an. „Du wirst doch nicht...? Du willst Stahl eins auswischen?", schlussfolgert sie. „Das kommt dir doch gerade Recht?"

„Irgendwie schon."

Carla grinst verschwörerisch. „Du kleines Miststück."

Für den Abend habe ich mich selbst am Getränkeausschank eingeteilt. Vivi wird mir dabei zur Seite stehen. Da Leni und Yash bereits einen enormen Teil zum Buffet beigetragen haben, verweigern wir jetzt beharrlich jede weitere Mithilfe. Sie sollen sich einfach nur amüsieren können.

„Hi, Lolo", küsst Vivi mich freundschaftlich auf den Mund. „Wir zwei Süßen schaukeln den Laden heute, was?"

Ich nicke erwartungsfroh und überprüfe noch einmal die Funktionsfähigkeit der Zapfanlage.

Nach weniger als zwei Stunden ist die Feier so gut besucht, dass keine Sitzplätze mehr frei sind. Carla ist überglücklich. Jeder Besucher ist ein potentieller Kunde.

Trotz des Ansturms bewahren Vivi und ich die Ruhe. Wir arbeiten Hand in Hand, alles klappt wie am Schnürchen. Hinter der Theke sind wir ein eingespieltes Team. „Wärst du nicht so verdammt hetero", meint Vivi augenzwinkernd, „würde ich dich auf der Stelle heiraten."

„Klar", grinse ich. „Damit ich wenigstens auch mal verheiratet war."

„Na ja..." Sie nickt in Carla und Leos Richtung. „Da hat sich's Dranbleiben ja auch gelohnt."

„Dranbleiben lohnt eben." Aron beugt sich über die Theke und gibt mir einen Kuss. Er spielt echt das volle Programm. Nur einen Meter hinter ihm steht Miro. Er verzieht keine Miene.

Ich grüße ihn bemüht beiläufig und verschwinde wieder hinter der Zapfanlage. Scheiße, sieht er gut aus. So schön ich ihn in Erinnerung hatte, übertrifft er heute Abend meine kühnsten Vorstellungen.

Aron ordert zwei Bier bei mir, während Vivi und Miro ins Gespräch kommen. Ich versuche, zu verstehen, was die beiden reden. Doch die Gäste sind durstig und fordern meinen vollen Einsatz – und den Vivis jetzt noch dazu.

„Sag mal", frage ich Aron zu fortgeschrittener Stunde. „Was verträgst du eigentlich so?" Ich habe keine Ahnung, wieviel Bier er inzwischen getrunken hat.

Vivi hat ihren Job nach Miros Auftauchen nur sehr halbherzig erledigt. Ich frage mich, ob auch sie ernsthaft in Erwägung zieht, erneut die Fronten zu wechseln. Ein Funken Eifersucht kocht in mir hoch.

„Ned so vil", nuschelt Aron plötzlich schwäbisch akzentuiert und seufzt schwer.

Ich schiebe ihm ein trockenes Brötchen und ein Glas Wasser über den Tresen.

„Hey, Baby." Sam kommt hinter den Ausschank, legt seinen Arm um mich und gibt mir einen freundschaftlichen Kuss. Aus dem Augenwinkel glaube ich zu bemerken, dass Miro uns beobachtet. „Macht Feierabend. Mara und ich übernehmen."

Ich werfe einen Blick auf die Uhr. „Quatsch. Das klappt schon ganz gut hier."

„Baby", lehnt Sam seine Stirn an meine und sieht mich eindringlich an. „Hör nur *ein Mal* auf mich, ja?"

„Na, gut." Seufzend schenke ich das letzte Glas Bier aus und komme hinter dem Tresen hervor. Vivi verpasse ich einen auffordernden Schubs. „Sag mal, worüber quatschst du denn so lange mit ihm?", zische ich ihr zu.

„Sorry, Süße", erwidert sie mit vor Anstrengung verzerrtem Gesicht, „muss dringend aufs Klo."

Ich runzle beleidigt die Stirn und eile zu meinen Eltern, die gerade im Aufbruch sind.

„Also, Carla ist wirklich ein Naturtalent", schwärmt meine Mutter und deutet verheißungsvoll auf die Einkaufstüte in ihrer Hand. „Hat sie mir zur Anprobe mitgegeben."

Ich nicke und schiele über meine Schulter. Aron kann sich kaum mehr auf den Beinen halten. Wild gestikulierend unterhält er sich mit Miro.

„Na, der hat ja auch gut getankt", stellt Papa richtig fest. „Dann wünsch ich dir mal noch einen schönen Abend, meine Kleine." Er küsst mich zum Abschied.

Ich gehe in die Hocke und verabschiede mich von Paul. „Schlaf schön, mein Schatz."

Mama streichelt mir über die Wange. „Viel Spaß noch. Und ruf mich gleich morgen früh an. Lilli hat mir gar nicht gefallen."

Ich verspreche es. Obwohl ihre Sorge völlig unbegründet ist. Lilli ist schwanger und ihre Hormone voll auf Harmonie programmiert. Sie und Tim haben die Feier mit Otto bereits kurz vor Miros und Arons Eintreffen verlassen.

„Mama, da ist ja Miro!" Paul hat ihn im Gedränge eben erst bemerkt. Doch bevor er zu ihm laufen kann, halte ich ihn fest.

„Lass mal, Schätzchen", bitte ich. „Das ist wohl gerade ein sehr wichtiges Gespräch."

Enttäuscht, aber verständig nickt mein Sohn und winkt zum Abschied.

Als ich mich wieder umdrehe, hat Miro die Arme auf dem Tresen verschränkt und stiert in das Bierglas vor sich. Aron torkelt relativ orientierungslos auf mich zu. „Sch-sch-schöne Sch-sch-schoiß", lallt er und hält sich an mir fest. Unter seinem Gewicht breche ich fast zusammen. „Warte mal..." Er legt seinen rechten Arm stützend auf meine Schulter und zurrt mit der linken Hand seinen Reißverschluss auf. „Kannsssch mol nachgugga?"

„Ob ich was kann?"

Aron seufzt schwer. „Ob mai Ding no dran isch."

„Hast du 'nen Schaden?", blaffe ich ungläubig an. „Ich guck dir doch nicht in die Hose!"

Sein Gesicht kommt näher und er grinst frech. „Kannsssch ja auch fühla."

„Du hast echt einen an der Waffel, Aron", knurre ich. „Ich guck dir jetzt nicht rein und später auch nicht. Was soll das überhaupt? Hast du's ihm gesagt, oder was? In diesem Zustand?"

„Jepp!"

„Und wie hat er reagiert?"

Aron nimmt mein Gesicht in beide Hände und drückt seine Nasenspitze gegen meine. „Er hedd gsagd, wenn i ihr weh due, bringd er mi um ond lässchd's wie 'n Ummmfall aussehha."

„Unfall", wiederhole ich und schaue zu Miro. Er hat sich inzwischen umgedreht und fixiert uns mit versteinertem Blick. Meine Beine geben langsam nach.

„Mensch, Aron", schimpft Leni und eilt herbei. „Du koschdeschd mi wirklich no den ledschda Nerv!"

Yash nimmt mir das lallende Etwas ab.

„Danke", keuche ich und fühle mich erleichtert.

Yash nickt auffordernd in Miros Richtung.

Ich zögere einen Moment. Dann hole ich tief Luft und gehe langsam zum Tresen. Ich stelle mich nur einen halben Meter von Miro entfernt. „Sam? Einen Asbach-Cola, bitte."

„Zwei." Miro hebt die Hand und hält Zeige- und Mittelfinger nach oben. „Bitte."

Sam zieht vielsagend die Augenbrauen nach oben, als er uns die Getränke serviert.

„Schmeckt scheußlich, wird aber mit jedem Glas besser." Gott, was für ein erbärmlicher Versuch, Smalltalk zu halten.

Miros Mundwinkel zuckt leicht. „Stimmt."

Schweigend trinken wir aus. Ich warte. Ich warte auf ein Wort. Irgendein Wort. Aber es kommt nichts. Er schweigt und starrt in sein Glas. Enttäuscht schiebe ich meines von mir und wende mich zum Gehen.

„Was für ein Spiel sollte das sein?"

Ich halte inne. „Spiel?", frage ich, ohne mich umzudrehen.

Miro ist aufgestanden und steht nun unmittelbar hinter mir. Er beugt sich ein wenig hinab, sodass seine Lippen dicht an meinem Ohr sind. Ich spüre seinen Atem und mir wird heiß und kalt zugleich. Meine Beine zittern. „Spiel", wiederholt er rau. „Oder warum solltest du den Inhalt seiner Hose überprüfen?"

„Mach mal halblang", wende ich mich ihm zu. „Der Junge hat einen Höllenrespekt vor dir. Er hätte deine Tochter nie angerührt, wenn er sie nicht wirklich von Herzen lieben würde. Was für ein Arschloch er bislang auch – zumindest im Umgang mit Frauen – gewesen sein mag. Er hat Schiss vor dir."

„Vor mir?", wiederholt Miro und zieht ungläubig die Augenbrauen nach oben.

„Ja", fauche ich. „Dass du ihm deswegen sein Ding abschneiden würdest."

Er lacht verächtlich auf. „Was ist denn das für ein Schwachsinn?"

Ich komme mir vor wie eine Vollidiotin. Eine Vollidiotin, zu der *er* mich gemacht hat.

Ohne ein weiteres Wort dreht Miro sich um und geht.

Wütend laufe ich ihm nach. „Miro! Verdammt!"

Doch er bleibt nicht stehen. Er reagiert überhaupt nicht.

„Wer ist das größere Arschloch von euch beiden?", brülle ich ihm hinterher. „Du fickst mich und hast dann nicht einmal den Anstand, geschweige denn, den Mumm, dich von mir zu verabschieden! Selbst jetzt nicht mal!"

Einen kurzen Moment hält er inne. Dann schüttelt er den Kopf und läuft weiter.

„Kind!" Meine Mutter schlägt entsetzt die Hände vors Gesicht. „Woher hast du nur diese Ausdrucksweise?"

Völlig desorientiert starre ich sie an.

„Ich habe meine Handtasche vergessen", erklärt sie und packt mich am Handgelenk. „Aber wie, zum Teufel, kannst du deine gute Kinderstube vergessen? Und wer ist dieser Mann? Und warum hast du mit ihm geschlafen?"

Ich verziehe argwöhnisch das Gesicht. Wie kommt man denn auf so eine Frage? „Ich war besoffen und bekifft", wettere ich. „Und dieses verdammte Arschloch hat mir das Herz gebrochen!" Dieses Geständnis ist jetzt selbst mir zu viel. Unvermittelt breche ich in Tränen aus.

„Ach, mein Mädchen", nimmt Mama mich tröstend in den Arm. „Mein armes, kleines Mädchen."

Mein Handeln wird derzeit von Murphys Gesetz beherrscht: „If there's more than one possible outcome of a job or task, and one of those outcomes will result in disaster or an undesirable consequence, then somebody will do it that way". Wenn es zwei oder mehrere Arten gibt, etwas zu erledigen, und eine davon kann in einer Katastrophe enden, so wird jemand diese Art wählen. Ich übersetze mal frei: Wenn's scheiße läuft, dann gleich richtig scheiße...

KAPITEL fünfzig

Ein guter Freund vertreibt hundert Sorgen. Sechs gute Freunde vertreiben demzufolge sechshundert Sorgen. Und ich habe das Gefühl, genau so viel Arme schlingen sich gerade um mich. Carla, Leo, Leni, Yash, Sam und Vivi sind mein ganz persönliches Krisenbewältigungs- und Tröstkommando. Und Mama sorgt derweil für meine Ehre.

„Meine Tochter hat ihr Leben lang geackert wie ein Gaul", erklärt sie zu meinem großen Entsetzen den noch verbliebenen Gästen lautstark. „Sie hat zwei wunderbare Kinder großgezogen und die Familie alleine ernährt. Vor einem halben Jahr hat der Vater sie aus heiterem Himmel sitzen lassen, sie hat die Wohnung und ihren Job verloren und trotzdem nicht aufgegeben!"

„Mama!", heule ich auf. „Sei still!"

Doch meine Mutter zeigt sich wenig beeindruckt von meiner Bitte. Ihr Publikum nimmt teils belustigt, teils empört, jedoch überwiegend mitfühlend interessiert ihre Schilderungen zur Kenntnis. „Sie hat sogar einen Findelhund aufgenommen!", sagt Mama nicht ohne Stolz über meine selbstlose Lebenseinstellung und holt tief Luft. „Meeeiiine Tochter hat innerhalb weniger Tage ihrer Familie ein neues Dach über dem Kopf verschafft. Sie hat meinem homosexuellen Sohn mit ihrer besten Freundin verkuppelt, ein großartiges Jobangebot bekommen, wird bald selbst Oma und... und... und ist überhaupt", schluchzt sie, „die beste Tochter der Welt.

Zwanzig Jahre war sie treu. Und kein Mann... hören Sie? Kein Mann hat das Recht, ihr einfach so das Herz zu brechen!"

Wir starren sie mit offenem Mund an.

„'dschuldigung", wirft Aron mit erhobenem Zeigefinger ein und wankt auf meine Mutter zu. „I glaub, i bin dro schuld."

Der Kopf meiner Mutter fährt herum, sie blitzt ihn wutentbrannt an, holt aus und scheuert ihm eine. Mitten ins Gesicht. Sofort beginnt Arons Wange zu leuchten wie eine rote Ampel.

„Ach, du Scheiße!", japse ich und laufe hinter den Tresen. Rasch wickele ich Eiswürfel in ein Geschirrtuch und presse sie Aron an die Wange.

„Sehen Sie!" Meine Mutter stemmt die Fäuste in die Hüften. „Sag ich's doch!"

Kopfschüttelnd entschuldige ich mich bei Aron für ihr Benehmen. „Tut mir so leid, Aron. Sie muss da was verwechselt haben."

„Had sie ned." Er verzieht schmerzend das Gesicht. „Abr oi gansss schöna Batsch."

„Tja", ziehe ich die Schultern nach oben. „Wer hat das nicht?"

Aron verdreht die Augen.

Inzwischen sind Carla und Vivi damit beschäftigt, meine Mutter zu besänftigen. Leni bittet die Gäste um Verständnis für die Situation und wird dabei von Yash synchronisiert. Wenn sie nervös oder erregt ist, wird ihr Schwäbisch schon hektisch. Da versteht kein Mensch mehr, was sie sagt. Leo schlägt immer wieder die Hände über dem Kopf zusammen und murmelt in einem fort: „Ach, Gott! Ach, Gott! Ach, Gott!"

Wäre die Situation für meine Seele nicht so dramatisch, würde ich jetzt lachen.

„Baby..." Sam nimmt mich in den Arm und streichelt beruhigend über meinen Rücken. „Warum hast du mir denn nichts gesagt?"

Wir setzen uns zu Aron an den Tisch. Er sieht aus wie ein verschossener Elfmeter. Nachdem sich meine Mutter endlich und auch nur unter Androhung roher Gewalt (wozu wir natürlich niemals in der Lage wären!) von uns verabschiedet hat und der Rest der

Gesellschaft ebenfalls aufgebrochen ist, serviert Mara die angebrochenen Spirituosen und eine Ladung Gläser auf einem Tablett und nimmt ebenfalls Platz. Der Rest der Truppe folgt.

Ich kämpfe schon wieder mit den Tränen. Wenn es vielleicht irgendwo oder irgendwann noch eine Chance für Miro und mich gegeben hat, dann habe ich sie mit diesem peinlichen Auftritt nun völlig verbockt.

Sam stupst mich mit der Schulter an. „Soll ich ihn verkloppen?"

„Krmpf!", mache ich. Er schafft es doch immer wieder, mich zum Lachen zu bringen. „Nee, lass mal. Falls nötig, werde ich schon Gelegenheit dazu haben."

„Wie haschd du des vorhin eigendlich gmeind?" Leni sieht ihren kleinen Bruder streng an.

Aron schaut betroffen zu Boden und greift dann nach meiner Hand. „Lotte, jetzt weiß ich, dass das alles meine Schuld ist."

„Wovon, zum Teufel, redest du?" Ich schenke uns allen Nusslikör ein. Außer Aron, der bekommt nur noch Wasser.

Überraschend nüchtern begründet er seine Aussage. „Miro ist echt der beste Freund, den ein Mann haben kann."

„Aber keine Frau?", giftet Carla.

„Wirklich", beteuert Aron und setzt sich aufrecht. „Ich habe ihm von meiner Traumfrau erzählt."

„Und das war meine Schwester?" Leo zieht stolz die Augenbrauen nach oben, als Aron bestätigend nickt.

„Ich habe ihm erzählt, wie viel mir diese Frau bedeutet..."

„Aber nicht, wer diese Frau ist?", schlussfolgert Mara.

Leni runzelt nachdenklich die Stirn. „Des hedd er erschd gmergd, als du uns in der Tierkei agrufa haschd. Ond nachdem..."

„...er unser Lottchen in den achten Himmel..." Carla kann es sich einfach nicht verkneifen.

„Echt?" Aron sieht mich mit weit aufgerissen Augen an. „Ist er sooo gut?"

Ich zeige ihm den Vogel. Er wird doch nicht allen Ernstes glauben, dass ich mich jetzt auch nur mit einem Wort darüber auslasse.

Die Runde diskutiert, mutmaßt, fachsimpelt und schlussfolgert. Ich sitze unbeteiligt daneben und bin zu nichts mehr fähig, was auch nur den geringsten Gebrauch meiner grauen Zellen erfordert.

„Fassen wir also mal zusammen", verschafft sich Leo nun das allgemeine Gehör. „Aron und Miro sind beide unsterblich in meine kleine Schwester verliebt."

Ich werfe ihm einen distinguierten Blick zu. Jetzt kommt wohl wieder die Rosamunde Pilcher in ihm raus. Nur mit weniger Landschaftsaufnahmen und mehr surrealer Theatralik.

„Beide sind in Unkenntnis darüber, dass es sich um ein- und dieselbe Frau handelt. Miro hat jedoch, bitte verzeih meine Offenheit, liebster Aron", er klopft ihm mitleidig auf den Oberschenkel, „das Herz meiner Kleinen gewonnen und die wohl ungeheuerlichste Liebesnacht auf diesem Planeten mit ihr verbracht."

Ich stöhne und stütze mich mit der Stirn auf meiner Hand ab.

„Du kündigst tags darauf telefonisch deine Ankunft im Hotel an und signalisierst dein eindeutiges Interesse an Lotte. Miro versteht plötzlich, dass deine Traumfrau auch die seine ist und befindet sich nun in einem furchtbaren Gewissenskonflikt, da er sich dir gegenüber verantwortlich fühlt."

„Sag mal, Brüderchen. Hast du den Schlag nicht gehört?"

Und bin ich hier eigentlich die einzige, der dieses gestochene Geschwafel auf den Geist geht?

„Lass!", zischt Carla. „Seine Theorie ist gut."

„Schdimmd!", wirft nun auch Leni ein. „Er woiß, dess er sowas wie a Vorbild für Aron ischd ond fühld sich deswega verandwordlich für ihn. Irgendwie hald."

„Und nach dieser Erkenntnis schuldig", meint Mara.

Sam nickt. „Als ob er seinen besten Freund hintergangen hätte."

„Also lässt er ihm den Vortritt", folgert Yash, „und zieht sich sofort zurück."

„Schön blöd", knurrt Vivi. Sie schüttelt den Kopf und füllt unsere Gläser auf.

Sam verzieht das Gesicht. „Finde ich jetzt nicht." Er leert sein Glas in einem Zug. „Du, Baby", sagt er dann an mich gewandt, „hast sein Verhalten allerdings in den völlig falschen Hals gekriegt."

„Und dann kam noch dieses scheiß Spiel dazu", klagt Carla.

„Was für 'n Spiel?" Neugierige Köpfe schießen nach vorne.

Aron greift nach der Barcadiflasche. „Ich habe Lotte gebeten, so zu tun, als seien wir ein Paar, damit Miro nicht merkt, dass ich mit Aisha..."

„Du bischd so oi Dreggsau", empört sich Leni.

Ich sehe mich genötigt, Aron zu verteidigen. Schließlich habe ich bei diesem Spiel freiwillig und nicht ohne eigennützigen Gedanken mitgespielt. „Er liebt sie! Wirklich."

„Na, dann."

Aron stellt den Barcadi zur Seite und schenkt sich stattdessen Wasser ein. „Jetzt wird mir auch klar, warum Miro mir nicht gleich an den Hals gesprungen ist. Er war viel zu erleichtert darüber, dass du somit nicht mehr tabu für ihn bist."

„Ihr müsst miteinander reden und das klären. Sofort." Maras Vorschlag schließen sich alle an.

Bis auf Sam. „Das denke ich nicht." Er schaut ernst in die Runde. „Hat einer von euch Kerlen eine Ahnung, was die ganze Zeit in ihm vorgegangen ist? Der fühlt sich jetzt mal richtig scheiße. Vor allem nach dem, was heute Abend hier los war."

Yash, Aron und sogar Leo nicken zustimmend.

„Der muss das erst mal mit sich selbst klären."

Carla und Leni zeigen den Männern den Vogel. „Kein Mann ist imstande, die weibliche Vernunft zu begreifen. Deshalb gilt sie als Unvernunft. Dieser Schwachsinn stammt auch von einem Kerl."

„Achtung", warnt Sam seine Spezies vor. „Jetzt kommt die lila Latzhosenfraktion."

„Lasst mal", greife ich in die hitzige Diskussion über Männer vom Mars und Frauen von der Venus ein. „Vielleicht hat er jetzt sowieso die Nase voll von mir. Ich habe ihn blamiert, gedemütigt und beleidigt. Ich würde mich jedenfalls nicht mehr wollen. Jedenfalls nicht so schnell", füge ich leise hinzu. Ein bisschen Hoffnung darf doch erlaubt sein?

„Das kann doch nicht dein Ernst sein?" Carla ist immer noch ganz rot im Gesicht. „Du willst das doch nicht aussitzen?"

„Ich will nur meinen Frieden haben."

„Aber..."

„Würdet ihr", schaue ich in die Runde, „das bitte alle akzeptieren?"

Widerwillig lassen sich meine Freunde das Versprechen abnehmen, mich nicht mehr mit gut gemeinten Ratschlägen zu behelligen, geschweige denn irgendwelche Unternehmungen Miro betreffend zu starten. Denn genau das ist es, was ich in ihren, von freundschaftlichem Ehrgeiz getriebenen, funkelnden Augen erkenne.

KAPITEL einundfünfzig

„Schlaf guad, mai Süße." Leni gibt mir einen Kuss und streichelt aufmunternd meinen Oberarm. „Odr versuch's zumindeschd, ja?"

Ich nicke und schließe die Tür zu meinem Zuhause auf. Otto begrüßt mich freudig winselnd.

An Schlaf ist nicht zu denken. Wenn ich mich jetzt ins Bett lege, wird sich der Abend wie ein Film vor meinen Augen immer und immer wieder abspielen. Und das, wo ich doch sowieso schon ununterbrochen an Miro denke, seit... sein Bild hat sich in mein Hirn gebrannt und will einfach nicht verschwinden.

Ich lasse mich aufs Sofa fallen und bedeute Otto mit einer Handbewegung, mir zu folgen. Ich schmiege mich an seinen warmen, weichen Körper und weine dicke Tränen in sein Fell. Der Hund ist nicht umsonst der beste Freund des Menschen. Otto leckt hingebungsvoll meine Hand, sodass ich schon nach wenigen Minuten in einen tiefen Schlaf falle.

Ich wache erst auf, als lautes Grollen in meinen Gehörgang dringt. Otto steht neben dem Sofa. Er hat die Lefzen nach oben gezogen, die Haare auf seinem Rücken sind borstig aufgestellt. Er knurrt wie ein tollwütiger Wolf. Seine Augen sind verengt, die Stirn in Falten gelegt.

„Hey", krächze ich verschlafen. „Was ist los, mein Kleiner?"

Ottos Knurren verstärkt sich, und erst jetzt nehme ich das Geräusch im Garten wahr. Es klingt wie Gerangel.

Mein Herz schlägt schneller. Ich eile in die Küche und spähe vorsichtig durchs Fenster.

Da sind zwei Männer! Einbrecher!

Während ich noch panisch nach meinem Handy Ausschau halte, verwundert mich ihr Gebaren. Ich blinzle noch einmal durch die Scheibe. Die hauen sich ja?

Ottos Grollen hat nun eine Lautstärke angenommen, die schon bald Lilli und Tim aus dem Schlaf reißen wird. Deshalb beschließe ich leichtsinnig, schnell und allein nach dem Rechten zu sehen. Mit einem solchen Raubtier an meiner Seite brauche ich schließlich keine Angst zu haben.

Ich reiße die Wohnungstür auf und erstarre. „Miro?"

Er hat eine Platzwunde an der Braue, das Blut rinnt seine Wange hinab. Sein linkes Augenlid ist dick angeschwollen. „Der wollte hier einsteigen", keucht er und hält den vermeintlichen Einbrecher am Schlafittchen.

Ich schaue ihn mit großen Augen erschrocken an.

„Drüben, an deinem Schlafzimmer."

Woher weiß er...?

Äh... ich meine: Mein Gott! Ein Einbrecher!

Und Miro hat ihn niedergestreckt. Er ist mein Held!

„Fferbammd!", knurrt der Verbrecher und nimmt die Hände von seinem scherzverzerrtem Gesicht. Seine Oberlippe ist aufgeplatzt, die Nase dick und lila. Überall Blut.

„Iiick!", stoße ich einen spitzen Schrei aus. „Tillmann?"

Miro ist sichtlich überrascht. „Du kennst diesen Typen?" Sofort lässt er ihn los, woraufhin dieser auf die Knie zusammensackt.

„Das... das... das..." Ich ringe mit meiner Fassung. „Das ist der Vater meiner Kinder."

Miro fasst sich an die Stirn. „Na, toll!"

Nachdem Tillmann sich mühsam aufgerappelt und in seine Richtung gewandt hat, lässt er eine Schimpftriade über Miro niedergehen, in der mehrfach die Worte *brutaler Schläger* und *Anzeige wegen Körperverletzung* vorkommen, zumindest ist es das, was ich verstehe. Der Rest klingt wie eine neu erfundene Geheimsprache.

„Was... was tust du hier?"

„Iff ffill ffu meima Famimie", nuschelt Tillmann.

Ich werfe ihm einen grantigen Blick zu. Meine Frage galt eigentlich Miro. Doch der hat bereits abwehrend beide Hände gehoben und tritt den Rückzug an.

„Miro!" Wieder laufe ich ihm nach.

Er bleibt einen Moment stehen und ich atme auf.

„Geh nach Hause, mein Freund", klopft er Otto auf den Rücken.

Und alles, was ich dann noch sehe, sind die traurigen Augen meines Hundes auf mich zukommen.

„Verdammt, Tillmann!", fluche ich fünfzehn Minuten später und presse ihm wenig sensibel einen Eisbeutel ins Gesicht. Am liebsten würde ich ihn darunter ersticken!

„Ffabffi", sieht er verzweifelt zu mir auf, „iff wollde do nu meime Famimie..."

„Lass es!", fahre ich ihn an. „Das hat doch jetzt eh alles keinen Sinn." Abgesehen davon verstehe ich kein Wort von seinem Genuschel. Widersprüchlichste Gefühle machen sich in mir breit. „Wir fahren jetzt ins Krankenhaus."

„Meim, meim, meim!", winkt er energisch ab. „Iff wiw niffd."

Ich verdrehe die Augen. „Wenn du meinst." Ich kann einfach nicht mehr. Müde reibe ich mir die Stirn, so fest, dass es schmerzt. „Du kannst heute Nacht in meinem Bett schlafen. Oben, das Zimmer ganz rechts. Wir reden morgen."

Tillmann quält sich vom Küchenstuhl und legt seine Hand auf meine Wange. Auch die ist stark blessiert. Vermutlich hat sie Miros Auge getroffen. Ich drehe den Kopf weg. „Ich schlafe auf der Couch."

„Ffabffi -Ffabff", pfeift es aus seinem Mund und mir platzt fast der Kragen.

Er kann ja nichts für die zeitlich beschränkte Fehlartikulation. Sehr wohl aber dafür, dass mein Leben nun völlig aus den Fugen gerät. „Geh jetzt schlafen, Tillmann", warne ich ihn mit zusammen gekniffenen Augen. „Oder ich geb dir den Rest!"

Ich finde einfach keinen Schlaf. Nachdem Tillmann sich schmollend (glaube ich zumindest, denn seine Lippen sind so angeschwollen wie die der Ohoven-Tochter nach ihrem

Hyaluronsäure-Selbstversuch) in den ersten Stock zurückgezogen hat, räume ich den Erste-Hilfe-Kasten wieder ein, werfe blutige Handtücher in die Waschmaschine und setze mir einen Mokka auf. Dann mische ich meine Karten. Exakt sieben Mal. Mein rechter Zeigefinger tippt drei Mal, bevor er die *Zehn Schwerter* vom Stapel schiebt. Ich blicke auf das Bild eines am Boden liegenden Mannes, in dessen Rücken besagte zehn Schwerter stecken. Mein Weg läuft also auf einen plötzlichen Abbruch hinaus. Er mag mir willkürlich erscheinen. Darüber, ob dieser Schritt klug ist und wie es danach weitergeht, sagt diese Karte leider nichts aus. Die Affirmation der Karte signalisiert mir jedoch: Ich mache jetzt einen Schritt. Ich beende, was beendet werden muss.

Aber was soll ich beenden? Meine Beziehung mit Miro? Ist es denn eine? War es jemals eine? Dazu kam es doch gar nicht erst. Tillmann? Er hat mich schon vor einem halben Jahr verlassen. Im Grunde gibt es auch hier nichts mehr zu beenden. Was hat Louis L'Amour einmal gesagt? *Es wird eine Zeit kommen, in der du glaubst, nun sei alles aus. Genau dann geht es los.*

Boah! Mein Schädel brummt. Ich halte es hier nicht mehr aus. Ich muss hier raus. Mein Haus ist nicht mehr mein Zuhause, solange Tillmann sich darin aufhält. Er gehört hier einfach nicht her.

Ich trinke meinen Mokka aus und schnappe mir eine Flasche Wasser. Otto nimmt mit Freuden zur Kenntnis, dass ich meine Laufschuhe schnüre. Ich schüttele den Kopf. „Kerlchen", brumme ich ihm zu, „wenn man mich morgens um vier zum Gassigehen nötigen würde, würde ich wahrscheinlich Amok laufen." Tut er nicht. Mit der Nase schubst er mich zu mehr Eile.

Als ich vor die Tür trete, atme ich tief ein. Dahinter habe ich das Gefühl, ersticken zu müssen. Ich sauge die frische, kühle Luft in mich auf und beginne zu laufen. Ich laufe, als wäre der Teufel hinter mir her. Und irgendwie ist er das wohl auch. Nach der halben Strecke kann ich nicht mehr. Keuchend lehne ich mich an die große Eiche am See. Meine Wangen glühen, mir ist schwindelig und Übelkeit kriecht in mir hoch. Was soll ich jetzt nur tun? Ich kann Tillmann schlecht auf die Straße setzen. Er ist Lillis und Pauls Vater. Wie werden sie auf ihn reagieren? Welche emotionalen Ansprüche wird er stellen, wenn er erfährt, dass er Opa wird? Ich huste und übergebe mich neben der ollen Eiche. Mit Wasser spüle ich nach. „'tschuldigung, altes Mädchen", klopfe ich auf ihre Rinde. „Ich würde mit dir tauschen, wenn ich könnte."

Kann ich aber nun mal nicht und mache mich deshalb mit Otto auf den Nachhauseweg.

Nach einer ausgiebigen Dusche fühle ich mich zwar nicht besser, aber wenigstens sauber. Ein Hohn, wenn ich bedenke, wie viel Dreck heute noch auf mich zukommen wird.

„Moin Mama." Lilli haucht mir schlaftrunken einen Kuss auf die Wange. „Schon ausgeschlafen?"

„Noch gar nicht", antworte ich wahrheitsgemäß.

Lilli blinzelt mich an. „Ausgeschlafen oder geschlafen?"

„Geschlafen. Lilli", komme ich ohne Umschweife zur Sache, „euer Vater ist hier aufgetaucht."

Meiner Tochter bleibt der Mund offenstehen.

„Er liegt oben und schläft."

„Wie bitte?" Lilli sinkt fassungslos auf den Küchenstuhl. „Das darf doch nicht wahr sein."

Ich versenke einen Teebeutel in der Tasse und stelle ihn vor meine Tochter. „Nicht, dass du falsche Schlüsse ziehst, Lilli. Er kam hier an und", ich zögere kurz, „war ein wenig lädiert. Ich wollte ihn ins Krankenhaus fahren. Das hat er abgelehnt. Also habe ich ihn oben schlafen lassen. Allein."

„Wieso?", jault Lilli und verzieht das Gesicht.

„Wieso? Weil ich euren Vater doch schließlich nicht auf der Straße übernachten lassen kann."

Sie zieht den Teebeutel aus dem Wasser und stiert auf die Tropfen, die zurück in die Tasse fallen. „Wieso taucht er plötzlich hier auf?"

„Er vermisst euch", schlage ich vor.

„Pfff!" Der Beutel fällt platschend zurück in die Tasse. Um sie herum ergießt sich der Tee. „Kann es vielleicht auch einfach nur sein, dass ihm seine junge Tussi einen Arschtritt verpasst hat? Wieso sollte er uns jetzt plötzlich vermissen? Die ganze Zeit hat er sich nicht gemeldet. Und jetzt sag mir nicht, in Norwegen gäbe es kein Telefon!"

Ich reibe mir müde den Nacken. „Lilli, lass ihn dir das selbst erklären. Ich bin auch nicht gerade erbaut darüber, dass er so plötzlich wieder auftaucht, wie er damals verschwunden ist."

„Kannst du laut sagen", grollt meine Tochter.

„Hat deine Mutter doch." Tillmann steht unvermittelt in der Küche. Er sieht heute nicht besser aus als gestern, nur anders. Sein Gesicht schimmert in allen Farben.

Ich halte mir vor Schreck die Hand vor den Mund. Die Nase ist garantiert gebrochen.

Lilli bleibt regungslos am Tisch sitzen und hält sich an ihrer Teetasse fest.

„Lilli, bitte." Tillmann legt seine rechte Hand auf ihre Schulter. „Lass uns reden."

„Reden?", funkelt sie ihn böse an. „Das hättest du mal besser gemacht, bevor du uns einfach hast sitzen lassen!"

Der sonst nicht um pädagogisch wertvolle Argumente verlegene Tillmann sieht hilfesuchend zu mir herüber.

Ich schüttele den Kopf. „Vergiss es, Till. Aus dieser Scheiße holst du dich mal schön selbst raus!", mache ich auf dem Absatz kehrt und ziehe mich mit Otto, einer Tasse Kaffee, Zigaretten und Handy auf meine Terrasse zurück.

KAPITEL zweiundfünfzig

Wir werden nackt, nass und hungrig geboren. Dann wird es schlimmer, formuliere ich eine Sammel-SMS an Sam, Leni, Carla und Vivi. *Tillmann ist heute Nacht hier aufgetaucht und darf sich gerade mit Lilli auseinandersetzen. Also macht euch keine Sorgen. Melde mich wieder.* Meiner Mutter teile ich ebenfalls per Kurzmitteilung mit, dass ich Paul noch vor dem Mittagessen abholen werde. Till soll die Chance haben, sich ungestört seinen Kindern erklären zu können. Ob er sie nun verdient oder nicht.

Als ich müde in die Küche zurückkehre, macht Lilli einen wesentlich friedfertigeren Eindruck als noch vor einer halben Stunde. Dennoch scheint sie nicht wirklich bereit, ihrem Vater zu verzeihen. „Irgendwann wirst auch du mich verstehen, mein Kind", spricht der Sozialpädagoge.

Ich ziehe schadenfroh die Augenbrauen nach oben, als Lilli trocken erwidert: „Sicher, Papa. Gleich, nachdem man mich wieder aus der Klapse entlassen hat. Da gehört man nämlich mit so einer Lebenseinstellung hin." Stöhnend quält sie sich vom Küchenstuhl und streckt sich, so weit das einer Hochschwangeren eben möglich ist.

„Lilli?", fragt Tillmann verdutzt. „Hast du zugenommen?"

Ich schlage mir mit der flachen Hand gegen die Stirn.

„Weißt du, Papa. Du kommst hierher und erzählst mir unter Tränen, wie sehr du deine Familie vermisst hast. Dabei bist du nichts weiter als ein armseliger Egomane, der nur mit seinem Schwanz denkt."

„Egomane?" Tillmann schnappt nach Luft. „Was... was...?"

Ich glaube zwar kaum, dass er die Bedeutung dieses Wortes nicht kennt, möchte aber einmal beweisen, dass man auch ohne Studium nicht dumm ist. „Als Egomanen bezeichnet man eine unter dem Symptom Egomanie leidende Person. Auch Ich-Sucht genannt", doziere ich. „Der Betroffene hat das Bedürfnis, stets im Mittelpunkt allen Handelns und Geschehens zu stehen. Ursache dafür ist ein krankhaft übertriebenes Selbstwertgefühl. In abge..."

„Ich *weiß*, was ein Egomane ist!", fällt Tillmann mir gekränkt ins Wort. „Aber wie kommt Lilli dazu, mich..."

„Sag mal, hast du Hirnfraß?", brause ich auf. „Deine Tochter ist schwanger. Du wirst in weniger als vier Wochen Opa!"

Lilli schüttelt maßlos enttäuscht den Kopf. „Und du hast es nicht einmal bemerkt, so beschäftigt bist du mit dir und deinen jämmerlichen Problemchen. Hast du eigentlich eine Vorstellung davon, was Mama im letzten halben Jahr mitgemacht hat? Du kotzt mich so an!" Sie knallt ihre Teetasse auf die Anrichte und stampft nach oben.

„Lilli! So kannst du nicht mit deinem Vater reden!", ruft Tillmann ihr entrüstet nach.

„Welchem Vater?", schreit sie zurück. Dann knallt eine Tür.

Ich nehme Lillis Platz ein und trommle mit den Fingern auf die Tischplatte.

„Ich... werde Opa?", stammelt Tillmann fassungslos.

„Jepp!"

„Warum erfahre ich das erst jetzt?"

Ich verdrehe die Augen. „Vielleicht, weil du ohne Nachsendeantrag umgezogen bist? Dein Handy nicht eingeschaltet hast? Es dich einen Dreck interessiert hat, was aus uns wird?"

Er schluckt. „Ich habe Lilli bereits gesagt, wie leid es mir tut."

„Was? Dass du uns hast sitzen lassen, um mit der Hausmeisterfrau in Norwegen Elche zu jagen? Oder dass du versäumt hast, uns mitzuteilen, dass wir nur noch zwei Wochen ein Dach über dem Kopf haben?"

Er sieht betreten zu Boden. „Ich konnte einfach nicht mehr, Lotte. Das Leben, wie es war, hat mich völlig ausgepowert. Kannst du das nicht verstehen?"

Ich lege meinen Zeigefinger auf die Lippen und schaue angestrengt zur Decke. „Lass mich mal überlegen. Hmmm... nein!"

„Lotte, bitte", redet er mir ins Gewissen. „Du darfst dich nicht von Wut und Enttäuschung leiten lassen. Versetze dich doch bitte mal in meine Lage."

Ich fasse es nicht. „Gut", erwidere ich dennoch. „Ich werde es versuchen. Ich muss jeden Morgen um sieben aufstehen, um das Frühstück für meine Kinder zu richten. Manchmal steht auch meine Frau auf und tut das für mich. Immer dann, wenn meine Kumpels mich genötigt haben, noch ein Bier mit ihnen zu trinken, obwohl nach dem achten schon hätte Schluss sein sollen."

„So war das nicht!", wirft Tillmann ein.

„Tut mir leid", tätschele ich entschuldigend seine Hand. „Ich hab mich ja damals schon mit der Gattin des Hausmeisters treffen müssen, um mit ihr durch Wald und Wiese zu vögeln."

„Du wirst ausfallend, Charlotte!"

„Bitte verzeih", triefe ich vor Zynismus. „Fahren wir sachlich fort. Also, nachdem meine Familie aus dem Haus ist, kann ich mich nur noch notdürftig um den Haushalt kümmern, weil ich ja noch so viele andere Verpflichtungen habe. Mit meinen Kumpels, dem Fitnessstudio und natürlich meiner Geliebten. Das powert aus, klar.

Und da hilft es auch wenig, wenn meine Frau nach ihrem Zwölfstundenjob diese Aufgaben für mich erledigt."

Tillmanns Stirn pocht. „Ich weiß, dass ich dir Unrecht getan habe, Lotte. Aber denkst du nicht, ich habe eine Chance verdient?"

Darauf weiß ich keine Antwort. „Ich hole meinen Sohn", antworte ich kalt. „Frag ihn, ob und was du verdient hast." Ich stehe auf und greife nach dem Autoschlüssel. An der Tür drehe ich mich noch einmal um. „Und geh duschen. Du stinkst!"

Während der Fahrt überlege ich fieberhaft, wie ich Paul am schonendsten beibringen kann, dass sein Vater wieder aufgetaucht ist. Entsprechend verwirrt treffe ich bei meinen Eltern ein. Paul ist noch im Schlafanzug.

„Mama", krächzt er müde. „Ich hab noch nicht gefrühstückt."

„Und du noch nicht geschlafen, so wie du aussiehst." Papa küsst meine Stirn. „War noch ganz schön was los gestern, was? Deine Mutter hat es mir schon erzählt."

„Papa", seufze ich. „Das war noch gar nichts!" Ich nicke Paul auffordernd zu. „Geh Zähne putzen und zieh dich bitte um. Wir müssen gleich los." Als er im Badezimmer verschwunden ist, ziehe ich Papa zur Seite. „Till ist heute Nacht zurückgekommen."

„Das darf doch nicht wahr sein", knurrt mein Vater. „Was will er? Geld? Oder auf heile Familie machen?"

„Ich weiß es nicht, Papa. Aber Paul hat ein Recht darauf, ihn zu sehen."

Er gibt unflätige Laute von sich. „Wenn du meinst. Aber sagen wir deiner Mutter erst mal nichts davon. Die ist noch völlig neben der Spur wegen des Kiffens und des..." Er klemmt den Daumen zwischen Zeige- und Mittelfinger. „Du weißt schon."

„Eben jener", ich ahme seine Geste nach, „hat Till gestern die Visage poliert. Er dachte, Till sei ein Einbrecher."

„Echt?" Papa lacht lauthals auf. „Wer lesen kann, ist klar im Vorteil. An der Straßenecke steht ein Schild: *Wachsame Nachbarn*. Hätte er mal besser aufgepasst."

Ich beiße mir auf die Unterlippe. „Tja..."

„Paul", beginne ich, als wir im Wagen sitzen. „Ich habe dich nicht grundlos so früh bei Oma und Opa geholt."

„Ist Otto etwas passiert?" Pauls Augen füllen sich bereits mit Tränen.

„Nein, nein", beruhige ich meinen Sohn. „Otto ist okay. Es ist nur... dein Vater ist da."

Paul sackt in seinem Sitz zusammen. „Papa?", fragt er verunsichert. „In unserem Haus?"

„Ja."

„Was will er?"

Das ist jetzt nicht ganz die Reaktion, die ich erwartet habe. Eigentlich habe ich gar nichts erwartet. „Ich denke, er will mit dir reden."

„Aber nicht bleiben, oder? Nur reden, klar?"

Ich schlucke. „Klar."

KAPITEL dreiundfünfzig

„Hör zu, Paulchen." Ich parke ein und stelle den Motor aus. „Ich hab dich da jetzt ziemlich überrumpelt."

„Wieso du?", gibt mein Sohn zurück. „Papa war es schließlich, der plötzlich wieder aufgetaucht ist. Genau so plötzlich, wie er damals weg war."

Ich nicke betrübt. „Ich weiß, mein Schatz. Und deshalb überlasse ich es auch dir, ob du mit ihm reden möchtest oder nicht. Du brauchst da jetzt nicht reingehen."

Paul atmet tief durch. „Ein Mann muss tun, was ein Mann tun muss", sagt er und schnallt sich ab.

Wäre ich nicht zu besorgt, müsste ich lachen.

Tillmann empfängt uns bereits an der Haustür. Er ist frisch geduscht und hat sich offensichtlich ein paar Klamotten von Tim geborgt.

„Papa?" Paul geht nur zögerlich auf ihn zu und ignoriert Tillmanns ausgestreckte Arme. „Öärgh! Wie siehst du denn aus?"

Das Lächeln in Tills Gesicht erstirbt. Gekränkt blickt er zu Boden. „Ich bin zusammengeschlagen worden."

„Rede nicht so einen Schwachsinn", platzt es unvermittelt aus mir heraus. Es tut mir leid um ihn, aber das kann ich nicht auf Miro sitzen lassen. „Du hast versucht, bei uns einzusteigen. Woher sollte Miro wissen, dass du kein Einbrecher bist?"

„Miro war das?" Paul reißt seine grünen Augen weit auf. „Boah!"

Tillmann ist die Situation merklich unangenehm. „Kommt doch erst einmal herein."

Wieder rolle ich mit den Augen. Es ist *mein* Haus, will ich sagen, beiße mir aber stattdessen lieber auf die Zunge.

Tillmann hat zu unserer Überraschung den Frühstückstisch gedeckt. Mein Innerstes sträubt sich gegen dieses vertraute Tun. Stumm nehme ich neben Paul Platz. Der Appetit ist mir gründlich vergangen. Ich bin einfach nur noch müde.

„Wie geht's dir, Paul?", startet sein Vater einen weiteren Versuch. „Ich hab dich vermisst."

„Hättest du halt nicht weggehen dürfen", erwidert er trocken.

Till nimmt das Brot von Pauls Teller und beginnt, es mit Butter zu bestreichen. Paul wirft mir einen skeptischen Blick zu und ich reagiere. „Till, das kann mein Sohn schon selbst."

Er lässt schnaufend das Brot zurück auf den Teller fallen und verschränkt die Arme vor der Brust. „Charlotte", sagt er ernst, „das wird so nichts. Paul ist auch *mein* Sohn und er kann sich nicht auf mich konzentrieren, solange du dabei bist. Du überträgst negative Energie auf das Kind."

„Du hast echt nicht mehr alle Latten am Zaun", knurre ich.

Till springt von seinem Stuhl auf und macht eine raumgreifende Geste. „Siehst du. Genau das meine ich. Ein solches Verhalten ist der Nährboden für..."

„Komm, lass gut sein", falle ich ihm ins Wort. „Zieh hier nicht deinen pädagogischen Psychomüll mit mir ab. Ich habe nie auch nur ein schlechtes Wort über dich verloren, nach allem, was du..." Ich stocke. „Paul kann gut für sich selbst denken und handeln. Das schreibe ich ihm nicht vor. Und ich suggeriere ihm auch keine negativen Schwingungen", verziehe ich angewidert das Gesicht. „Wenn du es vorziehst, unbedingt mit ihm alleine zu sprechen zu müssen, werde ich das respektieren. Vorausgesetzt, Paul ist damit einverstanden. Ansonsten weißt du, wo die Tür ist. Haben wir uns verstanden?"

Tillmann sieht mich irritiert an. Diese energische Seite kennt er nicht von mir.

„Ist schon gut, Mama." Paul streichelt meinen Arm und signalisiert sein Einverständnis. „Es geht schon."

Ich beuge mich zu ihm hinab, nehme sein Gesicht in meine Hände und küsse seine Stirn. „Ich bin im Garten. Ruf mich, wenn ich wieder reinkommen kann." Ich werfe Tillmann einen warnenden Blick zu und ziehe mich erneut mit Otto, Kaffee, Kippen und Handy auf die Terrasse zurück. Wenn das so weitergeht, werde ich mir hier ein Lager aufbauen.

Ich schiebe mir einen weiteren Stuhl herbei, auf den ich meine Füße legen kann. Was besprechen die beiden da drinnen? Wie soll es jetzt weitergehen? Und... wie geht es Miro? Entschlossen greife ich zum Handy und wähle Arons Nummer, lege jedoch gleich wieder auf. Vielleicht sollte ich mit Otto einfach mal bei Miro vorbeigehen? Ich hatte heute Nacht ja keine Möglichkeit, mich bei ihm dafür zu bedanken, dass er so selbstlos den vermeintlichen Einbrecher gestellt hat – auch wenn der sich im Nachhinein als mein Ex entpuppt hat. Aber ich könnte mich bei ihm für die ungerechtfertigten Beschimpfungen entschuldigen. Wäre angemessen. Doch dazu bin zu feige. Außerdem will ich in Pauls Reichweite bleiben.

Lautes Jaulen schreckt mich auf. Verdammt! Ich muss eingenickt sein. Zeitgleich knattert lärmend ein Moped vorbei. Schneller als ich reagieren kann, springt Otto auf und rennt hysterisch kläffend davon. Mit trommelnden Pfoten und fliegenden Ohren ist er nur Sekundenbruchteile später über den Gartenzaun verschwunden. „OOOTTTOOO!", schreie ich aus Leibeskräften und sprinte hinterher. Neben seiner enormen Geschwindigkeit legt er auch eine enorme Ausdauer an den Tag. Ich fürchte um den Mopedfahrer, den er vielleicht von seinem Zweirad reißt, und laufe instinktiv hinter ihm her, ohne nach links oder rechts zu schauen. Das letzte, was ich höre, ist das Quietschen von Reifen.

„Charlotte, was machst du nur für Sachen?" Das erste, das ich höre, ist die besorgte Stimme meiner Mutter. Toll! „Wie geht's dir?"

Ich gähne herzhaft und erblinzele meine Umgebung. Wo bin ich denn jetzt gelandet?

„Du hast zwölf Stunden geschlafen." Wenn's weiter nichts ist.

Ich versuche, mich aufzusetzen und stöhne gequält. Ich kann jetzt ungefähr abschätzen, aus wie vielen Knochen der menschliche Körper besteht. Denn jeder einzelne schmerzt.

„Bleib besser liegen, mein Schatz." Meine Mutter drückt mich sanft ins Kissen zurück. „Du bist vor ein Auto gelaufen und hast dir dabei das Bein gebrochen."

„Was?" Erst jetzt bemerke ich den Gips. Himmel! So lädiert bin ich nach meinem letzten Joint nicht aufgewacht! Falsch. Dem vorletzten.

„Aber sonst ist alles in Ordnung mit dir. Bis auf... ähm... ein paar blaue Flecken."

„Otto ist von allein wieder nach Hause gekommen." Papa nickt mir beruhigend zu.

„Wo ist Paul?" Verdammt! Ich habe mein Kind im Stich gelassen!

Meine Mutter streichelt mir über den Kopf. „Er ist zu Hause bei Lilli und Tim. Keine Sorge."

„Ist Till noch da?"

„Liebes, das hättest du mir aber ruhig sagen können." Statt auf meine Frage zu antworten, zieht sie vorwurfsvoll die Nase kraus. „Ich hab mich ja so erschrocken."

Die Tür öffnet sich und eine Schwester kommt herein. Mit ernstem Gesicht tippt sie auf ihr Handgelenk. „Hören Sie, Herr und Frau Freund, jetzt wird es aber wirklich Zeit."

Widerwillig verabschieden sich meine Eltern von mir. „Ich komme gleich morgen früh wieder", verspricht meine Mutter.

„Ist das eine Drohung?", grinse ich frech.

Sie schüttelt den Kopf. „Ganz der Vater. Gaaanz der Vater!"

„Hö-hö-hö", brummt Papa und freut sich wie ein Lausbub. Er küsst meine Stirn. „Brauchst dir wirklich keine Sorgen machen. Du kannst vielleicht übermorgen schon wieder raus. Und jetzt schlaf gut."

„Ach, übrigens", meine Mutter macht noch einmal kehrt. „Der junge Mann, der dich angefahren hat, saß den ganzen Abend draußen vor der Tür. Er hat wohl auch einiges abbekommen."

„Frau Freund", nölt die Krankenschwester genervt. „Bitteee!"

Mama zieht das Genick ein und hüpft wie ein übergewichtiger Frosch nach draußen.

Ich sinke tiefer in mein Kissen und drifte wenig später erneut in einen festen Schlaf.

KAPITEL vierundfünfzig

Mama steht tatsächlich am nächsten Morgen auf der Matte. Mit einer kleinen Reisetasche, in der sich neben meiner Handtasche alles Nötige für einen Kurzaufenthalt im Krankenhaus befindet.

„Hast du dir extra frei genommen?", frage ich gerührt und wische mir die Brötchenkrümel aus den Mundwinkeln. Ich bin mit einem Bärenhunger aufgewacht.

„Natürlich, Schatz." Mama streichelt mir liebevoll das Pony aus der Stirn. „Ich wollte doch auch bei dir zu Hause nach dem Rechten sehen."

Ich schlucke viel zu viel auf einmal hinunter. „Ist Paul heute früh pünktlich in die Schule gekommen?"

„Ja, Schatz. Tillmann hat ihn hingefahren." Sie verzieht missmutig das Gesicht und setzt sich auf die Bettkante. „Sag mal", beginnt sie im Flüsterton, „ist er jetzt etwa bei dir eingezogen?"

„Gott bewahre! Nein", kann ich Mama beruhigen. „Aber als er vorgestern Nacht aufgetaucht ist, konnte ich ihn doch nicht auf die Straße setzen, oder?"

Das Gesicht meiner Mutter sagt eindeutig *Warum nicht?* Aber sie räuspert sich und meint: „Na ja, er ist ja immerhin Pauls und Lillis Vater."

„Mama?", schießt es mir plötzlich durch den Kopf. „Hat er etwa meinen Van genommen?"

Sie klaubt die Krümel von meiner Decke und lässt sie zu Boden rieseln. Mürrisch bemerkt sie: „Er macht es sich schon richtig heimelig bei dir."

Ich schnaube. „Dem werde ich ein paar Takte sagen, wenn ich wieder draußen bin. Ich... ich weiß halt nur nicht, was er mit Paul gesprochen hat? Wie er dazu steht? Lilli jedenfalls wäre ihn lieber heute als morgen wieder los."

„Kann ich verstehen", murmelt Mama und sieht dabei aus wie saure Milch. Ihr Gesicht hellt sich jedoch unmittelbar wieder auf, als sie mir die neuesten Neuigkeiten berichtet. „Übrigens hat der junge Mann heute Morgen schon angerufen und sich nach dir erkundigt."

Ich werfe einen Blick auf die Uhr. Es ist gerade mal kurz nach acht. „Heute Morgen schon?"

„Ja, er ist total am Boden zerstört, der Arme", bedauert sie ihn versonnen.

„Hallo?" Ich hebe die Hand, um auf mich aufmerksam zu machen. „Ich hab das Gipsbein!"

„Du hast ja auch nicht aufgepasst", kontert meine Mutter. Womit sie allerdings Recht hat. „Und er macht sich solche Vorwürfe."

„Sicher hat er nur Angst vor einer Anzeige", rümpfe ich die Nase.

„Nein", winkt Mama sofort ab. „So einer ist er nicht. Und irgendwie, irgendwie kommt er mir auch bekannt vor. Ich weiß nur nicht, woher?"

Mama und ihr Gedächtnis! „Wie bin ich eigentlich hergekommen?", will ich trotzdem wissen.

„Er hat wohl sofort einen Krankenwagen gerufen", erklärt sie schulterzuckend. „Dann waren da noch dieser Inder, wie heißt er nur gleich? Und der Bursche, mit dem du... na, du weißt schon... das mit dem Kiffen und so."

Yash und Miro? Ich nicke nur verständig.

„Morgen, meine Süße!" Die Tür fliegt auf und Carla hetzt ins Zimmer. Sie lässt sich mit einer solchen Wucht auf mein Bett plumpsen, dass meine Mutter auf der anderen Seite abhebt. „Vorsicht, Helena. Auch wenn du hier im Krankenhaus bist. *Ein* gebrochenes Bein reicht ja wohl für die Familie, oder?"

Mama wirft ihr einen entgeisterten Blick zu.

„Kann nicht lange bleiben", küsst sie meine Stirn. „Muss den Laden in einer Dreiviertelstunde aufmachen. Hier." Sie legt mir meine Tarotkarten in den Schoß. „Hab ich extra noch schnell geholt. Zieh mal!"

Ich pariere und mische sieben Mal, bevor ich abhebe, während Carla ungeduldig mit der Hand auf ihren Oberschenkel trommelt.

„Und?" Sie beugt sich weit nach vorn, um einen Blick auf die Karte zu erhaschen.

„*Das Rad des Schicksals*", antworte ich und überlege. „Alles hat seine Zeit. Es ist wichtig, das Rechte zum rechten Augenblick zu tun", deute ich. „Die Karte sagt mir, dass eine Erfahrung vor mir liegt, die ein wichtiger Teil meiner Lebensaufgabe sei, selbst wenn es zunächst überhaupt nicht danach aussieht."

„Sicher", lästert meine Mutter. „So ein Beinbruch ist eine wirklich wichtige Erfahrung. Und du hättest den Zeitpunkt dafür nicht besser wählen können." Sie schnauft entnervt. „Du hast wirklich viel von deiner Großmutter. Die hat's auch so mit der Zauberei."

„Das ist doch keine Zauberei!", maule ich.

„Jedem das Seine", knurrt Carla und tätschelt nervös meinen Arm. „Und was sagt sie bezüglich Herzensdingen aus?"

Ich zwicke nachdenklich die Augen zusammen. „Hm... das ist irgendwie doof."

„Wieso ist das doof?"

Ich linse zu meiner Mutter hinüber.

„Nur keine Hemmungen, mein Kind", säuselt sie. „Immerhin weiß ich ja auch, dass du kiffst und dann Sex mit Männern hast."

Carla dreht sich zu ihr um und stemmt die Hände in die Hüften. „Hör mal, Helena. Sie war nur an diesem Abend etwas bekifft und hatte nur mit *diesem* Mann den besten Sex ihres Lebens."

„Stimmt das?"

„Natürlich", röhre ich sofort aus. „Ich kiffe sonst nie!"

„Ich meine doch das mit dem Sex..."

Verblüfft starre ich meine Mutter an. „Äh... ja. Klar. Das war der beste", stottere ich. „Eindeutig!"

Mama grinst sich in die Tasche.

„Also, sag schon", drängt Carla. „Was sagt sie über die Liebe?"

Ich räuspere mich. „Es könnte um die Liebe meines Lebens gehen", antworte ich gequält. „In jedem Fall steht ein wichtiger Schritt bevor."

Meine Mutter schaut bedeutend zu meinem Bein hinab. „Na ja, könnte schwierig werden. Das mit dem Schritt." Hat sie heute früh mit einem Clown geduscht?

„Du sollst das Rechte im rechten Augenblick tun", wiederholt Carla ernst. „Also schmeiß Tillmann raus. Sofort!"

Mamas belustigter Gesichtsausdruck wandelt sich in völlige Zustimmung. Sie nickt energisch. „Genau. Tillmann muss raus."

Ich schiebe einen Kugelschreiber unter den Gips und kratze mich am Bein. „Lasst mich zuvor mit Paul reden. Ich bin... ups!" Der Kuli ist weg.

„Schatzl", springt Carla vom Bett und wieder macht meine Mutter einen schwachen Hüpfer. „Ich muss los. Den Laden aufmachen." Sie küsst meine Stirn. „Ich wünsch dir noch... hm... viel Spaß! Leo und ich kommen heute Abend noch mal vorbei."

Mama sieht ihr nach und wendet sich dann mit ernster Miene mir zu. „Carla hat Recht, Kleines. Du solltest nicht zulassen, dass Tillmann sich wieder in dein Leben drängt, nach allem, was er dir angetan hat. Er vereinnahmt dich ja jetzt schon."

Ich ziehe skeptisch meine rechte Augenbraue nach oben. „Und wenn Paul es so will?", frage ich und spüre, wie Angst mir den Rücken hochkriecht.

Sie schüttelt überzeugt den Kopf. „Glaube ich nicht. Und wenn er ihn sehen möchte, dann gibt's ja die Wochenenden. Das machen doch alle so."

Die Tür öffnet sich. Till streckt zögerlich seinen Kopf herein.

„Wenn man vom Teufel spricht", murmelt meine Mutter.

„Guten Mooorgen", flötet er und schiebt sich und einen Blumenstrauß ins Zimmer. Ich frage mich, von welchem Geld er den wohl bezahlt hat?

„Morgen", antworten Mama und ich synchron.

Man kann die Anspannung fast körperlich spüren.

„Ich werde mal eine Vase besorgen", schlägt Mama vor und geht, ohne Till noch eines Blickes zu würdigen, nach draußen.

„Wie geht es dir?" Tillmann nimmt ihren Platz auf dem Bett ein. Er ist sicher noch warm, der Platz. Seine Hand ruht auf meinem Arm.

„Ich habe drei Mahlzeiten am Tag, ein sauberes Bett, ein Dach überm Kopf. Wie könnte es mir besser gehen?"

Till hat die Anspielung entweder nicht bemerkt oder er überhört sie geflissentlich. „Und deinen Humor hast du auch noch."

Ich ziehe meinen Arm zurück. „Wie geht es Paul? Hat er sich arg erschrocken?"

Wieder greift seine Hand nach mir. „Es geht schon, Lotte. Ich war ja da."

„Klar", murre ich und schaue demonstrativ an die Decke, als es an der Tür klopft. „Das wird die Visite sein", sage ich erleichtert. „Da musst du gehen."

Es ist nicht die Visite.

„Miro!" Mein Herz macht einen Hüpfer.

Er schenkt mir ein liebevolles Lächeln, das jedoch sofort erstirbt, als er Till ansichtig wird. „Oh", kommt es gereizt über seine Lippen. „Du hast bereits Besuch."

„Komm rein", flehe ich. *Ich brauch dich so*, schreit mein Herz.

Tillmann erhebt sich kampfeslustig. „Soso", giftet er denn auch sofort. „Der Herr Nachbar. Kommen Sie heute in friedlicher Absicht? Oder muss ich mit dem Schlimmsten rechnen?"

„Tillmann!", fauche ich ihn an.

Miro stellt einen Pflanzenstein mit einer Lotus auf das Board neben dem Eingang und verschränkt die Arme vor der Brust. „Wenn es Ihnen ein Anliegen ist, messe ich gerne die Größe Ihres Gehirns im Verhältnis zu Ihrem Gewicht. Allerdings lege ich keinen gesteigerten Wert darauf."

„Auch noch unverschämt werden", plustert Till sich auf. „Was?"

Ich schlage mit der flachen Hand auf den Nachttisch. Der scheppert bedrohlich. „Hört auf! Wir sind hier nicht im Kindergarten!"

„Richtig, Frau Freund. Und ich bin nicht Tante Helga, sondern Ihr behandelnder Arzt, Doktor Helge Schnieder." Ein kleiner Rauschebart im weißen Kittel weht ins Zimmer und reicht mir seine faltige Hand. „Sie sind gestern bewusstlos hier eingeliefert worden und hatten einen leichten Blackout. Mit ihrem Köpfchen ist aber alles okay. Ich habe Sie sofort operiert." Er studiert die Notizen in seiner Hand. „Die Röntgenaufnahme in zwei Ebenen zeigte eine einfache Fraktur, die sehr schnell verheilen dürfte. Sie und die Kleinen hier können sich also gerne übermorgen zu Hause weiter streiten. Dennoch sollte schon während der Ruhigstellungsphase mit einer intensiven physio-therapeutischen Übungsbehandlung und der sofortigen aktiven Bewegung aller nicht betroffenen Extremitäten begonnen werden. Haben Sie noch Fragen? Und haben Sie das verstanden?"

„Natürlich", nicke ich ausdrücklich. „Ich darf aufstehen und eine rauchen gehen."

Doktor Schnieder bewegt verzagt den Kopf. Unterstrichen wird diese Schüttelgeste von einem leichten Zungenschnalzen. „Frauen", seufzt er und wendet sich an Miro und Till. „Und Ihnen beiden lege ich ebenfalls einen Gips an, sofern es nötig wird." Strammen Schrittes entfernt er sich wieder.

„Ich werde gehen." Miro wirft mir noch einen leicht gereizten Blick zu und greift zur Türklinke.

„Nein!" Meine Stimme schnappt beinahe über. Ich hüstele und füge leise hinzu: „Bleib doch noch."

„Gute Idee!", werde ich von Tillmann übertönt. Mit drohend erhobenem Zeigefinger blökt er Miro an: „Ich habe übrigens bereits Anzeige gegen Sie wegen Körperverletzung erstattet."

Ich höre nur noch, wie die Tür scheppernd ins Schloss fällt.

KAPITEL fünfundfünzig

„Du hast *was*?", kreische ich. „Sag mal, bist du bescheuert?"

Tillmann bläst seine Brust auf. „Na, hör mal", verteidigt er sich mit der Geste ausgestreckter Arme. „Der Typ hat mich zusammengeschlagen!"

„Und er hatte auch allen Grund dazu!" Wut kocht in mir hoch.

Till nimmt neben mir Platz und greift nach meiner Hand. „Lotte, dieser Kerl tut uns nicht gut. Siehst du das nicht ein?"

Ich falle gleich vom Glauben ab! „Es reicht, Tillmann", herrsche ich ihn an. „Es reicht, bevor irgendetwas angefangen hat. Du bist ein Parasit. Tauchst einfach auf und machst dich in meinem Zuhause breit. Du glaubst, du könntest dich als Vater aufspielen und mein Leben dirigieren. Ich sag dir mal was: Wir kommen sehr gut ohne dich klar. Wir kamen besser klar, als du nicht da warst."

„Lotte, jetzt beruhige dich doch! Oder hast du was mit diesem Schläger?"

Ich kneife die Augen zusammen und schiebe trotzig das Kinn vor. „Das geht dich gar nichts an!"

„So ist das also. Hmhm." Till horcht arrogant auf. „Das erklärt ja einiges."

Ich wuchte meinen Gipsfuß aus dem Bett. „Das erklärt gar nichts, Tillmann. Denn du verstehst überhaupt nichts."

„Dann erkläre es mir", rückt er ein wenig zur Seite, um nicht von einem meiner gesunden Gliedmaße getroffen zu werden, die ich mir gerade beim Versuch, aus dem Bett zu steigen, verrenke.

Stolz schaffe ich es auf die Beine. „Ich habe unser Leben von Grund auf neu definiert, Till. Und du kommst darin nicht vor."

Er schmollt.

„Ich weiß nicht, was du von uns willst. Und ich möchte es auch gar nicht wissen. Ich möchte nur, dass du verschwindest", sage ich fest. „Sollten Paul oder Lilli dich sehen wollen, werde ich alles tun, um ihnen das zu ermöglichen. Ich werde sie jedoch nicht dazu ermuntern. Des Weiteren bitte ich darum, dich aus meinem Leben rauszuhalten. Ich habe keinen Platz mehr für dich."

„Das ist nicht wahr, oder?", wispert Till, nachdem er sich gefasst hat. „Ich bin ihr Vater. Und wir haben viele Jahre miteinander verbracht."

„Miteinander oder nebeneinander?" Ich schüttele abwehrend den Kopf. „Du bist ihr biologischer Vater. Mehr nicht. Was du getan hast, würde kein richtiger Vater tun. Also geh zurück zu deiner kleinen Freundin, Elche jagen oder Norwegerpullis stricken, wenn sie dich noch will, und lass uns unser Leben leben."

„Du meinst es ernst?", versichert er sich.

„Todernst."

Schweigend stehen wir uns gegenüber. Bis mein rechter Fuß kalt wird. „Ich muss pinkeln", murre ich und hoffe, er geht endlich. „Du kannst dich bei Paul nach der Schule noch verabschieden. Das hast du ja vor einem halben Jahr versäumt."

Sichtlich getroffen schlurft er zur Tür. Im Vorbeigehen haucht er mir einen Kuss auf die Wange.

„Ach, und Tillmann?", rufe ich ihm nach, als er sie öffnet. „Ich wäre dir sehr verbunden, wenn du diese bescheuerte Anzeige zurückziehen würdest."

Ich humple zum Klo. Als ich zurückkehre, sitzt meine Mutter mit triumphierendem Grinsen auf dem Bett. „Es war wichtig und es war richtig, Kleines." Sie hat gelauscht!

„Mama", sage ich und fühle mich nicht sonderlich wohl dabei. „Könntest du Paul heute bitte von der Schule abholen? Ich meine... sicher ist sicher."

Sie nickt verständig.

Nachdem meine Mutter gegangen ist, ziehe ich den Bademantel über und krame meine Zigaretten aus der Handtasche.

„Was haben Sie denn vor?" Die Krankenschwester schenkt mir einen argwöhnischen Blick.

Ich fühle mich ertappt. „Äh... Herr Doktor Schnieder hat gesagt, ich soll sofort alle nicht betroffenen Extremitäten aktivieren, also, bewegen."

„Aha", meint Schwester Sabine, wie ich an ihrem Schild ablesen kann, und grinst gnädig. „Dann nehmen sie aber Ihre Krücken mit und legen Sie so bald wie möglich das Bein wieder hoch. Der Raucherbereich ist gleich da vorne."

Ich nicke dankbar und suche, umständlich mit den Krücken hantierend, besagtes Suchtplätzchen auf. Es liegt direkt am Eingangsbereich, sodass ich schon von Weitem Leni herbeieilen sehe.

„Guada Morga, Liebcha", keucht sie und küsst meine Wangen. „Hab's leidr ned frühr gschaffd. Haschde mol 'ne Kibbe für mi?"

„Klar doch!"

Schnaufend lässt sie sich neben mir auf der Bank nieder. „Und? Wie gehd's dir? Haschd du große Schmerza?"

„Gar keine", antworte ich wahrheitsgemäß und sehe sie besorgt an. „Alles klar bei dir?"

„Bei mir? Jaja." Sie steckt sich eine Zigarette an und zieht den Rauch bis tief in ihre Lungen. „I soll di au schee vo Yash ond Aron grüßa. Se sind äwwl no ganz bsorgd. Se kama ja grad vorbei, als..." Leni hustet. „Hui, sind die schdark."

Ich werfe einen kritischen Blick auf die Angaben des Tabakherstellers über den Schadstoffgehalt und stutze dann. „Wieso... wieso Aron?"

Leni hustet erneut. „Na, die kama do grad vorbei, als es bassierd ischd. Die beida jogga do sonndags äwwl gmeinsam. Weischd du do."

„Klar, weiß ich das", murmele ich nachdenklich. „Aber ich dachte, Yash war mit Miro unterwegs? Meine Mutter sagte..." Jetzt dämmert es mir. Ich tippe mir an die Stirn. „Mama glaubt, ich hätte mit Aron, du weißt schon. Sie kennt Miro ja gar nicht."

Leni schlägt die Beine übereinander. „Na, jedschd wohl scho."

„Wieso?"

Überrascht sieht sie mich an. „Wieso wieso?"

„Ja, wieso nicht wieso?"

„Du weischd's gar ned?", schlägt sie sich die Hand vor den Mund.

In einer hilflosen Geste strecke ich die Arme mit nach oben gedrehten Handflächen aus und zucke mit den Schultern.

„Du bischd vor Miros Audo glaufa."

„Sag bloß, des wuschdeschd du ned?"

Ich bin noch immer völlig perplex. Auf irgendeine Weise führt das Schicksal Miro und mich immer wieder zueinander. Wenn auch manchmal auf eine weniger angenehme Weise. „Er war heute früh schon hier."

„Und da hedd er's dir ned gsagd?", wundert sich Leni.

Ich schüttele den Kopf, als ob sich damit meine Gedanken sortieren ließen. „Nee, er kam ja gar nicht dazu, mir irgendetwas zu sagen. Till hat ihn gleich dumm angemacht."

„Oh!", ächzt sie. „Schlechdes Diming. Abr warum hedd er ihn bleed agmachd?"

Ich verdrehe die Augen. Würden dadurch Kalorien verbraucht, hätte ich in den letzten Tagen sicher schon das eine oder andere Kilo abgenommen. „Das weißt *du* jetzt nicht? Also, Tillmann hat wohl herausgefunden, wo wir wohnen und vorgestern Nacht versucht, bei uns reinzukommen. Miro war scheinbar gerade in der Nähe, der Himmel weiß, warum, und dachte, der will einsteigen. Es gab eine Rauferei, wobei beide einige Blessuren davongetragen haben."

„Deshalb siehd er also so bös aus? Yash hedd ihn danach gfragd, do Miro hedd ihm druff ned gandworded. Er war völlich neba der

Schbur ond wollde di soford ins Krankenhaus fahra. Abr Aron hadde scho den Krankenwaga grufa. Da wurd er no saur."

„Sauer?", wiederhole ich irritiert. „Wieso das denn?"

Leni schüttelt den Kopf. „I kann's dir ned saga. I denke, er ischd momendan oifach nur älle. Haschde di noh ned gfragd, warum er midda in der Nächtle no um dai Häusle rumschleichd?"

„Doch."

„Aber?"

„Till kam dazwischen."

„Ond nu?"

Ich stecke mir eine weitere Kippe an. Doktor Schnieder kommt vorbei und wirft mir einen missfälligen Blick zu. Ich winke ab. „Tillmann habe ich in aller Deutlichkeit gesagt, dass er sich verziehen soll. Aus meinem Haus und meinem Leben."

„Wirklich? Und du meinschd, er verschdehd des?"

Ich werfe den Kopf in den Nacken. „Naja, blöd ist er nicht. Ich denke, er hat sehr gut verstanden. Nur habe ich Mama gebeten, Paul heute von der Schule abzuholen."

„Na, noh wär des ja au klärd."

„Hm", zweifle ich. „Ich habe keine Ahnung, wie Paul inzwischen zu seinem Vater steht. Weiß ich, ob er mir deswegen nicht böse ist?"

„Warde ab, bis du Baul heud Nachmiddag siehschd", rät mir Leni und legt ihre Hand auf meine. „Und noh solldeschd du endlich mol mid Miro schwätza."

„Ja, das sollte ich wohl", seufze ich. „Ups!" Zu dem Kugelschreiber in meinem Gips hat sich nun auch mein Feuerzeug gesellt. Jucken tut es aber immer noch...

KAPITEL sechsundfünfzig

„Und es ist auch wirklich okay so für dich, Paul?" Ich streichle meinem Sohn sanft über seinen entschieden nickenden Kopf.

„Mama", beschwert er sich nun lautstark. „Der kommt hierher und spielt sich auf und glaubt, er könne rumbestimmen in unserem Haus. Dabei ging es uns so gut, die ganze Zeit. Ohne ihn."

Ich presse die Lippen aufeinander. Das bedeutet in meinem Fall Zustimmung.

„Und Otto kann er auch nicht leiden." So, das war der Punkt, an dem sich Till wohl alle seine Chancen auf einen Neuanfang verspielt hat. Recht so. „Und Lilli ist auch froh, dass er wieder weg ist."

„Sie hat schon gleich von Tim dein Bett frisch beziehen lassen", ergänzt meine Mutter. „Und das Gerümpel, das du für ihn aufbewahrt hast, hat sie ihm ebenfalls hinterher pfeffern lassen." Sie kann sich das Grinsen nicht verkneifen.

Ich bin erleichtert. Dieser Schritt ist getan. Jetzt wird es wohl Zeit für den nächsten.

Zeit, um darüber nachzudenken, finde ich heute allerdings nicht mehr. Nachdem Mama und Paul gegangen sind und somit von Lilli und Tim abgelöst wurden, schaut Papa kurz vorbei. Er gibt sich mit Carla und Leo die Klinke in die Hand, die zeitgleich mit Sam zu Besuch kommen. Kurz nachdem sie gegangen sind, schneien Leni und Yash herein. Sie überreichen mir in Julis Namen einen kleinen Glücksbuddha, der mich ganz schnell wieder gesund machen soll. Ich bin gerührt und irgendwann auch ziemlich müde.

Gegen halb acht klopft es erneut.

„Hallo-hooo", flötet Aisha und zwinkert aufmunternd.

„Hey, das ist ja eine Überraschung", freue ich mich ehrlich und lasse mich von ihr herzen. „Wie geht's dir?"

Sie setzt sich auf die Bettkante und strahlt übers ganze Gesicht. Das Glück steht ihr gut. „Das will ich dich eigentlich fragen."

„Super", übertreibe ich unmerklich und schiebe mir das Kissen im Rücken zurecht. „Und wie...? Also... alles klar? Bei euch? Und zu Hause?" Himmel! Dieses Gestammel ist ja fast schon peinlich.

Aisha zeigt mit dem Daumen zur Tür. „Aron kommt auch gleich. Papa hat das akzeptiert. Zurzeit ist er sowieso ziemlich durch den Wind. Hat ein blaues Auge und eine Platzwunde und sagt partout nicht, woher das stammt. Dann dieser Unfall." Sie seufzt schwer. „Der ist so fertig, dass er sich gar nicht über Aron und mich aufregen kann." Sie sieht unter sich und schielt vorsichtig zu mir herüber.

Mein Herz verkrampft sich. Miro leidet. Und das schmerzt auch mich. Aber ist das alles wirklich nur meinetwegen?

Aron begrüßt mich mit großem Hallo. Er hat einen unverschämt großen Korb mit den besten Pralinen jenseits dieses Planeten mitgebracht. „Ihr seid ja verrückt", kommentiere ich verzückt das Präsent und küsse beide auf die Wange. „Vielen Dank."

Aron geht auffallend zärtlich mit Aisha um. Aus dem draufgängerischen Chauvi scheint ein fürsorglicher Partner geworden zu sein. Versonnen belächle ich das verliebte Paar, als es erneut klopft.

Noch bevor ich mit „Ja?" antworte und die Tür sich öffnet, kann ich seine Anwesenheit spüren. Es ist ein Kribbeln im Bauch, das sich mit nichts vergleichen lässt.

„Ich finde wohl nie den richtigen Moment", murmelt Miro wenig begeistert und tritt nur zögernd näher. „'nabend."

„Hi, Papa", lächelt Aisha verhalten. Wohl in Unkenntnis dessen, was sich zwischen ihrem Vater und mir bereits ereignet hat, macht sie keinerlei Anstalten, sich zu verabschieden. Erschwerend kommt hinzu, dass sie und Aron ja auch erst vor wenigen Minuten gekommen sind.

„Schön, dich zu sehen, Miro", starte ich einen Versuch, die deutlich spürbare Spannung im Raum etwas aufzulockern. „Es tut mir leid wegen heute Morgen."

Miro winkt ab und signalisiert mir, dass er nicht gewillt ist, darüber zu reden.

„Du warst heute schon mal hier?", erkundigt sich Aisha vorlaut. „Wieso das denn?"

Aron schubst sie mit dem Ellenbogen. „Ich denke, wir müssen dann auch mal wieder gehen."

„Warum denn? Wir sind doch gerade erst..."

Aron verdreht die Augen. „Liebling", bei diesem Wort räuspert sich Miro ungehalten und Aron zuckt zusammen, „komm einfach."

Nachdem sie gegangen sind, stehen – nun gut, ich liege, aber das tut ja nun nichts zur Sache – wir uns eine ganze Weile schweigend gegenüber. Miro hat sich ans Fenster gelehnt und die Arme vor dem Bauch verschränkt. Er räuspert sich. „Charlotte", sagt er kehlig und bringt damit meine Haut zum Kribbeln. „Es tut mir wirklich unendlich leid. Ich... hab dich einfach nicht... scheiße." Er ist kreidebleich.

„Miro", mache ich umgehend Anstalten aufzustehen. „Es ist doch meine Schuld und..."

„So." Die Tür wird aufgerissen und Nachtschwester Hildegard stürmt ins Zimmer. „Jetzt wird's aber mal Zeit, meine Herrschaften."

Miro schubst sich von der Fensterbank ab und kommt an mein Bett. „Ich würde gerne nach Otto schauen und mit ihm laufen, solange du noch gehandicapt bist."

„Nanana!", wettert Hildegard. „Was hab ich eben gesagt?" Unwirsch presst sie meinen Oberkörper nach vorn und schüttelt das Kopfkissen auf. „Feierabend hier!"

Ich nicke einvernehmlich.

„Halten Sie sich bitte morgen früh noch einmal für einen Ultraschall bereit", blökt die Furie der Nachtschicht und zerrt weiter an meinem Bettzeug.

Ultraschall?, formt Miro mit seinen Lippen und zieht die Stirn kraus.

„Wieso das denn?", frage ich verwundert.

Sie stemmt die Fäuste in die Hüften. „Der Herr Doktor hat das angeordnet. Ihre Blutwerte haben Auffälligkeiten ergeben."

„Welche Auffälligkeiten?"

Ich dachte nicht, dass Miro noch blasser werden könnte. Aber Tatsache. „Ich ging davon aus, ihre Untersuchungen haben ergeben, dass sie durch den Unfall keine weiteren Schäden genommen hat, sieht man mal von dem Beinbruch ab? Was sind das für Auffälligkeiten?"

„Geht Sie das irgendetwas an?", schnarrt Hildegard gelangweilt.

„Ja!", gibt Miro wie selbstverständlich zurück. „Also? Bitte?"

Sie zuckt nur mit den Schultern. „Weiß ich doch nicht. Das ist alles die Sache von dem Herrn Doktor. Fragen Sie morgen noch mal."

Miro schluckt. „Ist der behandelnde Arzt noch zu sprechen? Oder lässt er sich bereits in einem thailändischen Massagesalon verwöhnen?"

Schwester Hildegard verzieht das Gesicht. „Er hat bereits Feierabend. Auch wenn ich nicht wüsste, was Sie das angeht. Fragen Sie morgen noch mal nach. Und jetzt: Auf Wiedersehen!"

Miros Kiefer knackt. Unschlüssig steht er an meinem Bett und sieht mich an. Wäre die Nervensäge nicht im Raum, dessen bin ich mir sicher, würde er mich jetzt zum Abschied küssen. So legt er nur seine Hand auf meine Schulter und verabschiedet sich reserviert. „Schlaf gut, Charlotte."

Ein gut gemeinter Rat, dem ich nicht folgen kann. Mein Schlaf wird von defekten Stammzellen, nervenzerfressenden Viren und Krebsgeschwüren heimgesucht. Schweißgebadet wache ich auf und schalte das Nachtlicht ein. Minutenlang starre ich an die Decke. Dann fällt mein Blick auf die Lotusblüte. Das Kärtchen am Pflanzenstein ist mir bislang gar nicht aufgefallen. Ich wuchte mich aus dem Bett und nehme es an mich. Was soll das denn sein? Eine Schrift, die ich nicht kenne – vermutlich arabisch – und Worte, die ich demnach auch nicht lesen kann. Unterzeichnet mit Miro. Ich schlüpfe zurück unter meine Decke und presse die Karte an mich.

Endlich, endlich kann ich ruhig schlafen...

KAPITEL siebenundfünfzig

Ungeduldig erwarte ich am darauffolgenden Morgen Doktor Schnieders Visite. Bereits ab sechs Uhr sitze ich in meinem Yogadress auf dem Bett und trommele mit den Fingern auf den Nachttisch.

„Einen wunderschönen guten Morgen", platzt er um kurz vor sieben herein und sieht sich um. „Na? Heute keine zankenden Jungs zugegen?"

Mein Gesichtsausdruck gibt ihm deutlich zu verstehen, dass ich nicht zu Scherzen aufgelegt bin. „Wann kann ich zum Ultraschall?"

Er wirft einen nachdenklichen Blick auf seine Rolex. Standardausrüstung eines Oberarztes. „In etwa einer Stunde werde ich mit der Visite fertig sein. Schwester Sabine wird Sie dann abholen."

„Eine ganze Stunde noch?", heule ich auf. „Warum ist das überhaupt notwendig? Was sind das für Auffälligkeiten? Sagen Sie schon!"

„Das werden wir dann sehen", erwidert Schnieder knapp und tätschelt beruhigend meine Schulter. „Machen Sie sich zunächst mal keine Sorgen."

Ich hole tief Luft. „Na, Sie sind gut", knurre ich missgestimmt.

Doktor Schnieder lacht herzhaft auf. „Das habe ich ja schon lange nicht mehr gehört."

Haha! Wie witzig.

Die Stunde zieht sich wie eine halbe Ewigkeit. Schwester Sabine nimmt mir noch einmal Blut ab, bevor sie mich zur Untersuchung in eine andere Station führt.

„Sind wie hier richtig?", frage ich beklommen, als wir in der gynäkologischen Abteilung eintreffen.

Schwester Sabine nickt. „Machen Sie sich bitte schon mal untenherum frei. Ich helfe Ihnen dann auf den Stuhl, mit Ihrem Gipsbein."

Oh, mein Gott!, schießt es mir durch den Kopf. *Ich habe Krebs. Unterleib oder so.* Ich spüre, wie das Blut in meinen Adern gefriert. Mein Herz bleibt stehen, mir wird schlecht. „Ich muss...", presse ich die Hand vor den Mund und suche panisch die nächste Toilette auf. Nicht so einfach mit einem sprichwörtlichen Klotz am Bein.

„Na, was ist denn hier los, hm?" Doktor Schnieder schaut mir über die Schulter und benutzt eben diese als Handablage. Ich ächze unter seinem Gewicht.

Schwester Sabine ist sensibler. Sie reicht mir kühles, feuchtes Tuch. „Geht's wieder, Frau Freund?", und an den Arzt gewandt: „Die Patientin musste sich plötzlich übergeben. Der Gips hat leider einen Sprung."

„Aber deswegen hat sie sich vermutlich nicht übergeben." Er kratzt sich am Kopf. „Na ja, den Gips werden wir auf jeden Fall erneuern müssen. Aber erst nehmen Sie mal auf dem Stühlchen da drüben Platz, ja?"

Mein ganzer Körper zittert, als Doktor Schnieder Gel auf diesem imaginären Vibrator verteilt und sich damit dort zu schaffen macht, wo es am intimsten ist. Während er konzentriert auf den Monitor schaut, schließe ich die Augen und versuche, meine Angst wegzuatmen. „Und?", frage ich nach bangen Sekunden. „Ist es Krebs?"

„Krebs ist es nicht", höre ich ihn sagen. „Aber was ich da sehe, ist bereits fünf Millimeter groß und wächst ebenfalls."

Ich halte die Luft an.

Doktor Schnieder klopft auf meinen Gips. Das Signal, dass ich eine weniger demütigende Stellung einnehmen kann. „Haben Sie Kinder?", fragt er, während ich mich anziehe.

„Ja, zwei."

„Wie alt sind Ihre Kinder?"

Fragt er das, weil Lilli und Paul bald Halbweisen werden? „Zehn und achtzehn. Und ich werde in drei Wochen Oma." *Falls ich bis dahin noch lebe*, jammert meine innere Stimme.

„Oh!" Schnieder schiebt überrascht den Unterkiefer nach vorn. „Dann wird ja sehr viel Leben in Ihr Haus einkehren."

„Ja." Wenn er nicht endlich sagt, welche Krankheit ich habe, drehe ich durch!

„Nun gut", meint er endlich und reicht mir die Hand. „Dann geht das ja beinahe in einem Aufwasch, meine Gute." Er schlägt sich vor Lachen auf den Oberschenkel. „Herzlichen Glückwunsch. Sie sind schwanger."

„Frau Freund? Hallo? Hören Sie mich?" Doktor Schnieder wedelt mit beiden Händen vor meinem Gesicht herum.

Wie erstarrt verharre ich, auf meine Krücken gestützt, und ziehe nun als erste und einzige Regung die Nase kraus.

„Regen Sie sich mal nicht auf, Frau Freund", tätschelt er penetrant meine Schulter. „Sie sind ja erst in der sechsten Woche, alles sieht bestens aus und heutzutage gibt es viele Spätgebärende."

„Aha." Mehr als ein Keuchen bringe ich nicht hervor.

„Ich verstehe das jetzt so, dass Sie mit dieser Nachricht überhaupt nicht gerechnet haben?" In Doktor Schnieders Stimme schwingt ein Hauch väterlicher Besorgnis mit.

„Nicht wirklich..."

In der Tat. Ich habe nicht damit gerechnet, dass Tillmann unsere Familie von heute auf morgen verlässt. Ich habe nicht damit gerechnet, jemals stolze Hausbesitzerin zu sein. Ich habe nicht damit gerechnet, mit siebenunddreißig Oma zu werden. Ich habe nicht damit gerechnet, Sam jemals wieder zu treffen. Ich habe auch nicht damit gerechnet, einem Menschen zu begegnen, den ich nicht für das liebe, was er ist, sondern für das, was ich bin, wenn ich mit ihm bin. Und nun wächst ein Teil von ihm in mir heran.

Womit ich allerdings auch nicht gerechnet habe...

„Wie geht es Ihnen jetzt?" Doktor Schnieder sägt mit fußpilzförderndem Getöse den Gips auf. Nur das Geräusch eines Zahnarztbohrers ist schlimmer. Zufrieden fischt er zwei Kugelschreiber und ein Feuerzeug aus den Resten. „Immer dasselbe..."

Ich brauche nicht mehr zu überlegen. „Gut. Sehr gut", antworte ich und meine es auch so.

Frisch gegipst und mit einem Gefühl im Bauch, das mich regelrecht überwältigt, humpele ich auf meinen Krücken aus der Station.

„Mein Gott..." Schwer atmend kommt mir Miro entgegen. Er sieht aus, als hätte er gerade am Iron Man teilgenommen. „Was tust du...", er schaut hinweisend auf das Schild Gynäkologie, „hier?"

Das Herz schlägt mir bis zum Hals. Am liebsten würde ich ihm jetzt um den Hals fallen und... na ja, das hatten wir ja bereits. Meine Hormone drehen wohl durch.

Ich räuspere mich. „Ultraschall. Du weißt doch?"

„Ja", erwidert Miro mit gerunzelter Stirn.

„Na, und nur hier gibt's halt diesen vollelektronischen Dildo mit Satellitenempfang."

„Ja." Seine Stirn hat sich noch immer nicht entfaltet. „Aber was sagt der Arzt?"

Wie gerufen, schwebt Doktor Helge Schnieder über den Flur. „Ah! Der...?"

„Genau", rufe ich rasch und räuspere mich. „Der."

Schnieder ist aufmerksamer als erwartet. Er lacht. „Der Kindergartenfreund."

Miro findet das alles gar nicht witzig. „Hört mal", zwingt er sich zu einem gelassenen Tonfall. Dabei streckt er die Hände mit gespreizten Fingern nach vorn, als wolle er seinen Unmut niederdrücken. „Ich suche dich jetzt seit einer halben Stunde. Hier ist kein Mensch in der Lage, mir auch nur eine aussagekräftige Antwort zu geben. Was ist das für ein inkompetenter Laden?" Er presst die Lippen zusammen und sieht echt gefährlich aus.

Doktor Schnieder räuspert sich. Bestimmt ist er jetzt ziemlich angepisst. „Warum sagen Sie nicht einfach, dass Sie sich höllische Sorgen um Frau Freund machen?", fragt er direkt.

Miro holt Luft, seine Kiefer knacken. Er ist sprachlos.

„Es ist alles in bester Ordnung."

„Und die Auffälligkeiten?" Miro lässt sich nicht so einfach beruhigen. Noch nicht einmal von einem Oberarzt. „Sie sagten doch..."

Schnieder winkt ab. „Alles ganz natürlich." Mit diesen Worten reicht er mir augenzwinkernd die Hand und verabschiedet sich herzlich. „Vergessen Sie bitte nicht den... die Nachsorgetermine."

„Charlotte..." Miro legt seine Hand auf meinen Oberarm.

Ein Kribbeln durchflutet meinen Körper, es verstärkt sich, als ich in seine besorgten blauen Augen schaue. „Es ist alles in Ordnung, Miro. Wirklich!"

„Kann ich dich nach..."

„Da bist du ja!" Meine Mutter flitzt wild gestikulierend über den Gang. „In diesem Irrenhaus kann einem ja aber auch kein Mensch weiterhelfen!"

„Meine Rede", murmelt Miro und steckt beide Hände in die Hosentaschen. Die Daumen hängt er in die Gürtelschlaufen ein. Er steht da wie ein Lausejunge, dessen Streich nicht aufgeflogen ist.

Als Mama ihn erkennt, hellt sich ihr Gesicht auf. „Ach, Herr Stahl! Das ist aber nett, dass Sie nach meinem Lottchen schauen."

„Guten Morgen, Frau Freund." Er reicht meiner Mutter die Hand und ist sichtlich amüsiert.

Ich knurre.

Sie stützt sich mit der Hand auf Miros Schulter ab und flüstert ihm ins Ohr: „Sie kann es nicht leiden, wenn ich sie so nenne. Ihr Papa darf das natürlich!"

„Natürlich", stimmt er meiner Mutter zu.

„Wie wäre es", schlägt sie vergnügt vor, „wenn wir in dem kleinen, hübschen Café gegenüber noch einen Kaffee zusammen trinken?" Ohne eine Antwort abzuwarten, hakt sie sich bei Miro ein und stakst von dannen. Und ich muss sehen, wie ich hinterherkomme.

KAPITEL achtundfünfzig

Meine Mutter textet Miro derart zu, dass ihm nicht einmal Zeit zum Luftholen bleibt, geschweige denn zum Antworten. Fasziniert belächelt er ihren Redeschwall. Als die Wirkung des Kaffees endlich einsetzt und sie kurz zur Toilette verschwindet, schubst er mich beinahe schüchtern an. „Ich würde heute Mittag gerne vorbeikommen, um mit Otto rauszugehen. Ist ein Uhr in Ordnung?"

„Klar", antworte ich und mache mir zum ersten Mal Gedanken über seinen Job. Bislang war mir das völlig egal – solange Miro nur in meiner Nähe war. „Aber du musst das nicht. Ich meine, du hast doch sicher noch andere Verpflichtungen?"

„Ich kann mir das einrichten." Er klingt ein wenig verschnupft.

„Miro", sehe ich ihm fest in die Augen, was angesichts meiner Nervosität schon ein Kunststück ist. „Ich...", möchte mich eigentlich bei ihm für meinen Ausbruch am Samstag entschuldigen, als meine Mutter dazwischen platzt. Hat sie einen Katheter? Oder warum geht das bei ihr so schnell?

Es ist egal, denn wir werden sowieso von Miros Handy gestört, das auf dem Tisch um seine eigene Achse vibriert. Auf dem Display steht Lu ruft an. Wohl für die, die nicht wissen, was gerade passiert.

„Lu?", brummt Miro ins Handy. „Ja?" Seine Stirn legt sich in Falten. „Hmhm. Sehr gut." Er lauscht einen Moment den Worten des Anrufers und lehnt sich dann entspannt zurück. Ein Lächeln huscht über sein Gesicht. „Natürlich. Aber ich denke, das solltest du besser selbst übernehmen. Wir sehen uns morgen." Er legt das Handy zur Seite und entschuldigt sich bei uns für die Störung.

Meine Mutter ist hellauf begeistert. Sie fährt total auf gutes Benehmen ab. Und auf Miro, wie mir scheint. „Möchten Sie denn nicht noch zum Mittagessen mitkommen?"

„Mama", möchte ich Miros Geduld nicht überstrapazieren, „Miro hat auch noch einen Job. Und ein Privatleben. Er kann nicht den ganzen Tag mit uns verbummeln."

Miro dreht langsam den Kopf in meine Richtung.

„Äh, also nicht, dass wir uns nicht freuen würden", füge ich hastig hinzu.

Er räuspert sich, zieht sein Portemonnaie aus der Hosentasche und winkt dem Kellner. „Vielen Dank für Ihr Angebot, Frau Freund", erklärt er lächelnd. „Aber ich habe heute tatsächlich noch einige Termine, die sich so kurzfristig nicht verschieben lassen."

Enttäuscht lasse ich den Kopf hängen.

„Wir sehen uns dann um eins, wenn ich Otto hole, ja?" Mit diesen Worten verabschiedet er sich und geht.

Ich bin verwirrt. In einer Sekunde ist Miro mir so nah, dass sich unsere Seelen berühren. In einer anderen so fern, als stünde eine Mauer zwischen uns.

„Was ist los, Kleines?" Meine Mutter sieht besorgt zu mir herüber, während die Ampel wieder auf Grün umspringt. Hinter uns trommelt ein ungeduldiger Autofahrer auf die Hupe.

„Nichts", lüge ich. „Wieso?"

„Du brauchst dir keine Sorgen zu machen, Charlotte. Paul hat es sehr gelassen hingenommen, als Tillmann sich von ihm verabschiedet hat. Lilli hat es gar nicht interessiert. Er ist übrigens heute früh wieder nach Norwegen geflogen."

Ich atme auf. „Das ist gut so." Ich möchte endlich Ruhe in mein Leben bekommen.

„Dieser Herr Stahl ist wirklich sehr nett", sagt sie nach einer kurzen Pause. Nicht unauffällig genug schielt sie zu mir herüber.

„Ich weiß, Mama."

Das ist nicht die Antwort, die sie erwartet hat. Sie bohrt weiter. „Man könnte den Eindruck haben, Ihr kennt euch schon länger?"

„Tun wir auch."

„So? Wie das denn? Davon hast du ja gar nichts erzählt?"

„Doch. Habe ich."

„Wann?"

„Am Samstag."

Auf der Stirn meiner Mutter bilden sich viele kleine Fragezeichen.

„Als du irrtümlich Aron eine gescheuert hast."

Meine Mutter tritt unvermittelt auf die Bremse und schwenkt rechts ein. „Wie bitte?"

Ich bereue es schon, sie über Miros Identität auf diese Weise in Kenntnis gesetzt zu haben. Aber jetzt ist es sowieso zu spät. „Mama, er hat mich aber nicht sitzen lassen. Es war nicht richtig von mir, ihn so bloßzustellen."

„Na ja", meint sie verdrießlich. „Er hatte mit dir, du weißt schon, und ist dann einfach..."

„Ist er nicht." Ich schlage mir auf die Oberschenkel und erzähle Mama die ganze Geschichte. Von Anfang an und schließe mit den Worten: „Nun habe ich es immer noch nicht geschafft, mich bei ihm zu entschuldigen."

„Weißt du was?", schlägt sie lächelnd vor. „Du lädst ihn für heute Abend zum Essen ein. Ich werde alles für dich vorbereiten. Dann könnt Ihr endlich mal in Ruhe miteinander reden und alle Missverständnisse aufklären. Was hältst du davon?"

Ich beantworte die Frage, indem ich ihr ein breites, dankbares Lächeln schenke.

„Hey, meine Süße! Willkommen zu Hause." Carla ist an der Strippe, kaum dass ich die Haustür aufgeschlossen habe. „Sag mir Bescheid, wenn du irgendetwas brauchst, ja? Leo und ich kommen gerne heute Abend bei dir vorbei. Wie geht's dir denn? Was machst du gerade?"

„Carla, Spätzchen", stöhne ich und verfluche die sperrigen Krücken. Kurzerhand pfeffere ich sie zu Boden, um Otto zu begrüßen, dem mein Gipsfuß nicht ganz geheuer ist. „Ich komme gerade zur Tür rein. Mama ist bei mir und Lilli", ich winke meiner Tochter, die sich gerade die Treppe hinunter wuchtet. „Und, äh, wegen heute Abend... ich wollte Miro einladen."

„Miro? Soso." Carla schnalzt mit der Zunge. „Wie kommt's zu diesem Sinneswandel?"

Ich streichle versonnen über meinen Bauch. „Erzähle ich dir später. Okay?" Ich bringe es nicht übers Herz, die Nachricht jemand anderem als Miro selbst zuerst mitzuteilen.

„Dann wünsche ich euch viel Spaß heute Abend", wispert sie vielsagend. „Und melde dich morgen früh bei mir. Oder eben dann, wenn ihr ausgeschlafen habt", fügt sie feixend hinzu.

„Du bekommst heute Abend Besuch?" Lilli schnauft wie ein Walross. Das Ende der Schwangerschaft und die enormen Kilos, die sie inzwischen mit sich herumschleppt, machen ihr ziemlich zu schaffen. „Hi, Mama", haucht sie mir einen feuchten Kuss auf die Wange.

„Hör mal, Schätzchen." Meine Mutter legt den Arm um Lillis nicht mehr vorhandene Taille und streicht ihr eine Haarsträhne aus dem Gesicht. „Es ist sehr wichtig, dass sich deine Mutter heute Abend ungestört mit Herrn Stahl unterhalten kann."

„Miro?", fragt sie und ein Grinsen huscht über ihr Gesicht.

„Woher kennst du Miro?"

Lilli lässt sich stöhnend aufs Sofa fallen. „Er war doch heute früh hier, um mit Otto zu laufen. Sagte, du wüsstest Bescheid."

„Stimmt."

„Netter Kerl", grinst Lilli und kaut auf ihren Fingerknöcheln herum. „Und ziemlich cool."

Auch da kann ich meiner Tochter nicht widersprechen.

„Paul hat mir gesagt, dass er deinen Ex vermöbelt hat."

„Kindchen. Der Ex deiner Mutter ist dein Vater", mischt Mama sich näselnd ein. „Aber cool finde ich das auch", fügt sie leise hinzu. Lilli winkt ab. „Geht schon okay, Mama. Tim ist bis Freitag auf Messe. Ich wollte sowieso mit dem neuen Buch anfangen, das Vivi mir gestern geschenkt hat. Und Paul..."

„Kann gerne wieder bei uns schlafen", bietet Mama sofort an. „Und Otto auch."

„Hey", fahre ich entrüstet aus. „Was denkt Ihr denn, was wir hier treiben wollen?"

Zwei breit grinsende Gesichter geben mir die Antwort.

KAPITEL neunundfünfzig

Miro ist überpünktlich. In seiner Laufmontur sieht er einfach zum Anbeißen aus. Findet Otto übrigens auch, als er auf ihn zu rennt, mit den Vorderpfoten auf Miros Schultern zum Stehen kommt und sein Gesicht ableckt.

„Miro?", rufe ich, als ich sehe, dass er sich sogleich mit Otto auf den Weg machen möchte. „Hättest du heute Abend Zeit?"

Er sieht auf Otto und nickt. „Klar. Sagte ich doch."

„Nein, ich meine... ich würde dich gerne zum Essen einladen. Hier bei mir."

Ich glaube, zu sehen, wie sein Gesicht zu strahlen beginnt. Er schaut zu Boden und schiebt das Kinn nach vorn. „Gerne."

„Um acht?"

Miro zwinkert mir zu, pfeift dann nach Otto und joggt davon.

Es ist gar nicht so einfach, mit einem Gipsbein zu duschen, hat allerdings den Vorteil, dass man statt zwei, nur ein Bein rasieren muss. Eine Zeitersparnis von immerhin zweieinhalb Minuten. Sieh mal einer an!

Carla ist in ihrer Mittagspause vorbeigehuscht, um mir einen Traum von Sommer zu bringen. Ein zart geblümtes Kleid aus reiner Seide. „Das liegt so geil auf der Haut", betont sie, „das musst du unbedingt ohne BH tragen. Was glaubst du, wie da deine Nippel stehen."

Ich schmunzele schwach. „Das tun sie sowieso schon, wenn ich Miro sehe."

„Na, dann." Sie nimmt mein Gesicht in ihre Hände und küsst mich auf den Mund. „Wir freuen uns alle, dass du das endlich klären willst."

„Alle?", wiederhole ich argwöhnisch.

Carla zieht mit Unschuldsmiene die Schultern nach oben. „Toi, toi, toi!"

Mein Herz überschlägt sich fast, als es Punkt acht an der Tür klingelt. Paul hat es sich nicht zweimal sagen lassen und sofort seine Siebensachen gepackt, als meine Mutter ihm anbot, mit Otto bei ihr zu übernachten. Schließlich wird er von meinen Eltern verwöhnt wie ein kleiner Prinz. Lilli hat sich mit vielsagendem Grinsen in ihr Zimmer zurückgezogen und versprochen, unter keinen Umständen wieder herauszukommen. Ich habe gewissermaßen sturmfreie Bude.

„Schön, dass du gekommen bist", sage ich und spüre die aufsteigende Hitze in meinen Wangen prickeln.

„Danke für die Einladung."

Wie zwei Teenager stehen wir voreinander. Miro beugt sich ein wenig nach vorn. In Erwartung eines Kusses schließe ich die Augen. „Ist Otto denn nicht da?", fragt er stattdessen.

„N-n-nein", antworte ich verdattert und trete einen Schritt zur Seite. „K-k-komm doch rein."

„Paul auch nicht?" Suchend blickt er sich um. „Und Lilli?"

Ich stehe völlig neben mir und weiß nicht recht, wie ich sein Verhalten einschätzen soll. „Nein."

„Für dich." Miro reicht mir ein Päckchen und steuert mein Bücherregal an. „Beeindruckend", sagt er und zieht ein Gedichtband von Elizabeth Barrett Browning aus dem Regal. „Darf ich?"

„Selbstverständlich." Ich lege das Päckchen auf den Wohnzimmertisch und trete neben ihn. Es ist einer der Momente, in denen er mir so nah und doch so fern ist.

Er blättert versonnen in dem Buch und hält an einer Seite inne. „Hm", brummt er leise. „Wie ich dich liebe."

„Wie ich dich liebe", wiederhole ich. Dieses Gedicht kenne ich auswendig. „Lass mich die Weisen sagen: Ich liebe dich so tief und breit und hoch, wie meine Seele reicht und weiter noch."

„Ins Unermessliche, das wir kaum zu betreten wagen", fährt Miro fort und sieht mir dabei tief in die Augen. „Ich lieb dich so, dass jeden Tag von meinen Tagen mich innigstes Verlangen zu dir bringt. Ich lieb dich rein, wie man ums Rechte ringt. Ich lieb dich frei, will nicht nach andrer Meinung fragen." Er tritt näher an mich heran.

Mein Atem wird stärker, meine Brust hebt und senkt sich im Takt. „Ich liebe dich mit Leidenschaft, mit Tiefe, mit altem Kummer, frischer Kindergläubigkeit, mit einer Liebe, von der ich dacht, sie schliefe, bei abgelegten Heil'gen."

Miro schlägt das Buch zu und legt seine Hand auf meine Wange. Sein Daumen streicht über mein Kinn.

„Ich lieb dich in der frohen Zeit, mit Tränen und jedem Atemzug und riefe gern zu Gott: Ich lieb ihn noch in Ewigkeit."

Spätestens jetzt habe ich einen leidenschaftlichen Kuss erwartet, mit allem, was dazu gehört. Doch Miro lächelt nur und sagt: „Hast du dir die ganze Mühe für mich gemacht?"

„Was?" Ich bin völlig perplex.

„Das Essen?", hilft er mir auf die Sprünge.

Wäre ich ein Mann, hätte meine Penetrationsfähigkeit abrupt nachgelassen. Meine erotische Spannung sackt just in diesem Moment kläglich in sich zusammen. Ich schnaufe. „Mama hat das alles vorbereitet."

„Aha."

„Ist das ein Problem?"

„Nein."

„Gut." Angepisst stakse ich in die Küche, um das Essen aus dem Ofen zu holen.

Der hat sie wohl nicht mehr alle! Ich biete mich hier großzügig an und er lässt mich am ausgestreckten Arm verhungern! Unglaublich ist das!

„Kann ich dir helfen?" Miro steht unvermittelt hinter mir. Ich spüre seinen Atem in meinem Nacken und bekomme Gänsehaut, als sich sein Arm an meiner Taille vorbeischiebt. Er legt eine Tarotkarte auf die Anrichte.

„*Das Ass der Kelche*?", frage ich, ohne mich umzudrehen.

„Hmhm." Sein Mund ist nun ganz dicht an meinem Ohr. „Was bedeutet sie?"

Mein Herzschlag hat seine zulässige Höchstgeschwindigkeit längst überschritten. Ich zittere am ganzen Körper, meine Gehirnzellen fahren Achterbahn. Und da erwartet er von mir, dass ich noch denke?

„Vor dir liegt eine wunderbare Chance, Glück und Erfüllung zu finden", deute ich heiser, „die du auf keinen Fall verpassen solltest."

„Ist das wahr?" Seine Lippen berühren meinen Hals und ich weiß, er erwartet nicht wirklich eine Antwort, als seine Hände langsam meinen Oberschenkel hinauf unter mein Kleid wandern.

Ich kann seine Verzückung spüren, als er bemerkt, dass ich nichts außer diesem Kleid am Leib habe. Er dreht mich sachte zu sich herum.

„Charlotte, es tut mir leid, dass ich damals einfach so..."

„Nein, mir tut es leid, dass ich dir so was überhaupt zugetraut habe." Ich lege meine Hand in seinen Nacken und ziehe ihn zu mir hinab, um endlich zu bekommen, worauf ich die ganze Zeit schon warte.

Ein Kuss ist ein liebenswerter Trick der Natur, Gespräche zu unterbrechen, wenn Worte überflüssig werden. Ingrid Bergmann.

Miro schiebt den Rock meines Kleides nach oben und hebt mich auf die Anrichte. Ich denke keine Sekunde daran, dass wir nicht allein im Haus sind, dass das Essen kalt wird oder ein Nachbar über die Terrasse hereinkommen könnte. Ich denke und fühle nur noch Miro und mich.

Und ich fühle deutlich sein Verlangen, seinen Atem, der schwerer wird, seine Küsse fordernder. Ich streife ihm das T-Shirt ab und öffne den Knopf seiner Jeans.

„Seni seviyorum", flüstert er und grinst mich frech an. Er weiß sehr wohl, dass ich immer noch nicht weiß, was das heißt.

Ich runzle die Stirn nur einen kurzen Moment und lasse seine Hose hinab gleiten. Es soll mir egal sein. Mein ganzer Körper ist auf Empfang gestellt und Miro hat den Sendemast. Mein Hirn ist jetzt nicht auf Denken programmiert, nur noch auf Fühlen und Genießen. Ich schlinge mein rechtes, ungegipstes Bein um seine Hüfte, als er sich in meinen Schoß schiebt und mich in den siebten Himmel hebt. Meine Fingernägel krallen sich in Miros Rücken, ich beiße in seinen Nacken, um nicht vor Lust laut zu schreien. Seine Muskeln zucken und sein Körper zittert, als er kommt und anschließend seinen Kopf erschöpft an meinem Hals birgt.

Minutenlang verharren wir, halten uns einfach nur fest und lassen die Fingerspitzen über unsere Körper wandern.

„Was hast du vorhin gesagt?" Ich schiebe mir ein Küchenpapier zwischen die Beine. „Das war türkisch, oder? Du hast es schon mal gesagt."

Er lächelt. „Ja."

„Und was heißt das?", dränge ich.

Miro streicht mir eine Haarsträhne aus dem Gesicht und küsst mich zärtlich. „Dasselbe, was du gesagt hast. Auf indisch."

Oh Gott! Er liebt mich! Miro liebt mich! Meine Hormone tanzen Tango. Mein Körper schüttet jede Menge Endorphin, Serotonin und Phenethylamin auf einmal aus. Ich könnte schier explodieren vor Freude.

„Wirklich?", wiederhole ich dennoch vorsichtig.

Miro nimmt meinen Kopf in seine Hände und sieht mir tief in die Augen. „Ich liebe dich so tief und breit und hoch, wie meine Seele reicht und weiter noch."

KAPITEL sechzig

Während Miro mich in seinen Armen hält und ich mich so geborgen fühle wie nie zuvor in meinem Leben, streichle ich über sein Gesicht. „Miro?"

„Hmmm?" Er küsst meine Stirn.

„Ich... ich muss dir etwas sagen."

„Hmhmmm..." Seine Küsse wandern über mein Gesicht, meinen Hals, bedecken meine Schultern.

„Ich bin... wir bekommen..."

„MAAAMAAA!"

Ein spitzer Schrei lässt uns zusammenfahren. Lilli!

Miro schlüpft in seine Jeans und hebt mich von der Anrichte. Auf seinen Arm gestützt humpele ich aus der Küche.

Am Treppenaufgang steht meine Tochter, kreidebleich. Ihre Schlafshort ist durchnässt. „Mama...", heult sie hilflos.

„Die Fruchtblase ist geplatzt", stelle ich fest. „Schon gut, Lilli. Wir fahren sofort ins Krankenhaus. Bleib, wo du bist."

Miro sprintet die Treppen hinauf. Er legt seine Hand auf Lillis Schulter, spricht beruhigend auf sie ein und verschwindet kurz in ihrem Zimmer. Heraus kommt er mit einem frischen Jogginganzug und der Notfalltasche. „Komm", schlingt er ihren Arm um seine Taille, tut selbiges um ihre und führt sie behutsam die Treppen hinab.

Ich helfe meiner Tochter rasch beim Umziehen.

Miro hat bereits den Autoschlüssel geholt und die Tür geöffnet.

„Alles wird gut, mein Schatz", streichele ich Lillis Wange und nehme mit ihr auf dem Rücksitz Platz.

Miro fährt mit nicht unbeträchtlich überschreitender Höchstgeschwindigkeit ins Krankenhaus, findet einen Parkplatz direkt vor dem Gebäude und hilft uns beiden aus dem Wagen. Dann zieht er sich rasch sein T-Shirt über.

Während ich Lilli am Empfang anmelde, heult sie jämmerlich auf.

„Versuche, gleichmäßig zu atmen, Lilli." Miro wirkt bemüht beruhigend auf sie ein, bis ein Pfleger einen Rollstuhl herankarrt und meine Tochter darin verfrachtet. Er reicht mir meine Krücken. „Soll ich versuchen, den werdenden Vater zu erreichen?"

Ich nicke und krame nach meinem Handy. „Das wäre lieb von dir. Er ist unter *Tim* gespeichert." Ich drücke ihm das Telefon in die Hand. „Kommst du nach? Bitte?"

„Natürlich. Ich kenne ja jetzt den Weg", küsst er mich und sieht mir nach, wie ich Lilli und dem Pfleger nach drinnen folge.

In der Entbindungsstation werden wir bereits erwartet und sofort in Empfang genommen. „Ich bin Hebamme Helga", lächelt uns eine kleine, aber energische Frau gütig an. „Legen Sie sich schon mal hier neben hin." Sie weist auf eine Liege im Untersuchungsraum. „Ihre Schwester kann gerne bei Ihnen bleiben."

„Ich bin die Mutter... also Oma... also bald", versuche ich Hebamme Helga stotternd aufzuklären.

Sie zieht erstaunt die Augenbrauen nach oben. „Soso. Na, dann."

Gemeinsam helfen wir Lilli auf die Liege. Der Muttermund ist schon neun Zentimeter geöffnet. Es geht also bald los. Sie wird an ein CTG angeschlossen, um die Herztöne des Kindes zu überwachen. Ich halte Lillis Hand.

„Mama", fragt sie ängstlich, „wird es wehtun?"

„Kindchen, Wehen heißen nicht umsonst Wehen", schaltet die Hebamme sich ein. „Aber dafür halten Sie bald ein kleines Wunder in Ihren Armen."

„Sie ist vier Wochen vor Termin", flüstere ich Helga zu und bin gewissermaßen besorgt.

Helga runzelt die Stirn und nimmt noch eine Ultraschall-untersuchung vor. „Das ist schon in Ordnung", kann sie mich beruhigen.

„Mamaaa..."

Ich tupfe Lilli den Schweiß von der Stirn. Die Wehen setzen ein.

„Der Vater ist informiert, soll ich ausrichten." Eine Schwester reicht mir ein frisches, kühles Tuch. „Er sei unterwegs hierher."

„Maaamaaa..."

„Oh!" Hebamme Helga wirft einen fachmännischen Blick zwischen Lillis Schenkel und nickt. „Das wird knapp. Jetzt aber hurtig in den Kreissaal."

Der Kleine hat es eilig. Binnen einer Stunde hat er sich seinen Weg aus dem sicheren, warmen Mutterleib in die Welt hinaus erkämpft. Ich darf die Nabelschnur durchtrennen.

„Alles in bester Ordnung und kerngesund", ergibt der Apgartest. Die Hebamme legt das neue Leben in Lillis Arm. Sofort sucht er ihre Brust, findet sie mit meiner Hilfe und nuckelt begierig.

Ich weine vor Glück und Rührung und streichle das verschwitzte Gesicht meiner Tochter. „Hast du prima gemacht, mein Schatz."

„Herzlichen Glückwunsch, Oma", strahlt sie glücklich und bewundert den kleinen Mensch auf ihrem Bauch. „Mama?", sagt sie nach einer Weile. „Magst du ihn reinholen?"

Ich werfe einen Blick zur Tür. „Ich fürchte, Tim ist noch nicht da."

„Ich meine Miro."

„Hrgh!", räuspere ich mich völlig überrascht. „Findest du das nicht ein bisschen zu... intim?"

Sie grinst. „Na, was wart ihr denn heute Abend? Außerdem hat Carla mir alles erzählt."

„Soll ich den Opa rein rufen?" Ohne eine Antwort abzuwarten, reißt Hebamme Helga die Tür auf und nötigt Miro in Feldwebelmanier in den Kreissaal. „Nun machen Sie schon!"

Etwas betreten bleibt er in der Tür stehen. „Herzlichen Glückwunsch, Lilli."

„Schau doch mal", fordert sie ihn zum Näherkommen auf.

Zögerlich tritt er ans Bett und beäugt das Neugeborene. Dann scheint auch er überwältigt. „Hey, willkommen, kleiner Mann", flüstert er und streichelt über die winzige Hand.

Die Tür öffnet sich ein weiteres Mal und der frisch gebackene Papa stürmt herein. Er ist völlig durch den Wind und es kostet uns einige Mühe, ihn zu beruhigen.

Nachdem Lilli auf ihr Zimmer verlegt, mein Enkelsohn im Säuglingsraum gut versorgt ist und wir uns rückversichert haben, dass Tim in der Lage ist, in ein paar Stunden mit dem Auto nach Hause zu fahren, machen auch wir uns auf den Weg.

„Ah, Frau Freund", ruft Doktor Schnieder schon von weitem. „Na, sooo schnell geht's aber nun doch nicht." Er schickt einen amüsierten Lacher hinterher.

Miro sieht irritiert zu mir hinab. „Was will der?"

Ich schüttele erschrocken den Kopf. „Doch, doch, Herr Doktor Schnieder. Meine Tochter hat eben entbunden."

„Ah!", fasst er schnell auf und schielt über den Rand seiner Brille hinweg zu Miro. „Dann meine herzlichsten Glückwünsche Ihnen beiden."

Ich bedanke mich und humpele rasch weiter. Dabei bemerke ich nicht, dass Miro stehen geblieben ist.

„Sag mal", dringt seine Stimme in mein Ohr und ich drehe mich um. „Wolltest du mir nicht etwas sagen?"

„Öhhh... also... na ja...", stammle ich und werde zu meiner Erleichterung vom Klingeln seines Handys unterbrochen.

„Shit!", flucht Miro und sieht sich schuldbewusst um. Erfolglos unauffällig presst er das Handy ans Ohr und eilt nach draußen.

Ich folge ihm, so schnell ich kann. Und scheinbar, ohne dass er es bemerkt.

„Lu, wir sind hier im Krankenhaus", zischt Miro. „Was? ... Nein. Ihre Tochter hat gerade entbunden. ... Hmhm. ... Wie bitte? Hast du mal auf die Uhr geschaut? ... Ja, ich weiß. Aber trotzdem. Warum kann das nicht bis morgen warten?" Er schnauft und legt nach einem mürrischen „Na gut, ja" auf.

„Ärger?"

Miro fährt zusammen und sieht mich überrascht an. „Meine Güte, bist du schnell."

„Hmhmmm."

Er steckt die Hände in die Hosentaschen, Daumen in die Schlaufen und zieht die Schultern nach oben. „Wolltest du mir nicht was sagen?", versucht er abzulenken.

Aber so leicht kriegt er mir nicht die Kurve. „Ich glaube", sage ich und schaue dabei so ernst ich nur kann, „du hast mir auch etwas zu sagen?"

Miro räuspert sich ertappt und streichelt mir über die Wange. „Nun gut. Lass uns reden."

Wir setzen uns auf die Bank vor dem Krankenhauseingang. Miro kramt ein silbernes Etui mit Zigaretten aus der Hosentasche und bietet mir eine an.

Ich lehne dankend ab, was er mit einem Stirnrunzeln quittiert.

„Also", lenke ich das Gespräch wieder in die gewünschte Richtung, „was hast du mir zu sagen?"

Wieder räuspert er sich, greift nach meiner Hand und schaut mir fest in die Augen. „Hör mir einfach nur zu, ja?"

Ich nicke.

„Lu, also Ludwig von Bloomenthal, ist mein Onkel. Ich bin bei ihm und Charlotte aufgewachsen, nachdem ich meine Eltern mit sechs bei einem Autounfall verloren habe."

Ich bin entsetzt und starre ihn mit aufgerissenen Augen an.

„Die Verlagsfiliale, in der du eigentlich als Sekretärin arbeiten solltest..."

„Wieso *solltest*?", entfährt es mir und ich presse die Lippen zusammen.

Miro schaut zu Boden. Seine Mundwinkel zucken. „Zuhören."

„Zuhören. Ja. 'tschuldigung." Ich reiße mich zusammen.

„Die Filiale nennt sich MISTA-Book. Klingelt's da vielleicht?"

Ich stutze. Klar, jetzt wo er's sagt. MI, wie Miro. STA, wie Stahl. „Du bist MISTA?"

Er wackelt mit dem Kopf, was ich als Zustimmung deute.

„Du sagst mir aber jetzt nicht", setze ich vorsichtig an, „dass ich den Job nun doch nicht bekomme, weil ich mit dir schlafe? Normalerweise läuft sowas nämlich andersrum."

Miro seufzt. „Weißt du eigentlich, dass Vivi und ich uns kennen? Wir waren Klassenkameraden, von der Grundschule bis zum Abi."

„Ach?"

„Vor ein paar Monaten hat sie mir verschiedene Manuskripte einer Freundin vorgelegt. Unter dem Synonym Lolo Lustig. Ich war begeistert und habe sie eigenmächtig und auf eigenes Risiko verlegt."

„Eigenes Risiko?", wiederhole ich lakonisch.

Miro lacht kehlig. „Du kannst mich gerne verklagen. Wegen Urheberrechtsverletzung."

„Bitte?" Mir schwirrt der Kopf.

„Charlotte", packt er mich an den Armen. „*Du* bist Lolo Lustig! Und die Auflage deines ersten Buches übertrifft alle Erwartungen. Du hast es nicht mehr nötig, als Sekretärin zu schuften. Du bist die geborene Autorin."

KAPITEL einundsechzig

Das muss ich erst einmal verdauen. Benommen stakse ich zum Wagen. Ich glaube einfach nicht, was Miro mir da erzählt, und schweige, bis wir zu Hause ankommen.

„Charlotte?", bricht Miro die Stille. Er sieht mich fragend an. In seinen Augen schimmert ein Hauch Angst.

„Ich... ich muss erst einmal... allen sagen, dass Lilli..."

„Es ist kurz nach eins, Charlotte."

„SMS", stammele ich. „Ich schicke eine SMS."

Miro seufzt, steigt aus und öffnet mir die Tür. Ich bleibe sitzen und denke nach. Denke nach und denke nach. Er wartet geduldig. Und ein Lächeln huscht über mein Gesicht.

„Miro?"

„Hm?"

„Ist das alles wahr, was heute passiert ist?"

„Hmhm."

„Ich bin Oma geworden."

„Ja, das bist du."

„Ich bin Schriftstellerin?"

„Und wie du das bist."

„Liebst du mich? So tief und breit und hoch, wie deine Seele reicht und weiter noch?"

Er beantwortet meine Frage, indem er sich zu mir beugt und mich so innig küsst, dass mir heiß und kalt zugleich wird.

Es scheint, als hätten alle nur auf diese eine SMS gewartet. Nachdem ich die Nachricht über die Geburt von Lillis erstem Kind wegen vorgerückter Stunde per Kurzmitteilung rausgeschickt habe, klingelt sich mein Handy heiß. Geduldig beantworte ich alle Fragen (und frage mich insgeheim, warum die alle nicht schlafen, wie jeder normale Mensch das um diese Uhrzeit tun würde) und verspreche,

Lilli jeden einzelnen, besonderen Gruß auszurichten, sobald ich heute früh wieder ins Krankenhaus fahre.

Kurz nach halb vier lasse ich müde seufzend meinen Kopf zurückfallen. Miro streichelt mir sanft übers Haar. „Bleibst du bei mir?", frage ich sehnsüchtig.

„Solange du willst", flüstert er.

„Dann musst du mich heiraten", feixe ich.

Doch Miro lacht nicht über meinen Witz. Er streichelt weiter versonnen mein Haar und antwortet ruhig: „Wenn du willst."

Ich bin völlig perplex und ignoriere einfach seine Worte. „Ähm, kommst du mit ins Bett?"

Als ich in Miros Armen erwache und mir außerdem bewusst wird, dass ich ab jetzt Großmutter und Autorin bin, könnte ich die ganze Welt umarmen. Ich drehe mich zu ihm um und fahre mit den Fingerspitzen die Konturen seines wunderschönen Gesichts nach.

Miro lächelt. „Guten Morgen, Traumfrau."

„Guten Morgen, Mann meiner Träume."

Miros Lächeln verwandelt sich zu einem verschmitzten Grinsen. „Was ist?"

Er schlingt seine Arme enger um mich. „Hm. Ich war noch nie mit einer Oma im Bett."

„Boah!" Im Nu entbrennt eine wilde Kissenschlacht.

Nach einem ausgedehnten Frühstück fährt Miro mich ins Krankenhaus. Er selbst muss noch einmal im Verlag vorbei und verspricht, so bald wie möglich nachzukommen.

„Guck mal, Sam", flötet Lilli, als ich ins Zimmer humpele. „Da ist deine Ooomaaa."

„Sam?" Ich bin freudig überrascht. Meine Tochter nennt ihr erstes Kind nach meiner ersten Liebe. „Weiß der große Sam denn schon davon?"

„Der große Sam war sogar schon zu Besuch", sagt sie gespielt vorwurfsvoll, „während ihr euch noch im Bett herumgetrieben habt."

„Wir haben...", gebe ich ebenfalls gespielt entrüstet zurück.

„Bitte, bitte, bitte keine Details. Ich habe gestern schon genug gehört." Sie lacht. „Hier, dein Enkel wartet bereits auf dich."

Stolz und überglücklich nehme ich Sam auf den Arm. Ich kann mich gar nicht satt sehen an ihm und schnuppere immer wieder an seinem Köpfchen.

Lilli genießt die Auszeit, reckt und streckt sich und beginnt, als sie sieht, wie Sam in meinem Arm genüsslich zu schlummern beginnt, in ihrem Buch zu schmökern.

„Was liest du da?", frage ich leise, um Sam nicht zu wecken. Lilli ist ganz vertieft. „*Dornreschen*", antwortet sie knapp. „Muss ich dir dann auch mal geben."

Ich grinse still in mich hinein. Ich kenne den Text auswendig.

„Habe ich von Vivi bekommen. Ist 'ne ganz neue Autorin."

„Lolo Lustig?"

Lilli schaut endlich auf. „Kennst du die?"

„Und wie ich die kenne. Und wie."

Ich verbringe den halben Tag bei meiner Tochter und meinem Enkelkind. Während Sam sich in guter Obhut der Säuglingsschwestern befindet, besuchen wir die Cafeteria, um zu Mittag zu essen.

„Und du bist wirklich Lolo Lustig?" Lilli kann es kaum fassen. Immer wieder gibt sie begeisterte Quieklaute von sich. „Find ich ja so geil, sooo geil!"

„Ja", stimme ich ihr zu. „Ich auch. Immerhin ist mit dem ersten Buch das Auto schon bezahlt."

„Und Miro?" Lillis Gesicht wird ernster, erwachsener. „Seid ihr jetzt zusammen?"

Ich stütze versonnen meinen Kopf in die linke Hand. „Hm. Ja. Ja, ich denke, wir haben uns gefunden."

Lilli greift nach meiner Rechten. „Mama, ich freu mich. Miro ist großartig. Der Beste. Gleich nach Tim natürlich", fügt sie lachend hinzu.

„Lilli..."

„Ah! Frau Freund!" Doktor Schnieder steuert schnurstracks auf unseren Tisch zu. „Schön, die frisch gebackene Oma zu treffen." Er stellt sein Tablett ab und nimmt unaufgefordert Platz. „Und das ist die frisch gebackene Mutter?", wendet der Oberarzt sich an Lilli.

„Lilli", stelle ich die beiden einander vor. „Das ist Doktor Schnieder, mein behandelnder Arzt. Herr Doktor Schnieder, das ist meine Tochter Lilli."

„Und wie geht es dem Rest?", zwinkert er mir konspirativ zu. „Übelkeit? Schwindel? Oder andere Beschwerden?"

Lilli verzieht ungläubig das Gesicht. „Wegen eines gebrochenen Beins?" Plötzlich entspannen sich ihre Züge und sie dreht ihren Kopf langsam in meine Richtung. „Mama?"

Ich starre ein Loch in die Tischplatte.

„Oh-oh!" Schnieder schnappt sein Tablett und erhebt sich rasch. „Ich verabschiede mich dann mal wieder. Schönen Tag noch."

Toll! Gackert und lässt mich dann allein mit dem Ei sitzen.

„Mama?", wiederholt Lilli nun energischer. „Bist du...? Etwa...?"

„Jaaa", gebe ich mich geschlagen und hebe zum Zeichen meiner Ergebung beide Hände. „Ich bin schwanger."

„Das wird ja immer besser!", jubelt Lilli und zieht damit die Aufmerksam der gesamten Cafeteria auf uns.

„Pscht!", mäßige ich ihren ungezügelten Ausbruch und kann ihr nur mit Mühe das Versprechen abnehmen, diese Neuigkeit vorerst für sich zu behalten.

Miro kommt erst am späten Nachmittag vorbei. Ich halte die Luft an, dass Lilli sich nicht auch noch verplappert. Doch Paul, der inzwischen mit meinen Eltern eingetroffen ist, nimmt ihn viel zu sehr in Anspruch. „Gell", meint mein Sohn vorlaut und schubst ihn sachte mit dem Ellenbogen, „du bist in meine Mama verknallt?"

„Ja", antwortet Miro brav.

Paul stellt sich auf die Zehenspitzen und zieht ihn zu sich hinab. „Habt ihr auch schon geknutscht? So richtig? Mit Zunge?"

Miro zieht amüsiert die Augenbrauen nach oben. „Ja, haben wir."

„Cool!", bewertet die Frucht meines Leibes diese Tatsache und klopft ihm jovial auf die Schulter.

Gegen sieben verabschieden wir uns von Lilli und Sam.

„Irgendwas stimmt nicht", murmele ich schon auf dem Nachhauseweg.

„Was?", fragt Miro. „Was soll nicht stimmen?"

Ich ziehe ratlos die Schultern nach oben. „Ich weiß nicht. Ist so ein Gefühl. Irgendwas stimmt nicht."

Was genau nicht stimmt, zeigt sich, als Miro den Wagen abstellt und ich vorsichtig auf die Haustür zu humpele, dicht gefolgt von meinen Eltern und Paul, die nur Sekunden später nach uns ankommen.

„Üüü-bär-raaa-schuuung!" Leni, Yash, Juli, Carla, Leo, Sam, Mara, Vivi, Aisha, Aron, Otto und selbst Ludwig und Charlotte von Bloomenthal mit der schwangeren Princess begrüßen uns mit lautem Getöse. Ich erkenne meine Wohnung kaum wieder. Über der Treppe prangert ein großes Transparent mit der Aufschrift *Herzlichen Glückwunsch, Oma Lotte* und mein Bücherregal ist plakatiert mit *Welcome, Lolo Lustig.*

„Kleines Miststück", boxe ich Vivi spielerisch gegen den Arm und drücke sie herzlich. „Du bist mein Engel."

Ich bin überwältigt und gerührt und kaum imstande, mein Glück zu fassen. Noch vor einem halben Jahr war ich am Boden zerstört, perspektivlos und deprimiert. Ich ruderte mit den Armen, um mein Leben wenigstens akzeptabel auf die Reihe zu bekommen. Und jetzt fällt mir das Glück gleich vielfach in den Schoß.

„Die Unerwarteten sind doch die Besten, nicht wahr, Charlotte?" Ludwig tätschelt mir die Schulter und gönnt sich noch ein Gläschen Sekt. „Hick!"

Ich nicke grinsend.

„Lu hat ganz schön einen im Tee", flüstert Miro mir ins Ohr und zieht mich in die Küche. „Ist die Überraschung gelungen?"

„Und wie!" Ich küsse dankbar seine Nase.

„Ist das alles?", schmollt er. Seine Hand wandert unter mein T-Shirt. „Und wolltest du mir nicht noch etwas sagen?"

„Muss ich das?", hauche ich ihm ins Ohr.

Miro legt den Kopf zur Seite. „Ich möchte dich etwas fragen..."

„Ja?"

„Du bist zuerst dran."

Ich hebe meinen Zeigefinger und wackele damit. „Komm mal her", bitte ich ihn leise und greife nach seiner Hand. Ich umschließe sie mit meiner und lege sie sachte auf meinen Bauch.

In Miros Gesicht spiegeln sich nacheinander Verwirrung, Überraschung und Begeisterung wider. „Wir...? Sind schwanger?"

„Hmhmmm."

Er tritt einen Schritt zurück, ballt die Faust, streckt den Arm in die Luft und lässt ihn mit einem jubelnden „Jou!" zurückschnellen.

„Hey! Was ist denn da hinten los?" Sam schielt zu uns in die Küche.

Miro nimmt meine Hand und zieht mich ins Getöse zurück. „Wir spielen Wahrheit oder Pflicht", sagt er trocken, sieht jedoch so aus, als führe er noch etwas im Schilde.

„Manchmal ist er ein bisschen verrückt", tippt Ludwig sich an die Stirn und schwankt gefährlich.

Aisha nickt und kichert hinter vorgehaltener Hand.

„Jaaa", bestätigt auch Charlotte und zwinkert mir zu. „Aber am verrücktesten ist er wohl nach dir."

Oh! Wir sind wohl beim Du angelangt?

Bevor ich weiter darüber nachdenken kann, erregt Miro meine Aufmerksamkeit. „Was wählst du?"

„Äh... Wahrheit?" Er scheint tatsächlich ein klein wenig verrückt. Aber es gefällt mir. Denn selbst jetzt wirkt er cool bis in die Haarspitzen.

„Machst du mich zum glücklichsten Mann der Welt?"

Ich zögere keine Sekunde. „Ja."

Miro grinst, als hole er nun seinen Trumpf aus dem Ärmel. „Gut. Dann kommt Pflicht."

Ich habe keine Ahnung, was auf mich zukommt, als Miro seine Hand in meinen Nacken legt. „Dir ist bewusst, dass ich verrückt bin?"

„Nicht wirklich", erwidere ich. „Aber ich liebe dich trotzdem."

„Charlotte? Willst du mich heiraten?"

Mir knicken fast die Beine weg. Ich schnappe nach Luft.

Miro legt die Stirn in Falten und zieht seine linke Augenbraue nach oben. „Das ist jetzt nicht die Antwort, die ich erwartet habe."

Plötzlich wird es so ruhig, dass man die Stille fast hören kann.

„Willst du?"

Meine Antwort ist ein Kuss, der uns beinahe abheben lässt. Wie in einem Kitschroman (natürlich *nicht* von mir geschrieben!) bricht um uns herum Jubel aus.

„Ach, und Leute?" Miro hebt die Hand und trägt einen Glanz in den Augen, mit dem er den ganzen Raum erleuchten könnte. „Das Beste kommt noch. In neun Monaten."

E N D E

Übersetzungen

„Tachin, Frau Freund", (...) „Ick hab hier Ihre Kisten."
Guten Tag, Frau Freund (…) Ich habe hier Ihre Kisten.

„Sum Umsien", (...) „Zwanzeh Dingers."
Zum Umziehen (...) Zwanzig Stück.

„Hier", (...) „ick hab's ooch noch mal schriftleh. Für die janz Doofen. Tschüss denn."
Hier (...) Ich habe es auch noch mal schriftlich. Für die ganz Doofen. Auf Wiedersehen.

„Watt issn dit?"
Was ist denn das?

„Watt heißt hier Juten Morjen? Schaffen Se die Töle hier wech!"
Was heißt hier Guten Morgen? Schaffen Sie den Hund hier weg!

„Watt ist los? Die Töle pinkelt hier allet voll!"
Was ist los? Der Hund pinkelt hier alles voll!

„Dit... dit...", (...) „dit wissen aba doch die andern Nachbarn nich?"
Das... das... (...) das wissen aber doch die anderen Nachbarn nicht?

„Wissen Se, Frau Freund... wenn ick Ihnen mal watt unter uns Pfarrerstöchtern sajen darf, wa?"
Wissen Sie, Frau Freund... wenn ich Ihnen einmal etwas unter uns sagen darf...

„Ick hab ja so dit Jefühl, det meene Alte und Ihr Oller... also... dat da watt jelaufen iss."
Ich habe ja so das Gefühl, dass meine Frau und Ihr Mann... also... dass da etwas gelaufen ist.

„Und von die Kündigung hamm Se wirklej nüscht jewusst?"
Und von der Kündigung haben Sie wirklich nichts gewusst?

„Wissen Se, watt?"
Wissen Sie, was?

„Na ja, die Wohnung kann ick ihnn leida nich überlassen. Die hat sich meen Neffe jesichert jehabt. Und
denn bekomm ick mächtich Ärger, wenn ick... na ja... da iss nix zu löten."
Na ja, die Wohnung kann ich Ihnen leider nicht überlassen. Die hat sich mein Neffe gesichert. Und da
bekomme ich mächtig Ärger, wenn ich... na ja... da ist nichts zu machen.

„Ick jlobe, ick hätte da villeicht watt für Ihnen."
Ich glaube, ich habe da vielleicht etwas für Sie.

„Ne schöne Datsche im Jrünen. Müssn Se allerdings koofen. Aber ick könnte Ihnen 'nen juten Preis
machen, wa?"
Ein schönes Häuschen im Grünen. Müssen Sie allerdings kaufen. Aber ich könnte Ihnen einen guten
Preis machen.

„Überlegen Se erst ma. Ick kann Se ooch jerne später de Anschrift uffschreiben und die Schlüssl jeben,
denn könnse ma kieken."
Denken Sie erst einmal darüber nach. Ich kann Ihnen auch gerne die Adresse aufschreiben und den
Schlüssel geben, dann können Sie es sich anschauen.

„Wie heeßt denn der Kleene überhaupt?"
Wie heißt denn der Kleine überhaupt?

288

„Ach, kiek mal an!" (...) „Da isser ooch so allene und unjeliebt, wie wir zwee Hübsche, wa?"
Ach, schau an! (...) Dann ist er auch so alleine und ungeliebt wie wir beide.

„Denn könnse vielleicht schon ma kieken..."
Dann können Sie vielleicht schon mal schauen...

„Dit Haus wa einglich für meene Olle jedacht." (...) „Sollte 'n Jeschenk sum Dreißigsten sein."
Das Haus war eigentlich für meine Frau gedacht. (...) Sollte ein Geschenk zum dreißigsten Geburtstag
sein.

„Wissen Se", (...) „ick bin jetz durch damit und will die Hütte nur so schnell wie möglich ann Mann
bringen. Verstehn Se dit?"
Wissen Sie (...) Ich bin fertig damit und möchte das Haus nur so schnell wie möglich loswerden.
Verstehen Sie das?

„Kann i helfa?"
Kann ich helfen?

„Zieha Sie dahana oi?"
Ziehen Sie dort ein?

„Die Nachbarschafd dahana isch vorbildlich", (...) „mir han sogar oi Bürgerwehr."
Die Nachbarschaft hier ist vorbildlilch (...) wir haben sogar eine Bürgerwehr.

„Die meischda saga abr Leni zu mir."
Die meisten sagen aber Leni zu mir.

„Na, des basschd ja!"
Na, das passt ja!

(...) „scho guad. I bin hald a Schwob ond wird's äwwl bleiba."
(...) schon gut. Ich bin eben Schwäbin und werde es immer bleiben.

„Sind des älle dai?" (...) „Na, du bisch mir ja oi ganz Süßer!"
Sind das alles deine? (...) Na, du bist mir ja ein ganz Süßer!
„I... i wollde ned lausche."
Ich... ich wollte nicht lauschen.

„Noi, ha noi", (...) „I mai nur... I arbeide als Dagesmuadr. I könnde anbieda, mi um Baul zu kümmern,
wenn er aus der Schule kommd. Mai Dochdr isch gnauso ald wie Baul, die Hausaufgaba könnda sie
sogar gmeinsam macha."
Nein, nein (...) Ich meine nur... Ich arbeite als Tagesmutter. Ich könnte anbieten, mich um Paul zu
kümmern, wenn er aus der Schule kommt. Meine Tochter ist genauso alt wie Paul, die Hausaufgaben
könnten sie sogar gemeinsam machen.

„In der Wohnung rauche i selbsdverschdändlich ned."
In der Wohnung rauche ich selbstverständlich nicht.

„Morjen. Ooch schon wieder so früh aus de Kiste, wa?"
Guten Morgen. Auch schon wieder so früh wach?

„Super, dass dit so jut jeklappt jehabt hat und Sie die Hütte jefällt."
Schön, dass es so gut geklappt hat und Ihnen das Haus gefällt.

„Watt machensin einglich jetze schon hier draußen?"
Was tun sie eigentlich schon hier draußen?

„Kommd roi, kommd roi", (...) „I freie mi ja so, dess ihr komma seid."
Kommt herein, kommt herein (...) Ich freue mich so sehr, dass Ihr gekommen seid.

„Dann freia mir uns hald älle",
Dann freuen wir uns eben alle.

„Na, Baul? Schauschd mir abr ned wirklich glügglich aus?"
Na, Paul? Du siehst aber nicht wirklich glücklich aus?

„Du, Baul", (...) „die da drüba hedd no niemanda gfressa."
Du, Paul (...) die da drüben hat noch niemanden gefressen.

„Des isch mai Dochdr." (...) „Anjuli. Abr mir saga nur Juli zu ihr. Wega der Wilda Fußball-Kerlee"
Das ist meine Tochter (...) Anjuli. Aber wir sagen nur Juli zu ihr. Wegen der Wilden Fußball-Kerle.

„Der Kucha wär wirklich ned nödich gwesa", (...) „Abr i frei mi dierisch druff. Bin do so oi
Leggerschnude."
Der Kuchen wäre wirklich nicht nötig gewesen (...) Aber ich freue mich natürlich darauf. Bin doch so
eine Leckerschnute.

„Wollde sie noh ned midkomma?"
Wolle sie denn nicht mitkommen?

„Noh ischd ja älles klar. Bin mol gschbannd", (...) „was mi mid Juli no älles erwarded."
Dann ist ja alles klar. Bin mal gespannt, (...) was mich mit Juli noch alles erwartet.

„Woher kommschd du eigendlich, Lodde? Und was machschd du bruflich? Geschdern des war ja dai
Baba, gell? Wo ischd noh dai Mo?"
Woher kommst du eigentlich, Lotte? Und was machst du beruflich? Gestern das war ja dein Papa,
richtig? Wo ist denn dein Mann?

„I war zwar erschd mol schkebdisch wega... na ja, a Häusle schaud hald aus wie des andere. Abr die
Lag ischd oifach idyllisch ond man kann sich ja kreadiv auschdoba, gell?"
Ich war zwar erst einmal skeptisch wegen... na ja, ein Haus sieht eben aus wie das andere. Aber die
Lage ist einfach idyllisch und man sich ja kreativ austoben, richtig?

„I war Erzieherin im Kindergarda. Und i han nebenbei Kindergeburdschdag organisierd. Dahr die Idea.
Und vielleichd au kloi bissle Dalend."
Ich war Erzieherin im Kindergarten. Und ich habe nebenbei Kindergeburtstage organisiert. Daher die
Ideen. Und vielleicht auch ein kleines Bisschen Talent.

„Magschd mol raus?"
Magst du mal nach draußen?

„Du haschd also jedschd die Schnauze voll vom Schdaddleba?"
Du hast jetzt also die Schnauze voll vom Stadtleben?

„Oh! Da hadded ihr abr Glügg, dess ihr dahana überhaubd no ebbes bkomma habd. Soweid i woiß, wara
breids älle Häusr verkaufd."
Oh! Da hattet ihr aber Glück, dass ihr hier überhaupt noch etwas bekommen habt. Soweit ich weiß,
waren bereits alle Häuser verkauft.

„Ach, sag bloß! Ischd die ihm weggelaufa, odr was?"
Ach, sag bloß! Ist sie ihm weggelaufen, oder was?

„Dai Mo ischd mid der Frau eires Hausmeischders durchgebrannd?"
Dein Mann ist mit der Frau eures Hausmeisters durchgebrannt?

290

„Mai Godd!" (...) „Lodde... Da haschd ja ganz schee was midgemachd in den ledzda Monada?"
Mein Gott! (...) Lotte... Da hast du ja ganz schön was mitgemacht in den letzten Monaten?

„Das baggschd ned."
Das packst du nicht.

„Nee, du baggschd des scho. Sowas schbür i. I sag nur, i bagg's ned, weil... des muss man erschd mol kabiera."
Nein, du schaffst das schon. So etwas spüre ich. Ich sage nur, ich pack's nicht, weil... das muss man erst einmal verstehen.

„Da haschd Rechd."
Da hast du Recht.

„Genau. Mai Mo ischd Indr."
Genau. Mein Mann ist Inder.

„Du meinschd Amidabh? Da vo der Danke?"
Du meinst Amitabh? Den von der Tanke?

„Mai Güde, Lodde", (...) „dai Gesichd... des vergesse i mai Leba nemme! Klasse!"
Meine Güte, Lotte (...) dein Gesicht... das vergesse ich mein Leben nixcht mehr! Klasse!

„Des wussde i vom erschde Augebligg, als i di gseha han."
Das wusste ich vom ersten Augenblick, als ich dich gesehen habe.

„Woher haschd du des eigendlich?"
Woher hast du das eigentlich?

„Na ja, er war ja au dran schuld ond du bischd schließlich sai kloi Schweschdr."
Na ja, er war ja auch schuld und du bist schließlich seine kleine Schwester.

„Er hedd zwoi Dag lang geheild?"
Er hat zwei Tage lang geweint?

„Siehd abr dodal inderessand aus. I kenne..." (...) „Yash! Komm hinne her."
Sieht aber total interessant aus. Ich kenne... Yash! Komm mal her.

„Kannschd du noh ned no oi bissle bleiba?", (...) „Mir könnda do älle zsamma dahana essa?"
Kannst du nicht noch ein bisschen bleiben? (...) Wir könnten doch alle zusammen hier essen?

„Dann ziehd ihr ja bald oi?"
Dann zieht ihr ja bald ein?

„Yash hedd mi gschdern scho gfragd, ob er dir ned beim Umzug helfa könnde."
Yash hat mich gestern schon gefragt, ob er dir nicht beim Umzug helfen könnte.

„Gud", (...) „Baul kommd noh zu Juli rübr. Se freid sich scho uf ihn. Und uf Oddo werd i ufbassa, damid der kloi Kerle ned undr 'ner Kischde landed."
Gut (...) Paul kommt dann zu Juli rüber. Sie freut sich schon auf ihn. Und auf Otto werde ich aufpassen, damit der kleine Kerl nicht unter einer Kiste landet.

„Na, wa haschde noh da midgebrachd?"
Na, wenn hast du denn da mitgebracht?

„Na noh." (...) „Kommd roi."
Na dann (...) Kommt rein.

„Hi, mai Süße", (...) „Die Kindr sind no ufm Schbordbladz, kigga. Haschd du den Oddo ned midgebrachd?"
Hallo, meine Süße (...) Die Kinder sind noch auf dem Sportplatz, kicken. Hast du Otto nicht mitgebracht?

„Er hedd mai Schbarbuch gblünderd ond ischd mid unserr Dochdr no Las Vegas durchgebrannd."
Er hat mein Sparbuch geplündert und isst mit unserer Tochter nach Las Vegas durchgebrannt.

„War nur a Widzle! Abr was soll i uf so oi Frag andworda? Natierlich war er brav. Was noh sonschd?"
War nur ein Witz! Aber was soll ich auf so eine Frage antworten? Natürlich war er brav. Was denn sonst?

„Sedz di erschd mol. I mach uns Kaffee. Odr brauchschd du a Baldrian?"
Setz dich erst einmal. Ich mache uns Kaffee. Oder brauchst du einen Baldrian?

„Hädde ned dachd, dess di so was no umhaud. Nach dem, was du in den ledschda Daga midgemachd haschd. Gibd's eigendlich was Neies?"
Hätte nicht gedacht, dass dich so etwas noch umhaut. Nach dem, was du in den letzten Tagen mitgemacht hast. Gibt's eigentlich etwas Neues?

„Du haschd mid deinem bschda Freind gschlafa? Ischd des Sam?"
Du hast mit deinem besten Freund geschlafen? Ist das Sam?

„Du haschd laud dachd."
Du hast laut gedacht.

„Oh, Lodde. Dud mir leid. I dachde... i dachde, du wolldeschd darübr schwätza."
Oh, Lotte. Tut mir leid. Ich dachte... ich dachte, du wolltest darüber reden.

„Du haschd koin Grond", (...) „überhaubd koin Grond, dir Vorwürfe zu macha odr di für des, was gscheha ischd, zu rechdferdiga. Wedr vor mir no vor Sam, no vor dir selbschd."
Du hast keinen Grund (...) überhaupt keinen Grund, dir Vorwürfe zu machen oder dich für das, was geschehen ist, zu rechtfertigen. Weder vor mir noch vor Sam, noch vor dir selbst.

„Jo, 's ischd grad mol oi Woche her, dess dai Mo sich aus däm Schdaub gmachd hedd", (...)
Ja, es ist gerade einmal eine Woche her, dass dein Mann sich aus dem Staub gemacht hat (...)

(...) „Mid einr kündigda Wohnung ond der alleiniga Verandwordung für eire beida Kindr. Verlassa hedd er di abr scho vor vil längerr Zeid. Als er zom erschda Mal mid der Hausmeischderfrau gschlafa had. Es ischd ned unrechd, was du doa haschd, wenn ihr beid 's wolldet."
(...) Mit einer gekündigten Wohnung und der einigen Verantwortung für eure beiden Kinder. Verlassen hat er dich aber schon vor viel längerer Zeit. Als er zum ersten Mal mit der Hausmeisterfrau geschlafen hat. Es ist nicht unrecht, was du getan hast, wenn ihr beide es wolltet.

„Des machd koin Underschied. I hon do gseha, wie nah ihr eich seid."
Das macht keinen Unterschied. Ich habe gesehen, wie nah ihr euch seid.

„Ihr habd's gbrauchd. Ihr habd eich gbrauchd."
Ihr habt es gebraucht. Ihr habt euch gebraucht.

„Ach, Lodde. I sehe 's als Glüggsfall, dess i di gdroffa han."
Ach, Lotte. Ich sehe es als Glücksfall, dass ich dich getroffen habe.

„Noi, duschd du ned."
Nein, tust du nicht.

„Du läschd mi an deinem Leba deilhan. Du haschd Verdraua zu mir. Und i han's zu dir. Mai Leba", (...)
„ischd nur im Momend ned annähernd so abwechslungsreich wie deines."

Du lässt mich an deinem Leben teilhaben. Du hast Vertrauen zu mir. Und ich habe es zu dir. Mein Leben (...) ist nur im Moment nicht annähernd so abwechslungsreich wie deines.

„Was ischd mid dem Kunda, der di so aus däm Konzebd bringd?"
Was ist mit dem Kunden, der dich so aus dem Konzept bringt?

„Die beida da macha wesendlich mehr Dregg. Jeda Sonndich."
Die beiden da machen wesentlich mehr Dreck. Jeden Sonntag.

„Des dahana ischd übrigens mai Brudr Aron."
Das dort ist übrigens mein Bruder Aron.

„Na, die Lamb möchde i seha, die den erleichded hedd",
Na, die Lampe möchte ich sehen, die den erleuchtet hat.

„Der hedd nur schmudzig Gedanka. Des isch älles."
Der hat nur schmutzige Gedanken. Das ist alles.

„Ham Se denn nu schon mal wat von Ihrem Alten jehört... und von meene Alte?"
Haben Sie denn nun schon mal etwas von Ihrem Mann gehört... und von meiner Frau?"

„Ooch nich."
Auch nicht.

„Und allet Jute, Frau Freund."
Und alles Gute, Frau Freund.

„Haschde die Kardons im Kofferraum?"
Hast du die Kartons im Kofferraum?

„Dims Vadr hedd die reschdlicha Möbelschdügge vorbeigbrachd ond Yash hedd ihm gschwind beim Dranschbord geholfa" (...)
Tims Vater hat die restlichen Möbelstücke vorbeigebracht und Yash hat ihm schnell beim Transport geholfen (...)

„Leo hedd gsagd, er sei dir no was schuldich. Und Aron", (...) „isch oifach dahana."
Leo hat gesagt, er sei dir noch etwas schuldig. Und Aron (...) ist einfach da.

„Lilli, Dim, Baul ond Juli sind einkaufa gfahra."
Lilli, Tim, Paul und Juli sind einkaufen gefahren.

„Hallöle, Sam. Schön, di mol wiederzuseha."
Hallo, Sam. Schön, dich mal wiederzusehen.

„Brima. Abr du schauschd ned so guad aus?"
Prima. Aber du schaust nicht so gut aus?

„Was war des eba?"
Was war das eben?

„Wiedr ufgedauchd?"
Wieder aufgetaucht?

„Bfoda weg, Bruderherz. Des isch brivad!"
Pfoten weg, Bruderherz. Das ist privat!

„Na, du haschd Idea!"
Na, du hast Ideen!

„Ond du glaubschd, des fonkzionierd?"
Und du glaubst, das funktioniert?

„I fänd's au schee. Dai Brudr ond dai bschde Freindin a Baar. Abr..."
Ich fände es auch schön. Dein Bruder und deine beste Freundin ein Paar. Aber...

„Glügg ischd, was bassierd, wenn Vorbereidung uf Gelegenheid driffd."
Glück ist, was passiert, wenn Vorbereitung auf Gelegenheit trifft.

„Sagd man so. Du haschd dieses Date oigfädeld. Warde ab, was daraus wird. Und wenn der Weg schee ischd, soll man ned fraga, wo na er führd."
Sagt man so. Du hast Date eingefädelt. Warte ab, was daraus wird. Und wenn der Weg schön ist, soll man nicht fragen, wohin er führt.

„Des isch älles vo 'nem Schbrüchekalendr."
Das ist alles von einem Sprüchekalender.

„Und? Had's klabbd?"
Und? Hat es geklappt?

„I glaub, jemand anderes au ned."
Ich glaube, jemand anderes auch nicht.

„Hädd i jedzd ned saga solla."
Hätte ich jetzt nicht sagen sollen.

„Mai Brudr mog di."
Mein Bruder mag dich.

„I glaub, er... mog di abr mordsmäßich."
Ich glaube, er... mag dich aber sehr.

„Lodde, du bischd mai Freindin. Deshalb sag i's mol so: Mai Brudr ischd ganz sichr der liebenswerdeschde Mensch, den i kenne."
Lotte, du bist meine Freundin. Deshalb sage ich es mal so: Mein Bruder ist ganz sicher der liebenswerteste Menschen, den ich kenne.

„Abr... in Bzug uf Weiba ischd er oi absolude Sau. Und er hedd a Aug uf di gworfa."
Aber... in Bezug auf Frauen ist er eine absolute Sau. Und er hat ein Auge auf dich geworfen.

„Weischd noh, was in vir Wocha ischd? Vielleichd bischd du ja gar ned da?"
Wer weiß, was in vier Wochen ist? Vielleicht bist du ja gar nicht da?

„Lodde! Guada Morga." (...) „I wollde grad oi baar Weckle für eich midnehma." (...) „Dachde ned, dess du scho wach bischd?"
Lotte! Guten Morgen. (...) Ich wollte gerade ein paar Brötchen für euch mitnehmen. (...) Dachte nicht, dass du schon wach bist?

„Sind Leo ond Carla noh gschdern no mol ufgedauchd?"
Sind Leo und Carla denn gestern noch mal aufgetaucht?

„Des ischd ja... großardich ischd das!"
Das ist ja... großartig ist das!

„Wie lang habd ihr noh no gfeierd?"
Wie lange habt ihr denn noch gefeiert?

„Alloi?"
Alleine?

„Er ischd oi Dreggsau, wenn's um Weiba gohd"
Er ist eine Drecksau, wenn es um Frauen geht.

„Isch des dai Ernschd?"
Ist das dein Ernst?

„Abr so was vo!"
Aber so was von!

„Sag mol, Lodde" (...) „War Aron gschdern scho wiedr bei dir?"
Sag mal, Lotte (...) War Aron gestern schon wieder bei dir?

„Ganz Unrechd hedd Carla da ned."
Ganz Unrecht hat Carla da nicht.

„Selbschd Yash ischd's ned endganga, dess Aron dir eindeidig Avanca machd."
Selbst Yash ist es nicht entgangen, dass Aron dir eindeutig Avancen macht.

„Da hedd sie Rechd. Wenn mai Brudr di nur flachlega wollde, noh häd er des längschd doa."
Da hat sie Recht. Wenn mein Bruder dich nur flachlegen wollte, dann hätte er das längst getan.

„So hadde i des jedzd ned gmeind. 'dschuldigung. I will damid eigendlich saga, dess er normalerweise
nie so vil Zeid in oi Weib inveschdierd. Endwedr er kriegd sie rum odr er suchd sich gloi die nächschde."
So hatte ich das jetzt nicht gemeint. Entschuldige. Ich will damit eigentlich sagen, dass er normalerweise
nie so viel Zeit in eine Frau investiert. Entweder er kriegt sie rum oder er sucht sich gleich die nächste.

„Hab i dir ned gsagd, dess es schee ischd?"
Habe ich dir nicht gesagt, dass es schön ist?

„Hosgeldiniz!"
Willkommen!

„Na, so schlimm wird's scho ned sai"
Na, so schlimm wird's schon nicht sein.

„Hir kosch endlich mol recht abschalda. Die Kindr sind die meischde Zeid am Bool, ond des undr
Ufsichd. Also brauchschd du dir da koi Sorga macha. Des Essa dahana ischd vom Feinschda ond da
hinda ischd no oi Schnäggbar ond..."
Hier kannst du endlich einmal richtig abschalten. Die Kinder sind die meiste Zeit am Pool, und das
unter Aufsicht. Also brauchst du dir keine Sorgen zu machen. Das Essen hier ist von Feinsten und da
hinten ist auch eine Snackbar und...

„I glaub's ja ned" (...) „Des isch do unsr Nachbar?"
Ich glaube es ja nicht (...) Das ist doch unser Nachbare?

„Na, der aus däm ledschda Häusle, uf unserr Schdrosnseide."
Na, der aus dem letzten Haus, auf unserer Straßenseite."

„Haschd di verschluggd? Älles okay? Gehd's wiedr?"
Hast du dich verschluckt? Alles okay? Geht es wieder?

„Des isch ja oi Überraschung."
Das ist ja eine Überraschung.

„Haschd du gseha, was Miro uf der Innenseide sainr Underarm hedd?"
Hast du gesehen, was Miro auf der Innenseite seiner Unterarme hat?

„Diese Zeicha, odr was des isch?"
Diese Zeichen, oder was das ist?

„Und was für Nama?"
Und welche Namen?

„Weischd du da was, Schbadzl?"
Weißt du da etwas, Schatz?

„Iyi aksamlar"
Guten Abend

„Merhaba"
Hallo

„Nasılsın?"
Wie geht es Ihnen?

„Du wirschd ned glauba, was dahana älles ufgefahra wird."
Du wirst nicht glauben, was hier alles aufgefahren wird.

„Die erinnerd mi an jemanda."
Sie erinnert mich an jemanden.

„Jedzd gugg do mol!" (...) „Gugg moool!"
Jetzt schau doch mal! (...) Schau maaal!

„Der hedd die küsschd. Schbadzl, haschde des au gseha?"
Er hat sie geküsst. Schatz, hast das auch gesehen?

„Schbadzl, jedzd sag do mol ebbes"
Schatz, jetzt sag doch mal was

„Findschde ned, die isch oi bissle zu jung?"
Findest du nicht, sie ist ein bisschen zu jung?

„Der Miro isch do scho End dreißich..."
Miro ist doch schon Ende dreißig...

„Und des Mädl isch do höchschdens zwanzich?"
Und das Mädchen ist doch höchstens zwanzig?

„Abr du findeschd au, dess sie vil zu jung für Miro ischd, odr?"
Aber du findest auch, dass sie viel zu jung für Miro ist, oder?

„Was haschd'n vor, Schbadzl?"
Was hast du denn vor, Schatz?

„Ach, noh isch des also ihr Nam da uf deinem Arm?"
Ach, dann ist das also ihr Name dort auf deinem Arm?

„Und wer isch noh Bahar? Dai Frau?"
Und wer ist dann Bahar? Deine Frau?

„Teşekkür ederim"
Vielen Dank

„Serefe"
Prost

„Außerdem ischd heud ja... Audsch!"
Außerdem ist heute ja... Autsch!

„Schdelle i mir grad in dem Aldr ned oifach vor."
Stelle ich mir gerade in diesem Alter nicht einfach vor.

„Was arbeided dai Vadr noh?"
Was arbeitet dein Vater denn?

„Weischt was?" (...) „Die schigga mir ufs Zäwwl. Baul kann heud bei uns schlafa."
Weißt du, was? (...) Die schicken wir aufs Zimmer. Paul kann heute bei uns schlafen.

„Boah, isch des leggr!"
Boah, ist das lecker!

„Ha-ha-haschde", (...) „noh no was anderes dabei? I mai, außr däm Karamell?"
Ha-ha-hast du (...) denn noch etwas anderes dabei? Ich meine, außer diesem Karamell?

„Dogum günün kutlu olsun, Charlotte."
Alles Gute zum Geburtstag, Charlotte.

„Schoissse", (...) „mir sssollda mol ho-ho-hoim geha..."
Scheiße (...) wir sssollten mal he-he-heim gehen...

„Seni seviyorum"
Ich liebe dich

„Main tumse pyar karthie huun"
Ich liebe dich

„Günaydin"
Guten Morgen

„Wo ischd noh dai Baba?"
Wo ist denn dein Vater?

„Meinschde, i krieg heud was nondr?"
Meinst du, ich bekomme heute noch etwas runter?

„Wo bischd du?" (...) „Isch ned wahr, odr?"
Wo bist du? (...) Ist nicht wahr, oder?

„Sag mol, haschd du sie no älle? ... Nee. ... Natierlich freia mir uns. ... Sichr. ... Jo, Lodde au."
Sag mal, hast du sie noch alle? ... Nein. ... Natürlich freuen wir uns. ... Sicher. ... Ja, Lotte auch.

„Jaaa, richde i aus."
Jaaa, richte ich aus.

„I soll alla schöne Grüße vo Aron beschtella."
Ich soll allen schöne Grüße von Aron bestellen.

„Tja... und... jedschd...", (...) „ischd er ufm Weg hierhr."
Tja... und... jetzt... (...) ist er auf dem Weg hierher.

„Er machd sich eba uf den Weg zom Flughafa"
Er macht sich gerade auf den Weg zum Flughafen.

„Wenn älles klabbd, ischd er heud Abend um achd im *Sunshine Balace*."
Wenn alles klappt, ist er heute Abend um acht im *Sunshine Palace*.

„Hab i vergessa, zu erwähna..."
Habe ich vergessen, zu erwähnen...

„Miro ischd sai bschdr Freind"
Miro ist sein bester Freund

„I glaub, des isch oifach väderlichr Inschdingd, odr so"
Ich glaube, das ist einfach väterlicher Instinkt, oder so

„Die Aisha isch, glaub i, scho längr in Aron verknalld."
Aisha ist, glaube ich, schon länger in Aron verliebt.

„Isch ja au so..."
Ist ja auch so...

„Wie kommschd du noh druff?"
Wie kommst du denn darauf?

„Des isch ja oi schönes Deil. Thomas Sabo, schdimmd's?"
Das ist ja ein schönes Teil. Thomas Sabo, stimmt's?

„I woiß ned, wo er bleibd"
Ich weiß nicht, wo er bleibt

„Er war heud Middag ganz blödschlich verschwunda. Aisha au."
Er war heute Mittag ganz plötzlich verschwunden. Aisha auch.

„Er hedd sich ned vo dir verabschieded?"
Er hat sich nicht von dir verabschiedet?

„Aron, willschd du ned erschd mol dai Koffr auschbagga?"
Aron, willst du nicht erst einmal deinen Koffer auspacken?

„So kann des ned weidergeha",
So kann das nicht weitergehen

„Mai Brudr gohd ja inzwische sogar scho mir uf den Geischd mid sainr Benedranz."
Mein Bruder geht inzwischen sogar schon mir auf den Geist mit seiner Penetranz.
„Ihr müschd schwätza."
Ihr müsst reden.

„Weischd du, dess du jedschd au koi bissle besser bischd als...?"
Weißt du, dass du jetzt auch kein bisschen besser bist als...?

„Oi baar warm Worde uf einem Schdügg Babir. Des ischd älles, was dir vo deinem Dillmann gblieba ischd. Was wirklich zwische eich ned gbaschd had, weischd du do bis heud ned, gell? Und wie war des damals mid Sam? Du bischd oifach abgehaua. Haschd di uf dai Verschdand verlassa, guad. Abr was glaubschd du, wie er sich damals gfühld hedd?"

298

Ein paar warme Worte auf einem Stück Papier. Das ist alles, was dir von deinem Tillmann geblieben ist. Was wirklich zwischen euch nicht gepasst hat, weißt du doch bis heute nicht, oder? Und wie war es damals mit Sam? Du bist einfach abgehauen. Hast dich auf deinen Verstand verlassen, gut. Aber was glaubst du, wie er sich damals gefühlt hat?

„Ond Miro? Wie lang wirschd du desidza ond uf oi Erklärung warda?"
Und Miro? Wie lange wirst du dasitzen und auf eine Erklärung warten?

„Er hedd gsagd, wenn i ihr weh due, bringd er mi um ond lässchd's wie 'n Ummmfall ausseha."
Er hat gesagt, wenn ich ihr weh tue, bringt er mich um und lässt es wie einen Ummmfall aussehen.

„Du koschdeschd mi wirklich no den ledschda Nerv!"
Du kostest mich wirklich noch den letzten Nerv!

„I glaub, i bin dro schuld."
Ich glaube, ich bin daran schuld.

„Had sie ned." (...) „Abr oi gansss schöna Batsch."
Hat sie nicht. (...) Aber einen ganz schönen Schlag.

„Des hedd er erschd gmergd, als du uns in der Tierkei agrufa haschd. Ond nachdem..."
Das hat er erst gemerkt, als du uns in der Türkei angerufen hast. Und nachdem...

„Schdimmd!" (...) „Er woiß, dess er sowas wie a Vorbild für Aron ischd ond fühld sich deswega verandwordlich für ihn. Irgendwie hald."
Stimmt! (...) Er weiß, dass er sowas wie ein Vorbild für Aron ist und fühlt sich deswegen verantwortlich für ihn. Irgenwie halt.

„Du bischd so oi Dreggsau"
Du bist so eine Drecksau

„Schlaf guad, mai Süße." (...) „Odr versuch's zumindeschd, ja?"
Schlaf gut, meine Süße. (...) Oder versuch's zumindest, ja?

„Guada Morga, Liebcha", (...) „Hab's leidr ned frühr gschaffd. Haschde mol 'ne Kibbe für mi?"
Guten Morgen, Liebchen (...) Hab's leider nicht früher geschafft. Hast du mal eine Zigarette für mich?

„I soll di au schee vo Yash ond Aron grüßa. Se sind äwwl no ganz bsorgd. Se kama ja grad vorbei, als..." (...) „Hui, sind die schdark."
Ich soll dich auch schön von Yash und Aron grüßen. Sie sind immer noch ganz besorgt. Sie kamen ja gerade vorbei, als... (...) Hui, sind die stark.

„Na, die kama do grad vorbei, als es bassierd ischd. Die beida jogga do sonndags äwwl gmeinsam. Weischd du do."
Na, sie kamen doch gerade vorbei, als es passiert ist. Die beiden joggen doch sonntags immer gemeinsam. Weißt du doch.

„Na, jedschd wohl scho."
Na, jetzt wohl schon.

„Du bischd vor Miros Audo glaufa."
Du bist vor Miros Auto gelaufen.

„Sag bloß, des wuschdeschd du ned?"
Sag bloß, das wusstest du nicht?

„Und da hedd er's dir ned gsagd?"
Und da hat er es dir nicht gesagt?

„Schlechdes Diming. Abr warum hedd er ihn bleed agmachd?"
Schlechtes Timing. Aber warum hat er ihn blöde angemacht?

„Deshalb siehd er also so bös aus? Yash hedd ihn danach gfragd, do Miro hedd ihm druff ned
gandworded. Er war völlich neba der Schbur ond wollde di soford ins Krankenhaus fahra. Abr Aron
hadde scho den Krankenwaga grufa. Da wurd er no saur."
Deshalb sieht er also so böse aus? Yash hat ihn danach gefragt, doch Miro hat ihm darauf nicht
geantwortet. Er war völlig neben der Spur und wollte dich sofort ins Krankenhaus fahren. Aber Aron
hatte schon den Krankenwagen gerufen. Da wurde noch sauer.

„I kann's dir ned saga. I denke, er ischd momendan oifach nur älle. Haschde di noh ned gfragd, warum
er midda in der Nächtle no um dai Häusle rumschleichd?"
Ich kann es dir nicht sagen. Ich denke, er ist momentan einfach nur alle. Hast du dich noch nicht gefragt,
warum er mitten in der Nacht um dein Haus herumschleicht?

„Na, noh wär des ja au klärd."
Na, dann wäre das ja auch geklärt.

„Warde ab, bis du Baul heud Nachmiddag siehschd" (...) „Und noh solldeschd du endlich mol mid Miro
schwätza."
Warte ab, bis du Paul heute Nachmittag siehst (...) Und dann solltest endlich mal mit Miro reden.

300

CPSIA information can be obtained
at www.ICGtesting.com
Printed in the USA
LVHW022212051222
734629LV00017B/1347

9 783756 808090